二見文庫

月夜にささやきを

シャーナ・ガレン／水川 玲＝訳

Love and Let Spy

by

Shana Galen

娘へ

あなたがボンドのように、強く賢く、機知に富む女性に成長しますように。
そして、あなたの夢がすべて実現しますように。

月夜にささやきを

登場人物紹介

ジェーン・ボンド	英国外務省の 諜報機関バービカンの一員
ドミニク・グリフィン	エッジベリー侯爵の義理の息子
エッジベリー侯爵	ドミニクの義理の父
ティタニア	ドミニクの母。エッジベリー侯爵夫人
ダンベリー	エッジベリー邸の執事
オールド・コナー	ケンハム・ホールの馬の飼育係
メルバーン卿〈M〉	ジェーンの叔父。バービカンの司令官
エリザ・クィレン〈Q〉	バービカンの武器開発担当者
ピアース・マネーペンス	バービカン職員。Mの秘書
フォンセ	悪の組織メトリゼ団の首領
テュエール	メトリゼ団の暗殺者

【バービカンの諜報員たち】

〈バロン〉	ジェーンの同僚。本名ウィン・キーティング
〈バタフライ〉	バロンの妻レディ・キーティング
〈ウルフ〉	スマイス子爵エイドリアン・ギャロウェイ
〈セイント〉	ウルフの妻ソフィア
〈ブルー〉	引退した敏腕諜報員

1

一八一六年、ヨーロッパ某所

壁を背にしてそろそろと階段をおり、話し声に耳を澄ました。どこかで女性が泣いている。犬が吠《ほ》え、馬に引かれた荷馬車が音をたてて通り過ぎる。血と尿の臭いが鼻を突いた。それでも、彼女は前に進んだ。

男がふたり。フランス語を話している。だが、フランス人はひとりだけだ。もうひとりは……訛《なま》りからしてトルコ人だろうか？　声のするほうへと首をめぐらせる。

扉は閉まっていた。

廊下の突きあたりの部屋だ。

一歩。二歩。三歩。

扉の前で足を止め、ナイフを抜いた。銃は不発に終わる危険性がある。だから弾丸、弾薬とともに上着の内ポケットにしまっておいた。彼女は男装していた。そのほうが動きやすいし、人の注意も引きにくい。じっくり見る人がいなければ、女とは気づかれないだろう。気づかれたところでかまわないのだが。

部屋にいる男――フランス人のほう――が、また何かしゃべった。彼女は扉の掛け金にかけた手を止めた。

「死神《リーパー》は死んだ」心のなかで英訳した。「牢獄《ろうごく》で自殺した」

噂《うわさ》は伝わるのが早いが、必ずしも正確だとはかぎらない。彼女が読んだ報告書によれば、メトリゼ団の首領フォンセは牢獄に殺し屋を差し向け、リーパーの喉をかききったのだという。フォンセは失敗を許さない。この手下ふたりが彼女に――宿敵である英国諜《ちょう》報《ほう》機関バービカンの局員に――廃屋同然のアジトまで尾行されたと知ったら、即座に死刑宣告をくだすだろう。その無情な現実をちらつかせれば、彼らを寝返らせ、首領の居場所を吐かせることもできるだろうか。

いや、逆に何がなんでも彼女を殺そうとするか。

いずれにせよ、じきゲームが始まる。

扉から手を離すと、一歩後ろにさがり、ブーツを履いた足をあげて思いきり前に蹴りだした。薄い木製の扉の掛け金が吹っ飛び、扉が勢いよく開いた。男たちは飛びあがったものの、瞬時には反応できなかった。彼女の手からナイフが飛び、ひとりの男の肩を貫く。刃は背後の壁に男を釘《くぎ》づけにした。悲鳴があがり、もうひとりの男が銃を探る。彼女もやむなく銃を抜いた。「弾薬を詰める前に、あなたは死んでいるわよ」フランス語で言う。「お互いのために、銃をおろして。わたしに撃たせないで」

「あんたに情けをかけてもらう気はないね、ボンド」銃を手にした男が薄ら笑いを浮かべた。フランス語で文字どおり〝暗殺者《テュエール》〟と呼ばれる男で、リーパー亡きあとフォンセの一味でいちばん腕の立つ殺し屋だ。この男に向けてナイフを投げればよかったと、ボンドは悔やんだ。かつて一度会った――彼女を殺しに来たのだ――ことがあり、そのときも友好的な別れ方はしなかった。

もっとも、過去は水に流してもいい。命を狙われたことも含めて。

「ミス・ボンドと呼んでほしいわ。少し話をしない？」

「今日はそんな時間はない」男はそう言うと、銃を投げつけてきた。ボンドが首をすくめてかわすと、武器は音をたてて背後の床に落ちた。すばやく銃を拾って腰に差し、振り返る。テュエールは時間を無駄にしなかった。部屋を突っきって挨拶するように手を振り、窓枠を越えた。

ボンドはレディらしからぬ罵声を発し、テュエールとトルコ人のあいだで一瞬、迷った。同時にふたりには対処できない。ひとりで動く場合、そこが不利だ。もっとも、ほかの諜報員と動く場合は、それ自体が不利になることがある。

窓に駆け寄りながら、肩越しにトルコ人を見やった。首にナイフが突き刺さっている。テュエールは相棒が余計なことをしゃべらないよう手を打ったわけだ。おかげで、ボンドは迷う必要がなくなった。窓から身を乗りだすと、テュエールが階下の店の色あせた日よけにぶらさがっているのが目に入った。彼は地面に飛びおりると、人をばかにしたようなしぐさをしてみせた。

テュエールにとって、過去はいまだ過ぎたことではないらしい。

ボンドはとっさに高さを目測し、窓から飛びおりた。日よけの上に落ちたあとに端まで転がっていけるよう膝を抱える。風を切って落下するあいだ、彼女は息を詰めていた。布地に着地した瞬間、肺から一気に空気が抜けるのがわかった。

ところが、転がらなかった。

ビリッと何かが裂ける音がした。布を突き破る寸前、間一髪で日よけの外枠をつかむ。ボンドは硬い丸石敷きの舗道の上で宙吊りになった。外枠を握る手がすべっていく。嘆息して、手を離した。無事に足から着地したものの、バランスを崩して硬い舗道に倒れこみ、腰と肩をしたたか打った。なんとか立ちあがって、血の出た手をズボンでぬぐう。あのいまいましい男はどこだろう？　鋭く左右を見やった。

あいにく男のほうが先にボンドを見つけ、全速力で駆けだしていた。

彼女はあとを追った。走ると腰が悲鳴をあげた。額から出血しているのか、視界が赤く染まる。血をぬぐい、角をまわった。屋台や行商人が列を作る、にぎやかな大通りに出た。紳士淑女がそぞろ歩き、のどかな春の日の買い物を楽しんでいる。なんてこと！　また見失った。しかも、この混雑した通りで。

近くの遊歩道に、一段高くなった噴水と彫像があった。ボンドは馬や馬車をよけながら走った。彫像によじのぼって片方の手でぶらさがり、通りを見おろす。男の姿は見えない……いえ、待って――。

いた！　幌《ほろ》付きの人力車に乗りこんでいる。車夫がふたり、駆け足で引いていくところだ。ボンドは彫像から飛びおりてほかの人力車を探したが、テュエールがつかまえたのが最後の一台だった。さらにまわりを見渡すと、一頭立ての二輪馬車が目に入った。馬車の持ち主は買い物中らしく、従僕が馬の脇で待機している。ボンドはそちらに向かって走り、文句を言われる前に飛び乗った。従僕は一瞬ぽかんとしたが、彼女が手綱をパンと鳴らすと、あわてて馬具をつかもうとした。

「悪いわね！」ボンドはひと言謝り、なんとか怯《おび》えた馬をなだめようとした。馬は後ろ脚で立ちあがるなり、一気に走りだした。幸いにも望む方向へ向かったものの、残念なことに混雑した通りを走るには速度をあげすぎていた。道行く人々が次々に飛びのいていく。目の前に幌付きの人力車が見えた。だがボンドが手綱を引く前に、馬は脇に突っこんだ。二輪馬車の車輪が果物売りの屋台を引っかけ、荷車ごとひっくり返す。オレンジやレモンが通りを転がっていき、リンゴが四方に散らばった。そのひとつが跳ねて馬車に飛びこんでくると、ボンドは片方の手でリンゴをつかみ、ひと口かじってからまた馬を走らせた。

思わず笑みがもれる。もうテュエールはつかまえたも同然だ。彼はもっと速く走れと車夫に怒鳴っている。だが、いくら速く走っても馬にはかなわない。徐々に距離が縮まり、ついにボンドは人力車に並んだ。

「話をする気になった?」彼女は叫んだ。

「地獄へ行け、ボンド!」

「なら、お先にどうぞ」ボンドはつぶやくと、馬を人力車のほうへ向けた。車夫があわててよけようとする。テュエールがいきなり立ちあがって人力車から飛びおり、地面に叩《たた》きつけられた。ボンドは手綱を引くとすばやく馬車を降り、テュエールが起きあがる前に取り押さえようと駆けだした。けれども次の瞬間、腕いっぱいに花を抱えた女性とぶつかった。女性は転び、地面に倒れこんだ。ボンドは口から水仙の花を吐きだすと、また走りつづけた。だが、その一瞬の遅れがチャンスをつぶした。テュエールは立ちあがって、入り組んだ路地に逃げこんでいた。職人たちがそれぞれ宝石や絵や小物を売っているような路地だ。ボンドは頭のなかに市街の地図を思い浮かべた。路地は運河に突きあたる。運河までたどりつけば、テュエールは船に飛び乗るに違いない。そうなったら、二度と見つからないだろう。

ボンドは前にいた男ふたりを押しのけ、全速力で走った。テュエールが気づき、足を速める。ふたりが突進してくるのを見て、皆が道を空けたが、なかには突き飛ばされた者もいた。行く手を阻む山積みの荷箱を、ボンドはしなやかに飛び越えた。よろめいたものの、すぐにバランスを取り戻した。

テュエールは間違いなく運河に向かっている。見失ったら、〝M〟が激怒するだろう。ボンドが速度をあげたところに、幼い子どもの手を引いた母親が屋台の後ろからふいに出てきた。ボンドは小さく叫んで危うくふたりをよけたが、代わりに花売りの荷車に突っこんだ。一瞬すべてが真っ暗になり、花の香りに満たされた。ボンドは顔を出すと、今度は口からチューリップの花びらを吐きだした。花売りの娘が下品なののしり言葉を叫ぶ。少なくとも、ボンドの耳には下品に聞こえた。花と茎にまみれ、一瞬自分がどこの、どんな言語が話されている国にいるのか、わからなくなった。髪からバラを一本引き抜いて娘に渡し、運河に向かってまた走った。

テュエールはすでに岸に着いていた。迷っているのがわかる。船はない。ボンドは銃に手を伸ばした。もうこっちのものだ。

彼はボンドが近づいてくるのに気づくと、振り返って運河を見やった。もう一度、彼女を振り返る。それから、一歩足を踏みだした。

「止まりなさい！」

だが、すでに遅かった。テュエールは二歩あとずさりしてから、いきなり走りだした。ボンドが岸に着いたときには、水面が大きく跳ねあがっていた。水底の泥が攪拌《かくはん》され、ただでさえ濁った水がさらに黒ずんで見える。

「あがっていらっしゃい。泳ぐのよ」ボンドは念じるように言った。さざ波が広がり、やがて静かになった。彼女は周囲に目を配りながらも、テュエールがもぐったあたりをじっとにらみつけた。

動くものは何ひとつない。

「逃げられたわね」ボンドはつぶやいた。

「おい！」

振り返ると、怒り狂った商人や売り子たちが近づいてくるところだった。だめになった商品を振っている者あり、こぶしを突きだしている者あり。なかには怒りをぶつける度胸のない者もいた。

「やれやれ」こうなったら、しかたがない。ボンドは帽子を取ると、金髪が背中にこぼれ落ちるに任せ、愛らしくほほえんだ。

2

一八一六年、社交シーズンのロンドン

「どんなに美人だろうと、金持ちだろうと、社会的な地位があろうと関係ありません」客間でマントルピースを前に立っていたドミニクは、勢いよく振り返った。「くそっ、ぼくは絶対に結婚なんかしませんからね」

「その言葉遣いはなんだ。母親の前だぞ」

侯爵夫人が手をひと振りした。淡い青のモスリンのドレスを着た母は、まるでこの客間の——青とクリーム色で統一され、金箔《きんぱく》がふんだんに使われたこの部屋の——家具の一部のように見える。「今に始まったことではないわ。息子を四人も育てていれば、下品な言葉にも多少は慣れてくるものよ」

ドミニクは、ほら見ろと言わんばかりのしぐさをした。

「くそっ、そういう問題ではない」侯爵がドミニクに指を突きつけた。「母親に少しは敬意を示せと言っているのだ」

あなたの言葉遣いはどうなんだと反駁《はんばく》したいところを、ドミニクはかろうじてこらえた。

義父はまったくユーモアを解さないし、皮肉を喜ばない。しかも、覚えているのは自分に都合のいいことだけだ。今は、妻がかんばしくない過去の持ち主だという事実は忘れることにしたらしい。

自分もそれを忘れられたらいいのにと、ドミニクは思った。「ぼく

「閣下」こみあげる怒りを長年の習慣で抑えて言った。「ぼくは結婚するつもりはありませは結婚するつもりはありません。後代に遺《のこ》すべき土地も爵位もありませんから、跡継ぎを作らなければならない立場でもない。だから、結婚する必要も――」

「必要は大いにある！」エッジベリー卿《きょう》が吠えた。ドミニクはこぶしを固め、何かを殴りつけたい衝動と闘った。大の大人が子ども扱いされるなんて、腹立たしいことこのうえない。だが、母のためだと思って我慢した。「おまえの行いはけしからん。父親はおまえだという婚外子が次から次へとこの家の門を叩き、金をせびっていくとなれば、わたしも黙ってはおれん！」

ドミニクはちらりと母を見た。侯爵夫人は声を出さずに制し、小さく首を横に振った。おとなしくしていてと目で合図を送ってくる。「閣下」立ちあがると、夫の腕を取った。「少し、ふたりだけで話せないかしら？」

ドミニクはふたりに背を向け、マントルピースの上の小さな磁器の人形を眺めた。女羊飼いで、まさに典型的なイングランド美人に作ってある。亜麻色の髪にバラ色の頬、大きな青

い瞳。いちばん嫌いなたぐいの女だ。背後で、母が押し殺した早口でしゃべっている。ところどころ聞きとれる言葉があった。

「父親を知らない……誇りが……慎重に――」

突然扉が開き、ドミニクの義弟のカーライルが入ってきた。「おっと、失礼」とっさにあとずさって部屋の外に出たが、それでもドミニクの目つきには気づいたらしく、眉をひそめた。

「いいのよ、カーライル」侯爵夫人は言った。「お父さまとわたしは居間で話をするから。どうぞ、入って」侯爵の腕を取って、部屋を出ていく。カーライルは客間に入るしかなくなった。

「なんの話だったかはきかない」弟は言った。「その気があるなら、兄さんのほうから話してくれ」

ドミニクは思わずほほえんだ。カーライルは父親違いの末の弟で、ついこのあいだ学校を出たばかりだ。十九歳。まだ世間ずれしていない。もっとも、すれるはずもない。侯爵の息子で金髪、茶色の瞳を持つハンサム。そして、裕福。このまま挫折を知らず、まっすぐに生きていくのだろう。

「想像はついているんじゃないか」ドミニクはサイドテーブルから紅茶のカップを取った。

昔からこの末の弟には格別の愛情を感じていた。年が十三歳も離れていると、互いに張り合おうという気にもならない。

「先週、突然訪ねてきた、身ごもった女性のことじゃない？」

「父上はこれ以上家名を傷つける前に、ぼくを結婚させようとしているんだ」ぬるくなった紅茶をひと口飲んだ。義父がいきなり説教を始めたせいで、味わう暇さえなかった。

カーライルは菓子を口に放りこみ、ふたつ目に手を伸ばした。

「結婚ってそんなに悪いものかな？」

「おまえが早く結婚したがっているとは知らなかった」

カーライルは菓子を盾よろしく胸の前にかざした。

「ぼくはまだまだ若い。でも、兄さんはいい年だ」

「言ってくれるな」

「おなかの子は兄さんの子なの？」カーライルは口いっぱいに頬張りながらきいた。ドミニクはぐるりと目をまわした。弟は遠慮というものを知らない。

「まさか」

「それで、父上は兄さんを誰と結婚させようとしてるわけ？」

「おまえに関係あるか？」

弟は薄いサンドイッチに手を伸ばし、しばし考えた。「あるかもしれない」

「ミス・ジェーン・ボンド」

カーライルがサンドイッチをぽとりと手から落とした。サンドイッチが椅子の下へ転がっていったが、それにも気づかない様子だ。「断ったの？」

「結婚なんてごめんだからな。まして、会ったこともない女性となんて」

「会ったことがないんだね？」

「ないと思う」ドミニクは極力、社交行事を避けていた。社交界には興味がない。自分が見くだされているのは充分承知だ。夜ごと思いださせられるまでもない。

「なら、説明がつくな」カーライルはふたつ目のサンドイッチに手を伸ばした。

ドミニクは紅茶を飲んだ。

「彼女をひと目見たら、気持ちも変わるだろうと言いたいのか」

「わからない」カーライルはパンを嚙《か》みながらもごもごと言った。「でも、少なくとも考えてみる気にはなるんじゃないかな」

ドミニクは紅茶のカップを置いた。機会があるうちに逃げたほうが得策だという気になってきた。「おまえとぼくでは女性の好みが違うみたいだな」

「彼女が好みじゃない男なんていないさ。それは請け合うよ。出かけるのかい？」

すでにドミニクは扉に向かっていた。「ああ。だが、カーライル、言わせてもらうと、おまえのおかげで興味がわいたよ。一度ミス・ボンドに会ってみたくなってきた」

「兄さんの前にはたぶん、長い列ができてるよ」

ドミニクは扉を開けた。「エッジベリー卿によろしく伝えてくれ」

「それは楽しい役目だな」カーライルがぼやく。ドミニクは扉を閉めると、階段へ向かった。

しかし、数歩も行かないうちに母に行く手を阻まれた。小柄で黒髪で肌の浅黒い、ロマを思わせる異国風の女性――それが母だ。ドミニクが知るかぎりロマの血は混じっていないはずだが、母はあえて噂を打ち消そうとはしなかった。ドミニクは母よりはるかに上背がある。おそらく父親が長身だったのだろう。義父や三人の義弟よりも頭ひとつ分高かった。もっとも、身長と存在感は必ずしも比例しない。ティタニア・グリフィン――現在はティタニア・ホートン・クリーヴボーン、エッジベリー侯爵夫人には、誰もが一目置かざるをえない、圧倒的な存在感があった。

「話があるの」侯爵夫人はごく親しい友人しか招き入れない私室を手で示すと、さっさと歩きだした。息子があとからついてくるかどうか確かめもせず。

ドミニクはため息をつき、あとに従った。

ロンドン、メイフェア

そびえ立つ大邸宅の壁を、足場か支えに使えそうな桟《さん》や出っ張りだけを頼りに伝いおりるのは簡単ではない。まして、その芸当を舞踏会用のドレスとそれに合わせたシルクの室内履きでしようとするなら、難度はかなりあがる。手袋もはめたままとなれば、ボンドに言わせればほとんど不可能に近い。

それでも、しなければならない。しかも見事にやってのけなければ。気の毒なレディ・キーティング――暗号名〝蝶《バタフライ》〟――は、ボンドが手本を示してくれることを期待している。

ボンドはたしかな足場を探してゆっくりと足をおろしていった。体重がかけられるだけの出っ張りを見つけ、石造りの灰色の壁を慎重におりていく。

「どうしてこんなことをしなければいけないの？　もう一度説明してもらえる？」

「なぜなら」ボンドは答えた。つかまるところを見つけようと手探りする。不安を表に出してはならない。あくまで冷静に、着実に。手袋がすべってバランスを崩したが、もう一方の手を石壁にできた小さな穴に引っかけ、なんとか持ち直した。「危機的な状況では、迅速な撤退が必要となる場合があるからよ。そして、扉よりも窓のほうが近い場合もあるの」地面を見おろすと、まだかなりの高さがあった。〝男爵《バロン》〟が物陰に立ち、周囲を警戒しながらときおりふたりを見あげて眉をひそめている。「バロン、そのとおりでしょう？」

「ああ、きみの言うとおりだ」彼は上を向いて答えた。「だが、話はあとだ。今は集中しろ」

ボンドにすれば、たかがおしゃべりで集中力が途切れることはない。途切れるのは、誰かがこちらに向かって発砲しているとか、建物に沿って熱湯を流しているとか、そんなことがあった場合だ。とはいえ――ボンドは自分に言い聞かせた――バタフライはまだ修業中なのだ。無言でさらに一メートルほど壁をおりる。しゃべる代わりに、グローヴナー・スクエアの屋敷で行われている舞踏会の、オーケストラの演奏に耳を澄ました。音楽に混じって、ときおり低い話し声やシャンパングラスが触れ合う音、女性たちの笑いさざめく声が聞こえてくる。この脱出訓練は体力を消耗するが、それでもなかにいるよりはましだとボンドは思った。

「どうしてそんなに時間がかかっている?」

その声の主は知っている。ボンドはため息をつき、上にいるバタフライを見あげた。ゆっくりと慎重におりてきているところだ。バタフライが大丈夫かどうか確かめながら少しずつおりてくるのでなかったら、ボンドは今頃は舞踏会に戻って好物の果実酒《ラタフィア》でも飲んでいるところだ。ところが叔父が現れ、いつもの短気を起こしている。

「集中しようとしているところよ、叔父さま」下に向かって叫ぶ。

「みんな、おまえはどこかと噂している」叔父が答えた。「ことにおまえの叔母がな」

そう聞いて、ボンドはいやな予感がした。なんの用だろう。叔母が選んだドレスを着たし、叔母の侍女に髪も結《ゆ》ってもらった。最低でも六人の独身男性と踊ること、ただし当然ながらひとり一回しか踊らないことを約束させられた。これ以上何を望むというの?

おそらくは、ボンド本人が舞踏室にいることだろう。もう一度バタフライを見あげ、彼女が足場を確保したのを見届けた。あと一歩だ。すぐ下に窓の桟がある。最後の数メートルは子どもでもおりられる。ボンドは蜘蛛《くも》のように壁を伝い、バロンと叔父のそばに飛びおりた。

「今のはなんだ？」バロンがきいた。「きみは猿か？」

ボンドはほほえんだ。

「褒《ほ》め言葉と受けとっておくわ。腹を立てるレディもいるかもしれないけど」

バロンが片方の眉をあげた。緑の瞳とあちこちはねた茶色の髪が魅力的なハンサムな男性だ。ボンドは男性の顔立ちに特別関心があるわけではなく、ハンサムだからといって心を動かされることはない。人は見かけによらないことは誰よりもよくわかっている。

「普通のレディは猿みたいに壁を這《は》いおりたりしないだろう」

「まあ、そうね」ボンドは汚れていないかどうか、手袋を入念に調べた。「それもまた、微妙な褒め言葉だけど」

「彼、そういうのが得意なのよ」バタフライが窓の上の出っ張りからつけ加えた。

「集中したらどうだ」バロンが怒鳴り、妻の下に移動した。ボンドはちらりと叔父を見やった。夫婦の諜報員を一緒に働かせることにはいささか抵抗があった。もっとも、ボンド本人は他人と組むこと自体を拒否しているのだが。

「あいつは過保護すぎる」叔父がぶつぶつと言った。「だからおまえを呼んだ。バロンではバタフライに能力の限界まで挑戦させないだろうと思ったのでな」

「彼女は優秀よ」ボンドは認めた。「勘がいいわ」

「わたしもそう思う」

バロンは妻に最後の一メートルほどを自力でおりさせず、彼女の腰に手をまわして地面に抱えおろした。バタフライはほっとした顔になったが、ボンドは内心、余計なことをしないでとバロンを叱り飛ばしたかった。始めたなら、最後までやり通さなくてはならない。

バタフライは満面に笑みをたたえ、足取りも軽く近づいてきた。

「成功ね！　わたし、最後までおりられたわ！」

「ええ、成功ね」ボンドは応じた。失敗したら、今立っている丸石敷きの舗道に伸びていただろう。

「見事にやり遂げた」バロンが言った。

「ボンドほどじゃないけど。彼女は髪の毛一本乱れていないし、ドレスにしわひとつない」バタフライは自分のしわだらけのドレスと、だめになった手袋を見おろした。「いともやすやすとやってのけるのね」

「だから、最高の諜報員なんだ」叔父が言った。

「たしかに、それは間違いないわね、メルバーン卿」バタフライが同意する。

「ちょっと待ってくれ」バロンが眉をひそめて口を挟んだ。「妻は、何はさておき夫を立てるものじゃないのか。ほかの誰がそうしなくても」

「まあ、ごめんなさい、ウィン」バタフライは夫の腕を軽く叩いた。「間違っていたわ。最高の諜報員はあなたよ。さあ、家に帰りましょう」

ボンドは驚いた。「舞踏会には出ないの?」わたし以外は皆、逃げ帰ることを許されているわけ?

「疲れちゃって、とても無理よ」バタフライが言った。「それに、娘たちにパパとママが・戻ったら寝かしつけてあげると約束してあるの」

ふたりに子どもがいることをボンドは忘れていた。「そうなの」いつのまにかふたりは諜報員のバロンとバタフライではなくなり、キーティング卿夫妻に戻っていた。

「行くぞ」叔父がボンドの腕を取った。「レディ・メルバーンをこれ以上待たせないほうがいい」建物の裏手にまわり、庭に出る。数組のカップルが散策していた。春の花が咲き乱れ、月明かりに美しく照らしだされている。花を鑑賞する暇もないボンドだが、じっくり見れば美しいと感じるのだろう。叔父のあとについて舞踏室の開け放した扉に続く階段をのぼった。ひんやりとした夜気が室内に流れこみ、カーテンを揺らして、盛大なパーティならではの息が詰まるような熱気をいくらかやわらげていた。

音と光、そしてひしめき合う人々に慣れるのに、しばらく時間がかかった。それでも最初の紳士が一礼して、〝こんばんは、ミス・ボンド〟と声をかけてくる前には、諜報員のボンドから、ミス・ジェーン・ボンドへと戻っていた。

愛らしく唇の端を持ちあげてほほえみ、金髪を肩から払って応じる。

「ミスター・アスプレイ、またお会いできてうれしいですわ」

アスプレイは話を引き伸ばしたそうだったが、これ以上相手をしているとダンスを申しこまれるのはわかっている。またつま先を踏まれるのはごめんだ。

「叔母が待っていますので」ジェーンはそう言って、その場を離れた。お詫《わ》びのしるしに、とっておきの笑みを浮かべてみせる。彼はよろめきそうになった。

「ジェーン！」叔母がジェーンの腕をつかみ、脇に引っ張っていった。「いったいどこにいたの？」

なんと答えたものか迷い、ジェーンは助けを求めて叔父を捜した。叔父が妻にどういう言い訳をしたのかわからないが、いつのまにか姿が見えなくなっていた。消えるのは得意なのだ。ことに妻がそばにいるときには。「叔母さま、待たせてしまってごめんなさい」

「待っていたのはわたしではないの。とびきり特別な人よ」レディ・メルバーンはしゃべりながら人ごみを抜け、姪《めい》を食堂へと誘導した。ジェーンは逆らわなかった。逆らったところで意味はない。少なくとも、食堂なら舞踏室よりは静かだろう。人のざわめきのせいで、すでに頭痛がしている。まったく、この手の集まりは苦手だ。いっそ早く三十歳になって、堂々と売れ残りだと宣言できたらいいのにと思う。二十四歳ではすでに婚期は逃しつつあるものの、まだ結婚できない年というわけではない。

残念なことに。

あと六年、社交シーズンをどうやって切り抜けたらいいのだろう。希望がないわけではない。その一。叔父と叔母が自由にできる資産を使い果たし、もはや社交行事に顔を出せなくなること。もっともレディ・メルバーンがかなり派手に浪費していても、先週ジェーンが叔父の帳簿を盗み見たところによると、まだ莫大《ばくだい》な資産が残っているようだ。叔父ももともと諜報員だったことを思うと、金の出どころに関してはいささか疑問が残るのだが。

希望その二は、重大な事件が起きてジェーンが必要とされ、いつ果てるとも知れない舞踏会や音楽会、その他の集まりに出ていられなくなること。これまでのところ、これがいちばん現実的な筋書きだ。ところが最後にフォンセに関する新情報が入って早六カ月、バービカンの局員がフォンセ率いる犯罪組織メトリゼ団の暗殺者リーパーをとらえて四カ月になる。リーパーが不慮の死を遂げる前、ジェーンは自ら彼に何度も尋問したが、これといった情報は得られなかった。

とはいえ、フォンセがいつまでも黙って傷をなめているとは思えない。

メトリゼ団の首領が今、ロンドンやヨーロッパ大陸のどこかに現れるとしたら、いっそこの食堂に現れてほしいものだ。叔母が〝特別〟と信じているものが、ろくな物や人だったためしがない。〝とびきり特別〟となったら、どんな人物かは想像にかたくない。

食堂に入ると、舞踏室のざわめきはとたんに小さくなった。ジェーンの頭痛もいくらかやわらいだ。まったく、たまには静かに読書でもして――古い武器や毒薬に関する本でも読んで――夜を過ごしたいものだ。習慣から、ジェーンは室内の様子を一瞥《いちべつ》しただけで見てとった。テーブルが並べられ、さまざまなごちそうが盛りつけられている。コールド・ミートと凝ったソース、つややかな果物、香り高いパン、手のこんだお菓子などだ。あたたかい料理は晩餐《ばんさん》の始まりが告げられる直前に供されるのだろう。もっとも、ジェーンとしては冷たい料理だけでも充分ありがたかった。午後のどこかでチーズをひと切れ食べたはずだが、あれは昨日のことだったかもしれない。今日は一日バービカンの本部に詰めていた。あそこには食べるものが何もない。

「さあ、ジェーン」叔母が向き直り、早口でささやいた。そうしながらも、後ろの扉を振り返る。誰を待っているのだろう？「礼儀正しくしてちょうだいね」

「わたしはいつだって礼儀正しいでしょう」

「そうね。でも、ときどきやりすぎて慇懃《いんぎん》無礼に感じるときがあるわ。相手は気づいていないかもしれないけれど、わたしにはわかるの」叔母は大きなはしばみ色の目でジェーンの顔を見つめた。ジェーンは視線をそらさず、叔母の整った顔立ちを観察した。つややかな赤褐色の髪に秀でた額、つんと上を向いた鼻、きりっとした唇。夫よりわずかに若く、四十歳になるかならないかで、若い頃はさぞ美人だっただろうと想像させる。今でも充分美しく、聡明だ。ときおり気の毒になることがある。叔母のような立場の多くの女性と同じく、紅茶を飲み、噂話をし、息子や娘を結婚させる以外、さしてすることがないからだ。

もっともメルバーン卿夫妻には子どもがいない。残念なことだ。叔母はすばらしい母親になっただろう。夫の姪にあたる、心に傷を負った娘を引きとり、惜しみない愛情を与え、寛容な心でもって育ててくれた。そんなふうに幼い頃からともに暮らしてきたにもかかわらず、ジェーンはふたりを父と母とは思えなかった。叔父たちとのあいだには決して消えない距離があり、堅苦しさがあった。

レディ・メルバーンがまた扉に目を向ける。ジェーンはその視線を追って尋ねた。「わたし、誰と会うことになっているの？」

「ミスター・ドミニク・グリフィンという方。お母さまはエッジベリー侯爵夫人よ」

エッジベリー。魅力的な若い男性何人かの顔が浮かんだ。揃《そろ》って金髪で、茶色の目をしている。兄弟なのだろう、全員がよく似ていた。

「なるほどね。どうしてミスター・グリフィンがそんなに……」従僕がシャンパングラスをのせた銀の盆を持って近づいてきたので、ジェーンは言葉を切った。

「シャンパンはいかがです？」従僕がほほえみながら勧めてきた。

「ありがとう」レディ・メルバーンはグラスをひとつ取った。

「お嬢さまは？」従僕がジェーンのほうへ盆を差しだした。叔母が険しい目つきをしたが、ジェーンは意に介さなかった。シャンパンは好きではない。だがミスター・グリフィンと対面しなければならないなら、景気づけが必要だ。

「悪いけど、ラタフィアを持ってきてもらえないかしら？」

「もちろんです」従僕がうなずいた。「喜んでラタフィアでもなんでもお持ちいたします」

彼は意味ありげな流し目をくれた。〝なんでも〟のなかには飲み物以外のものも含まれているようだ。

「チェリーをお願い」

「かしこまりました」従僕が立ち去りかけた。

「ステアじゃなく、シェイクで」

「はい、仰せのとおりに」

彼は要望に応えるため、いそいそと立ち去った。レディ・メルバーンがいらだたしげにため息をついた。「どうしてシャンパンではだめなの？」

「ラタフィアが好きなんですもの」

「まったく、好みがうるさいんだから」

「彼は気にしていなかったみたいだけど」

「あなたから目が離せなかっただけよ。のぼせあがった従僕は置いておいて、そうこだわりが強いと敬遠されるわよ」

やれやれ、また結婚の話になりそうだ。ジェーンは目を細めた。

「叔母さま、どうしてミスター・グリフィンが〝とびきり特別〟なの？」

叔母が目をそらすのを見て、ジェーンは胸騒ぎがした。

「わたしと結婚させるつもりじゃないでしょうね？　会ったこともない人なのに」

「会ってみてから、その話ができたらと思っていたのよ」

ジェーンはかぶりを振った。オーケストラの音楽が、いきなりまたはっきりと大きな音で聞こえるようになった。

「叔母さま、どうしたの？」

「ジェーン……」

ジェーンは叔母の手袋をはめた腕をつかんだ。「何かあるのね？」

叔母が眉をひそめた。「いいでしょう」通りかかった客や使用人に話を聞かれないよう、声を落とす。「もう決めたの。あなたはミスター・グリフィンと結婚するのよ」

ジェーンはやけどでもしたかのように叔母の腕を放した。「冗談じゃないわ」

「すでに双方で話がついているのよ、ジェーン」叔母は顎をあげ、断固とした口調で言った。

「そんなばかな」ジェーンはあたりを見渡した。叔父はどこにいるのだろう。叔父がこんな話に賛成するはずがない。「メルバーン卿は――」

「承知しているわ。実を言うと、ミスター・グリフィンを選んだのは主人なの」

でも、どうして？　ジェーンはわけがわからなかった。わたしは諜報員だ。妻にはなれない。叔父はわたしの仕事ぶりに満足していないのだろうか？　どうして結婚させ、無為な生活に追いやろうとするの？　フォンセをとらえ、メトリゼ団を壊滅させる任務があるのに、何もできなくなってしまう――妻が家庭に入って、毎晩靴を脱がせてくれることを期待するような夫がいたら。

「結婚なんてごめんだわ」ジェーンはきっぱり言った。「叔父さまと叔母さまの言いつけにそむくのは心苦しいけど、わたし、何があってもミスター・グリフィンとは結婚しない」

叔母が目を大きく見開いた。長い沈黙があった。長すぎるほど――いつのまにかオーケストラが奏でていた舞曲も終わっていた。やがてしんとした食堂に男性の咳払《せきばら》いが響き、ジェーンは振り返った。

「別の機会に出直しましょうか？」背後に立っていた男性が悠然とした口調で言った。

ジェーンは息をのんだ。息苦しい舞踏室とは無関係な熱いものが腹部から頬へと這いのぼってくる。男性は長身だった。一般的な男性よりもはるかに背が高い。バロンほどではないが肩幅が広く、濃い緑色の上着をすてきに着こなしている。腰はすらりとして、膝丈《ブリーチズ》のズボンに包まれた脚は筋肉質であるのがわかった。

ジェーンは視線をあげて男性の顔を見た。彼は面白がっているような笑みを浮かべている。ジェーンがまじまじと見ているのがおかしいのだろうか。彼女は思わずわれを忘れていた。そして今もまた、忘れそうになった。気取った傲慢《ごうまん》な笑みを浮かべているのは、男性にはまれなほど官能的な唇だ。ひげを剃《そ》っていないらしく、がっしりした顎や頬にはうっすらと黒い影ができている。あの頬骨にくらくらする女性も多いだろう。瞳はどこまでも深い黒で、ロマの野営地で見かけるような危険な色合いだ。まつげは濃く、その上の二本の眉もくっきりしている。まっすぐな髪が無造作に額にかかっていた。肩に触れるほど長く、流行の髪型とは言えないが、彼にはすばらしく似合っている。どこか謎めいた官能的な顔立ちにいっそう異国風な印象を与えているのだ。

「ミスター・グリフィン！」叔母が悲鳴に近い声をあげた。

ジェーンは首を横に振った。この人がミスター・グリフィンのはずがない。もしそうなら、自分は大失態を演じたことになる。

だが、それより何より、この人が本当にミスター・グリフィンなら、面倒なことになりそうだ。

3

「レディ・メルバーン」ドミニクは食いしばった歯のあいだから言った。気の毒に、この女性はすっかり狼狽《ろうばい》している。彼は次に若い女性に視線を向けた。「あなたがミス・ボンドですね」

「先ほどの失礼な発言はどうぞご容赦ください。悪気はなかったんです」

「気にしてはいませんよ。ぼくもあなたの噂はいろいろと聞いています」

ミス・ボンドが首を横に振った。「でも――」

「もっとも、話がいささか誇張されていたようですね」

美しいピンク色に染まっていた頬がさらに赤みを増した。表情豊かな澄んだ青の瞳が石のようになる。ドミニクは彼女を傷つけた――意図したとおりに。だが、勝利の喜びはなかった。内心、話が誇張されていたらと願わずにはいられない。どちらかといえば、弟の表現は控えめだった。目の前にいる女性は、この世のものとは思えないほど美しい。金髪に青い瞳、そして磁器のような肌。まさにイングランド人が理想とする古典的な美人だ。

こういうたぐいの女性はよく知っている。一対の青い目にあざけりが浮かぶのを何度見たことか。社交界の美女たちは幾度となく、ドミニクが自分にはふさわしくないと知らしめてきた。この女性も例外ではないだろう。

ただ、ミス・ボンドには何か普通の美女にはないものがあった。心をとらえて放さない、なんとも言えない色香。ドミニクは目をそらすことも、その場を立ち去ることもできなかった。親指で、あのふっくらした下唇をなぞってみたい。あの肌に触れて、見た目どおりやわらかいのかどうか確かめたい。胸の曲線にてのひらを添わせ、その重みを感じたい……。

この女性が欲しい。しかし、たった今きっぱりと拒絶されたのだ。彼女を責める気はなかったが、だからといって侮辱を許す気にもなれなかった。

「それなら、話は終わりですわね」ミス・ボンドが向きを変えかけた。「失礼してよろしければ――」

「だめよ！」レディ・メルバーンが焦って呼びとめた。「ミスター・グリフィン、ちょっとお待ちになって」すでに立ち去りかけていた姪の腕をつかんで引きとめた。「ジェーン、まだ行ってはだめよ。でないと、叔父さまがなんと言うか」

脅しをかけられて、ミス・ボンドがはたと足を止めた。それを見て、彼女も自分と同じくはめられたのだとドミニクは気づいた。叔父と叔母に結婚相手を押しつけられたのだろう。自分が母にされたように。もっとも、ならば侮辱を笑ってやり過ごせるかというと、そうはいかなかった。少しくらい、いやがらせをしてやってもいいじゃないか。

「せめてダンスくらいは踊らないと」レディ・メルバーンがいらだった声で促す。

「そうです、ミス・ボンド。せめて一曲くらいダンスをお付き合いいただかないと」

ミス・ボンドが啞然《あぜん》とした顔で振り返った。「あなた、どういう――」

「そのとおりですわ、ミスター・グリフィン」レディ・メルバーンが言った。「わたしが承諾します。さあ、踊っていらして。わたしはすぐに戻りますから」姪をひとにらみし、メルバーン卿を捜してくると言うと、急ぎ足で舞踏室に戻っていった。

「脅しみたいだな」ドミニクはぽつりと言った。驚いたことにミス・ボンドが足早に近づいてきたかと思うと、舞踏室から見えないところまでついてくるよう手振りで示した。

「あなたが何者で、叔父や叔母とどういうつながりがあるのかは知らない。でも、すぐに探りだして、この話はなかったことにするから」

顔つきからして本気らしかった。どういうわけか、ドミニクはいっそう心をそそられた。ミス・ボンドの顔がすぐ目の前にある。まなざしはまっすぐにこちらに向けられている。今、ドミニクに考えられるのは、その引き結ばれた唇に口づけしたいということだけだった。まったく、何を考えているんだ。ぼくは決して女性にキスなどしないのに。「きみはあまりダンスが好きではないという意味に受けとっておこう」のんびりした口調で答えた。

「それでいいわ」

「わかった。それなら、少し歩かないか」ドミニクは食堂と隣り合わせた舞踏室の奥に見える、庭に向かって開け放たれた扉の方角に進んだ。だが食堂を出ようとしたところで、急いで歩いてきた従僕とぶつかりそうになった。従僕が手にしていたグラスが揺れ、濃い赤の液体がミス・ボンドの瑠璃《るり》色のドレスにかかりそうになる。彼女はすばやく——これほど速い動きは見たことがないくらいすばやく動き、一滴もこぼさずにグラスをつかむと、左手で盆を支えた。従僕は平謝りし、ラタフィアをもう一杯なり、菓子なり、望みのものをなんでも持ってくると約束した。

ミス・ボンドはラタフィアをひと口飲んでほほえんだ。「これで結構よ。ありがとう」

「ラタフィアをもう一杯お持ちします。ステアじゃなくて、シェイクするんでしたね？」

「その必要はないわ」

「お待ちください」従僕がバタバタと走り去った。

「きみの前では、男はみんなあんなふうなのか？」ドミニクはきいた。

「どういう意味？」

「そうきき返すこと自体が答えだな。さあ、行こう」ドミニクは腕を差しだした。ミス・ボンドに触れられたくはなかったが、こういう状況における礼儀は心得ている。それでも彼女は断るかに見えた。だが舞踏室内に何かを認めたのか目を細め、やがて彼の袖にそっと手を置いた。ドミニクはいつもの嫌悪感が体を走るのを待ったが、何も起こらなかった。

ドミニクはしばしミス・ボンドを見つめ、腑抜《ふぬ》けたようにその場に立ち尽くした。彼女が言った。「行きましょう、ミスター・グリフィン。散歩がしたい気分だわ」

ふたりで舞踏室を通り抜けた。育ちのいい男なら、人々が振り返って自分たちを見ていること、その多くが眉をつりあげていることに気づかなかったかもしれない。育ちのいい男なら、誰もが憧れる女性に腕を取られていることに格別優越感を抱かなかったかもしれない。

だが、ドミニクはそういう男ではなかった。

扉を抜け、松明《たいまつ》やランタンの明かりがところどころに灯《とも》る庭に出た。風が炎をちらちらと揺らしている。夏の花の香りがした。空気がひんやりと感じられるが、ミス・ボンドは気にならないらしい。扉のすぐ外にいた男女の集団の脇を通り過ぎる。ミス・ボンドは足を止めてラタフィアをひと口飲み、グラスを低い石柱に置いた。ドミニクは舞踏会の明かりが届かない庭の奥へと砂利道を進んだ。無言を通し、彼女のほうから話をさせるつもりだった。経験から言って、女性は長いあいだ黙ってはいられないものだ。ところが、またしても意表を突かれることになった。ミス・ボンドは沈黙を続けたのだ。さらに驚いたことには、角を曲がり、高い生け垣に囲まれた長い遊歩道に入ったときも、何も言わなかった。良家のレディなら普通は、外聞を気にして異議を唱えるだろう。だが彼女は……どこかうわの空だった。

ぼくといるのがそれほど退屈なのか。

「このシーズンはいろいろな社交行事に引っ張りだされたわ」ミス・ボンドが口火を切り、

ドミニクはほっとした。自分から話しかけるべきかと考えていたところだった。「それでも、あなたには会ったことがないわね。最近になって外国から戻ってきたとか？」

「いや」ぶっきらぼうで短い返答に気を悪くするかと思ったが、ミス・ボンドはなんとも思っていないようで、ただ生け垣を見あげている。実際のところ、ドミニクの存在すら忘れている様子だ。何か興味をそそるものがあるのかと、彼も生け垣を見あげてみた。

「ロンドンに住んでいるの？」彼女がきき、ドミニクの注意を引き戻した。

「必要があるときだけね」

ミス・ボンドがほほえんだ。「田舎のほうが好み？」

「そうとはかぎらない」

「まあ――《マイ・ロード》」彼女はまたいまいましい生け垣を見あげて言った。

「ぼくは貴族《ロード》じゃない」

「それは知っているわ。ところでも、わたしたちを引き合わせようとした人たちへの義務は果たしたんじゃないかしら」

「それはどうかな」

ミス・ボンドがドミニクに視線を戻した。庭に出てから初めて、まっすぐに見つめてきた。その瞳はどこまでも青く、スミレ色にも見えるほどだ。息をのむような青い瞳を自分だけに向けられていると、心がざわつきだす。またしても口づけしたくなったのは、そのせいに違いない。

かつて感じたことのないほど強烈な欲求だった。

「そうね、言葉が足りなかったわ。ただわたしたち、少なくとも男女のお付き合いにおける最初の一歩を踏みだしたとは言えると思うの。この先、舞踏室に戻りたい、あるいはこっそり帰りたいというなら、どうぞご自由に。わたしはひとりで大丈夫だから安心して」

ドミニクはミス・ボンドを見つめた。これ以上一緒にいるのはごめんだということか。腹が立ってもいいはずだが、こういうことは今までに何度も経験してきた。それにしても、彼女の言動は矛盾している。庭の薄暗い小道をここまでついてきたくせに、今度はさっさと戻れと言う。どういうつもりなんだ？

「キスのひとつにもあずかれないままで？」なぜそんなことを言ったのか、ドミニクは自分でもよくわからなかった。本気でミス・ボンドにキスをしたいと思っているわけでもないのに。

ドミニクの背後のどこかをさまよっていた彼女の視線が、はじかれたように彼へと戻った。

「なんですって？」

「聞こえただろう」

「冗談じゃない……」ミス・ボンドは言葉を切り、またドミニクの頭上の一点を見つめた。

ドミニクはとっさに振り返ったが、生け垣と暗闇以外何も見えなかった。

「さっきから何を探しているんだ？」

向き直ろうとしたところで、いきなり肩をつかまれて、ミス・ボンドのほうを向かされた。悪態をつく暇もなく、顔を両手で挟まれて引き寄せられ、唇を押しつけられる。

ドミニクは反射的に顔からミス・ボンドの手を引きはがし、押し戻そうとした。だが意外にも彼女の手の感触はやわらかで、心地よかった。手袋をはめた指はあたたかく、唇はなめらかで、息はかすかにミントの香りがする。いやでないなら、どうして押し戻す必要がある？

ミス・ボンドは本当はキスをしているわけではないからだ。

彼女はドミニクの顔を押さえこむようにして、しっかりと唇を重ねてくる。ドミニクは目を細めてミス・ボンドを見た。彼女は目を開け、ドミニクの頭上の一点を見つめている。

「いったいきみは何をしている？」

ミス・ボンドがいらだたしげに体を離した。「キスをしてほしいと言ったのはあなたよ」

「これをキスと呼ぶのか？」

彼女は普通の男なら縮みあがるような一瞥をドミニクにくれた。だが、ドミニクは普通の男ではない。女性の威圧的なまなざしにもひるまず、片方の眉をつりあげただけだった。

「これがきみにできる最高のキスなのか？」女性にキスをした経験があるわけではない――少なくとも唇にしたことはない自分にだって、もう少しまともなキスはできる。

「キスをしてほしいと言ったじゃない」

「繰り返すが、これがきみにできる最高のキスなのか？」

ミス・ボンドは肩にかかる髪を払ってきびすを返した。怒った子どものような、それでいて妙に官能的なしぐさだった。あの髪に指をからめて彼女を引き戻し、ちゃんとしたキスがしたい――そんな欲求がドミニクの胸にわきあがる。「その答えをあなたが知ることはないでしょうね」ミス・ボンドは言い返すと、憤然と歩み去った。

挑発されて黙っているわけにはいかない。

ドミニクは大股で二歩ほど歩くと、ミス・ボンドの腕をつかんだ。けれども、こちらに向き直らせようとした瞬間、驚いたことに彼女はドミニクの腹に肘打ちを食らわせた。思わず体を折ると、今度は肘が顎を直撃した。ミス・ボンドは間髪いれず体をひとひねりし、室内履きを履いた足で胸を蹴りつけてきた。

室内履きだったのが幸いした。ブーツだったら、ドミニクは仰向《あおむ》けに伸びていただろう。おかげで後ろにのけぞり、倒れかかりながらミス・ボンドのくるぶしをつかむことができた。彼女もバランスを失い、結局ふたりは互いの手と脚とフリルたっぷりのペチコートがからまった状態でともに地面に倒れこんだ。いったいどうなっているんだ？　ミス・ボンドはかの有名なボクシング・チャンピオン、通称ジェントルマン・ジャクソンと訓練しているのか？　たいていの……いや、ドミニクの知るどんなレディも、抵抗するよりは失神するほうを選ぶだろう。ところが彼女は抵抗するどころか、男を相手に互角に戦った。

最後には勝てないとしても。

ぐるぐるまわっていた視界が定まってくると、ドミニクは顔を横に向けようとしたが、身動きできないことに気づいた。ミス・ボンドが上にかがみこみ、転んだ影響はみじんも見せず、前腕を彼の喉に食いこませていたのだ。「このまま十数えるまでこうしてじっとしていなさい。わたしは母屋に戻る。わかった、ミスター・グリフィン？」

「どこで戦い方を習った？」

ミス・ボンドがにんまりした。「あなたも習いたい？」

「いや、普通に呼吸したいだけだ」

彼女は少し腕をゆるめた。「できるわよ。わたしがいなくなれば」

「それはどうかな」ミス・ボンドには技はあるかもしれないが、腕力はドミニクのほうが上だ。ドミニクは彼女の手首をつかみ、自分の体の上から引きずりおろした。蹴ってくることは予想できたので、すばやく体を反転させ、ミス・ボンドを地面に押しつけた。両手を頭の横で押さえつけ、胸の脇に膝をあてて馬乗りになる。このほうがはるかにいい。

「どいてくれないと、悲鳴をあげるわよ」ミス・ボンドが低い声で脅す。

「あげればいい。きみの叔母上とぼくの母は大喜びだ。ぼくたちは結婚させられる」

ミス・ボンドは荒い息をしていた。上から眺めると、大きく開いた胸元から、激しく上下する胸の曲線がくっきり見えた。ふたりとも手袋をつけているから直接肌に触れることはできないが、手首の脈が速くなっているのは感じとれた。それとも、速くなっているのは自分の脈だろうか？

月明かりと影のなかで、彼女の肌はほとんど虹色に輝いていた。青い瞳は神秘的な色をたたえている。まるで本のページから飛びだしてきた妖精だ。

「わたしが悲鳴をあげたら、あなたは逃げるわ」ミス・ボンドが自信たっぷりに言った。

「そうかな？」

ふたりの目が合い、しばし見つめ合った。彼女の目に小さな疑念が浮かぶのが見えた。

「これまでぼくは、きみが予想したとおりの行動を取ったか？」

「あなたを投げ飛ばしてもいいのよ」

「いいだろう。だが髪とドレスが乱れ、悲鳴をあげたのと同じ結果になるのは目に見えている」ミス・ボンドを解放するべきなのだろう。もう目的は果たしたわけだし、食堂での侮辱は充分償ってもらった。そもそも、本気で彼女に乱暴したいわけではない。噂とは裏腹に、ドミニクは野蛮人ではなかった。

「どいて！」ミス・ボンドが怒鳴った。

ドミニクは手を離そうとした。指を曲げたが、どうしてもできなかった。

「そのつもりはない」

「腹の立つ人ね！　何が望みなの？」

「キスを約束されたはずだが」

「そんな会話をした覚えはないわ。とにかく、もう行かせて。さもないと力ずくで――」

ミス・ボンドの声音は耳に心地よかった。低くて蠱惑《こわく》的な声だ。だが、ドミニクがそれ以上彼女の口から出る言葉を聞くことはなかった。抗議の声をふさぐように、唇を押しつけたからだ。ミス・ボンドが体をこわばらせるのがわかった。それでもやさしく唇を合わせていると、しだいに緊張が解けていくのが感じられた。舌でそっと唇をなぞる。ベルベットのようにやわらかな感触だ。けれども、それだけではなかった。独特の味わいが――蜂蜜とチェリーのように甘く、それでいてかすかに刺激的な独特の味わいが舌を魅了した。軽くキスをするだけのつもりだったが、その味を知ったとたん、もっと求めずにはいられなくなった。

じらすようにゆっくりと口を開かせ、深く唇を合わせた。手首を放し、指をからめる。馬乗りのまま、覆いかぶさるようにしてミス・ボンドを押さえつけた。今、主導権を握っているのは自分だ。このほうがいい。ミス・ボンドが小さく息をのむ。ドミニクはたちまち下半身が硬くなった。そろそろ彼女を解放しなくては。ふたりはあまりに長い時間、姿を消している。そうわかっていても、ミス・ボンドに触れるのをやめられなかった。やがてドミニクは自分でも信じられなかったが、これまで誰にもしたことのないことをした。

ミス・ボンドの唇のあいだに舌を入れ、互いの舌をからめたのだ。その効果は衝撃的だった。彼女の体がびくりと跳ねる。ドミニクは目もくらむほどの欲望に襲われた。理性はやめろと叫んでいた。ミス・ボンドはれっきとしたレディで、メルバーン卿の姪だ。こんなふうにキスをしてはいけない。

けれども、あと少しで届きそうなところにある、なんとも言えず官能的な彼女独特の味わいが、ドミニクをどんどん深みへと引きずりこんでいった。自制心を失う瀬戸際まで。

だが瀬戸際だと気づいた瞬間、熱が引いていった。すぐさまミス・ボンドを放し、立ちあがってあとずさった。彼女は地面に横たわったままだ。目を閉じ、手を押さえつけられていたところに置いたまま、激しく胸を上下させている。頬はほてり、唇も腫《は》れて赤みを帯びていた。いまだ悦楽の最中にいるかのようだ。やがてゆっくりとまぶたを開け、ドミニクを見つめた。こうして見ると、無防備で男性の意のままになる女性に思える。

しかし、違う。現実にはまったく逆だ。

ドミニクは振り返ることなく、歩み去った。

ジェーンは地面に横たわり、背中に細かな砂利が食いこむのを感じていた。今、いったい何が起きたのだろう？　どうしてわたしはあの……人でなしにキスを許してしまったの？　されるがままに押さえつけられて——あのときどんな気持ちだった？　いらだっていた？

「こいつは面白い」

ジェーンは体を起こし、頭上の生け垣に目を向けた。〝ブルー〟が憎らしい訳知りな笑みを浮かべて上からこちらを眺めている。「まだいたの?」つっけんどんにきき、立ちあがってスカートを直す。舞踏会には戻れない。屋敷じゅうの人たちが眉をひそめることになる。

「きみに知らせなきゃいけない情報があってね」

「ついさっき合図したとおり、今は時と場所が悪いわ。少し待ってもらえない?」庭で仲間の諜報員の姿を目にしたときには、思わず飛びあがりそうになった。しかも生け垣を伝ってあとを追ってくる。ジェーンとしてはミスター・グリフィンが顔をあげてブルーを見ないよう、できるかぎりのことをするしかなかった。

ブルーがジェーンの注意を引こうとしているあいだ、グリフィンは邪魔をしつづけた。読唇術は得意だが、あたりが暗いうえにグリフィンが何かと気を散らすせいでうまくいかなかった。そのうち気づかれそうになったので、あのいまいましい男にキスをするしか方法がなかったのだ。

「恋人との密会を邪魔して悪かった」ブルーがひょいと生け垣からおりてきた。腹が立つくらい完璧でしわひとつない装いだ。オレンジ色のベストが灰色の上着にまったく似合っていないことを別にすれば。

「彼は恋人でもなんでもないわ。ほんの数分前に会っただけよ」

「ずいぶんと仲がよさそうに見えたが」

「余計なお世話よ、ブルー。ところで、どうしてあなたが送りこまれたの？　引退したんじゃなかった？」ジェーンは自分のドレスを見おろし、地面に膝をついて汚れたところの土を払った。

「ほかのことに関心が移っただけさ」

ジェーンはしつこい汚れに眉をひそめた。「ほかのことって？」

「オペラに夢中になったんだ。実を言うと」ブルーが懐中時計を確かめた。「すぐにコヴェント・ガーデンに戻らなきゃならない。というわけで、手短に報告させてくれ」

「どうぞ」

「〝ウルフ〟の情報源がフォンセの隠れ家に関する情報を売りつけてきたらしい」

ジェーンは目をしばたたいた。「ウルフ？　彼こそ引退したんじゃなかったの？」

ブルーは首を横に振った。「フォンセが自由に歩きまわってるかぎり、誰も安心して眠れやしない。メルバーン卿はウルフに報告書を書くよう命じるだろうが、きみが直接ウルフと話をしたほうが早いだろう」ジェーンにメモを渡した。「彼はここにいる」

ジェーンは眉をひそめた。

「こういうことをしたらMがいい顔をしないのは知っているでしょう」

「きみだっていつまでも極秘で動けるわけではないさ。さっきもバタフライの指導を命じられたんだろう」

「どうして知っているの？」

ブルーは考え深げな目つきになって、ジェーンを見やった。

「諜報員が次々にやられてる。フォンセをとらえられるのはきみだけだ」

ジェーンは大きく息を吸ってうなずいた。ブルーが一歩彼女に近づいた。

「とてつもなく大きな責任だ。でも、かつてきみと仕事をしたぼくにはわかるんだ。きみならできる。さて、向こうを向いてくれ。きみとメルバーン卿が気まずい思いをしないよう、見てくれをなんとかしてやるから」

ブルーはドレスをあちこち引っ張ったり押したりし、髪をいじくりまわした。もういいとジェーンが叫びたくなるくらい時間をかけて。やがて彼女を振り向かせると、これでよしと宣言した。

「ありがとう」ジェーンは母屋のほうへ向かった。

「今後は庭できみを待ち構えるのはやめておくよ」

「あなたのほうはオペラ歌手を待たせているんじゃないの？」

ブルーがにやりとした。「まあね」そう言うなり消えた。

灌木《かんぼく》の茂みにまぎれただけなのはわかっている。けれどもあまりに巧みな動きで、忽然《こつぜん》と消えたかに見えるのだ。

ジェーンはため息をついて、舞踏会のまぶしい照明と喧噪《けんそう》のなかへ戻っていった。引きとめて立ち話をしようとする知り合いを五、六人さりげなく避け、人ごみを縫ってカード室にたどりつく。なかに入って叔父を見つけ、目で合図した。カード室を出て待っていると、シャンパンの盆を持った従僕が通り過ぎた。ジェーンはグラスをひとつつかみ、中身を飲み干した。

片方の手を腹部にあて、震えを抑えようとする。グリフィンのキスにあれほど心を乱された自分が情けなかった。キスが初めてというわけではない。たしかに庭園の砂利道でキスされた経験はないが、はるかにロマンティックな場所でならある。ヴェネチア、パリ、たそがれどきにエジプトのピラミッドで。いずれも好意を持っていた男性が相手だった。それなのに、グリフィンのときの百分の一も感じなかった。グリフィンがそっと唇を合わせてきただけで、ジェーンの全身が覚醒した。生まれてこの方、花の香りを嗅いだことも、ひんやりした夜風を感じたことも、星々の輝きを見たことも、空の広大さに気づいたこともなかったかのように。

別の従僕が通り過ぎ、ジェーンはまたシャンパングラスをつかんだ。それも一気に飲み干す。シャンパンは好きではないが、腹部がうずいて脈がおさまらない。叔父との話し合いに備え、心を静めて意識を集中する必要があった。目を閉じたものの、まぶたの裏に見えたのはグリフィンの瞳だった。謎めいて、官能的で、今夜感じた以上の快楽を約束している。気配を感じてふと目を開けると、叔父が目の前に立っていた。

「彼にせめて一度はチャンスを与えてやるべきだった」

ジェーンは壁を背にしていなかったら後ろにのけぞるところだった。「どうしてそんなことが言えるの?」叔父は常に味方だった。理解者であり、保護者であったはずだ。その叔父がこんな形でわたしを裏切るなんて。

メルバーン卿は書斎で話そうと手振りで示し、ほかの客から離れた。「おまえもいずれは結婚しなければならないんだ、ジェーン。それはわかっているだろう」書斎に入り、ほかに誰もいないことを確かめて言う。

「わからないわ。わたしは諜報員であって、妻じゃない。結婚しない諜報員は大勢いるでしょう。少なくとも引退するまでは」

叔父が首を横に振った。「おまえはほかの諜報員とは違う。女性だ」

「そんなのは関係ないはずよ」

「ところが関係あるんだ。今、おまえは自由に動けているが、ずっとこのままというわけにはいかない。結婚しないかぎり」

ジェーンは布張りのソファの背をつかんだ。「どうして?」もっとも、彼女にもわかっていた。叔父同様、よくわかっている。

メルバーン卿は忍耐強い笑みを浮かべた。「理由を逐一挙げなくてはならないのか?」

列挙してもらうまでもなく理解している。ジェーンはもう外国に留学する年齢ではない。

学業に励んでいるという言い訳が使えないとなると、長期間社交界に姿を見せない場合、駆け落ちしたか、非嫡出子を出産したかとあらぬ噂が駆けめぐることになる。

「叔父さまは味方だと思っていたのに」ジェーンはすねたように言った。子どもじみて聞こえるのはわかっていたが、今は抑えがきかなかった。

「味方だからこそ、結婚する必要があると言っているんだ。おまえには仕事を続けてもらいたい。続けてもらわなくてはならない。去年の秋、フォンセは危うく皇太子殿下暗殺に成功するところだった。二度とあの男にそんな真似《まね》をさせるわけにはいかない」

「結婚して妻の務めを果たしながら、どうやってあの男を見つけてつかまえられるというの？」

メルバーン卿はジェーンを見つめた。

「きみはジェーン・ボンドだ。方法を見つけるだろう」

「それなら、夫も自分で見つけるわ」ジェーンは言った。

「ドミニク・グリフィンのどこがいけない？」

「彼とはうまくいかないわ」

「どうしてだ？　いささかいかがわしい過去があるのは認めるが――」

「そうじゃないの」思わず言ってから、叔父の言葉をさえぎったことを後悔した。グリフィンにはいかがわしい過去があるの？　それなら、拒絶する格好の理由になる。

「だったら、なんだというんだ？」

ジェーンは背中で手を組んだ。キスをしたことは言えない。しかもそのキスに体がとろけそうになったなんて、口が裂けても言えない。「わたしがうまくいかないと言ったらうまくいかないのよ。信じて」今までなら、この説明で充分だった。

ところが今回、叔父は首を横に振った。「無理だ」

ジェーンは眉をひそめた。「どういうこと？」

「もう手遅れなんだよ」

「まさか。どういう意味？」

「もう承諾してしまったということだ、ジェーン。選択肢はない。おまえはドミニク・グリフィンと結婚するんだ」

4

ドミニクは決まって朝いちばんに厩舎《きゅうしゃ》へ入る。馬に挨拶する、その日最初の人間でいたいからだ。ケンハム・ホールには充分な人数の飼育係や訓練係がいるが、ドミニクはしばしば自ら馬にブラシをかけ、歩かせ、訓練を施した。本当に馬を知る唯一の方法は、馬のそばにいることだ。三十分も蹄《ひづめ》を研《と》いでやれば、どれだけその馬のことがわかるか、ドミニクはよく知っている。

その朝ドミニクが厩舎に向かったとき、空はまだ暗かった。敷地の周囲に広がるゆるい丘を不気味な霧が覆い、ブーツの足元にまつわりついた。昨晩はロンドンにあるエッジベリー邸に泊まってもよかったのだが、朝のさわやかな草原の香りに包まれ、みずみずしい露を踏んで歩く楽しみを逃す気にはなれなかった。

早く厩舎の——干し草と革と馬の匂いを嗅ぎたい。体になじんだその匂いが、みずみずしいスミレと洗いたての下着の香りを追いやってくれるに違いない。ミス・ボンドの感触を忘れるには少し時間がかかりそうだ。だが、忘れると心に決めている。昨日の夜はどうしてあんな行動に出てしまったのか自分でもよくわからないが、わかりたいとも思わない。ともかく、いちばん元気のいい牡馬《ぼば》で遠乗りに出れば、きれいさっぱり忘れられるはずだ。

ところが厩舎の前に来ても、ドミニクの頭のなかはミス・ボンドのことでいっぱいだった。そのせいか、オールド・コナーに挨拶されてびくりとした。十年かそこら前に、同じくコナーという名前の若い男が飼育係としてしばらく雇われていたために、彼はオールド・コナーと呼ばれるようになった。

「旦那さま、おいでくださってよかった」

「何かあったのか？」ドミニクは軽口で時間を無駄にしない。それはオールド・コナーも同じだった。

「リリーズ・ターンが疝痛《せんつう》を起こしてるみたいなんです」

「なんだって？」ドミニクは牝馬《ひんば》の馬房に駆け寄った。「このひと月で三頭目じゃないか」

「そうなんですよ」

ドミニクが扉を開けると、リリーズ・ターンが横たわっていた。はじかれたように顔をあげ、歯をむきだし、またがくりと頭を地面につける。「油と糖蜜はあるか？」

「はい、ほかの者を起こしてきましょうか？」

「いや、まだいい。とりあえず、必要なものを持ってきてくれ」

オールド・コナーが走っていった。ドミニクはかがみこんで、リリーズ・ターンの様子をじっくり観察した。深い茶色の瞳はいかにも苦しげだ。少しでも痛みがやわらげばと、鼻面を手でさすってやった。目を閉じて、ただ無言でそばに寄り添った。

ドミニクは馬の世話をしなくてはならない立場にはない。侯爵の家族なのだから、本当のところは何もしなくていいのだ。母はドミニクが毎年充分な小遣いを受けとれるよう計らってくれた。その金で遊び暮らそうが、軍隊の任官辞令を買おうが、聖職者になろうが、ヨーロッパ大陸を旅行しようが自由だった。

けれどもドミニクはあえて、ロンドン郊外にあるこの屋敷にとどまることを選んだ。エッジベリーの領地で、英国産の輓馬《ばんば》であるクリーヴランド・ベイ種の飼育をすることを選んだのだ。ドミニクに言わせれば、クリーヴランド・ベイほどすばらしい馬はいない。いつだったか別の飼育家がヨークシャー・トロッターのほうが馬車馬としてすぐれていると言い張ったときには、相手に殴りかかりそうになった。クリーヴランド・ベイは馬の王族だ。ドミニクが育てる馬は鮮やかな鹿毛と完璧な黒の斑点ゆえに、ことさら希少とされている。彼は揃いのペアの訓練にも成功しており、その馬たちは社交界で大いに人気を博していた。王室もエッジベリーの馬を愛用しているほどで、ロンドンの馬市場タッターソールで極上のクリーヴランド・ベイを買いたい、または極上のペアが欲しいという客がいた場合、競売人はどこでそれが手に入るか、ちゃんと承知している。エッジベリー侯爵の名は、ほとんど名馬と同義語になっていた。

だが、ドミニクとしては養父のために馬の飼育をしているわけではない。実を言えば、馬のためですらなかった――馬を心から愛しているとはいえ、ひとえに自分自身のためだった。馬といると気持ちが安らぐ。心の奥底で荒れ狂う苦悩が鎮まるのがわかり、しばらくのあいだ忘れていられる。

あいにくまだロンドンとは縁が切れず、ときに厄介ごとに見舞われる。昨日はそれが、ジェーン・ボンドという形で現れた。

オールド・コナーが戻ってきたので、ふたりで仕事にかかった。あたたかな湯と油で腹部をマッサージしてやり、餌入れに糖蜜を入れてなめさせた。

「閣下、少し歩かせますか？　わたしがやりましょうか？」

「頼む。ぼくはほかの馬を見てくる」

すでにほかの飼育係たちも厩舎に来ていた。皆まだ目が覚めきっていないらしく、ねぼけまなこだ。ドミニクは彼らに会釈し、ほかの馬の様子を確かめに行った。今のところ、どの馬も元気そうだ。リリーズ・ターンの馬房に戻り、なかを調べる。何か体に悪いものでも食べたのだろうか？　馬には最高級の餌を与えている。餌入れをのぞいたが、空だった。飼い葉桶《おけ》と水差しにも何もない。馬房をひとまわりしたものの、疝痛の原因となりそうなものは何も見つからなかった。

オールド・コナーが帰ってきた。もう一度マッサージをし、今度はドミニクがリリーズ・

ターンを歩かせた。昼頃には腸が活動しだしたらしく、かなり具合もよくなった。そこで若い飼育係にあとを任せ、ドミニクは狭い事務室にこもって、馬を買いたい、または自分のところの馬をエッジベリーで育ててほしいという紳士からの手紙に目を通した。厩舎や事務室で過ごす時間が、ドミニクには心地よかった。ケンハム・ホールの自分の部屋にいるより、よほど落ち着ける。小さな窓が並ぶ赤煉瓦《れんが》の四角い建物や丹念に手入れされた放牧地を目にすると、決まって胸の緊張がほどけていく。今もうんざりするほどの手紙の山を前にしても、ドミニクは安心感に包まれていた。

衣《きぬ》ずれの音がして彼が顔をあげると、扉のところにエッジベリー侯爵夫人が立っていた。一瞬、ドミニクは母に見とれた。今でも充分に美しい。息子であってもその美しさには感嘆せざるをえない。小柄で、彼が軽々と持ちあげられるくらい華奢《きやしや》な体つきをしている。ところが、母には男の庇護《ひご》など必要ない。ドミニクの知る誰よりも強靭《きようじん》な意志の持ち主だ。ところが男は皆、母を守りたくなるらしい。それが自分の利になるなら、母は勝手にさせておいた。なんといっても元女優だ。頼りなげにふるまうこともできるし、なろうと思えば何者にでもなれる。

エッジベリー侯爵と結婚したとき、ドミニクは母の愛情は演技なのだと思っていた。ところが何年も経《た》った今、母のふるまいにはわざとらしさが消え、自然な情が感じられるようになってきた。おそらく、本気でエッジベリー侯爵を愛しているのだろう。

侯爵が母をひと目見た瞬間に恋に落ちたことは、疑いの余地がない。本気で恋い焦がれたのでなかったら、女優と結婚するなどという大それた真似をするはずがないからだ。ドミニクは幼い頃から母に夢中になる男をたくさん見てきた。母は男を惹《ひ》きつけるあだっぽさを持ち、それを武器に生きてきたのだ。責めることはできない。貧しく卑しい生まれから、今やエッジベリー侯爵夫人となった。だが、のぼりつめる過程で犠牲にしたものもある。ドミニクの子ども時代もそのひとつだ。

「しかめっ面はやめて」侯爵夫人は部屋のなかに入ってきた。「来てはいけなかったみたいじゃないの」

「母上ならいつでも大歓迎です」ドミニクは立ちあがり、侯爵夫人のために椅子を引き寄せた。母がこの事務室に来るのは数カ月ぶりだ。冬でもロンドンのほうがいいらしい。

「邪魔したようね」侯爵夫人が手紙を手で示した。

「あとでもかまいません」ドミニクはまた座った。「昨日の舞踏会の話をしに来たんでしょう？」

母はほほえんだ。「ずばり要点に入るとは、あなたらしいわ。世間話から始めるという面倒なことはしないのね、ドミニク」

「世間話には興味がありません」

「よくわかっているわ」侯爵夫人は白い手袋をはめた手の指先を合わせた。「それなら、聞かせて。あなた、ミス・ボンドをどう思った？」

「魅力的な女性ですね」

「魅力的ですって？　あの子が部屋に入るたびに誰もが振り向くのよ」母は椅子の背にもたれた。「彼女のお母さまをひと目見るべきだったわ。天に召されてしまったけれど、まさに最高級のダイヤモンドだった」

「亡くなったんですか？　どうして？」

「火事に遭ってね。悲しい事故だったわ。幼い娘と乳母だけがなんとか逃げだしたの」長い寝間着を着た乳母に抱きかかえられ、燃えさかる屋敷から逃れてくる美しい子どもが目に浮かんだ。泣き叫び、乳母の背中越しに炎のなかにいる父母へと手を伸ばして――。

「そのとき、ミス・ボンドはいくつだったんです？」

侯爵夫人は小首をかしげた。

「本人にきいてみたら？　それとも、彼女とは会話ができないの？」

「知的な女性のようですし、会話はできます」

「よかった。あなたは明日の晩もミス・ボンドと会話しなければならないのだから」

「母上……」

「結婚なさいと言ったでしょう。わたしは本気よ、ドミニク。お父さまは――」

「あの人はぼくの父親じゃない」

侯爵夫人が片方の手をあげた。

「いいでしょう。エッジベリー卿は怒っているわ。結婚しないなら、親子の縁を切ると」

「あの赤ん坊はぼくの子じゃありません」ドミニクは膝の上でこぶしを固めた。ドミニクの子だという赤ん坊を抱いて、エッジベリー家に現れた女のことを思いだすと、今でもはらわたが煮えくり返る。あの女はドミニクが非嫡出子で、爵位を継ぐ立場にはないと知らなかったのだ。あとになって間違った相手に誘惑されたと気づいたが、すでに遅かった。

侯爵夫人はしゃれた深紅のドレスを引っ張った。「あの娘には手も触れていないと？」

ドミニクは顎をこわばらせた。

「寝たことは寝たのね」

「母上」

「どう言ってほしいの？　もっとお上品な言葉？　やったとか――」

ドミニクは立ちあがった。「母上！」

侯爵夫人はにんまりした。息子をからかって、面白がっているのだ。

「わたしは四人も子どもを産んだのよ」

ドミニクは乱暴に椅子に座り直し、目を閉じた。今度は母とエッジベリー侯爵の姿が浮かび、身震いした。

「そういう行為は何百回としているの」母の言葉に、ドミニクは思わず机に額をぶつけた。

「いえ、考えてみれば、何百回どころじゃないわね。何千回としているかもしれない」

「勘弁してください」

「それで、あなたはあの女性と関係があったの、なかったの？」

ドミニクはため息をついた。「ありました」母の前でなければ、そういう話も嫌いではないのだが。「でも、子どもができるようなことはしていません。彼女は……その……」今すぐこの場から消えてしまいたい気分だ。「ぼくを満足させてくれました。意味はわかってもらえるでしょう」もちろん、意味はわかるだろう。恐ろしいのは、母が理解したことを証明しようと、事細かに説明を始めることだ。しばらくのあいだ、沈黙が続いた。やがて、ドミニクは顔をあげた。

「それでは不公平じゃないかしら？　お返しに何もしてあげなかったの？」

「もちろんぼくは……」ドミニクは立ちあがった。「こんな話をするつもりはありません。たしかにぼくは聖人ではないが、あの子はぼくの子どもじゃない。婚外子をこの世に送りだすことだけはするまいと、心に決めているんです」

「ドミニク」侯爵夫人も立ちあがり、息子に手を伸ばした。だが、ドミニクはその手をよけた。今は誰にも触れられたくなかった。侯爵夫人は両手を体の前で組み合わせた。「つらい思いをさせてきたのはわかっているわ。それだけに、あなたの成功をとても誇りに思っているのよ。今ではエッジベリーの名は、馬を知る人のあいだでは崇拝されているもの」

　だが、それはぼくの名ではない。何ひとつぼくのものはない。

「エッジベリー卿はあなたを結婚させたがっているの。わたしも結婚してほしいわ。家族と子どもに囲まれているあなたを見たい」

　ドミニクは首を横に振った。子どものことなど、考えるだけで気分が悪くなる。自分が父親としての責任を果たせるとは思えない。

「ドミニク、選択肢はないの。結婚しなければ、すべてを失うのよ。ここの馬も含めて」母は手で厩舎を示した。

「母上なら侯爵の意志を変えることもできるでしょう」ドミニクは言った。頼みごとはしたくないが、馬を手放すのだけは耐えがたかった。

「無理よ。すでに頼んでみたの。それに実際のところ、あなたが結婚してはいけない理由もないし――」

「ぼくは結婚したくないんです。それで充分でしょう」

　侯爵夫人が同情するような表情を浮かべた。ドミニクが子どもの頃、まだベッドに入りたくないと足を踏み鳴らして駄々をこねたときに見せた表情に似ている。

　今は〝しょうがないでしょう〟とは言わない。だが、顔つきがそう告げていた。

「もう大人なんだから、自分で判断できるわね」彼女は手提げ袋《レティキュール》を持って、扉へ向かった。

「結婚を考えてみる気になったなら、明日の晩、メルバーン卿の屋敷で晩餐会があるから来てちょうだい」

侯爵夫人が部屋を出る直前、ドミニクはきいた。「なぜですか？　どうしてミス・ボンドなんですか？」

母は肩越しに振り返った。「わたしはいつもあなたに最高のものを用意するの」

ジェーンは窓から脱出した経験なら幾度となくあった。だが、自分の部屋の窓から抜けだすのは初めてだ。これまではそんな必要がなかったのだが、ブルーの情報には興味をそそられた。ウルフに会って、彼がフォンセについて何を知っているか聞きだしたい。叔父はこれまで極力、彼女をほかの局員と接触させないようにしてきた。ジェーンもその判断を理解し、尊重してきたとはいえ、今やフォンセに関してはそんなのんびりしたことを言っていられない。あの男を一刻も早くつかまえなくては。バービカンの局員全員が命を狙われている。

窓から地面までは垂直に近く、つかまるところもほとんどない。ただ半分ほどおりたところに、壁に触れそうな木の枝がある。自分の体重なら、それを足場にして下へおりられるだろう。だが、枝までどうやってたどりつくかが問題だ。

衣装だんすまで歩き、金でQの文字が描かれた木製の箱を取りだした。宝石をしまっておくのにちょうどいい大きさだが、なかに入っているのはそれよりもはるかに貴重な品物だ。ジェーンは鏡台から鍵を取ると箱の錠を開け、蓋を開いた。ありふれた手袋とインク壺《つぼ》、そしてブラシが入っていた。インク壺を開けると、つんと鼻をつく強烈な臭いが漂った。ミス・クィレンは何を入れたのだろう。ブラシを浸してみると、黒蜂蜜のようなものがねっとりとついてきた。タールだろうか？　それとも樹液？

わからなかったが、ミス・クィレン――あるいは〝Q〟――を信用していいと、ジェーンは経験から知っていた。手袋をはめ、その不気味な液体をてのひら部分に塗る。十五分ほど乾くのを待った。たしかQが十五分は待つように言っていた。四十五分だっただろうか？　それは長すぎる。そんな時間はない。やってみて、うまくいくことを祈るだけだ。Qの発明品は十のうち九は成功している。

ジェーンは窓辺に立ち、地面を見おろした。これが十にひとつの失敗作でありませんように、と心のなかで祈る。

窓から這いでて、桟に手をかけた。手袋が吸いつくかに感じられる。いい兆候だ。窓から足場にしたい木の枝までの垂直な壁に視線をやった。落ちたら、真っ逆さまに地面に激突だ。ジェーンは深く息を吸い、足を動かして小さな突起の上にのせた。スカートは邪魔にならないようめくりあげて結んである。動く前に下を向いて足場を確かめた。目を閉じて、窓枠から少しずつ手を離してみる。壁をつかむとぐらりとしたが、手袋のてのひら全体を押しつけると、例の粘着性の液体がしっかりと壁に貼りついて体を支えてくれた。

じりじりと建物の外壁をおりていく。進みは遅かった。何度か手がすべって壁をずり落ちそうになり、そのたびに気持ちを落ち着けなくてはならなかった。やがて足が木の枝に触れた。そっと体重をかけていく。だが枝の上にしゃがんだとたん、ボキッという恐ろしい音がして、体が落下した。枝は折れなかったが、今や何層かの樹皮でつながっているだけだ。ジェーンは両手で先端にしがみついて、枝とともに風に揺れていた。

　思わず笑いそうになった。これまでさんざん危険な目に遭ってきた。そのあげく自分の部屋の窓から落ちて死ぬとしたら、こんな皮肉な話はない。枝はまだ大きく揺れている。空中ブランコの要領で脚を前後に動かして弾みをつける。枝が幹にぶつかりそうなほどしなった。あと少しで幹に脚を巻きつけられそうだったが、揺り戻された。

　またしても不穏な音とともに枝が割れた。チャンスはあと一回あるかないかだろう。もう一度脚を大きく振った。今度は幹をとらえたものの、同時に枝が折れた。手を離したものの、一瞬遅く、ジェーンは後ろ向きにのけぞった。脚で幹を挟んだまま、腕を斜め下に伸ばす。幸い地面までさほど距離はなかった。両手でしっかりと幹をつかみ、上になった脚を振りあげる。宙返りの要領でまわるとき、枝が首を引っかいたが、そのまま地面に飛びおりた。着地の衝撃が脳天を貫く。思ったより高さがあったらしい。しゃがんで、ざっと体を調べたところ、いちばんひどいのは首の引っかき傷だ。数日は傷を隠すために髪をおろしていなくてはならないだろう。おそるおそる触れてみると、むけた肌がやけどをしたように痛んだ。立ちあがって手袋を脱ぎ、結んでいたスカートをほどいてしわを伸ばした。ざっと地面を見渡し、先に落としておいたケープを見つける。拾って肩にかけ、フードを引きあげた。人目を引きたくない。金髪は闇夜でかがり火のように目立つ。ブルーのメモはすでに焼却したが、内容は頭に叩きこんであった。メイフェアの彼女の自宅からそう遠くない、チャールズ・ストリートの住所が書かれていた。どの通りも、社交界の人々をあちこちの催しへと送り届ける馬車で混雑している。大通りではなく、脇道を行ったほうがよさそうだ。フードが脱げたり、酔った紳士たちが寄ってきたりしたとき、叔父か叔母の知り合いに気づかれるような場所にはいたくない。ジェーンは小振りな家が並ぶ裏の路地に入り、馬屋に沿って進んだ。小屋のなかで馬が蹄で床をかいたり、足を踏み鳴らしたりする音が聞こえる。そのうち、そこに別の音が混じっていることに気づいた。

足音だ。聞こえるか聞こえないかくらいの音だが、ジェーンは尾行されているときはそれとわかる。

肌が粟《あわ》立ち、神経が研ぎ澄まされた。だが、足はゆるめなかった。尾行者に気づいたそぶりはいっさい見せなかった。進むにつれ、馬屋沿いの路地はどんどん暗く狭くなっていく。状況は彼女に不利だった。戦うには開けた場所が必要だが、それがない。別の唯一の選択肢は逃げることだ。ジェーンは全速力で走った。ブーツを履いてきてよかった。スカートを持ちあげ、頭を低くして疾走する。それでも、背後から重い足音が近づいてきた。心臓が激しく打ちはじめた。

距離は縮まっている。

混雑した大通りを横切った。追っ手をまけるよう祈りながら、馬車や荷車を巧みによけていく。だが振り返ると、男はまだすぐ後ろにいた。ちらりと見ただけなので、外套《がいとう》と帽子しか目に入らなかった。男は石炭の箱を飛び越え、石炭売りの悪態を無視して走りつづけた。人の多い通りを行ったほうがよかったかもしれない。誰かに助けを求めることもできたが、ジェーン・ボンドと気づかれるわけにはいかなかった。追っ手が迫っているのを意識しながら、二軒並んで立つ屋敷のあいだの路地に入った。背後から手が伸びてくるのがわかる。逃げても無駄だと悟り、身をかがめてよけた。男が勢い余ってつんのめる。その隙に向きを変え、来た方向へと戻った。先刻逃げ道を探していたとき、見込みのありそうな鉄製の門を目にしていた。庭でなら追っ手をまけるだろう。姿を隠せる物陰や木立がある。けれども門に着いてみると、鍵がかかっていた。悪態をつきながら門をよじのぼる。しかし、門を越えようとしたところで足をつかまれた。首のあたりを蹴りつけ、男を払い落とす。そのまま庭に飛びおりると、バラの茂みに突っこんだ。闇にまぎれ、とげにケープを引っかかれながら密集した枝をかき分けて進む。奥の突きあたりに低い塀があった。

身を低くして走りながら、塀のほうへ向かう。追っ手がどこにいるかは皆目わからない。まるで足音がしないのだ。いきなり目の前に現れてもおかしくない。だが、何ごともなく塀までたどりついた。ひらりと飛び越えて体をひねり、壁に貼りつくようにして耳を澄ました。

何も聞こえない。

あの男は庭のなかまでは追ってこなかったのだろうか？　ジェーンは左右を見た。塀は隣接する小さな石造りの教会との境界線になっているらしい。ノルマン様式の建物で、ジェーンの目的にはぴったりだった。塀から離れ、建物に沿って暗がりを進み、裏手の小さな墓地に入った。低い霧に覆われていて、いかにも幽霊が出そうな雰囲気だ。もっともジェーンは実際に目に見え、手で触れられるものしか信じない。幽霊という形で真の危険が迫ることはない。覆面の男や銃を構える狙撃者、ナイフを操る殺し屋といった形を取るもの、それが真の危険だ。

ジェーンは墓地に駆けこみ、小さな切り株のひとつを背にした。周囲をうかがいながら数分待って、動くものはないか、物音はしないか確かめた。

何もない。それでも、安心できなかった。自分ひとりではないという気がしてならない。思わず身震いした。何を考えているのだろう。足元に埋まる死者が息を吹き返したとでもいうのだろうか。ここにいるのはわたしひとりだ。頭がどうかしてしまう前に、早くチャールズ・ストリートへ向かったほうがいい。

切り株から離れ、墓地の反対側へ向かって歩きだした。教会を出れば、自分がどこにいるか、どれだけ目的地から離れてしまったかがわかるだろう。ウルフが重要な情報を持っていることを期待したい。もっとも、そうでなくても今夜はきわめて価値あることを学んだ。

誰かがジェーンを追ってきた。フォンセかメトリゼ団の者かはわからない。だが、その人物はジェーンを監視していた。どこを監視していればいいか知っていた。つまり、叔父と叔母ももはや安全ではないということだ。ならばいっそうフォンセを見つけることが急務となる。

墓地の門のかんぬきに手を伸ばすと、ひんやりとした金属の代わりにやわらかくてあたたかなものが指に触れた。

「ぼくが開けよう」

5

男が言葉を発する前にジェーンは振り返り、攻撃姿勢を取っていた。男にとって、声を出したのは幸いだった。そしてその声をジェーンが覚えていたのは——記憶を頭から締めだそうという努力が失敗に終わっていたのは幸いだった。一撃は避けられた。

ぎりぎりでまわし蹴りを回避しようと足を引っこめたせいで、ジェーンは無様によろめいた。ほかの局員にそんな格好の悪いところを見られたら恥ずかしくて死にたくなるくらいだが、この場では好都合だった。驚いて怯えたしぐさに見えたはずだ。

ドミニク・グリフィンは自分が首を折られる寸前だったことには気づいていない。

「こんなところで何をしているの？」ジェーンは詰問した。

グリフィンが黒い瞳を向けた。暗闇のなか、漆黒の濃いまつげの陰になった瞳はいっそう深い色を帯び、表情が読みとれない。

「きみのために門を開けようとしている」言葉どおり、彼は門扉《もんぴ》を大きく押し開けた。

ジェーンはためらった。罠かもしれない。状況からして考えにくいが、罠でないとしたら、グリフィンはなぜここにいるのだろう? わたしをつけていたか、もしくは追っていた? どちらの可能性も気に入らない。ふたつ目の可能性のほうは特に。

「つけていたのね」かまをかけてみた。

「それはうぬぼれというものだ」グリフィンは開いた門扉に無造作に腕をかけ、上から押さえた。

ジェーンはうたぐり深げに目を細めた。「つけてきたわけじゃないと言いたいの?」

「どうしてきみをつけなきゃならない?」

グリフィンは脇にどいたが、ジェーンは比較的安全な墓地を出ていいものかどうか、まだ迷っていた。ここなら古い建物のくぼみや出っ張りなどに隠れられる。

「ぼくが先にここにいたんだ」グリフィンが言った。「きみこそ何をしに来た?」不思議そうな顔で周囲を見まわす。「付き添いも従僕もなしで」

グリフィンはふたりがここで会ったのは偶然だと言いたいらしい。ジェーンはとても信じられなかった。この墓地は劇場地区として有名なドルリー・レーンや、人々の憩いの場であるヴォクソール・ガーデンズではない。こんなところで知り合いに出くわす確率は……計算可能なかぎりでもっとも低い数値だろう。グリフィンがあの尾行者だったと考えるほうがはるかに理にかなっている。そして今、偶然を装って安心させようとしているのだ。

「答える義務はないわ」ジェーンは言い、来た方向へ引き返した。だが、すぐに追いつかれた。肘をつかまれると予測していたので、膝で蹴りあげ、ブーツで顔を踏みつけてやるつもりでいた。ところが、グリフィンは手を触れてこなかった。ただ歩調を合わせ、すぐ後ろを歩いている。

ジェーンは足を速めた。それでも彼はついてきた。「たしかに答える義務はない、ミス・ボンド。誓って言うが、ぼくだってこんなところで会いたくはなかった。会わなければ、きみはどんな危険があろうと好きなところに行けばいいし、ぼくはぼくの道を行った」

ジェーンは足を止めた。グリフィンもそれにならった。「でも？」彼女は先を促した。

「でも、会ってしまった。そうなると紳士としては、婚約者を付き添いもなしにひとりで夜歩きさせるわけにはいかない」

ジェーンは言い返そうと口を開きかけたが、どこから反論を始めていいかわからなかった。グリフィンの発言には正したい点が山ほどある。まずは明白な一点に絞ることにした。「付き添いは必要ないわ。あなたはわたしのことをよく知らない。知っていたら、わたしが充分自分の面倒を見られるとわかるでしょう」

「それが事実であることは疑わないよ、ミス・ボンド。だからといって今、ぼくがきみを送っていかなくてはならないという事実は変わらない」

どこか近くで時計塔が時刻を告げた。ジェーンの脈が速くなった。時間が残り少なくなっている。これ以上は遅れられない。彼女は両手を腰にあて、グリフィンをにらみつけた。

「せっかくだけれど、送ってくれなくて結構よ。実際のところあなたもわたしも、あなたが紳士じゃないことはわかっている。下手なお芝居はやめて、好きにさせて」ジェーンは足早に彼の脇を通り過ぎた。スカートがひるがえり、足元の霧をつかのま払った。

グリフィンはもちろん、あとをついてきた。教会を出れば、すぐに彼をまけるだろう。ところがさっき乗り越えた低い塀の前に近づくにつれ、ジェーンはやはり門から出ていくべきだったと気づいた。とはいえ、もう一度引き返すのは決まりが悪い。まったく、だからわたしはひとりで動くことにしているのに！　またしても、このいまいましい塀を乗り越えなくてはならないなんて。

振り返りたい衝動を抑え、二歩あとずさるといきなり走りだし、塀に飛びついた。両手で塀の上部をつかみ、足を引きあげようとする。次の瞬間、腰に手があてられた。驚いて――驚きからだけではなかったが、ジェーンは思わず塀をつかんでいた手を離した。失敗だったと気づいたときにはすでに遅く、彼女は仰向けに落下した。

当然ながら、グリフィンがその体を受けとめた。腹の立つ男。冷たく固い地面に叩きつけられたほうがましだった。墓石に容赦なく激突したってかまわなかった――ジェーンは目を閉じた。受けとめてもらわないほうがよかったというのが本音でないことは、自分でもわかっている。グリフィンの腕はがっしりとして、胸はあたたかい。体からは石鹸《せっけん》と馬と革の匂いがする。ジェーンは体がほてり、うずきだした。昨夜のキスが脳裏によみがえる。純粋に動物的な欲求だ。欲求に身を任せたいという衝動は強烈だった。彼に向き直り、硬い胸に自分の乳房を押しつけたい。彼の首に腕をまわして、官能的な唇にキスをしたい……。だが胸に渦巻く矛盾した欲求に負けるほど、ジェーンはうぶではなかった。理性は逃げろと告げている。体はグリフィンを求めている。勝つのは常に理性のほうだ。

そうあってほしい。

抵抗に時間がかかったことを意識しながら、ようやくグリフィンを押し返した。彼にしてみれば予想外だったに違いない。男はたいてい、女性が理性で動くとは考えない。

「放して」

グリフィンは、ジェーンが熱い火かき棒か何かであるかのように手を離した。

「手を貸そうと思っただけだ」

「そんな必要はないわ」ジェーンは食いしばった歯のあいだから言った。彼と目を合わせたのは間違いだった。その漆黒の瞳を目にすると、胃がよじれるような感覚に陥ってしまう。思わず手で腹部を押さえ、体を駆けめぐる熱を鎮めたくなった。「塀を乗り越えてきたんだから、同じようにして出ていくわ」

グリフィンが片方の眉をあげた。「それで、ぼくのことは紳士じゃないというのか」

失礼にもほどがある。口論している暇はないのに、ジェーンは自分を抑えられなかった。

「わたしがレディじゃないという意味？」怒りもあらわに一歩詰め寄る。彼はあとずさりこそしなかったものの、その目に一瞬気後れがよぎった気がした。「ひと言忠告しておくわ、ミスター・グリフィン。紳士たるもの、女性に対してあなたはレディじゃないなんてことは、ほのめかしてもいけないの。たとえどんな侮辱を受けたとしても」

グリフィンが今度は両方の眉をあげた。

「ぼくが紳士でないということは、とうに共通の認識だと思っていたが」

そう、たしかにそうだ。なのになぜ、腹部がざわざわしているのだろう? この体はどうしてしまったの! 欲求を制御できないことなんてなかったのに。ジェーンは憤然と彼から離れ、墓地の門に向かった。方向を変えたのは、尾行者が――グリフィンでなかったとして、まだ塀の向こうで待ち伏せしている可能性があるからだと自分に言い聞かせる。グリフィンにまた腰をつかまれる危険を冒したくないからではない。

思ったとおり、グリフィンはあとをついてきた。だが、今度は紳士ぶって彼女のために門を開けようとはしなかった。ジェーンがかんぬきと格闘し、しまいには壊して重い扉を押し開けるのを黙って眺めていた。錆《さ》びた門にからみつく雑草をこそげとるようにして開け、やっとの思いで通り抜ける。グリフィンの眼前で門を閉めようとしたが、また別の雑草がからんで扉が動かなくなった。しかたなく、強烈な一瞥をくれてやった。

この男はわたしに向かって、レディじゃないと言ったのだ。

暗いでこぼこ道を進んだ。スカートの裾を汚さないよう、泥やぬかるみを慎重に避ける。

肩のあたりでよじれていたケープを直し、フードをかぶって目のすぐ上まで引きさげた。グリフィンが後ろをついてくる。開けた場所に出たらすぐに振りきってやろう。ジェーン・ボンドの尾行に成功する者はいないのだ。

だがグリフィンもそれを予測していたのか、馬車と人でこみ合った大通りに出ると、ジェーンの手を取って自分の腕にかけた。ジェーンはまわりの注意を引かないよう、さりげなく手を引き抜こうとしたが、彼はしっかりと押さえつけていた。「どっちの方角だ?」

「放して」

「さっきと同じ会話を繰り返してもしかたがない」

ジェーンはグリフィンを見つめた。悲鳴をあげてやると脅してもよかったけれども、それはどう考えても脅しにならない。彼はジェーンが悲鳴などあげないことを知っている。善意の人たちが助けようと大勢集まってきて、明日にはミス・ボンドが深夜になぜか――まわりを見渡す――ここチェスターフィールド・ヒルに男といたと噂することになる。

グリフィンも彼女の内心の葛藤を察しているらしく、こちらを見る目に勝利の色が浮かんでいる。彼を困らせるためだけに悲鳴をあげたくなった。もっとも、そういう意味のないふるまいは何より嫌いだ。「こっちよ」甘い声で言い、チャールズ・ストリートのほうを指さした。これで勝負が終わったわけではない。グリフィンは勝ったと思っているのかもしれないが、最後に勝者となるのはこちらだ。ジェーン・ボンドは負けたことがない。

ふたりは腕を組んでぶらぶらと歩いた。まるで楽しい夜を過ごして自宅へ帰る恋人同士のように。グリフィンは通りを行き交うあまり好ましくない人々を巧みに避け、自分がブーツを濡《ぬ》らすはめになったとしても彼女が水たまりに足を踏み入れないよう気を配り、ズボンに泥がはねるのは覚悟のうえで馬車が走る通り側を歩いた。ジェーンはフードで顔が隠れるよう、ずっと顔をうつむけていた。そして、彼の存在をすぐそばに感じて頬が熱くなっていることにも、細やかな気遣いに胸がとろけそうになっていることにも気づかないふりをした。

紳士的にふるまうからといって、紳士であるとはかぎらない。

男性は紳士でなければならないと思っているわけではない。だからといって、この人を壁に押しつけて唇を重ね、息が止まるまでキスをしたいと思うなんてどうかしている。グリフィンのほうはまったく別のことを考えていたに違いない。しばらくして、完璧に筋の通った質問を投げてきたからだ。「チャールズ・ストリートに向かっているのか?」

「そのとおりよ」すねた様子で答えた。すねるような年ではないのだが。

「〈ザ・ランニング・フットマン〉で、恋人と待ち合わせか?」

ジェーンは短く笑った。「まさか。ちゃんとしたお屋敷を訪ねていくのよ」少なくとも外観はちゃんとしているはずだ。「そこに着けば安全だから、帰ってもらってかまわないわ」

グリフィンは答えなかった。ジェーンとしては彼がなかまでついてくるつもりでないことを祈るしかなかった。隣に貼りついていられては、フォンセなりメトリゼ団なりの話をウルフとすることはできない。だいたいグリフィン同伴で行くこと自体、いい恥さらしだ。諜報員が護衛付きで現れるなんて。もちろん、夫となる男性から逃れなくてはならなくなったのはジェーンにとって初めての経験だ。もっとも今逃れられないなら、夫婦になっても逃れられないだろう。

結婚すると仮定しての話だけれど。ジェーンはまだ承諾していない。やはり、なんとしても断らなくては。

ちらりとグリフィンを見る。彼も親に決められた結婚はしたくないはずだ。すでに何か考えがあるのだろうか。ひょっとすると、ほかに結婚したい女性がいるかもしれない。「みんな、わたしたちを結婚させたがっているわ」〝みんな〟が誰を指すのかは説明するまでもない。

「そうみたいだな」グリフィンが、路上の靴磨き屋を見物している集団をよけながら言った。夜には、それも余興のひとつらしい。

「それで?」

彼は眉をひそめた。「きみがそうしてほしいなら、片膝をついて結婚を申しこもうか?」

ジェーンは身震いした。「冗談じゃないわ。そんなおかしなことは考えるのもやめて」

「わかったよ。ただ、おかしなことをいっさい考えないとは約束できない」

グリフィンとしてはぎょっとさせたかったのだろう。ところが、ジェーンのほうもグリフィンに関しておかしな想像をめぐらせていたところだったので、今の発言に衝撃を受けることはなかった。「わたしがききたかったのは、あなたがどうするつもりなのかってことよ」

グリフィンが肩をすくめた。「そこは男の得な点でね。ぼくは何もする必要がない。ぼくから行動を起こさなければ、結婚するはめにはならない」

ジェーンは天を仰いだ。

「真面目に言っているの？　そんな世間知らずじゃないでしょうに」

グリフィンは足を止め、ジェーンのほうを向いた。後ろを歩いていた数人がふたりを迂回《うかい》していった。「それはぼくのせりふだと思うが」

「わたしは世間知らずじゃないわ。叔父と叔母のことはよく知っている。こちらが阻止しようとしないかぎり、思いどおりにことを進めるわよ。わたしひとりでもなんとかできるけど、こちらの戦略はだいたい読まれそうだから」

グリフィンの口元がカーブを描き、曖昧な笑みを形作った。「戦略があるのか？」

「あなたの協力があったほうがいいの」

「誰にとっていいんだ？」グリフィンはまっすぐにジェーンを見ていたが、怒っているのか、笑いをこらえているのか、表情からは判断できなかった。

「当然、わたしたちふたりにとってよ」

グリフィンはまだこちらを見つめている。ジェーンはブーツのつま先で舗道を蹴りつけたい衝動と闘った。

「考えたんだけど……」そう切りだしたものの、ちゃんとした考えがあるわけではない。彼と話し合うのはもう少し待ったほうがいいのかもしれない。だが、あいにく次に会うのはおそらく祭壇の前だ。

「何を考えたって？」

「あなたはほかの人と結婚すればいいのよ。そうすれば、わたしとは結婚できないでしょう」

心臓が七回打つあいだ、グリフィンは何も言わなかった。「本気で言っているのか？」ようやくそう尋ねてきた。

「もちろんよ。あなたは結婚相手を選ぶだけでいい。すでに心に決めている人がいるのでないかぎり。いるの？」

「愛人がいるかときいているのか？」

「しいっ」ジェーンは一瞬ケープをかぶっていることも忘れて、まわりを見まわした。愛人の話など続けていたら、通りすがりの人に好奇の目で見られるはめになる。「少しは言葉を選んだらどう？」

「ぼくが言葉を選んでいないというのか？」

癪《しゃく》に障《さわ》る男！　どうして話を複雑にするの？　愛人のひとりもいないのもうなずける。

「いいわ。じゃあ、わたしもはっきり言わせてもらう」

「それはちゃんと聞いておかないと」グリフィンがちゃかす。

ジェーンは無視して続けた。「あなたと結婚したいという女性もいるはずよ」

「侯爵と親子関係にあるから？」

「そうじゃなくて……」ジェーンは彼自身を手で示した。

「どうぞ、はっきり言ってくれ」

ジェーンは手を振った。「あなた、自分が……」顔がほてってくる。グリフィンがそんなに鈍いはずはない。「しらばっくれるのはやめて、ミスター・グリフィン。自分が魅力的な男性だってことはわかっているんでしょう」

「魅力的な男性だって？　きみにお世辞を言ってもらえるとは思わなかったな」

頬が燃えるように熱い。鏡を見なくても真っ赤になっているのがわかる。今夜はすっかりおかしな展開になってしまった。何ひとつ思ったとおりにいかない。「わたしが言いたいのは――」

「まあ、言いたいことはわかる。だが、答えはノーだ」

「ノー？」

「結婚を避けるための結婚はしない。実際のところ、どうしようもない状況に追いこまれたら、相手にはきみを選びたい」

青い目が見開かれた。その瞳は夜空のような黒いケープのなかで、巨大なサファイアさながらに輝いた。彼女には心惹かれずにいられない。矛盾に満ちた女性だ。さっきまで大胆かつ奔放だったかと思えば、次の瞬間には女学生のごとく頬を染めている。どれが本当のジェーン・ボンドなのかわからない。

だがミス・ボンドが何者であるにせよ、彼女は自分とかかわりを持ちたくないと思っている。その点だけははっきりしていた。ドミニクはふいに、とっとと義務を果たして帰りたくなった。墓地で別れてもよかったのだ。送ると言い張ったのは騎士道精神からではない。好奇心からだ。いったいミス・ボンドは墓地で何をしていたのだろう。追われていたかのように荒い息をついていたのはなぜだ？　最初に耳に入ってきたのは彼女の息遣いだった。足音はたてていなかったが、息を吸ったり吐いたりするのは止められない。コルセットを締めすぎて、呼吸が苦しかっただけなのか？

今、ミス・ボンドのコルセット姿を思い浮かべるのはやめておいたほうがよさそうだ。

それはそうと、彼女は何から、あるいは誰から逃げていたのだろう？　墓地は静かで、心を乱すものは何もなかった。ドミニクはひとり、もの思いにふけっていた。祈る習慣のある者なら、祈っていただろう。ところが突然ミス・ボンドが脇を走り過ぎたかと思うと、ノルマン様式の古い教会の物陰に飛びこんだのだ。一瞬、夢を見ているのかと思った。いつのまにか居眠りしていたのかと。ミス・ボンドがどこへ行くつもりなのかはわからないが、どこにせよ、ドミニクにはついてきてほしくないようだった。

だからこそ、送っていくと言い張った。

「ミス・ボンド、時間も遅くなってきている。行かないか？」腕を差しだしたが、彼女はその腕を取らなかった。情けないことに、ドミニクはいささか傷ついた。ミス・ボンドは付き添いはいらないというようなことをぶつぶつと言って、さっさと歩きだした。男たちが彼女を通すために道を空ける。ドミニクは追いつくために足を速めなくてはならなかった。酒場の〈ザ・ランニング・フットマン〉の前も通ったが、ミス・ボンドは目もくれなかった。そして目立たない屋敷の前でようやく足を止めた。窓にはいくつか明かりがついているものの、ここで社交行事が催されているふうには見えない。彼女はこんな夜遅くに人を訪ねていくつもりなのだろうか？

「ここよ」ミス・ボンドが言った。「もう帰って」

帰るべきなのだろう。だが、命令されるのはいい気分ではなかった。それに、やはり興味をそそられる。いったいミス・ボンドは誰と会おうとしている？　夜、ひとりで駆けつけるほど重要な用件とはなんだ？　恋人か？　それとも誰かに脅迫されているのか？　ミス・ボンドは何を隠そうとしているんだ？

ドミニクが立ち去ろうとしないのを見て、ミス・ボンドは眉をひそめ、玄関に続く階段をあがりはじめた。扉をノックする前に肩越しに振り返ってドミニクに視線をやり、簡単には追い払えそうにないと半ばあきらめたらしい。扉を三回ノックして待った。ドミニクも静かに階段をのぼり、ミス・ボンドのそばに立った。かすかな足音が聞こえ、黒い扉が開いた。こめかみに白いものが交じる黒髪の執事が彼女を見おろした。品のある物腰で、顔は石のように無表情だった。

「こんばんは」深夜の訪問者をどう思っているにせよ、執事の口調からは何も読みとれなかった。ミス・ボンドのことは知らないようだ。彼女はためらい、ちらりと振り返って、ドミニクがすぐ近くにいるのに気づくと眉をひそめた。

「こんばんは。ミス・ジェーン・ボンドといいます。こちらにお住まいのミスター……」

執事の眉がわずかにつりあがった。

「ロード……」

さらにつりあがるところだった眉の動きが止まった。

「そう、ロード……」ミス・ボンドは少し間を置いた。執事が主人の名前を言って促してくれるのを待つかのように。

訪問相手の名前を知らないのか？　これはますます帰るわけにはいかなくなったとドミニクは思った。

「ロード……ウルフ？」ミス・ボンドが問いかけるように言った。

「ロード・ウルフに会いにいらっしゃったのですか？」執事は相変わらず無表情で尋ねた。

「それで、お連れの方は、ミス・ボンド？」

「連れじゃないんです」ドミニクが蠅《はえ》か何かのように、彼女は手で払うしぐさをした。「この人はもう帰りますから」

ドミニクは一歩前に出た。「ドミニク・グリフィンです」

「あなたもロード……ウルフに会いに？」

「もちろん」ドミニクは答えた。驚いたことに執事は扉を開け、ふたりを狭いけれども上品にしつらえられた玄関に通した。床は淡い色の大理石で、広い階段に続いている。上等な布張りの肘掛け椅子が扉の両側に置かれていた。ひと晩じゅう待機している従僕のためだろう。

「わたしはウォレスと申します。旦那さまを呼んでまいります」

「ありがとう、ウォレス」ミス・ボンドは言い、にこやかにほほえんだ。そして執事が階段をあがっていくなり、ドミニクに向き直った。「帰って」

ドミニクはミス・ボンドを見つめた。「ぼくとしては、ウォレスがいるときのきみのほうがはるかに好きだな。きみは自分が訪ねた男の名前も知らないのか？」

「そんなこと、あなたには関係ないでしょう！」ドミニクをまわりこんで、玄関の扉を開ける。「わたしはもう家のなかにいて安全よ。おやすみなさい」

「イエスかノーの答えだけで充分だ」ドミニクは扉を無視した。「きみはウルフ卿を知っているのか？」

「どうしてすんなり帰ってくれないの？」

「どうしてすんなり質問に答えようとしない？」声が聞こえてきた。ミス・ボンドはすばやく扉を閉め、ウォレスが主人を呼びに行く前に立っていた場所に戻った。執事は大理石の階段をひとりでおりてきた。

「ウルフ卿は客間でお待ちです。どうぞ、ついていらしてください」

ミス・ボンドがドミニクに勝ち誇った笑みを向けた。だがドミニクもあとについて階段をのぼってくるのに気づき、勝利を祝うのは時期尚早だったと気づいたようだ。ウォレスが客間の、白い鏡板張りの扉を開けた。こぢんまりとした居心地のいい部屋で、おなかの大きな女性と、あわてて幅広のネクタイ《クラヴァット》を結んだらしい、茶色がかった髪の長身の男性がなかで待っていた。

ウォレスが咳払いをした。「ミス・ボンドとミスター・グリフィンです」そう言って、扉を閉める。ドミニクがミス・ボンドを見やると、彼女は妊婦のほうをじっと見つめていた。どうやら女性が同席しているとは思っていなかった様子だ。

長い間があり、やがて男性が前に進みでた。

「ミス・ボンド。初めてお会いするかと思いますが」

「そうですね」ミス・ボンドはケープを頭から脱ぎ、金髪をあらわにした。あれだけ激しく動いたにもかかわらず、髪の毛一本乱れていない。「おくつろぎのところ、お邪魔して申し訳ありません、ウルフ卿」彼女は軽く会釈した。「そして、レディ・ウルフ」

夫妻が視線を交わすことはなかった。だがドミニクは、ふたりのあいだでなんらかの意思伝達が行われたという印象を受けた。

「メルバーン卿のご友人ですか？」女性が象牙色の上質な布張りのソファから立ちあがりながらきいた。椅子の肘掛けに手を置いて、そろそろと体を持ちあげる。明らかに出産予定日間近で、いつ生まれてもおかしくないような状態だ。ドミニクは母が弟たちを身ごもったときのことを覚えていた。この時期には張りだした腹部が邪魔になって熟睡できず、慢性的に疲れていた。

「姪です」

「そうですか」女性がうなずいた。「お座りになりません？　わたしはレディ・スマイス。こちらは夫のスマイス子爵です」彼女はさりげなく訂正したものの、ミス・ボンドが訪ねた相手の本名を知らなかったという事実を、ドミニクは見過ごすことができなかった。適当な名前をでっちあげたのだろうか？　それとも、ウルフという呼び名を使ったのには何か理由があるのか？

「あなたもメルバーン卿のご友人ですか？」スマイス卿がきいた。

「ええ」ドミニクは答えた。

「いいえ」ミス・ボンドが割って入る。今度はスマイス卿夫妻は視線を交わした。

ドミニクは傷ついたふりをした。

「信じられない。婚約披露パーティの招待客リストに名前があったと思うが」

ミス・ボンドはドミニクをにらんだ。「婚約披露パーティなんてないの」

「これまた衝撃的な発言だな」ドミニクはいっそう悲しげな顔をしてみせた。「これ以上は神経が耐えられそうにない」

ミス・ボンドは今にも飛びかかってきそうな表情をしている。いったん座ったレディ・スマイスがまた立ちあがりかけた。「おふたりでお話しなさったほうがよろしいのでは？」

「いや」ドミニクが答えると同時に、ミス・ボンドが言った。「ええ」

「いいかげんにして！」ミス・ボンドはぴしゃりと言い、スマイス卿夫妻に申し訳なさそうにほほえんだ。「どうぞ、わたしたちのためにお立ちにならないで。ちょっと外で話をしてきますわ」

「わかりました」レディ・スマイスが言った。「お茶を持ってこさせましょうか？」

「ええ」ドミニクは答えた。

「いいえ」ミス・ボンドが言う。

レディ・スマイスがため息をついた。「あなたはそう言うのではないかと思っていました」

ドミニクはミス・ボンドのために客間の扉を開けようと、急ぎ足で歩いた。誰に何を言われようが、母に礼儀だけは叩きこまれている。もっともその必要はなく、ドミニクが取っ手に手を触れる前に執事が扉を開け、また閉めて立ち去った。ウォレスの姿が見えなくなるまで待って、ミス・ボンドが低い声で口早に言った。「なんにせよ、あなたのとおり、わたしは絶対に安全よ。だから帰って」彼女は曖昧に手を振った。「見てのとおり、あなたのしていたことを続けて」

「それは失礼というものじゃないか。スマイス卿夫妻はお茶を用意してくれている」

ミス・ボンドがいらだたしげにドミニクを見た。怒っている彼女も悪くない。完璧な美貌に少し人間味が加わって、いっそう魅力的だ。

「お茶はあなたにじゃないの。あなたはふたりのことを知りもしないでしょう」

「きみだって知らないじゃないか」

「ふたりは叔父の友人なの」

「それなら、ぼくもだ」

ミス・ボンドがこぶしを握った。「ミスター・グリフィン、わたしは子爵と個人的な話があって来たの。少しは分をわきまえて――」

ドミニクは彼女の手首をつかみ、こぶしを開かせた。「残念ながら、ぼくは分をわきまえないたちでね。それで責められたことは一度もないから、今さら変わろうとは思わない」

「手を離して」

「またこぶしを握るんだろう。ミス・ボンド、きみは何か隠している」

「それなら、教会の墓地に潜んでいる男はどうなの？」

脛《すね》に傷持つ身であるのはお互いさまだと言い返したいところを、大いなる寛容の心でかろうじてこらえ、ドミニクは話題を変えた。「きみには興味をそそられるな、ミス・ボンド。初対面のときより、今夜のほうがはるかにそそられる」

ふざけないでと言わんばかりに、ミス・ボンドが鼻を鳴らした。

「あなたはさして興味をそそられない女性にも言い寄るわけ？」

「庭での出来事を言っているのか？」

「わかっているでしょう」

「思いだしてもらわなければならないが、あのときはきみのほうからキスをしてきたんだ」

「そんなことはしていないわ」

「しかも、ぼくの腕のなかで恍惚《こうこつ》となっていた」

「おかしなことを言わないで！」スミレ色に見える深い青の瞳に怒りの炎が燃えあがった。

「もう一度試してみるかい？」ドミニクはつかんだままの手首を引っ張り、ミス・ボンドを抱き寄せた。まったく、性懲りもなくまたしても彼女にキスをしようとしている。このキスが無情な女たらしという自分の評判をぶち壊すことは間違いないのに。

「ふざけないで！」今やミス・ボンドの顔はすぐ目の前にある。「やめてちょうだい！」

そのひと言が決定打だった。このあいだの晩にふたりが分かち合ったものを思いださせたくて、ドミニクは唇を重ねた。たぶん、自分自身も思いだしたかったのだろう。あの感触を忘れたわけではないが。永遠に忘れられないであろうけれど。彼女は固く口を閉じていたが、ドミニクがやさしく唇を這わせると、しだいに力を抜き、小さく息を吐いた。かすかな吐息がドミニクの唇にかかった。ドミニクはミス・ボンドの手をさらにきつくつかみ、片方の腕を背中にまわしてしっかりと押さえつけた。舌を使ってそっと唇を開かせると、彼女が身を震わせるのが感じられた。

何時間でも、何日でもこのままキスをしていたかった。完璧な唇だ――しっとりして、あたたかく、やわらかで。熟れた果肉のような下唇をなめ、やさしく歯で噛んだ。ミス・ボンドが片方の手を伸ばしてドミニクの上着をつかむ。押し返されるのかと思ったが、その手は彼のウールの上着を押しやり、胸を撫《な》でまわした。ふたりを隔てているのは薄い上質な生地一枚だけだ。ドミニクはすばやく彼女の腕をつかみ、払いのけた。このまま続けるなら、ミス・ボンドにルールを理解してもらわなくてはならない。

顔を斜めにして、さらに深く唇を合わせる。ドミニクは急がなかった。ゆっくりと心ゆくまで口づけを味わった。体を押しつけ、手をやわらかな肌に食いこませる。それでも、まだ足りなかった。唇で少しずつミス・ボンドの唇を押し開いていく。舌を差し入れ、彼女を味わい、ぬくもりに浸った。舌をからめると、熱い興奮が体を駆け抜けた。ミス・ボンドも同じように感じたに違いない。小さく声をあげ、ドミニクの腕のなかで身をこわばらせた。

だが、しばらくするとこわばりは消えていった。体はやわらかくしなやかになり、あたたかさがドミニクに溶けこんでくるようだった。呼吸のリズムも同じ。ドミニクが震えると、彼女も震えた。永遠に体を離せないのではないかと思った。心臓が激しく打つ。ぼくは永遠にこの女性から離れられないかもしれない……。

頭がくらくらした。周囲で黒い渦が巻き、視界が暗くなっていった。ドミニクは意志の力を総動員してミス・ボンドの手首を握っていた指をゆるめた。唇を離すにはさらに努力を要した。体を引くと、また彼女を引き寄せたいという衝動に襲われた。

「だめだ！」後ろによろめき、数歩さがった。そして壁に手をあてて体を支え、もう一度口づけしたい欲求と闘った。

ミス・ボンドが目をしばたたいた。暗い部屋からいきなり明るい日差しのなかに出たかのように。

「どうしてこんなことを？」ドミニクはつぶやいた。相手にというより、自分への問いかけだった。ミス・ボンドも不意を突かれた顔をしている、ドミニクはただ、ミス・ボンドを見つめた。魔法でもかけられたのか？　そうでなければ、自分の行動をどう説明する？　なぜこれほどまでに――自分で決めたルールを破りそうになるほど彼女が欲しいのだろう？

ミス・ボンドがピンク色に染まった頰に両手をあてた。「あなたは帰ったほうがいいと思うわ」その声は低く、妙になまめかしかった。声を聞いていると、どうしても離れたくなくなる。だからこそ、離れなくてはならない。

「きみの言うとおりだな」あたりを見まわし、客間の前に立っていることに気づいて少なからず驚いた。いったいどれだけの時間、ここにいたのだろう？　ミス・ボンドと——いや、名前は忘れたほうがいい——彼女とふたりきりで。「帽子はどこだ？」

客間の扉が開き、執事がドミニクのビーバー帽を手に現れた。

「こちらにございます。よろしければ、玄関までご案内いたします」

ドミニクは口を開きかけて眉をひそめた。「どうして……」きいてもしかたがない。帽子を受けとって頭にのせると、彼女に会釈し、振り返ることなく階段をおりた。

外の通りに出ると、もう彼女のことは考えなかった。というより、考えないようにした。目の前にいなければ、その魔力も小さくなる。口づけをしたとき、自分がどういう心理状態に陥ったのか理解しようとは思わなかった。ふたりのあいだにあったのが何かなど、これ以上一瞬たりとも考えたくない。彼女は危険だ。それだけはわかる。今後は避けるに越したことはない。

もちろん、言うは易《やす》く、行うは難《かた》しだ。まして彼女は婚約者、じきに妻となる女性だ。

そのことについては明日、考えよう。

意図したわけではなかったが、いつのまにかエッジベリー邸の、高い塀と鉄門の前に来ていた。門灯が投げかける明かりの輪に入ると、なかに立っていた従僕がすぐさまドミニクに気づいた。

「ミスター・グリフィン、少々お待ちください」鍵がカチャカチャいう音がし、門が大きく開いた。ドミニクは従僕に向かって軽く帽子を持ちあげ、屋敷までの短い私道を歩いた。エッジベリー家の執事が扉を開けた。ぐったり疲れた顔をしている。

ドミニクは足を止めた。「侯爵が田舎から戻ったのか、ダンベリー？」

「いいえ」ダンベリーが答えた。「フィニアス卿がいらしたんです」

ドミニクは思わず大声でうめきそうになった。フィニアスは三男、エッジベリー侯爵のふたり目の子になる。侯爵家の跡取りではないが、兄に何かあった場合は継承権がまわってくる。父の地位がもたらす特権はすべて享受しながらも兄のような責任はないというわけで、好き放題に自堕落な生活を送っていた。ありとあらゆる悪徳に染まっていたが、なんといっても酒と女には目がない。噂をすればなんとやらで、フィニアスとおそらくは彼の遊び仲間が大声で笑う声が聞こえてきた。

「じきにベッドに入るだろう」困り果てた様子の執事に、ドミニクは言った。ダンベリーは最近になってエッジベリー家に雇われた。若い紳士に指図する権限はまだ自分にはないと感じているらしい。エッジベリー侯爵がいればその必要もないのだが、今夜は侯爵夫妻は出かけている。

「そうですね」ダンベリーはうなずいたものの、表情は暗いままだった。ドミニクも本気で言ったわけではない。フィニアスが早いところ酩酊《めいてい》して意識を失ってくれることを期待するのがせいぜいだ。

ドミニクはどんちゃん騒ぎを避け、ロンドンにいるときに使ういつもの部屋で静かに過ごしたかった。客間の扉が少ししか開いていないことにほっとしながら、階段をのぼる。ああやかましくては、誰も通り過ぎる足音には気づかないだろう。階段をのぼりきったところで、ドミニクは眉をひそめた。二階は暗かった。ろうそくもランプも持っていない。必要だとは思わなかった。備えつけのランプは消えたか、使用人がつけ忘れたのだろう。ドミニクは深呼吸をした。真っ暗というわけではない。階下の明かりがいくらか届いている。足を踏みだすと、床板がきしんだ。部屋は廊下の突きあたりだ。明かりがついていればたいした距離ではないが、今は世界の果てくらいに感じる。

ばかなことを。ドミニクはこぶしを固め、断固とした足取りで前に進んだ。

背後で床板がきしんだ。

ドミニクは足を止めた。気のせいだろうか？　ここにほかに誰かいるのか？　振り返った瞬間、いきなり襲われた。あとでドミニクは悲鳴をあげなかったという事実に慰められることになる。そして翌朝、弟が顎《アルコーヴ》に痣《あざ》を作っていなかったと知ってほっとした。

フィニアスが暗い壁のくぼみから飛びだしてきて叫んだ。「つかまえたぞ！」

ドミニクは弟にこぶしを見舞い、その貧弱な体を壁に叩きつけた。フィニアスと気づかなかったら、もう一発殴っていただろう。

「い、いったい、なんなんだ?」フィニアスがろれつのまわらない声でぼやいた。「ちょっとふざけただけじゃないか」

ドミニクは弟のシャツをつかみ、壁に押しつけた。

「よく聞け。二度と、いいか、二度と後ろから襲ってくるな」

「わ、わかったよ」

ドミニクが手を離すと、フィニアスはずるずると床に座りこみ、それからやっとのことで立ちあがった。

「まったく、どうしたんだ、兄さん?」

ドミニクはかぶりを振り、部屋へ向かった。「知らずにすむことをありがたく思え」扉を開けながら小声でつぶやく。なかは明かりがついていた。ほっとする。叩きつけるように扉を閉め、寄りかかってきつく目をつぶった。全身が震えていた。ベッドにたどりつけるだけの力が脚に戻るまで、ひどく時間がかかった。

6

執事がグリフィンを見送りに行ったあとも、ジェーンは長いあいだ客間の外に立っていた。頬がまだ燃えるように熱い。だが、恥じらいからではなかった。ジェーンは簡単に恥じらったりしない。人前で赤面した記憶などほとんどない。頬を赤らめるなんて柄ではないのだ。少なくとも、これまではそうだった。

そもそも任務を邪魔されて黙っている女ではなかった。ジェーンはバービカンの仕事でここに来た。グリフィンはまったく無関係で、邪魔なだけだった。それなのにジェーンは彼に、バービカンでも指折りの諜報員であるウルフの住居までついてくることを許した。

それだけではない。仲間とその妻が扉の向こうにいるというのに、情熱的なキスをすることを許したのだ。どうかしていたとしか思えない。もっと睡眠時間を取るべきなのかもしれない。あるいは頭をごつんとやられるか、局員たちが愛情をこめて地下牢《ダンジョン》と呼ぶ資料室で書類仕事をさせられるか。メトリゼ団を壊滅させたあとなら、そのどれでも、すべてでも甘んじて受けるけれど。

そんなことを考えながら息を吸いこみ、静かに客間へ戻った。スマイス卿夫妻はソファに並んで座り、頭を突き合わせて何やら話しこんでいた。そしてジェーンに気づくと、会話を打ちきった。スマイス卿が立ちあがった。

「ごめんなさい、ミスター・グリフィンは帰らないといけなくて」ジェーンはライオンの脚をかたどった金張りの肘掛け椅子まで歩きながら言った。「でも、かえってよかったと思いますわ。彼は実は……メルバーン卿の友人ではないので」視線をまっすぐにレディ・スマイスへ、次にスマイス卿へ向ける。スマイス卿とふたりきりになるのは不適切なのかもしれないが、民間人の前でバービカンの機密情報について話すわけにはいかない。それどころかフォンセのような怪物の所業を聞いたら、この気の毒な女性は激しく動揺するだろう。下手をするとおなかの子に影響が出るかもしれない。彼女は小柄な体格に比較して腹部が巨大で、赤ん坊の体重を支えきれずに今にも前のめりに倒れてしまいそうだ。人間ではなく馬の子を身ごもっているかに見える。

もちろん、ジェーンはレディ・スマイスのような状態を経験したことがない。だから知らないだけで、出産間近の女性は皆、これくらい大きなおなかを抱えているものなのかもしれない。

スマイス卿はジェーンの視線の意味を正確に解釈し、妻の隣に座ってその手を取った。愛情のこもったしぐさを見て、ジェーンは少々居心地の悪さを覚えた。こうして手を握ることが、たぶん彼女を身ごもらせた行為の前段階なのだろうと想像できるだけに、なおさらだ。幸い、彼女と話をしなければならないのはジェーンではない。スマイス卿は妻を納得させる方法を心得ているだろう。グリフィンを追い払うのにあれだけ苦労したことを考えると、ジェーンにも学ぶところがあるかもしれなかった。

「ミス・ボンド」スマイス卿が切りだした。「メルバーン卿の使いとおっしゃいましたね」

正確には使いとは言っていないが、そう思わせておくことにした。「姪にあたります」

「それなら、ぼくのことも聞いていますね？」

ジェーンはまたレディ・スマイスを見やった。まったく、この女性は横になったほうがいいのではないだろうか。あのおなかでは椅子に座っているのも楽ではなさそうだ。立つのも、もちろん……部屋を出るのも。

「レディ・スマイスの前で話しても大丈夫ですよ」スマイス卿が言った。「ぼくが〝ウルフ〟であることを知っているなら、彼女が〝聖人《セイント》〟であることも知っているはずだ」

いきなり銃で撃たれたとしても、ジェーンはこれほど驚かなかっただろう。のけぞるように椅子の背にもたれ、肺から一気に空気を吐きだした。ジェーンはかぶりを振った。「信じられない」無礼なのはわかっていたが、レディ・スマイスの――諜報員の、セイントの――腹部を見つめずにいられなかった。妊娠中の女性がバービカンの局員だなんてありうるの？

「驚いているのね」レディ・スマイスが――どうしても妊娠中の女性がセイントだとは考え

られなかった——言った。「スマイス卿とわたしも同じくらい驚いたのよ。結婚して五年経って、まったくの偶然からお互いが同じバービカンの局員だと知ったときには」

「Mも知っているの？」ほかの多くの局員と同様、ジェーンも叔父のことを〝M〟と呼ぶ。司令官の身元を明らかにしないためと、正式な名前を呼ぶ時間と手間を省くためだ。

「もちろん。でも、秘密は守ってくれているわ」

そう聞いても驚かなかった。それよりも特筆すべきは、ふたりとも結婚相手に自分が課報員であることを気づかせないくらい優秀だったという点だ。噂は真実だったらしい。ウルフとセイントが最高の諜報員である——もちろん、ジェーンを除いて——という噂だ。彼らがこれまで遂行してきた任務やその際に用いた手法については、ずいぶん勉強した。セイントのめざましい功績については繰り返し読んだが、一度として女性だとは思わなかった。

ごく最近まで、女性がバービカンの局員になることは許されていなかった。少なくとも、叔父からはそう聞いていた。だからこそ、ジェーンの正体は極秘なのだと。けれどもこんな大きなおなかをした女性がいたとは。彼女はどうやって任務をこなすのだろう？　ふたりにはほかにも子どもがいるのだろうか？　妊婦がどうやって戦うの？　走れないのは間違いない。

「ぼくたちは引退した」ウルフが言った。

「それは聞いているわ」ジェーンははっとして、彼に視線を戻した。「でも、フォンセが自由の身でいるかぎり、誰も安心して眠れないこともわかっている」

「そのとおりよ」セイントが言った。「あの男がわたしたちの身元を突きとめて追ってくるのも時間の問題だと思うわ。バロンの妻を誘拐し、ブルーには暗殺者を差し向けた。フォンセにはわたしたちを憎む理由がある。あと少しのところで、二度も取り逃がしているの」

ジェーンはうなずいた。言い換えれば、このふたりはフォンセと直接対決し、生き延びたということだ。そういう者は多くない。ことにバービカンのなかでは。

「三度目の対決はできれば避けたい」ウルフが言った。「フォンセはバービカン全員の息の根を止めようとしているのだと思う。目的を達成するまではやめないだろう」

「でも、どうしてわたしたちを狙うのかしら？　バービカンに個人的な恨みがあるかのようね」

ウルフが両腕を広げた。

「それがわかれば、どうしたらつかまえられるかもわかってくると思うんだが」

「だから、わたしはここに来たの」ジェーンは言った。「あなたがフォンセの隠れ家に関する情報を持っていると聞いたから」

ウルフとセイントは顔を見合わせた。ふたりは目を合わせるだけで完全な意思疎通ができるらしい。

セイントが言った。「あなたは最高の諜報員だと聞いているわ」

「そうよ」言いきった裏に、虚勢も自慢もなかった。事実、ジェーンは最高だった。任務に失敗したことはない。ほかの者が任務を遂行できなかったとき、送りこまれるのは彼女だ。

「信じるわ」セイントは認めた。「でも、あなたはMから言われて来たんじゃないわね」

ジェーンは表情を変えなかった。「どうしてそう思うの？」平然と尋ねる。

「ぼくがその情報を持っていることを、Mは知らないからだ」

なんてこと。まんまと引っかかってしまった。使い古された手だというのに。「ブルーのやつ、だましたわね」小声で悪態をついた。

「そのとおり」セイントがうなずく。「わたしたちはMが最高と考えている人物に会いたかったの。その人が本当にフォンセをとらえることができるかどうか、見きわめたかった」

見きわめる？　わたしを値踏みしようというの？　ジェーンは眉をつりあげた。

「それで？」

「決めかねている」ウルフが答えた。「きみは若そうだ」

ジェーンは立ちあがった。「若いから？　それとも単に女だから？」

ウルフが攻撃をかわすかのように両手をあげた。「そういう意味じゃない。いいか、きみと同じく、ぼくたちだってなんとかしてフォンセをとらえたいと思っている。もう一年近く、メトリゼ団を壊滅させる努力をしてきたんだ」

「メトリゼ団はわたしが壊滅させてみせるわ」ジェーンは言った。「わたしは失敗しない」

諜報員ふたりは視線を交わした。

「そういうのはもうやめて！」ジェーンはふたりの前に立った。「思っていることをはっきり言って。わたしには無理だと思っているわけ？」

「そうじゃないわ」セイントが言い、大儀そうに立ちあがった。突きでたおなかに場所を譲るように、ジェーンはあとずさりした。「ただ、あなたは若すぎる」

「あなたは身ごもっているじゃない！　亀だって今のあなたよりは速く動けるわ。あなたにはフォンセはつかまえられない。わたしがあなたなら、どこかに身を隠すでしょうね」

「ぼくたちだってそれは考えた」ウルフが言った。「今のところフォンセには、ぼくたちが何者でどこに住んでいるか、察知されていないと思う。だが、ひょっとすると、すでに知られているかもしれない。時間はどんどんなくなってきている」妻を手振りで示した。「ぼくたちはふたりのことだけを考えていればいいわけでもない」

「だったら、情報をちょうだい。ブルーが言っていたわ。情報源からフォンセの隠れ家に関する情報を買ったんでしょう。それともそれも、わたしをここに来させるための作り話？」

「いや、そうじゃない。ただ、この情報にどれだけ信憑性《しんぴょう》があるか、わからないんだ。ひょっとすると罠かもしれない」

「フォンセが仕掛けた罠だとしても、大丈夫。わたしは逃れてみせる」

「ずいぶん自信があるのね」セイントが言った。「でも、わたしたちもあなたを死に追いやりたくはないの」

「死ぬのは怖くないわ。フォンセのことだって怖いとは思わない」

「怖いと思ったほうがいい」ウルフが静かに言った。どういう意味かとジェーンが尋ねようとすると、彼は向きを変えた。「書斎に案内しよう」

ジェーンはウルフのあとについて客間を出た。ふたりの後ろから、セイントが言った。

「わたしも行くわ」

ウルフは振り返って目を細め、口を開きかけた。きみは来なくていいと言うのかとジェーンは思ったが、そのまま数秒が過ぎ、結局ウルフは何も言わずに妻の腕を取り、並んで階段をおりた。執事がどこからともなく現れ、住居の一階にあるウルフの書斎とおぼしき部屋まで案内した。

閉じた扉の前で、ウルフが足を止めた。「ここでちょっと待っていてほしい」そう言って、なかに入った。扉はわずかに開けたままだ。ジェーンは思わず室内をのぞき見たが、暗い色合いの家具と本棚がちらりと目に入ったところで、執事に視界をさえぎられた。

「あなた、ダンジョンに入ったことはある？」待っているあいだ、セイントがきいてきた。

「ええ。あなたは？」

「一度だけ」セイントは身震いした。「一度で充分だわ」執事とその背後の書斎を頭で示した。「夫はあそこに彼なりのダンジョンを持っているの」

ジェーンは目を見開いた。ダンジョンにはバービカンのすべての書類が保管されている。地図、局員の報告書、図面、世界中の危険人物に関する情報の詰まった箱が、無数に積みあげられている。ジェーンにとっては興味深い場所だった。実際の任務ほどではないにせよ、暇なときにそこで午後の時間を過ごすのは好きだった。古い地図や報告書を思う存分読める。

「見てみたいわ」ジェーンは言った。

「フォンセをとらえるんだ。手がかりはある」ウルフが扉から顔をのぞかせた。「なかに入ってくれ」

ジェーンは書斎に入ったものの、ロンドンのどこにでもある書斎となんら変わりがないのでがっかりした。机、ソファ、椅子、本。ジェーンは肩をすくめた。巨大な書類保管庫の面影はない。机の上には小さめの用紙がきちんと重ねられている。ウルフがそれを手で示した。

「ソフィア、ぼくの椅子に座るといい」

セイントが眉をあげた。「あなたは心配しすぎよ」椅子に座ると、向かいのジェーンを見て言った。「階段ののぼりおりもするなと言うの」

「そんな体なんだから、ゆっくり休むべきなんじゃないかしら」

「裏切り者！」セイントが冗談っぽく言った。「いい？　あなたが妊娠したら、十中八九、夫に休め休めと言われて頭がどうかなりそうになるわよ」

一瞬、ジェーンは息ができなくなった。〝あなたが妊娠したら〟ですって？　わたしは妊娠なんてしない。子どもを産むつもりなんてない。

とはいえ、もしグリフィンと結婚したら、子どもを産むことになるのかもしれない。ベッドをともにすれば、当然の結果として子どもができるだろう。そうしたら休めと言われ、現場から退かなくてはならないのだろうか。セイントのように。ジェーンは子どもが嫌いなわけではなかった。むしろ大好きだ。けれども世界中をまわり、二重スパイを追い、銃に弾薬を詰めるのも好きなのだ。

ジェーンにとって、男性は常にバービカンの仕事の二の次だった。まったく興味がないわけではない。子どもは欲しくないのでいまだに処女だが、各国を旅していれば、魅力を感じるハンサムな男性に出会うときもある。そんなときはキスや、それよりもう少し進んだことを許す場合もあった。情熱は知っている――少なくともそう思っていた。けれども、これまで経験したものはどれひとつとして、今夜グリフィンとのあいだに燃えあがったものとは比較にならない。彼の腕のなかで、ジェーンはほとんどわれを忘れた。今までになかったことだ。普段の彼女は常に自分が何をしているか、ちゃんと把握していた。自制がきき、相手が、もしくは自分が雰囲気に流されそうだと感じたときには、いつでも相手にやめてほしいと言うことができた。必要とあらば、力ずくで止めることだってできた。

今夜はグリフィンを止められたかどうか、ジェーンは自信がなかった。肌が熱を帯び、重ね合う唇のこと以外は何も考えられなかった。それも、スマイス卿の客間の目の前という誰の目に触れるかもわからない場所で。いったいわたしは何を考えていたのだろう？何も考えていなかった。それが問題だ。わたしは絶対に、グリフィンとは結婚してはいけない。

ウルフが何かしゃべっていた。ジェーンは集中しようと努めた。机の上に置かれた書類を見つめる。けれども、視線は夫妻のほうへとさまよった。ふたりが愛し合っているのは、誰の目にも明らかだ。夫は妻の肩に手を置き、妻は夫に軽くもたれている。愛し合う男女を見るのが初めてというわけではない。たとえば、叔父と叔母も深い愛情で結ばれている。けれどもこれまで、それをうらやましいと思ったことはなかった。

だが、スマイス卿夫妻を見ていると、自分にもウルフのような男性が――身を案じ、守り、慈しんでくれる男性がそばにいてくれたらと思わずにいられない。あんなふうに寄りかかれる相手。一緒にいて安心でき、まつげをはためかせたり、髪をかきあげたりしなくていい相手。本当の自分を――女性であり、諜報員であるジェーン・ボンドを見て、その両方を愛してくれる、そんな人がそばにいてくれたら……。

「ボンド？」ウルフが言った。

「ごめんなさい」ジェーンは目をしばたたいた。「聞いているわ」今度こそ、目の前の書類に視線を向ける。

「言ったとおり、これがぼくの入手した情報だ」ウルフがちらりとセイントを見る。「ぼくたちが入手した、と言うべきだな。一枚目に、その情報源がフォンセの隠れ家と考えている場所が書かれている」

ジェーンは安手の紙にざっと目を通し、持ちあげて続くページを探して眉をひそめた。

「これだけ?」

ウルフが肩をすくめる。「即刻Mに報告しなかった理由はわかるだろう」

「ウエストミンスターは繁華街よ。川や政府機関があるし」ジェーンはかぶりを振った。「これじゃあ、場所が特定できないわ。しかも、あなたの情報源はこうとしか書いていない。〝この地区でフォンセを……〟」もう一度紙面に目を通した。「〝複数回目撃した〟」

「それでもはじめの一歩にはなるわ」セイントが言った。「何もないよりはましよ」

ジェーンは机を爪で叩きつつ、ほかの書類にも目を通した。そちらにはいくらか有益な情報が含まれていた。ジェーンはメトリゼ団にはかなり詳しいが、ウルフの調査はその知識の穴を埋めるものだった。「〝メトリゼ団の目的が本当に……〟」内容を読みあげる。「〝政府を崩壊させ、さらなる社会的混乱を招くことにあるなら、フォンセがウエストミンスターに出没しているのもうなずける。政府の中枢機関が位置する場所だからだ〟」

「またしても皇太子殿下の命を狙うつもりかもしれない」

「ありうるわね」だが、ジェーンは内心ではそう思っていなかった。「何か大きな計画があるに違いないわ。最終章にふさわしい計画。バービカンのメンバー全員を殺すには何年もかかるでしょうけど、それでも全員の身元を突きとめたとして、別の方法で破滅させることはできるわ。わたしたちを無能で必要のない存在と印象づけることで」

「やつはすでに一度、それを試みている」ウルフは言った。「だから、皇太子殿下を狙った」

ジェーンは立ちあがった。「二度目は、絶対に失敗しないよう万全を期すでしょうね」

ドミニクはいらだっていた。エッジベリー家の馬車のなかに閉じこめられているせいではない。もっとも、両親と弟ふたりが一緒に乗っているので、息苦しくはあったが。カーライルは際限なく次の競馬の話をしており、日頃から快活な母はさまざまな質問を投げかけてくる。しかも、ドミニクが我慢しなくてはいけないのは絶え間ないおしゃべりと硬い座席だけではない。今日は一日じゅう冷たい雨が降り、午後いっぱい家に閉じこもっているしかなかったのだ。

馬が恋しかった。長期間、馬と離れているのはつらい。今朝はエッジベリー家の馬屋に行き、侯爵の乗用馬の世話をした。いずれもドミニクが自ら餌をやって訓練した、ケンハム・ホールの厩舎で育てたなかでも最高級の馬だ。とはいえ馬屋には、エッジベリーの田舎屋敷の広々とした土地と開放的な空気は望むべくもない。ロンドンはいつもながらやかましく、じめじめして霧が立ちこめていた。

ドミニクはロンドンが嫌いだった。馬の一頭が病気にかかっているというのに、そばにいてやれないのもつらかった。飼育係のオールド・コナーのことは信頼しているが、今リリーズ・ターンはどうしているか、ほかの馬が疝痛を起こしていないかと心配せずにはいられない。

「今日は無口だな、兄さん」アーサーが言った。彼はドミニクの三人の義弟のなかではいちばん上で、侯爵家の跡継ぎのトルー卿だ。ほかの弟ふたりと同じ金髪で、大きな茶色の目をしている。フィニアスよりは――たぶん今夜もどんちゃん騒ぎの最中だ――真面目で、カーライルほど呑気《のんき》でもない。まだ二十五歳だが、すでに髪が薄くなってきており、年よりも老けて見える。

「晩餐のために取っておいてるんだろう。兄さんは会話は一日に千語までと決めていて、きっとその大半をもう使っちゃったんだ」カーライルは自分の冗談に笑った。

エッジベリー卿も笑い、アーサーは笑みを押し殺した。母のティタニアでさえ、唇を軽くカーブさせた。皆、意地が悪いわけではない。けれども、ドミニクが家族の人たちと違うことは誰もが知っている。ホートン・クリーヴボーン家の人々はよく笑い、饒舌《じょうぜつ》で、感情豊かだ。ドミニクはそういう性質をひとつも持ち合わせていなかった。

「兄さんを放っておいてあげて」母はいつものようにドミニクをかばった。

「闘わなくてはならないときは」ドミニクは言った。「ひとりで闘いますよ、母上」

「兄さんだって、ぼくたちがからかってるだけなのはわかってるさ」カーライルが言った。

「それに、一日に少なくとも千五百語は話すよ。馬との会話を数に入れれば」

「馬との会話は、ある種の人間との会話よりも何倍も興味深い」ドミニクはじろりとカーライルを見た。カーライルが笑い、アーサーは弟の肩を叩いた。

「やられたな、坊主」

「ミスター・グリフィンはきっと、今夜のことを考えていたんだろう。大切な夜だからな」エッジベリー卿は言い、上質なウールの上着の袖を引っ張り、しわを伸ばした。父にならって、アーサーとカーライルも上着を直す。ドミニクは自分の上着にもしわがあればいいのにと思ったが、従者の仕事は完璧だった。

「兄さんがうらやましいな」アーサーが言った。「ミス・ボンドが貴族だったら、ぼくが求婚しているところだ。貴族でなくても充分魅力的だよ」

ティタニアがアーサーの腕に手を置いた。「彼女はあなたには向いていないわ」

アーサーは陽気に肩をすくめた。「今年もたくさんのレディが社交界デビューしたしね」

もっとも、アーサーが結婚を急ぐ必要はなかった。跡継ぎとはいえ、父に花嫁を選べと迫られるまでまだ数年はありそうだ。アーサーも聖人君子というわけではないものの、なかなか用心深い。一家にスキャンダルをもたらすのは、たいていがドミニクだった。たしかに兄弟のなかではいちばん評判が悪いのだが、なかには侯爵の誤解にすぎないものもある。

「ぼくにも向いていないな」ドミニクは言った。「たしかにすてきな女性だが――」

「すてきな？」カーライルの声が裏返った。「ミス・ボンドは最高級のダイヤモンドだよ」

「たしかに多面性がありそうだ」ドミニクは同意した。社交界の若いレディは墓地の塀を乗り越えたりしないし、深夜チャールズ・ストリートに人を訪ねていったりしない。ミス・ボンドには秘密がある。ドミニク自身と同じように。秘密は自分のだけで充分だ。ジェーン・ボンドのような女性とはかかわりたくない。この調子でふたりを結びつけようとする茶番劇に付き合っていたら、たちまち祭壇の前に連れていかれるはめになる。

「彼女にチャンスをあげなさい」母が手を伸ばしてドミニクの膝を軽く叩いた。ドミニクは急に五歳の子どもに戻った気がした。エッジベリー侯爵と結婚するときも、母は同じことを言った。並んで座るふたりをちらりと見る。母の濃い紫色のドレスは、馬車の暗い照明のなかできらきらと輝いていた。侯爵は片方の手を妻の腕に置いている。自分のものだと主張するように。母にとってはいい夫だろう。ドミニクと母を、それまでの貧しい暮らしから救いだしてくれた。この結婚でドミニクの人生は救われたが、別の意味では人生を奪われたとも言えた。ティタニア・グリフィンだった母は自由で、自分の運命を自ら決めることができた。けれども、エッジベリー侯爵夫人ともなれば数えきれないほどの責任を抱える身だ。そしてドミニクはしばしば、自分はその責任のなかでいちばん優先順位が低いのだろうと感じたものだった。母が新しい地位を得て、新たに生まれた三人の息子を育てるあいだ、イートン校へ、オックスフォード大学へ、そのあとはヨーロッパ大陸へと送られた。

イートン校の寮で暮らし、イタリアで夏季休暇を過ごせば、ぼくがあのことを忘れられると思ったのだろうか? 自分の罪悪感を軽くするため、ぼくを遠くへ追いやったのではないか? 今では母を許すことができる。前とは違った観点で母を見られるようになり、母もひとりの人間で、できるかぎりのことをしてくれたのだと思えるようになった。とはいえ、あのときの少年は、もっとも必要としたときに自分を見捨てた母をいまだに許せないでいる。

「着いたぞ」エッジベリー侯爵が興奮に似た表情で身を乗りだした。ドミニクはますます憂鬱な気分に陥った。母と侯爵が先に馬車を降り、アーサーが続く。しきたり上、次に降りるのが自分なのか、カーライルなのか、ドミニクは思いだせなかった。どちらでもよかったので、弟に先を譲り、最後に降りた。メルバーン卿があたたかく迎えてくれた。「ようこそ、ミスター・グリフィン。姪はなかにおります」白い石灰岩造りの気取らない屋敷を示す。正面の窓下の植木箱にはピンク色の花が咲き乱れ、最上階を除けばすべての窓に明かりが灯っていた。

ドミニクは母の視線をとらえた。心配そうな様子なので、安心させるためにひとつうなずく。今晩は無難にやり過ごすつもりだが、ミス・ボンドと結婚させられるのはごめんだ。

入口で帽子とステッキを預け、レディ・メルバーンの熱烈な歓迎を受けた。だが、その明るく陽気な口調も、ドミニクの神経を逆撫でするばかりだった。この家は明るすぎる。暗がりが恋しかった。レディ・メルバーンは近づいてくると言った。「あなたの異国風の容姿はどなたから受け継いだか、わかりましたわ。お母さまとよく似てらっしゃるのね」

「ロマの血が流れていますから」エッジベリー侯爵が憤慨するとわかっていて、ドミニクはわざと言った。

「ばかなことを」案の定、侯爵が言った。ティタニアがドミニクを目で制する。

「美しい姪御《めいご》さんはどちらに？」レディ・エッジベリーが尋ねる。

「客間におります」メルバーン卿が言った。「二階に行きましょうか？」

ふた家族が一緒になって階段をのぼった。ドミニクは時間をかけて玄関を飾る絵画や美術品を眺め、それからあとに続いた。メルバーン卿は外務省の高官で、諜報機関に所属していると聞いている。世界中を旅しているに違いない。家のなかには華やかなヨーロッパ大陸の雰囲気があった。客間も例外ではなく、壁は暗い色で、家具類には鮮やかな色彩の高価な布地が張られていた。興味深い骨董《こっとう》品や美術品があちこちに置かれているが、決してこれ見よがしではない。部屋にさりげなく趣を添えている。

その中央に深い湖の水面のように波打っているシルクのドレスを着て、ミス・ボンドが立っていた。黒っぽい木製の家具と豪華なベルベットの張地に囲まれて、白い磁器の人形のように見える。客間は玄関よりはいくらか暗く、ドミニクは物陰に入って思う存分観察したい衝動に駆られた。ひとたびミス・ボンドを見たら、容易に視線を引きはがせないことを忘れていた。瞳の色と同じ深い青のドレスをまとい、ピンク色の唇はサイドテーブルの花瓶に活《い》けられた優美なバラそのままの色合いだ。むきだしの肩が描く曲線は、ドミニクの手に合わせて作られたかのようだった。純白の彫像。いかに魅惑的だろうと、二度と手を触れてはならない。

けれども、そしらぬ顔はできなかった。今夜だけは。ドミニクは前に進み、自分が何をしているのかもわからないまま、気がつくと手袋をはめた彼女の手を握っていた。「ミス・ボンド」そう言って、一礼する。

「これで二語」カーライルがアーサーに向かってささやいた。「ドミニク兄さんがこれから十五分間で二十五語もしゃべらないほうに五ポンド」

「三十分で二十五語なら、のるよ」

ミス・ボンドも膝を折ったが、何も言わなかった。今夜はその瞳からは何も読みとれない。ゆうべ交わしたキスを忘れたはずはないだろう。だが、顔にはいかなる感情も表れていなかった。ドミニクが後ろにさがると、弟たちが前に出た。彼らを見ていると、ライオンの群れを思いだす。金色のたてがみをなびかせて、今狩りを始めたところだ。ふたりの首根っこをつかんで背後に放り投げてやりたくて、ドミニクは指がうずいた。だが、自分はジャッカルにすぎない。極上の獲物はジャングルの王者がわがものにするのだ。

実際、弟たちに対するミス・ボンドの反応はほかの女性たちと変わりなかった。彼女は笑みを浮かべた。美しい顔に生気と豊かな表情があふれでる。そしてしばらくすると、カーライルの話に声をあげて笑っていた。アーサーの話はそれほど面白くはないが、非常に興味深いらしい。アーサーが話しているときの、ミス・ボンドの熱心な表情から察するに。

ドミニクは勧められた赤ワインのグラスを取り、ひと口飲んで、メルバーン卿夫妻と会話している両親から離れて壁際に立った。どことなく険しい、近寄りがたい表情が身についており、おかげで誰もあえて近づいてきて彼を輪に引き入れようとはしない。ドミニクとしてはそのほうが好都合だった。とはいえ、今はミス・ボンドから目をそらすことはできない。

一、二度、青い瞳がこちらを向いた。目が合うと、ふたりのあいだで何かが激しく行き交ったような気がした。彼女はすばやく目をそらし、カーライルにほほえみかけ、弟ふたりが笑い声をあげるようなことを言った。

ミス・ボンドは客間の中央に立っているが、実際にはドミニクと同じくこの場から遠いところにいる。今は行儀のいい若いレディの役を演じているだけだ。昨夜、墓地で見たのが本当の姿なのだろう。あのときは今のようにまつげをはためかせたり、くすくす笑ったりしてはいなかった。

そう、彼女には秘密がある。その秘密を暴くのは楽しいに違いない――自分の秘密が暴かれる危険さえなければ。結局のところ、距離を置くのがいちばんんだ。

テーブルの上の置き時計に視線をやった。十五分経っている。アーサーとカーライルのどちらが例の賭けに勝つことになるだろうか？　今回はカーライルに勝たせてやろう。ドミニクはテーブルから本を取り、目を通しはじめた。そして晩餐のために階下へ行くまで、ひと言もしゃべらなかった。

弟たちが競って色目を使っていたにもかかわらず、ミス・ボンドを食堂までエスコートする役目を仰せつかったのはドミニクだった。メルバーン卿夫妻と両親が客間を出るのを待ち、そのあとに腕を差しだした。手袋をはめた手がごく軽く袖に置かれただけだが、体のぬくもりが伝わってきた。ミス・ボンドはてきぱきと早足で歩くことができるし、驚くほどの速さで走ることもできる。だが今は、品よくゆっくりと歩いた。ドミニクも彼女に歩調を合わせるしかなかった。

「弟さんたちは社交的ね」階段に差しかかったところで、ミス・ボンドが言った。

「無駄を嫌うたぐいの男ではないね」彼女の視線を感じながら、ドミニクは答えた。

「あなたはそういう男性なの？　無駄なことはしゃべらないの？」

「意味のないおしゃべりは嫌いだ」

「そうらしいわね。あなたが意味のないことをしている姿は想像できないわ」

ドミニクはミス・ボンドを見た。〝意味のないこと〟という言葉に引っかかりを感じたのは気のせいだろうか？

「ところで、ミスター・グリフィン、あなたは何が好きなの？　おしゃべりでないことはわかったけど」

答えるつもりはなかった。結局のところ、質問は会話のきっかけとなる。だがミス・ボンドがこちらに目を向けると、言葉にできない何かがまた、ふたりのあいだを行き交った。気がつくと、ドミニクは質問に答えていた。さもないと、彼女を手すりに押しつけて口づけしてしまいそうだった。

「馬だ」声がかすれた。

「乗馬？　それとも……飼育するほう？」ミス・ボンドは少しためらってから、ふたつ目の選択肢をつけ加えた。

「飼育だ。侯爵の厩舎は最上級の馬を輩出することで知られている」

「今度見せてもらいたいわ。わたし、ときどき息が切れるほど乗ってみたくなるの」

ドミニクはミス・ボンドを見つめた。彼女は無邪気に片方の眉をあげてみせた。ぼくたちは本当に馬の話をしているのだろうか。ミス・ボンドが決してエッジベリーの厩舎に来ないことは互いにわかっている。

「きみに手を貸してまたがらせる役を、ぼくにさせてくれるなら」

「大きなのに乗せてくれるわけね？」

「兄さん、また馬の話でレディを退屈させるなよ」食堂の手前で、カーライルが割って入った。「兄は何せ、馬のこと以外ほとんど話題がないんですよ。ぼくと観劇の話はいかがです？」

カーライルがミス・ボンドの左隣に座ったので、ドミニクは右隣に座ることになった。ミス・ボンドが座ったあと、ドミニクは自分の席につくために彼女の椅子の後ろにまわりこんだ。ちょうどそのときミス・ボンドがいくらか前かがみになり、胴着《ボディス》に少し隙間ができた。ドミニクは紳士ではないし、仮に紳士だったとしても、胸元からこぼれるふくらみから目をそらすことはできなかっただろう。ただし、ドミニクの注意を引いたのは胸そのものではなかった。その谷間できらりと光る鋭い短剣だった。

7

晩餐会は苦痛でしかなかった。叔父と叔母のせいというわけではないし、とめどなくしゃべるトルー卿とカーライル卿のせいでもない。ただ、ジェーンとしては早く終わってほしかった。作り笑いのしすぎで顔の筋肉が痛む。どことなく引きつった笑みで、叔母は演技だと見抜いているに違いない。だが、助けを求める視線を送っても、叔母はただ顎をあげ、肩をそびやかすばかりだ。その意味するところはわかる。〝しゃんとして、もう少し我慢しなさい〟

もっとも、叔母に何ができるわけでもない。ジェーンの気持ちを波立たせているのはおしゃべりな若者ではなく、隣に座っている黒髪の無口な男性だ。ドミニク・グリフィンには圧倒的な存在感がある。別段、人の注意を引こうとはしていないにもかかわらず。というより、ジェーンにはまったく興味がないようだ。話をしようとも、目を合わせようともしない。それどころか、叔父や叔母には見せた最低限の愛想もない。無礼ではないが、噂どおり、他人の意見やしきたりは気にしない男性らしい。

グリフィンがここ以外の場所にいたいと思っているのは明らかだ。ジェーンのほうは隣を意識するあまり、つい身じろぎしてしまいそうになっている。グリフィンの指がスプーンをつかむのを見るだけで、息が止まりそうだ。あの指が自分の腰をつかんで引き寄せた。彼の鼓動が感じられるほど近くまで。

あれはわたしの鼓動だったのかしら？

ドミニク・グリフィンは同じように感じてはいなかったらしい。感じていたら、ジェーンをここまで無視できないだろう。いや、たぶんもともとそういう人なのだ。グローヴナー・スクエアの屋敷で開かれた舞踏会のあと、二日間でジェーンはメトリゼ団についてさらに調べた。そのついでに、ドミニク・グリフィンのことも調べたのだった。彼は女たらしとして有名だった。処女と娼婦《しょうふ》には手を出していないが、未亡人、女優、気に入った女給などを相手に大いに浮き名を流している。ジェーンの聞いたところによると、その付き合い方はちょっと普通とは違うようだ。噂を信じるなら、自分よりも相手の歓《よろこ》びを優先させるのだという。グリフィンが男性であることを思えば、とうてい信じられない話だ。信じられるのは、彼がほかの人とは違うということだけ。体に触れられるのが好きではなく、子どもができないよう細心の注意を払っているらしい。それでもごく最近、ある女性がグリフィンの子を身ごもったと訴えてきたそうだ。

結局のところ、どう考えていいかわからない。それでも優秀な諜報員である自分なら、いずれ答えを見つけられるはずだ。ひとつだけははっきりしている――ドミニク・グリフィンはジェーン・ボンドの隣に座らされていらだっている。もちろん、こちらだって同席させられてうれしいわけではない。グリフィンの腕を取り、階段をおりるのは拷問さながらだった。それでも一緒に歩きながら彼が意味のないおしゃべりと呼ぶ、少々きわどい冗談を交えた会話までした。これ以上は無理だ。グリフィンに関する調査をいったん脇に置き、ウルフが得たメトリゼ団の情報を読みはじめてからは、極力グリフィンのことを考えないようにしてきた。果たすべき使命に集中していれば、あのキスや抱擁を思いださずにいることもできなくはない。そのうちにスマイス子爵の家でキスを許したのは自分ではなく、別の誰かだったような気がしてきた。眠りに就くと、フォンセに魚よろしくはらわたを抜かれる夢を見た。恐怖心で——欲望ではない——いっぱいになり、汗だくになって目覚め、叔母に今夜の晩餐についで思いださせられるまで、グリフィンのことは考えなかった。

それなのに今は、グリフィンのことしか考えられない。

なんていまいましい男！

叔父はジェーンがすでに十回近く聞いた話を繰り返しはじめた。元来話の面白い人なのだが、バービカン以外の人に話してもいい面白い話は五つくらいしかない。ジェーンはレティキュールに手を入れ、小さな時計を取りだした。頭上のシャンデリアの明かりを受けて、金の鎖がきらめく。

もう十時をまわっている。そろそろ家を出ないと、約束に間に合わない。ウルフの情報源はジェーンと会い、フォンセの隠れ家まで案内することを承諾した。今朝、ウルフから届いた手紙によると、情報源はフォンセに関する新情報を入手したそうで、ウエストミンスターにあるテムズ川沿いの倉庫で待っているそうだ。どうやらそこで貨物の受け渡しがあるという。ウルフは行くなと言った。情報の真偽を確かめてから、自分が行くつもりだからと。だが、ジェーンは待っていられなかった。ゆうべ何者かに跡をつけられたことが頭を離れない。あれはグリフィンではなかった——彼がジェーンのために扉を開けようとしたことさえ、今では信じられないくらいだ。それなら、つけていたのは誰だろう？　フォンセ？　それとも彼の手下のひとり？

フォンセがジェーンの正体と住まいを知っているなら、メルバーン卿、いやバービカン全体が危険にさらされていることになる。

だが、待ち合わせに遅れないためには今すぐここを出なければならない。ほかの人々は急いでいない。皆、延々と続くおしゃべりを楽しんでいるように見える。退出するためには仮病を使うしかなさそうだ。レディ・メルバーンはジェーンの焦りを感じとったのか、ようやく腰をあげ、食後酒を楽しむ男性たちを残して食堂を出た。ジェーンとレディ・エッジベリー、レディ・メルバーンは客間に戻った。椅子に座るか座らないかのうちに、レディ・エッジベリーがちょっと失礼と断って部屋を出た。

扉が閉まると、さっそくレディ・メルバーンが言った。「せめてもう少し努力してちょうだい、ジェーン」

「客間の扉はまだ閉まりきっていないんじゃないかしら」

叔母は鼻を鳴らした。「いずれにしても、侯爵夫人もわたしと同じ意見だと思うわ」

「あら、自分の息子を棚にあげて？　彼、わたしに気づいてもいないみたい」

レディ・メルバーンがぐるりと目をまわす。「あなた、諜報員としては優秀かもしれないけれど、男性の気持ちを読むのはてんでだめね」

「あら、ヴェローナの局員にきいてみて。わたしと彼は――」

レディ・メルバーンが片方の手をあげた。

「ドミニク・グリフィンはあなたにぞっこんよ」

ジェーンは目を丸くした。「本気で言っているの？」

「何も知らないふりはしないでちょうだい、ジェーン」

「そんなんじゃないわ。叔母さまこそ、そういうことは何も知らないと思うけど」

「わたしはあなたが生まれる前にもう結婚しているの。人間の性については知っているし、男性についても知っている。あなたは頭のいい子だけれど、男性がどういうふうにあなたを見ているか、まるでわかっていないわ」

「わかっているわよ。ドミニク・グリフィンはわたしを見ようともしないの。わたしに興味がないのよ」

「彼はひと晩じゅう、あなたから目を離せずにいるわ。男の人がカーライル卿のようにあからさまにあなたを見つめていないとなると、もう関心がないと決めつけるわけ？　ミスター・グリフィンは他人と競い合う男性じゃない。表向きはね。弟たちがあなたに言い寄り、今晩の相手役を務めるのを黙認している。けれども万が一、彼らがそれ以上のことをしようとしたら、蠅みたいに叩きのめすでしょうね」

ジェーンは疑わしげに目を細めた。「叔母さま、ワインを何杯飲んだの？」

叔母は答えなかった。ジェーンは立ちあがった。歩きまわりたかった。長い晩餐のあとだけに、少し動きたい。

「なかなか説得力のある説だけど、証拠はないわ。ミスター・グリフィンは弟たちがわたしに言い寄るのを喜んでいる――そうしたら自分が言い寄らなくていいからというのも、同じくらいありそうな話なんじゃないかしら。明日には彼は田舎の馬のもとへ帰って、この話はご破算となるのよ」

「そうならないことを祈ったほうがいいわよ」

ジェーンは振り返った。「どうして？」

「ミスター・グリフィンと結婚しないなら、ほかの誰かとしなければならないからよ。あなたがどう思おうと、わたしたちはこの話を進めるつもりですからね」

時計が時刻を知らせた。時間切れだ。

「めまいがするから、もう自分の部屋に戻るわ。皆さんにそう伝えてもらえる?」

叔母がため息をついた。「わかったわ」

客間を出ても、ジェーンは自室には向かわなかった。廊下を進み、突きあたりの扉を開けて、使用人用の階段を使った。厨房《ちゅうぼう》のメイドに手を振り、外へ出る。井戸と小さなハーブ園があった。ちゃんとした庭は建物の正面側だ。ここなら容易に裏口を出て、馬屋の並ぶ路地にまぎれこめるだろう。だが芝生の上を歩きだしたところで押し殺した話し声が聞こえ、ジェーンは一瞬動きを止めた。

無視して先に進もうとしたものの、声の調子の何かが引っかかった。壁に体を押しつけ、身を低くして窓の下を通り、庭に向かって開いている居間のフレンチドアの脇で足を止めた。ひとつだけ灯されたランプの明かりのもと、叔父とレディ・エッジベリーが身を寄せ合うようにしているのが見えた。

音をたてないように大きな鉢植えの後ろにすべりこみ、壁に背中を押しつけて耳を澄ました。

「脅すわけじゃないのよ」レディ・エッジベリーが言った。晩餐のときのような洗練された口調ではない。濃い色のドレスが暗がりに溶けこみ、叔父の隣にいるせいでいっそう小柄に見える。

「現に脅しているじゃないか」メルバーン卿が言った。

「たいていの女性はドミニクの注意を引こうとやっきになるのに。あなたの姪御さんは何も感じないみたいだけれど」

「わたしだってあの子にきみの息子と結婚しろと強要することはできない。きみが息子に強要できないのと同じだ」

「ドミニクのことは心配しないで。あの子には結婚する理由があるの。ミス・ボンドに結婚する理由があるようにね。がっかりさせないで、メルバーン卿。そうでないとわたし、本気でやるわよ」レディ・エッジベリーが廊下に出ようとしたとき、叔父がきいた。

「グリフィンの注意を引こうとやっきになる女性たちが多いなら、どうしてそのなかのひとりと結婚させない？　どうしてジェーンを選んだ？」

レディ・エッジベリーが振り返った。

「だからこそよ。あなたの姪御さんはグリフィンにのぼせていないから」

ジェーンは少し待って侯爵夫人が立ち去ったことを確かめてから、メルバーン卿の視界に入った。叔父ががっくりと肩を落とした。

「おまえがどこかに潜んでいると感づくべきだったな」

「それが仕事ですもの。潜む。忍び寄る。すばやく動く」ジェーンは肩をすくめた。「今の会話について、説明する気はある？」

「あまりないね」ひとつだけあるランプが部屋を照らしていた。叔母が選んだひだ飾りの多い装飾品や優美な椅子に囲まれた叔父は、どこか場違いに見えた。

「どうして叔父さまがレディ・エッジベリーに脅されているの?」

「おまえの仕事リストに〝尋問する〟をつけ加えたらいい」

「すべて、叔父さまが教えてくれたことよ」

「わかっている」叔父が手で髪をかきあげた。狼狽しているようだ。ジェーンは驚いてそのしぐさを見守った。部下が危険に陥っているときは別にして、叔父が狼狽している姿など見たことがない。「この話はしたくないんだが」

不吉な予感に、ジェーンは背筋がぞくりとした。「話してほしいわ」

「レディ・エッジベリーとわたしはかつて深い仲だった」

ジェーンは一歩あとずさった。庭に隠れたままでいればよかった。こんな話は聞きたくなかった。叔父が夜に何をしているかなど考えたくもない。叔母とのあいだに子どもはいないが、ジェーンはそれはふたりが結婚を完成させたことがないからだと考えるようにしていた。ばかばかしいのはわかっている。けれども、たとえば朝食の席でふたりがこっそり笑みを交わしているのに気づいたとき、前夜の夫婦の営みを想像するよりは気が楽だった。

ジェーンは咳払いをした。「それは結婚の……」

「あとだ」メルバーン卿は顔をそむけ、背中で手を組んだ。「今では自分のしたことを恥じている。妻とわたしは当時、いろいろな問題を抱えていた。だが、それは言い訳にならない」振り返って続けた。「ティタニアは美しく、魅力的で才能ある女優だった。誰もが彼女に夢中になった」

「それで……」まったく！　どうして今夜は次々とこの手の会話をしなければならないのかしら？

「関係は数週間で終わったよ。ティタニアはエッジベリー侯爵と出会った。そしてわたしは妻を心から愛していることに気づいた」

「叔母さまには話していないのね？」叔父らしくない。いつもの叔父なら、困難な状況を避けて通ろうとはせず、立ち向かっていくだろう。

「話していない。知ってほしくないと思っている。妻は決してわたしを許してくれないだろう」

たしかにそうかもしれない。叔母は一途《いちず》に誠実に人を愛する。裏切られたら、何年も相手を罰しつづけるだろう。若気の至りと言われて、簡単に納得するとは思えない。それでも、いずれは許したのではないか。

気の毒なメルバーン卿。気の毒なわたし。侯爵夫人を黙らせるためにグリフィンと結婚しなくてはならないなんて。

「わたしがレディ・エッジベリーと話をして――」

「無駄だ、ジェーン」メルバーン卿は疲れた顔で、ジェーンに近づいた。急に十歳も年老いたように見えた。「ティタニアは心を決めている。欲しいものがあれば、手に入れるまであきらめない女性だ。もしグリフィンと結婚できないなら、今この場で言ってくれ。妻に話すよ。ティタニアから聞かされるはめになる前に」

ジェーンは叔父を見つめた。どうしたらドミニク・グリフィンと結婚できるというの？いいえ、どうしてできないの？

「いずれ、誰かとは結婚しなければならないんだ、ジェーン。それを忘れてはいけない。そうでなければ、バービカンの一員ではいられない。とはいえ、わたしとしてもおまえが絶対に無理だという相手と強引に結婚させようとは思っていない。あれはわたしの過ちであって、おまえのではないのだから。おまえが代償を払う必要はない」

ジェーンは大きく息を吸った。「彼との結婚が大きな代償というわけではないわ」やむなく認めた。「なかなか魅力的な人だし」

メルバーン卿が眉をあげる。「そうか？」

「キスも上手よ」

叔父が腕組みする。「もうキスをしたのか？」

ただのキスではないと言うことも――そうほのめかして叔父をどぎまぎさせることもできたが、やはり男性との体験を身内に話す気にはなれなかった。ほかのことならなんでも話せる相手であっても。ようやくジェーンは言った。「考えてみるわ。レディ・エッジベリーに、わたしは検討中だと伝えておいて」

「よかった。感謝するよ」

ジェーンは笑い、叔父の体に腕をまわした。

「愛しているわ、叔父さま。わたしに感謝する必要なんてないのよ」

「なかに戻らないか。グリフィンはもう帰ったはずだ。明日は早起きして、ケンハム・ホールの厩舎へ行くと言っていた。今日は顔を合わせずにすむだろう」叔父は腕を差しだした。

ジェーンは体を引いた。「約束があるの」

「ほう？ わたしが知っておいたほうがいいことか？」

「まだその必要はないわ。明日の朝、報告するわね」ジェーンは裏口に向かい、肩越しに手を振った。

「ジェーン！」叔父が呼びとめた。

彼女は振り返った。

「気をつけるんだぞ。あいつは……おまえがこれまで出会った敵とは違う」

「わかっているわ、叔父さま」

門まで来ると、かんぬきを開けて路地に出た。向かいには馬屋が並んでいる。そのひとつの扉を音もなく開け、なかに手を伸ばし、数時間前に隠しておいた袋を取りだした。物陰に立って邪魔なスカートを結び、室内履きを脱いで頑丈なブーツに履き替える。そしてボディスから短剣を取りだした。コルセットの張り骨に沿って鞘《さや》を縫いつけておいたのだ。おかげでいい姿勢を保つことができた。何しろ背筋をまっすぐにしていないと、鋭い剣先が肌に刺さるのだから。その短剣を今度はブーツにすべりこませ、黒いケープをはおり、金髪をフードで隠した。必要ないものは袋に詰め、また馬屋に押しこむ。不審に思った馬が足踏みする音を聞きながら、静かに扉を閉めた。ほかにはいっさい物音はしなかった。

だが振り返ると、ドミニク・グリフィンが目の前に立っていた。

「これは面白い」ミス・ボンドのいでたちをじろじろと眺めて、ドミニクは言った。「毎晩ケープをかぶって居心地のいい自宅を抜けだすのには、何か理由があるのかい？」

「ここで何をしているの？」ミス・ボンドがきつい口調できき返した。ケープの陰で、瞳がきらりときらめく。

「きみこそここで何をしている？」ドミニクは同じ質問を返した。

「わたしはここに住んでいるの」

「ここは……」彼は薄汚れた路地を指さした。「通りだ。住まいじゃない」

ミス・ボンドは大きく息を吐いた。

「本当に腹の立つ人ね。さっさと家に帰って。あなたには関係のない話だから」

「関係はないかもしれない。だが、ぼくは興味がある」

「はっきり言って、面白いことは何もないのよ。帰ったほうがいいと思うわ」ミス・ボンドは通りを指し示した。エッジベリー邸がある方角ではなかったが、ドミニクはあえて指摘しなかった。

ドミニクは腕組みした。「帰るよ」

「そうして」

「きみがなぜ、どこへ行くのか教えてくれたら」

ミス・ボンドはいらいらと手を組み合わせた。

「無理よ。教えられるものなら教えるけど、秘密厳守を誓っているから」

「それなら、ついていくしかないな」

「だめ！」ミス・ボンドはドミニクに近づき、彼の手を取った。互いに手袋をはめたままだったが、なぜか素肌が触れ合ったかのように熱いものが伝わった。次の瞬間、ドミニクは乱暴に手を引っこめた。

「ぼくに触るな」

「わたしについてこないで」彼女は目つきをやわらげて続けた。「お願い、ミスター・グリフィン。家に帰って」

一瞬、ドミニクは言われたとおりにしたいと思った。大きな瞳に訴えかけるような表情を浮かべたミス・ボンドはことさら美しく見え、彼女を喜ばせたいと心から思った。

しかし、だからこそついていきたいのだ。

「だったら、質問に答えてくれ」

青い瞳が怒りにきらめいた。

「その気になれば、あなたをまくくらい簡単よ。尾行を振りきるすべは知っているの」

「見失ったら大声できみの名前を呼ぶような男でも？　きみを見つけるためなら、街じゅうの人たちを起こしてもいいと思っている男でもまけるのか？」

ミス・ボンドは足を踏み鳴らした。ドミニクがこういう手に出るとは思っていなかったらしい。用件をあきらめるか、付き添いを許すか、内心迷っているのが見てとれる。「もう遅いわ」しばらくして言った。「口論している時間はないの」すたすたと歩きはじめる。不意を突かれ、ドミニクは追いつくのに少し時間がかかった。「一緒に来るなら、命の保証はしないわよ」彼女は無駄のない断固とした足取りで、暗い馬屋の前を通り過ぎた。幾度となくこういうことをしているのだろう。

「愉快じゃないな」

「それから、あなたの質問に答える気はないから。何が起きようとね」肩越しにちらりと振り返る。「あとには答え以上に問いが残ると思うわ」

「かまわない」

ミス・ボンドがドミニクをにらんだ。

「警告しなかったとは言わせないわよ。死ぬことになっても、わたしを恨まないで」

「幽霊になって、きみに取りついてやるよ」

「今は笑えるけど、間違いが起きたら笑えなくなるわ」

「どんな間違いが起こるというんだ?」

「時間切れ。話は終わり」実際、そうなった。ミス・ボンドは小走りになり、ドミニクもついていくには走らなくてはならなくなった。かなりの速度だったが、人通りの多い道に差しかかったときだけ、彼女は一瞬ためらった。周囲に変に思われないよう、足をゆるめて歩いたものの、行き交う馬車や自宅へ戻る若い伊達《だて》男たちから離れるとすぐにまた走りだした。

川へ向かっていることが、ドミニクにもわかってきた。

目にする前に臭いでそうと知れた。木の下で足を止めたが、ドミニクはあまり深く息を吸わないようにした。「どうして……貸し馬車に……乗らなかった?」

「わたしがどこに向かっているか、誰にも知られたくなかったから」ミス・ボンドはほとんど息を切らしていなかった。ドミニクは心ならずも感心した。男兄弟のなかで育ち、イートン校でも男に囲まれていたために、女性はか弱い生き物であり、普段は座っているもの、出歩くときは付き添いが必要なものという固定観念を植えつけられていた。ところがミス・ボンドは、ドミニクよりはるかに身体能力にすぐれている。こちらは肺が焼けつくようなのに、彼女の呼吸はほぼ乱れていない。

「川へ行くのか？」質問が聞こえなかったのか、ミス・ボンドは答えず、遠くを見つめていた。ドミニクは視線の先を追い、彼女が探しているものを見つけようとした。ふいにミス・ボンドが向きを変えた。なぜだかドミニクにはわからなかったが、彼女の手に短剣の刃が光っているのが見えた。

「おまえがボンドか？」別の木の陰から、声がした。

「そうよ。あなたがアップルホワイト？」

「ひとりで来るものと思っていたが」

ミス・ボンドは肩越しにドミニクを見て、眉をひそめた。「計画が狂ったの」

「しかも遅刻だ」

彼女はいらだたしげにため息をもらした。「しゃべってばかりね。倉庫に連れていってくれる気はあるの？　それとも、わたしが自分で探さなきゃならないわけ？」

「ああ、おれが連れていくよ」男は言い、暗がりから姿を現した。ドミニクからはよく見えなかった。帽子を目深にかぶり、冷気から身を守るように上着の襟を立てている。「おまえら局員はみんな同じだ」彼はぶつぶつ言った。「揃って死に急ぐ」

局員？　男のあとについて川沿いを歩きながら、ドミニクは考えをめぐらせた。なんの局員だ？　税関か？　不法貨物を調べているとか？　まさか、女性が税関で働いているなんて聞いたことがない。

倉庫群が見えてきた。夜も遅いこの時間になると、まったく人けがない。川岸にある大型貨物船から荷物を埠頭《ふとう》へ運ぶための引き具が、黒い水をたたえたテムズ川を見張る黒い歩哨《ほしょう》のように見える。遠くには、最近になって建設されたミルバンク監獄がそびえていた。

「今夜、到着する貨物があるんじゃなかったの？」

アップルホワイトは肩をすくめ、唾を吐いた。

「そうは聞いているが。風か潮の流れが悪かったんだろう。それで遅れてるんだ」

「フォンセもここに？」

「しいっ」アップルホワイトがミス・ボンドの手をつかんだ。ドミニクはとっさに割って入り、男を押し戻した。

「彼女に触るな」

ミス・ボンドは面白がっているような顔でドミニクに目を向け、アップルホワイトに視線を戻した。

「彼女の命を助けようとしただけさ。その名前を口にしたやつは長生きできない」

「わかったわ」ミス・ボンドが言った。「問題の男はまだ来ていないの？」

「まだだ」男は趣味の悪い黄色に塗られた倉庫を指さした。「あれだ。あんた、なかに忍びこんだら――」

「あなたは来ないの？」

「それは取引にない。おれは倉庫の場所を教えるだけだ。それ以上の金はウルフからもらってない」

ミス・ボンドの瞳に一瞬懸念がよぎったが、すぐに消えた。「なかに忍びこんだら？」先を促す。

「右に進むと階段がある。それで二階にあがれ。使ってない事務室があって、吹き抜けから一階の様子が見える。幸運を祈ってるよ」軽く帽子をあげ、男は立ち去った。

長いあいだ、ミス・ボンドは動かなかった。ドミニクにはすべてが非現実的に思え、彼女が実はすべてが芝居なのだと言いだすのを待った。だが、ミス・ボンドはじっと倉庫を観察している。

「本気で忍びこむつもりじゃないだろう」ドミニクは言った。

ミス・ボンドは今まで存在を忘れていたかのように、ちらりとドミニクを見た。

「あなたはここで待っていて。隠れていてよ。この話、どうも信用できないわ」

「それなら、一緒に家へ帰ろう。ぼくが送っていく」ドミニクは彼女の腕に手を伸ばしたが、振り払われた。

「帰らないわ。送ってもらう必要もない」ミス・ボンドは短剣をひらめかせた。「わたしはなかに潜入する。あなたの心配までしなくていいと、ありがたいの」

「心配してもらわなくてもいいが、ぼくはついていく」

ミス・ボンドは首を横に振った。いらだっているのがわかる。いや、ドミニク自身、自分にいらだっていた。どうしてこんなことをするんだ？　輝く鎧《よろい》の騎士という柄ではないのに。ミス・ボンドが深夜のロンドンを徘徊《はいかい》しようが、古い倉庫に忍びこもうがどうでもいいじゃないか。年じゅうこんなことをしているのだろう――それは明らかだ。彼女の目的など気にせず、今夜はとっとと家に帰ればいい。とはいえ、やはりこんなところに女性をひとり置いては帰れない。しかも、相手は婚約者だ。責任を感じる。少なくとも、ドミニクが正式に求婚すれば婚約者となる女性なのだ。

もっとも、求婚するのはミス・ボンドの秘密を探りだしてからだ。

「あなたは社交界だのしきたりだのには興味のない、ならず者なんだと思っていたわ」

ドミニクはうなずいた。「あたっている」

「だったら、それらしくして。わたしを置き去りにして、自分で自分の身を守らせて。ならず者らしい言葉を吐いて、さっさとここを立ち去って、娼館にでも行って」

「どれも魅力的な選択肢だが、ぼくはここにいる」

「あなたなんか大嫌い」ミス・ボンドは憤然と言った。「ほかの紳士となんら変わりないわ」

それが悪いことであるかのような口振りだ。

「つまり、ミス・ボンド、ぼくが言われたとおりにここを立ち去れば、それが紳士らしいふるまいで、望まれないのに居座ったら、ろくでなしということになるのか？」

ミス・ボンドはむっとした顔でドミニクをにらみ、首を横に振った。

「ぼくたちはなかに入るのか？」

「わたしが入るの。あなたはどこかへ行って」彼女は倉庫に向かって歩きだした。だが、ドミニクがついていこうとすると、振り返って彼の胸に手を押しあてた。今回は、ドミニクは手を払いのけなかった。「ついてくるなら、わたしのあとをたどって。わたしのするようにして」

ドミニクはミス・ボンドを見おろした。厳しく真剣な表情をしている。これは命令なのだ。

「任務の邪魔をしたら、ただじゃおかないわよ」

「鞭《むち》打ちの刑か？　中世みたいだな」

ミス・ボンドは指を一本突きだし、ドミニクの鼻に向けた。「本気よ」

たった今、彼女にキスをしたいという理不尽な欲求がドミニクを貫いた。どうしてこんなにも惹かれているのか、理由はわからない。女性にキスを許したことなどないのに、どうしてミス・ボンドにはキスをしたくてたまらないのだろう。本当なら腹を立てていいはずだ。ドミニクは人に——相手が男であれ女であれ——命令されるのは我慢がならないたちだ。だが彼女に命令されると、なぜか体がうずく。欲望のままにキスをしていたかもしれない。ミス・ボンドが言った〝任務〟というひと言に引っかかりを覚えなければ。

ミス・ボンドは暗がりを選んで猫のごとく静かに進んだ。こうしたことに熟練しているのは明らかで、ドミニクはついていくのがやっとだった。彼女のように小柄でもしなやかでもないが、それなりに気配を消して歩き、倉庫に着いた。ミス・ボンドはつま先立ちになって、すすけた窓のひとつをのぞきこんだ。もっとも、目の高さは窓枠を超えるかどうかだ。ドミニクは身を寄せてささやいた。「持ちあげてあげようか？」

ミス・ボンドが驚いたようにびくりとし、小声で言った。「必要ないわ。さがっていて」ドミニクは肩をすくめたが、さがらなかった。川から漂ってくる臭いに比べると、彼女は甘くすがすがしい香りがする。顎の線をカールした髪が縁取っているのも愛らしい。ドミニクは目線が窓と同じ高さなので、なかをのぞいた。「誰もいないな」

「わかっているわ」また暗がりに身を潜めつつ、ミス・ボンドは扉へ向かった。川に面していて、明かりが届くからだろう、しばらく様子をうかがってから近づいた。その動作はすばやかった。走り寄って扉を試し、施錠してあるとわかると、すぐ暗がりに戻った。ドミニクがあとを追う間もなかった。

「鍵がかかっている」少し呼吸が荒くなっていた。「南京錠《なんきん》ね。壊すことはできるけど、時間がないし、姿を見られる危険は冒したくない」

「引き返すか？」

「窓から侵入するわ」

「そう言うと思ったよ」窓は小さくて四角い。彼女ならすんなり入れるだろうが、ドミニクは簡単にはいきそうにない。

「あなたはいつでも帰っていいのよ」先ほどまでふたりが立っていた窓際に戻る。汚れた窓ガラスにふたりの手の跡がついていた。「掛け金がかかっているけど、頑丈じゃなさそう」

ミス・ボンドが押してみたが、角度が悪いせいか壊すほどの力を加えることができなかった。

「ぼくがやってみようか？」

「ガラスを割らずに掛け金だけを壊せる？」

「わからない」

ミス・ボンドは唇をすぼめて考えこんだ。遠くから数人の男の声が聞こえてきた。川のほうからか、道のほうからかはわからなかったが、こちらに向かっているのは間違いない。

「わたしを持ちあげて」

ドミニクは眉をあげた。「きみを？」

「そう。体を持ちあげてくれたら、わたしが掛け金を壊して窓からもぐりこむ。そのとき、後ろから押しこんでくれたらありがたいわ」

断ろうかと思った。だが、ミス・ボンドは別の方法を見つけだすだろう。それに、彼女に触れる機会を与えられて悪い気はしない。「おいで」

ミス・ボンドは窓を向いてドミニクの前に立った。ドミニクは一瞬ためらってから、彼女の腰に手を置いた。ケープのひだ越しに手の位置を調整し、しっかりとつかんだことを確認してから、体を持ちあげた。見た目よりも筋肉質で、重くはなかったが軽くもなかった。建物の壁に膝をついて体を支える。ミス・ボンドがてのひらで窓を強く叩いた。もう一度叩くと、窓はパンと両側に開き、また閉じかけた。

「やったわ。もう少し高く持ちあげられる？　わたしはここから入れると思う」

だが、さらに高く持ちあげたところで、ケープがとげか釘に引っかかってしまい、取らなければならなくなった。「ちょっと待ってくれ」ドミニクがおろすと、ミス・ボンドはケープを脱ぎ、暗がりに放った。スカートはまくりあげて結んでおり、腿《もも》のあたりまで白いストッキングに包まれた脚がむきだしになっている。窓によじのぼるとなると、シルクのストッキングとガーターもだめになってしまうだろう。残念なことに。

「じろじろ見ているのね。もう気はすんだ？」

「別に……」否定してなんになる？　「ひとまずはね。さあ、向こうを向いてくれ」

ミス・ボンドは言われるがまま背を向けた。ドミニクが窓の高さまで体を持ちあげる。彼女は窓枠に胸を押しつけ、首を横に振った。「もう少し高く」

ドミニクは手の位置を変え、丸いヒップに手をあてて押しあげた。ミス・ボンドは窓枠に飛びついたが、その瞬間、白いヒップがちらりと見えた。ドミニクは息をのみ、たった今、目にしたものを脳裏によみがえらせまいとした。そんなことをしている場合ではない。ともかく、彼女の上半身は窓を越えたようだ。

「あなたは？」

ドミニクはひと声うなり、体を押しあげた。助けはないのでかなりの力が必要だったが、なんとか静かに窓枠を乗り越えた――つもりだった。

「しいっ」

ミス・ボンドからしたら、静かではなかったらしい。ドミニクはあの白くて引きしまったヒップをてのひらではたきたい衝動に駆られた。もっともひとたび肌に触れたら、お仕置きよりもっと楽しい時間の使い方をしたくなるに決まっている。

「ミスター・グリフィン？」

ドミニクは彼女を見つめ、おかしな想像を振り払おうとした。「階段、だったな？」

「こっちよ」階段はドミニクにも見えていたが、やはりミス・ボンドが先に進んだ。男たちの声が大きくなってきた。間違いなく、ここに向かっている。真っ暗な倉庫のなかを、彼女はすばやく動いた。床に転がっていた木箱に一度つまずいただけだった。ドミニクはそれを見ていたので木箱はよけて通ったものの、ありとあらゆるものに膝をぶつけている気がした。

ミス・ボンドは猫のように暗い場所でも目がきき、障害物を避けて通れるらしい。

足音を忍ばせて階段をのぼる。ドミニクもすぐあとに続いた。そのとき南京錠がはずれる音がした。扉の隙間から細い銀色の光が差しこんだ。ふたりは二階の事務室に飛びこみ、扉を閉めた。扉に寄りかかってしばし息を整える。男たちの声が今は倉庫のなかから聞こえてくる。ランプの明かりが天井に長い影を作るのが見えた。ふたり、いや三人いるかもしれない。

ミス・ボンドは四つん這いになり、吹き抜けのほうへ進んだ。また素肌がちらりと見えた。まったく、床を這っていく彼女を見ていると、その肌のことしか考えられない。本当なら、階下の男たちの心配をしなくてはならないところなのに。彼らは倉庫に侵入者がいると知ったら、喜ばないだろう。やはり強引にミス・ボンドを家に連れ帰るべきだった。

ミス・ボンドが動きを止めて膝立ちになり、手すり越しに階下を見た。何を見たのかはわからないが、はっと息をのんでのけぞり、毒づいた。レディが口にするどころか、知っているのも好ましくないような言葉で。

「どうかしたのか？」ドミニクはきいた。

「なんでもないわ」彼女はスカートを探り――また腿をちらつかせつつ――小型の拳銃を取りだした。ドミニクは思わず眉をつりあげた。銃弾や火薬が入った袋を見て、眉はますますあがった。

「その下には大砲も隠しているんじゃないだろうね？」

ミス・ボンドはにこりともしなかった。珍しいことだ。猟銃を持つ女性は見たことがあるが、拳銃は初めてだ。小型で女性用と見える。どうして拳銃が必要なんだ？　常に所持しているのか？

ドミニクはまた、すでになじみとなりつつある妙な引っかかりを感じた。〝任務〟という言葉が脳裏にこだました。

ドミニクは彼女のやり方を真似て床を這い、手すり越しに階下をのぞいてみた。ひと目で状況がのみこめた。男がふたり動きまわっている。そのうちのひとりが男を椅子に縛りつけていた。男は拘束が必要とは思えなかった。ぐったりと頭を胸につけ、顔は腫れて血だらけだ。三人目の男が腕組みして立ち、それを見守っていた。ドミニクとミス・ボンドが隠れているほうをちらりと見あげる。ドミニクはあわてて頭を引っこめた。

「どうなっているんだ?」小声でささやく。

「貨物はないのよ」ミス・ボンドが銃を装填《そうてん》し終えて言った。その慣れた手つきに、ドミニクは落ち着かない気分になった。今までに幾度となくしてきたような手つきだ。

「遅れているのかもしれない」

「あの間抜けな情報源が暗号を読み違えたのね。貨物は船で運ばれるわけじゃない。あの局員が〝貨物〟なのよ」

「あの男を知っているのか?」

ミス・ボンドがうなずいた。「叔父のもとで働いているから」

「つまり、諜報員か」

「そんなところね」

「階下《した》にいる男は？」

「青いベルベットの上着を着た、長身で痩せた黒髪の男？」

「それだ」

「フォンセ。メトリゼ団の首領よ。あなたが知っておくべきなのは、彼とメトリゼ団はきわめて危険だということだけ」

「いやな予感がするよ」

ミス・ボンドがまた階下をのぞいた。「わたしもよ」

「ほら《ヴオワラ》」階下の男が言った。「これで終わりだ」

フランス語まじりだ。

「たしかにいやな予感がする。これは――」

「さて、わたしの友人《アミ》はどこにいる？　こんばんは《ボン・ソワール》、マドモワゼル・ボンド。出ておいで」

ふざけた口調だったが、その声には明らかな敵意が感じられた。

ドミニクはミス・ボンドを見た。

「罠だわ」彼女は言った。

8

まずい。非常にまずい状況だ。ジェーンはもっと絶望的な状況に置かれたこともあったが、それでもなんとか切り抜けてきた。だが隣に民間人、階下に傷を負った局員がいる状況は経験したことがない。グリフィンと〝ヴァイキング〟、どちらを助けたらいい？

それとも両方見捨てて、今ここでフォンセを殺す？　もちろん手下が事務室になだれこんできて、自分は殺されるだろう。けれども、それで世の人々はメトリゼ団の首領の脅威から解放される。あの男も楽しみのために人を切り刻むことはできなくなるのだ。わが身を犠牲にしてフォンセを抹殺する——それがいちばん世のためになる行動だろう。だが、あいにくジェーンはそこまで犠牲的精神に富んではいなかった。死にたくないし、グリフィンを死なせたくもない。ヴァイキングはすでに死んでいるかもしれないけれど。運びこまれてから、身じろぎひとつしていない。だが、死後硬直はまだ見受けられない。

グリフィンがこちらを見ている。ジェーンが何か策を考えだすものと期待しているのだろう。

そんなものはなかった。

「マドモワゼル！　きみがいることはわかっている。どこにいるんだい？」フォンセが歌うように言った。

「地獄へ落ちればいいわ」手すりの陰に身を潜めたまま、ジェーンはつぶやいた。考えて、考えるのよ！　反対側には窓がある。だけど、こじ開けて抜けだす間に、フォンセの手下につかまるのは目に見えている。抜けだせたとしても、この高さを飛びおりたら脚の骨を折るかもしれない。結局フォンセにとらえられて、骨折した脚をなぶられるだろう。だいいち逃げるとしたら、ヴァイキングを置いていくことになる。

とらわれた仲間を見捨てては行けない。

「木箱の後ろかな？」フォンセが尋ねる。彼が積みあげられた木箱を指し示す姿が目に浮かんだ。しばらくして、手下が押し倒したらしく、木箱が床を打つ音が聞こえた。「ふん、違うな。テーブルの下か？」

「そんなに隠れ場所はないだろうに」グリフィンが指摘した。

「ええ、すぐに見つかるわ」

「ぼくもばかなことをしたものだな。明日まで命があったら幸運というわけか」グリフィンは壁に頭をもたせかけた。「生き延びる可能性は？」

「あら、いつだって可能性はあるわ。たとえばバロンが使った手だけど、ここに火をつけるとか。でも火口箱《ほくち》がないわね。あなた、持っている？」
「持っていない」
「じゃあ、その手は無理ね。全員を射殺するだけの銃弾はあるけど、弾薬を詰め直している
あいだにつかまるでしょうね。そうなったら絶体絶命だわ」
「扉の向こうかな？」フォンセがまた声をあげる。「見つけてやるぞ」
「きみが本当にそいつの撃ち方を知っているなら、全員射殺には大賛成だね」
ジェーンは天を仰いだ。当然ながら、グリフィンは本気にしていない。男はいつもそうだ。
普段はそれを逆手に取るのだが、グリフィンに信じてもらえないと思うと、少しばかり悲し
い気持ちになる。
「撃ち方は知っているわ。でも、連中にわたしたちを見つけさせるほうがいいと思う」
グリフィンが顔をしかめる。「それは賛成できないな」
「あなたは意見する立場にないのよ。この樽《たる》をふたつ、扉の近くまで転がして」
腹の立つことに、グリフィンは即座に指示に従おうとはしなかった。もっとも、期待する
ほうが間違っているのかもしれない。それでもしばらくして彼は、四つん這いになってワイ
ンの樽に近づき、ふたつを扉のほうへ押していった。楽々転がしているところをみると、な
かは空のようだ。ついていない。それでもジェーンは膝立ちになり、階下をのぞいた。
「あら、フォンセ！」ハンカチを振ってみせる。「階上《うえ》よ！」彼女が体を引くと同時に、倉

庫の壁に銃声が反響した。銃弾がどこにあたったかは定かでないが、近くではなさそうだ。階下には明かりがあるものの、二階までは届いていない。

「今のはきわどかった」グリフィンが低い声で言った。「連中にぼくを殺させる気か」

「信用ないわね」ジェーンはつぶやいた。樽は彼女が指示したとおり、扉の前に置かれていた。階段をあがってくる足音が聞こえる。ジェーンは扉の前に移動し、身を潜めた。「さがって」グリフィンに場所を空けるよう合図する。

「手を貸すよ」彼はジェーンの脇からどこうとしなかった。

ジェーンはいらだたしげに息を吐いた。「格好をつけている場合じゃないのよ」

「そんなんじゃない。自分が生き延びるためだ」

言い争っている時間はなかった。足音がどんどん近づいてくる。隣でグリフィンが構えるように身を乗りだした。ジェーンはその腕に軽く手を置いた。タイミングが肝心なのだ。グリフィンの呼吸が速くなっているのがわかる。足音が耳を聾《ろう》した。それでもジェーンは待った。ぎりぎりになって、勢いよく扉を押し開け、フォンセの手下のひとりを後ろにはじき飛ばした。「今よ！」

グリフィンが樽を階段に投げ落とす。樽は容赦なく転がっていき、扉に激突してふらついていた男にぶつかった。男はもうひとりの男を道連れにして倒れ、立ちあがろうとしたところにふたつ目の樽が転がってきて、ふたりとも階段を転げ落ちていった。

「ついてきて！」ジェーンは叫んで階段を駆けおりた。グリフィンが来ているかは確かめなかった。彼を守るにはフォンセを殺すのがいちばんだ。階段の下で伸びているふたりの男を飛び越えると、出口へ向かうフォンセが見えた。「逃がしてたまるものですか」そうつぶやき、ポケットから銃を取りだす。狙いをつけ、撃鉄を起こして引き金を引いたが、惜しくもはずれた。フォンセが出口に突進する。

ジェーンは悔しそうに叫び、あとを追った。だが、力強い腕に引き戻された。

「グリフィン！」

だが、グリフィンではなかった。

階段の下に転がっていた男たちは、完全に意識を失ってはいなかったらしい。腕をつかんだのはそのうちのひとりだった。ジェーンは振り返りざまに腹を殴打された。うっとうなり、体をふたつ折りにする。しかし、二度目の攻撃を受ける前に体勢を立て直し、男の脛を蹴りつけた。

それでも、男は腕を放そうとしない。袖が破れるほど強く腕を引いたが、無駄だった。フォンセが逃げていく！「放して」ジェーンが蹴ろうとした瞬間、男は後ろに飛びのき、また腕を振りあげた。今度はその手に金属がきらりと光るのが見えた。

ジェーンの驚いた顔を見て男が笑った瞬間、グリフィンが背後から男の肩をつかみ、自分のほうを向かせた。男は腕を放したが、ジェーンはグリフィンの力強い右手がフォンセの手下の顔にめりこむのを見届けた。

「ありがとう」

「追え！」

ジェーンはすでにフォンセを追っていた。倉庫を飛びだし、背後で扉が閉まる音を聞く。とっさに外壁に背中を押しつけた。フォンセがすぐそこで待ち伏せしているかもしれない。ジェーンを外におびきだすための罠かもしれない。すばやく周囲を見渡したが、誰も、何も見えなかった。壁に沿ってそろそろと進む。ときおり足を止めて耳を澄ました。

ピチャ、ピチャ。

テムズ川の水が埠頭に打ち寄せる音だろうか。

ピチャ。

フォンセ？　傷を負っているのかしら？

ブーツに何かが跳ねるのを感じて、下を見た。なんてこと。傷を負っているのは自分だった。

ドレスの前面に血がべっとりとついている。ジェーンは手を腹部にあてた。フォンセの手下は短剣を腹に突き立てたのだ。こぶしだと思ったのに。興奮で痛みを感じなかったのはこれが初めてではない。だが、今になって猛烈な痛みが襲ってきた。

手をどけて、真っ赤に染まったてのひらを見た。ふらふらと倉庫に戻る。なかの様子を目にして、一瞬戸惑った。グリフィンは有能だった。帆船に使うような長いロープを使ってナイフの男を縛りあげ、今はもうひとりに取りかかっていた。彼はちらりとジェーンを見て、もう一度見直した。ロープを取り落とすと、縛ろうとしていた男をそのままにして駆け寄ってきた。

「何があった？」

たいした傷ではないとばかりに、ジェーンは手を振った。内臓がはみだしているわけではないので、表面を切られただけだろう。「大丈夫よ。そいつを縛って」

「血が出ている」グリフィンが指摘した。

「おなかを切られただけ。この程度の傷では、死ぬまで長い時間がかかるわ」

「そう聞いて、大いに安心したよ」

ジェーンはグリフィンを無視し、代わりにヴァイキングを見つめた。今もぴくりとも動かない。もう手遅れかもしれない。「ヴァイキング」歩くと、脚がふらついた。脳の指令を裏切って、体が脇にそれていく。それでも、縛られた局員の隣に膝をついた。見事な金髪と淡い青の目に、がっしりとした広い肩。その容姿から、北欧の海賊が呼び名になった。ジェーンはうなだれた四角い顔をそっと持ちあげた。彼は目をしばたたき、白目をむいた。「ああ、ヴァイキング」

いつのまにか、グリフィンが後ろに立っていた。

「まだ生きているわ」ジェーンはきかれる前に答えた。「ロープをほどくのを手伝って」

ジェーンは立ちあがろうとしたが、脚が体を支えられそうになく、ヴァイキングの隣に膝をついた。結果的にそれがよかった。ロープがほどけるなり椅子から転げ落ちたヴァイキングを受けとめることができた。彼の胸元は血まみれだった。

「何があったの？」ジェーンはヴァイキングの不規則な呼吸に耳を澄ましながら尋ねた。涙を流すまいとして、目がちくちく痛んだ。苦しげな息遣いが、彼の死が近いことを告げている。

「聞け」ヴァイキングが言った。喉の奥で血がごぼごぼと音をたてた。「時間がない」

「何を言っているの。ファラーのところに連れていくわ。すぐに傷を縫ってくれるわよ」

「藪《やぶ》医者め」声はかすれていたが、ヴァイキングはほほえんでいた。「そんな必要はないさ」

「もう少し頑張って」ジェーンは仲間を抱きかかえようと立ちあがったが、ヴァイキングがドレスをつかんだ。

「聞け、ボンド」かろうじて聞きとれるくらいの声だ。彼女は身を寄せた。

「聞いているわ」

「あいつは知ってる。気をつけろ。伝えるんだ……」

ヴァイキングが咳《せ》きこんだ。口から血が噴きだし、胸にかかった。ジェーンもかなり血を浴びたが、ひるまなかった。グリフィンが――彼の存在をすっかり忘れていた――ハンカチを渡してくれた。ジェーンはそれでヴァイキングの顎を拭いた。

ジェーンとしては、ヴァイキングに体力を温存してほしかった。やさしくしたかった。けれども、彼が知りえたことを聞かなくてはならない。自己嫌悪をのみこみ、先を促した。

「伝えるって……」

ヴァイキングがうなずく。目を閉じており、呼吸も途切れ途切れになっている。もう助からないかもしれない。

「ヴァイキング、誰に何を伝えるの？」

彼はうなずいた。「M」

「Mね。伝えるわ。何を伝えればいいの？」

息詰まる沈黙が続いた。ときおりヴァイキングのゆっくりとした苦しげな息遣いが聞こえるだけだ。肺がやっとの思いで息を取り入れるのがわかった。自分はヴァイキングを殺そうとしている。話をさせるというのは彼の死を早めることに等しい。何をしようと、ヴァイキングの命は助からないだろう。けれども、そういう問題ではない。ジェーンはおそらく一生自分を許せないと思った。これまでも、自分を許せないような行いを数多くしてきた。そのリストの項目がまたひとつ増えた。

「フォンセ」ヴァイキングがささやいた。

「ええ」ジェーンはうなずいた。「フォンセがどうしたの？　Mに何を伝えればいい？」

彼はまたひとつ息を吸った。「フォンセは彼を知っている」

ジェーンは待った。ヴァイキングが息を吐くのを待った。ふたたび口を開くのを待った。長い時間が経って、待っても無駄だと気づいた。グリフィンが肩に手を置いたとき、ジェーンは震えていた。「もう息がない」

「それがわからないと思う？」グリフィンに食ってかかり、それから目を閉じた。「ごめんなさい」

「謝る必要はない。きみも傷を負っている。医者が必要だ」

「わかっているわ」グリフィンの手を借りて立ちあがろうとした。頭がくらくらして、とても自力では立てそうにない。血とまつわりつく死の匂いに胃がむかむかしたが、必死に嘔吐《おうと》をこらえた。吐いてもどうにもならないし、傷口が開くだけだろう。背筋を伸ばすのよ、ボンド。ジェーンは自分にそう言い聞かせた。叔父に幾度となく言われた言葉だ。いつのまにか、自分の言葉になってしまった。

「言い返さないのか？」彼女がようやく立ちあがると、グリフィンが言った。

「助けが必要なときは、それとわかるわ」

「それならいい」気づいたときには、グリフィンに抱きかかえられていた。

「やめて！」いっそう頭がくらくらしてくる。「まだ歩けるわ。歩きたいの」

「いつも自分の言うとおりにできるわけじゃない。ぼくが家まで送っていく」

「いいえ」この点は譲れない。「ピカデリーに連れていって」

「ピカデリー？」

「医師がいるの」

「さっき言っていた、ファラーか？」

ジェーンはうなずいた。頭を起こしていようと努めたものの、しまいには力尽きてグリフィンの肩に頭を預けた。支えが必要なだけ――そう自分に言い聞かせる。けれども、彼が発する清潔で魅惑的な香りに気づかずにはいられなかった。

「ピカデリーのどこだ？」

目を開けてぎょっとした。グリフィンの膝の上だった。しかも、馬車のなかだ。

「ここはどこ？」

「貸し馬車だよ。ピカデリーのどこだ？」

ジェーンは住所を伝え、目を開けていようと努力した。これまでに意識を失ったことはない。今夜も失神したとは思いたくなかった。ナイフで刺されたとはいえ。

グリフィンが御者に目的地を告げた。走りだす際に馬車がガクンと揺れ、傷口に響いてジェーンは小さく悲鳴をもらした。

「医者は別にして、ピカデリーには何がある？」

話したほうがいいだろう。これ以上は隠しても無駄だ。いずれにせよ、グリフィンはまもなく目にすることになる。「バービカンの本部よ」

グリフィンが彼女の顎に手をあてた。「しっかりしろ、ミス・ボンド」

ジェーンは自分がまた目を閉じているのに気づいた。うなずいて、まぶたを押しあげる。

「バービカンとはなんだ？　話せないなら話さなくていい」

ジェーンは唾をのみこんだ。「話せないのではなくて、話してはいけないの。でも、話すわ。わたしから聞いたとは言わないで」

グリフィンが面白がるような表情を浮かべた。「口は堅いほうだ」

ちゃかしたければちゃかすといいわ。

「バービカンは外務省の一組織。イングランドが誇る精鋭の諜報員集団よ」

答えはなかった。ジェーンはグリフィンを見た。気がつくと、まだ彼の膝の上だった。どうしておろそうとしないのだろう。

グリフィンは顔をそむけていたが、顎が引きつっているように見えた。

「グリフィン？」

ようやく彼はまっすぐにジェーンを見据えた。「わかっていた気がするよ」

ピカデリーにバービカン本部の案内板などあるはずがないのは、考えればわかることだった。外務省が諜報機関の本部の場所を宣伝したがるわけがない。

それにしても諜報員とは。ドミニクはミス・ボンドを見やった。今は彼の膝をおりて隣に座り、窓の外を見ている。「じきに着くわ」諜報機関の本部に行くことが日常的な出来事であるような口振りだ。事実、そうなのだろう。彼女が本当に諜報員だと、ドミニクは信じたくなかった。婚約者が実は諜報員だったなんて!

正確に言えば、今はまだ婚約者ではない。ミス・ボンドの手を取って、結婚の申し込みをしていない。だが、事実上婚約者も同然だった。女性は普通、諜報員を生業とはしない。女優という母の仕事が、女性の職業としてはもっとも異例だと思ってきた。

どうやら間違っていたらしい。

常識破りの妻などいらない。いや、そもそも妻などいらないのだ。女優の非嫡出子を見くだすような、上流階級出身の澄ましたレディと結婚する気はさらさらない。今まで母の職業のせいで、さんざん人々の愚弄や嘲笑を浴びてきた。それでももし結婚するなら、相手は家庭におさまって……なんにせよ女性がすべきことをする女性がいい。銃を所持し、ナイフの傷に苦しむような女性ではなく。

女性は手紙を書き……刺繍《ししゆう》をする。それが女性のすべきことだ。

刺繍をするのはなんでもいい。

ドミニクは馬を育てる。妻は子どもを育てる。それが夫婦というものだ。

ところが、ミス・ボンドと結婚したらどうなる? 彼女がこの……仕事をあっさり辞めるとは思えない。諜報員と生活するなんてごめんだ。だいたい、女性が諜報員になれるなど考えてもみなかった。

母の短い花嫁候補リストからジェーン・ボンドを削除してもらわなくては。別の女性を見つけてきてもらうしかない。候補者は多くはないだろうが。もちろんドミニクに好意を寄せる女性もいないわけではないけれども、そういう女性たちはケンハム・ホールの晩餐会にはそぐわない。ミス・ボンドはその種の女性たちとは違って、れっきとしたレディだ。だが、レディは普通、婚外子とは結婚したがらない。それが侯爵の婚外子であっても。

ミス・ボンドはドミニクの生まれを気にしていないらしい。当初は、彼女が自分を避けるのは、非嫡出子への侮蔑からだろうと思っていた。ところが、別の理由があったのだ。ミス・ボンドには秘密がある。見た目とは違う人物だ。メルバーン卿は姪が何をしているか、知っているのだろうか?

もちろん、知っているに違いない。メルバーン卿は外務省で働いている。つまり、彼自らが姪を同じ道に進ませたということだ。

「きみの叔父上はどうしてきみを結婚させたがっているんだ?」ドミニクは唐突にきいた。

ミス・ボンドは窓の外をゆっくりと流れていくピカデリーの風景から視線をはずして答えた。「ありきたりな理由よ」

「すんなりと嘘が出るんだな」ドミニクは言った。「まあ、それが仕事か」

「わたしの仕事は、英国政府を転覆させようとしているフォンセやメトリゼ団みたいな狂人たちをとらえることよ。わたしの生活には人に言えない一面はあるけど、だからといって嘘つきだということにはならないわ」痛みがあるのだろう。声が引きつり、うわずっている。だが、それ以外はまったく普段と変わらない。ドミニクは感心せざるをえなかった。ミス・ボンドはくすくす笑いをする若いレディたちとは違う。

もっとも、感心はしても結婚はできない。

「ぼくの質問に答えていないな」ドミニクは言った。「愛国心にあふれる話だったが」

ミス・ボンドが口を開こうとしたが、ドミニクは片方の手をあげた。

「ありきたりの理由、とは言わないでくれ。この場合〝ありきたり〟という表現はあてはまらない。結婚して夫と子どもができたら、きみの仕事に役立つというよりは邪魔になるだけだろう」

馬車の歩みがゆっくりになった。彼女は窓の外に視線を戻した。「着いたわ。現金は持っている？　なかったら、御者に待ってもらって、マネーペンスに払ってもらうわ」

ドミニクはあざけるようにミス・ボンドを見やった。

「馬車賃くらいは持っている。マネーペンスというのは誰だ？」

「叔父の秘書よ」うなずいて、ミス・ボンドは扉に向かった。だが、ドミニクは彼女の腕をつかんだ。「話はまだ終わっていない」

ミス・ボンドが腕をつかんでいる手を見おろした。ドミニクは手を離した。

「いいわ」澄んだ青い瞳で、彼の目をまっすぐに見つめる。「わたしもまだ言いたいことがあるから」

「きみは扉を開けるな」ドミニクは命じた。「ぼくが開ける」

「扉を開けるのに力を貸してもらう必要はないわ」

「レディの大半は扉を開けるのに男の力を必要とはしないだろう。男が開けるのは、それがしきたりだからだ」ドミニクは扉を開けて飛びおりると、踏み台をおろし、ミス・ボンドに向かって手を差し伸べた。彼女はふらふらと立ちあがった。かなり弱っていて、本人は決してそうと認めないだろうが、自力で馬車を降りるのは難しそうだ。ドミニクは身を乗りだし、支えになるようミス・ボンドの体に腕をまわした。抱きかかえてもよかったが、ピカデリーのど真ん中では人目を引きすぎる。遅い時間とはいえ、通りにはまだ大勢の人が行き交っていた。

御者に硬貨を数枚放り、ミス・ボンドが頭を傾けて示した紳士用服飾店の隣の、表札もない小さな茶色の扉に向かった。

「あれか？　あれが諜報員の隠れ家の入口か？」

「そうよ。金でできていて、ダイヤモンドがはめこまれているとでも思った？」

「きみを雇ったのは扉を飾るためかと思ったんだ」

言い返さないところをみると、相当衰弱しているのだろう。ドミニクはミス・ボンドに腕をまわしたまま、玄関に向かった。彼女の動きは緩慢で、ドミニクはほとんど抱きかかえて引きずるようにして進んだ。扉の前に来て、ドミニクが取っ手に手を伸ばそうとすると、ミス・ボンドは首を横に振って、引き紐《ひも》を指し示した。ドミニクは引いてみたが、何も起こらなかった。

「待って。時間がかかるの」

ドミニクは待った。さらに待った。

ようやく玄関にわずかに長方形の隙間ができた。老いてしょぼしょぼしたふたつの青い目が現れた。「ミス・レイトンに会いに来たのか？」

ドミニクは首を横に振った。「いや、ぼくたちは——」

ミス・ボンドが片方の手をあげた。「そうよ。靴の修繕をしていると聞いたの」

青い目が細められ、ドミニクを見た。「ブラックベリーパイも作っているが」

「二個ひと組で売っているそうね」

長方形の隙間が閉じられ、なかからカチリという音が聞こえた。秘密の合言葉？　隠し部屋？　死んだ諜報員？　まるで小説の世界だ。まったく、ぼくはどうしてこんなことに巻きこまれてしまったんだ？

「話はわたしにさせて」ミス・ボンドが言った。

「喜んで。ぼくには靴のことも、パイのこともわからない」

「なかに入るための合言葉なの。ふたつ言わなければならなかったわ。フェリックスがあなたのことを怪しんだせいで」

「きみのことは知っていたんだろう？」

「ここは〈オールマックス〉じゃないのよ。もぐりこもうとするのは初めて社交界に出る少女《デビュタント》よりはるかに頭が切れて、悪知恵の働く人物。どれだけ警戒しても警戒しすぎるということはないの」

扉がわずかに開いた。ふたりは体を押しこむようにしてなかに入った。扉はまたすぐに閉まった。なかは薄暗かった。目の前には長く、驚くほど広い廊下があった。両側は石壁で天井はアーチ型、洞穴のようにカーブを描いて建物の奥へと続いている。ドミニクは前へ進みはじめたが、ふとミス・ボンドがついてきていないことに気づいた。入口近くの壁に寄りかかり、腹部に手をあてて目を閉じている。ドレスの真っ赤なしみがさらに広がっており、暗がりのなかでも顔が青ざめているのがわかった。「医者はどこにいる？」ドミニクはきいたが、フェリックスの姿はすでになかった。

「マネーペンスが呼んでくれるわ」ミス・ボンドが言った。

「わかった。それで、マネーペンスはどこだ？」

「廊下の突きあたりの」息をあえがせて答える。「右手に扉があるの」

廊下は果てしなく続くかのようだった。ミス・ボンドの体がもつかと心配になるほど。

「ミス・ボンド」彼女がフェリックスと呼んだ男がふたたび現れた。まったく諜報員たちときたら、いきなり消えたり現れたりする。ドミニクは気味が悪くなってきた。

「怪我《けが》をしているのか?」フェリックスが尋ねた。

「かすり傷よ」ミス・ボンドが答える。

ドミニクはぐるりと目をまわしそうになった。彼女なら片方の脚を失っても、かすり傷だと答えそうだ。「マネーペンスを捜してくれ」フェリックスがまた消える前に、ドミニクは命じた。「医者を連れてくるよう伝えてほしい」

「ファラーのことよ」ミス・ボンドがつけ加えた。

「わかってる」フェリックスは足を引きずるようにして長い廊下を歩いていった。あの年の男としては精いっぱいの早足なのだろう。ドミニクはミス・ボンドのほうを向いた。壁から体を起こしている。彼女の通ったあとには点々と血の跡がついていた。今度は前のめりに倒れこむミス・ボンドを受けとめ、そのまま抱えあげた。

「おろして」

「ひとりで立てそうになったらおろすよ」ドミニクはフェリックスが消えた建物の奥へと廊下を歩いていった。突きあたりが見えてきたところで、ミス・ボンドが言っていた扉が勢いよく開き、黒い服を着た痩身で黒髪の男が飛びだしてきた。

男はドミニクに抱えられた彼女を見ると、はたと足を止め、ぽかんと口を開けて、その口に片方の手をあてた。「ミス・ボンド！」

「大丈夫よ、ミスター・マネーペンス」ミス・ボンドが言った。「グリフィンは過剰反応しているだけだから」

秘書はドミニクを見やり、幾分うとましげにしばし眺めたあと、またミス・ボンドに視線を戻した。「何があったんだ？　叔父上を呼んでこようか？」

「医者を呼んでくれ」ドミニクは言った。「かなり出血している」

マネーペンスの視線はミス・ボンドの顔から離れなかった。彼女がうなずく。

「ファラーに来てもらえたら助かるわ」

「すぐに呼んでくる。階下《した》にいるんだ」

「叔父の執務室で待っているから」

だが、すでにマネーペンスはその場におらず、脇にある扉のなかに消えていた。やれやれだ。ドミニクはさらに奥へと進んでいったが、扉がどこにあるにせよ、今は跡形もなかった。

「メルバーン卿の執務室というのはどこなんだ？」

「あの扉を抜けたさらに奥よ」ミス・ボンドが先ほど言っていた部屋を指した。「マネーペンスのことは許してあげてね。彼、わたしに好意を持ってくれているの」

「持たない男がいるのか？」ドミニクは答えたが、ついぶっきらぼうな口調になった。

「たくさんいるわ。わたし、敵は多いのよ」

扉の前に着いた。だがドミニクが錠に手を伸ばす前に、フェリックスが開けた。

「消えたんじゃなかったのか？」ドミニクは嫌みを言ってから、部屋を見渡した。シャンデリアといくつかのランプで明るく照らされており、彼は足を踏み入れながら〈ホワイツ〉を連想した。かの有名な会員制の社交クラブほど豪華ではないものの——ドミニクは会員ではないので、豪華さは話にしか聞いたことがないが——殺風景な廊下を歩きながら想像していた部屋とはまったく違っていた。

舞踏室の半分くらいの広さがある部屋いっぱいに、暗い色のライオンの脚をかたどったテーブルが置かれ、詰め物をした肘掛け椅子や、高価なベルベット地を張ったソファが並んでいる。本やファイルでいっぱいの本棚のそばでは、黒い服を着た事務員が机についている。どの机にも書類が山積みになっていた。その晩は六人ほどが仕事をしていたが、ドミニクが部屋に入るといっせいに顔をあげ、会話がぴたりとやんだ。ドミニクは女性を、おそらくは彼らがよく知る女性を抱いており、彼女は明らかに怪我をしている。ドミニクはミス・ボンドを見おろして、ぎょっとした。彼の胸に頭をもたせかけ、目を閉じている。

「ぼくの腕のなかで死ぬのはやめてくれ」

「あなたはそんなに幸運じゃないわよ」ミス・ボンドはそう答えたものの、声は弱々しかった。まったく、医者はまだなのか？

「邪魔をしてすまない」ドミニクは言った。医者はいないし、ミス・ボンドは軽いとはいえ、腕が疲れてきた。「メルバーン卿の執務室はどこだろう？」

服装と年若そうな外見から判断するに、事務員と思われる男が前に進みでた。

「部外者は立ち入り禁止です」

ドミニクは片方の眉をつりあげた。ミス・ボンドを抱いていなかったら、一発見舞ってやるところだ。「彼女をここのソファに寝かせて失血死させろというのか？　人のいない部屋はないのか？」

「案内しよう」ドミニクと同年代らしき男が立ちあがり、テーブルをまわりこんで近づいてくると、奥の部屋を示した。小柄で濃い茶色の髪をした、物腰に控えめな自信を感じさせる男だった。彼がドミニクを奥のひとまわり狭い部屋へと案内しても、誰も文句を言わなかった。扉の脇に人のいない机があった。「ついさっきマネーペンスがどこかへ飛んでいったのは、あなたのせいなのかな」

「医者を呼びに行ったんだ」

男はうなずき、奥の部屋の扉を開けると、ふたりを通した。それから自分もなかに入り、ランプまで歩いて火をつけた。「ファラーのことだろう。彼は優秀だ」

「あなたは？」ドミニクはきいた。

男はほほえんだが、その笑みは目までは届いていなかった。「諜報員に名前をきいてはならない。そこのソファに彼女をおろすといい」ドミニクは言われたとおり、奥にある革張りのソファに向かった。室内は暗く、どことなく男性的だった。ソファはかなり高価なものだろう。血は簡単に洗い流せるとは思えない。

ドミニクはミス・ボンドを静かにソファに寝かせ、肘掛けに頭をのせた。彼女は両手を腹部にあてていたが、その手は血に染まっている。

「腹部の傷か」諜報員が言った。「致命傷になることはまれだ。ちゃんと手当てをすれば」

彼は肩をすくめた。「そして感染症にかからなければ」

「ずいぶんと力づけられるわ」ミス・ボンドがぼそりと言ったので、ドミニクは驚いた。まだ意識があるとは思っていなかった。「ほかに励ましの言葉はないの?」

「ないな。でも、きみには必要があるようには見えないよ、ミス……」

「少しは励ましになることを言ってくれたら、わたしも名前を言うわ」

ドミニクはふたりの諜報員のやりとりを見守っていた。ミス・ボンドが一本取ったようだ。それにしても、いつまでここに座って待っていなくてはならないのだろう。このままでは助かるものも助からなくなる。「医者は本当に来るのか? それともぼくが呼んでこようか?」

「いや、今向かっているところだろう。ぼくが様子を見てこよう」諜報員はそう言って、部屋を出ると、後ろ手に扉を閉めた。壁際の広い机の後ろのサイドテーブルに、ブランデーらしきデカンタがあった。部屋をじっくり眺める時間も、興味もなかったが、大きな絵画が目に留まった。酒場で男たちが頭を突き合わせ、熱心に会話している絵だった。まわりでは酒場の客がどんちゃん騒ぎを繰り広げている。

「いいブランデーよ」ミス・ボンドが言った。

　ドミニクはなんのことかわからず、彼女を見やった。

「今、見ていたでしょう」

「レディが強い酒を飲むとは知らなかった」彼はテーブルに近づいた。

「レディは飲まない。でも、諜報員は飲むわ」ミス・ボンドはごくりと唾をのみ、力をかき集めるかのように間を置いた。「ファラーは優秀だけど、気遣いに欠けるところがあるの。本当なら治療に備えて、一杯飲みたいところね。ただ残念なことに、腹部に傷を負った人には絶対にお酒を与えてはいけないの」

　ドミニクは自分用にツーフィンガーほどブランデーをグラスに注《つ》いで飲み干した。ソファの脇に膝をつき、頭が少し楽になるようミス・ボンドの体の位置を直してやる。

「ありがとう」彼女は目を閉じて頭をつけた。「子守をさせて悪いわね。もう帰ってくれても――」

「ばかにしないでくれ」

「そんなつもりじゃないわ。でも、わかっているでしょう。こんなことをする義理はないのよ。わたしたちは婚約しているわけではないし、たぶん……その予定もないし――」

ドミニクも同じことを考えていたが、わざと心にもないことを言った。「さあ、それはどうかな。膝をついて結婚を申しこむかもしれない。きみが生き延びたらの話だが」

ミス・ボンドがむっとした表情になった。「死んだほうがましだって言わせたいの？　あいにくだけど、わたしは生き延びるわよ。でも、結婚はお断り」

「どうしてだ？　叔父上は一刻も早くきみを嫁がせたいみたいじゃないか」

「あなたのお母さまもね」ミス・ボンドは弱った体にまだそれだけの気力が残っていたのかと思うようなとげとげしい口調で言った。「たまたま聞いてしまったの。あなたのお母さまは居間で叔父を脅していたわ」

「いつだ？」

「今晩。レディたちが客間に戻って、男性たちが食後酒を飲んでいるときよ。ふたりは隠れて話し合っていたわ。あなたをわたしと結婚させること……さもないとって」

ドミニクはかぶりを振った。「さもないと、なんだって？」

「知らないの？」ミス・ボンドの頭がソファのクッションからすべり落ちた。ドミニクはクッションを頭の下に置き直した。体が熱いようだ。気のせいだろうか？　熱があるのか？　医者は何をしている？　見たところ、意識はまだしっかりしていて熱っぽい様子はないが、頰が紅潮している。ミス・ボンドはごくりと唾をのみ、クッションに頭を沈めた。「あなたのお母さまは、かつての叔父との関係を叔母にばらすと脅していたの」

ドミニクは毒づき、立ちあがった。

「知っていたのね」

「ふたりがそういう……関係だったことは知らない。だが、母のことはよく知っている。間違いなく本気だろうな。脅しを実行に移すに違いない」

「それなら」ミス・ボンドは目を閉じた。「結婚しなければならないのはわたしじゃないわ。あなたよ」ふと、目を開けて続ける。「どうしてなの?」

ドミニクは部屋のなかを歩きまわり、デカンタの前で足を止めると、もう一杯ブランデーを注いだ。酒が好きなほうではないけれど、今夜は飲まずにいられなかった。ミス・ボンドにどこまで話していいものかわからない。できるものなら何も言わずにすませたいが、そうはいきそうになかった。そのとばっちりを彼女は受けているのだから。もっとも、気の毒だとは思わない。おかげでこちらもとんでもないことに巻きこまれるはめになった。

「ある女性がいた」ドミニクはブランデーをなめながら、切りだした。

ミス・ボンドが苦笑いした。「いつだって女性はいるわ」

「彼女は……なんというか、ぼくを……」ドミニクはため息をついた。まったく、どう言えばいいんだ? 「訴えてきた。ぼくは何もしていないんだが、彼女は……いや、ぼくとしても――」

「ミスター・グリフィン」ミス・ボンドは唇をかすかにカーブさせ、微笑しているとも見える表情を浮かべた。「あまり興味をそそられる切りだし方じゃないわね」

そのとき足音が聞こえてきて、ありがたいことにドミニクはあとを続ける必要がなくなった。扉が開き、中背で老齢の男が入ってきた。すぐあとから秘書のマネーペンスが飛びこんできたかと思うと、ドミニクを押しのけ、ミス・ボンドに駆け寄った。

「ミス・ボンド、怪我はひどいのか?」かたわらに膝をつき、彼女の手を握る。

ドミニクは医師をじっと見た。医師はひと目で状況を把握したようだ。白髪で顎ひげも白くなっていたが、射るような緑の目をしている。ソファに横になったミス・ボンドを見ると、足を止め、慎重に前に進んだ。「ナイフの傷かね、ミス・ボンド」

「そうみたい。かすり傷よ、でも、ひと針ふた針は縫わないといけないと思う」

マネーペンスが深々と息を吸った。

「叔父上もこちらに向かっている。何かいるものはあるかい?」

「いいえ」彼女は秘書の手を握った。「叔父を捜してもらえない? わたしは大丈夫だと伝えて。心配していると思うの」

マネーペンスは飛びあがって言われたとおりにした。彼が部屋を出て扉を閉めると、ファラーが言った。

「うまいことを言うな」

「マネーペンスが血を見るのがだめなのは知っているでしょう」

「きみはどうだね?」医師がドミニクにきいた。「血を見る勇気があるかな?」

「必要とあれば」

「助手が必要になるかもしれん。隣の誰かを呼んでもいいが――」

「やめて!」ミス・ボンドがソファから立ちあがりそうな勢いで言った。

医師が眉をあげた。

「痛みがひどそうなら、ミスター・グリフィンにいてもらったほうがいいわ。彼なら、わたしが悲鳴をあげてもたぶんばかにしない」

「そうとはかぎらないぞ」

ミス・ボンドの表情は、少しも面白くないと告げていた。ファラーが彼女の腹部の脇に膝をつく。ドミニクはミス・ボンドの頭の横に立つよう指示された。

「まずはドレスを脱がせないと」

「血が乾いて服にこびりついているわ」ミス・ボンドが答えた。「切るしかないと思う」

「そのようだな」医師は鞄《かばん》から鋭いナイフを取りだすと、彼女の胸の真下、腹部の中央に押しこみ、すばやく刃を動かして布地を切り開いた。白い肌が垣間見えた。

そして大量の血も。実際にドレスが傷口に貼りついている。ファラーは患部をよく観察したあと、部屋の隅を手で示した。

「たらいに水を入れて持ってきてくれないかね、グリフィン？」

ドミニクは傷口から視線を引きはがした。「わかりました」水差しを取り、震える手でたらいに水を注ぐ。ミス・ボンドはかすり傷だと言ったけれども、あれはかすり傷どころではない。臓器を傷つけるには至っていないのだろうが、かなり深い傷だ。彼女に自分の足で立つ力があったというだけでも信じられない。まして、切られてからしばらくは普通に歩いていたではないか。

いくらか震えがおさまったところで、ドミニクはソファの脇に戻り、たらいを差しだした。

医師はソファの端を指し示した。「そこに置いてくれ」そう言って、鞄から清潔な布を取りだした。「きみには彼女を押さえてもらわないとならん」

「押さえる？」ドミニクはミス・ボンドを見やった。彼女は目を閉じており、ぴくりとも動かない。頬にうっすらと赤みが差していなかったら、眠っているか……死んでいると思うところだ。

「かなり痛むと思う。反射的に身を縮めるだろうから、できたら押さえつけていてほしい」

ドミニクはもう一度ミス・ボンドを見た。どこを押さえるのがいちばん効果的だろう。

腕？　手首？　肩？

「胸に手をあてるのがいちばんだ」

ミス・ボンドの濃い青の目が開いた。ドミニクと視線が合ったとき、その目は愉快そうにきらめいた。ドミニクはため息をついてソファのかたわらで膝立ちになり、片方の腕を胸の上に置いた。傷は下のほうなので、しっかりと胸を押さえつけなくてはならない。腕の下の乳房はやわらかかった。あたたかくて弾力がある。ドミニクはごくりと唾をのみ、視線をソファの上の壁に据えた。

「用意はいいかね？」ファラーがきいた。

「はい」ドミニクは食いしばった歯のあいだから言った。

「わたしにきいたんだと思うわ」ミス・ボンドが言った。「いいわよ」

布を水に浸す音がした。きつく絞ったらしく、水が滴《したた》った。医師が処置を施し、ミス・ボンドが全身を激しく痙攣《けいれん》させた。

「うっ！」彼女がうめき声をあげた。

「押さえておけ、グリフィン」ドミニクが手を離したことに気づいて、医師が怒鳴った。ドミニクは他人に触れることに慣れていない。まして女性を押さえつけるなど、生まれて初めての経験だ。

ふたたびミス・ボンドの胸に手をあてた。額から汗が噴きだしてくる。なぜか、体がかっと熱くなっていた。欲望と嫌悪感がせめぎ合う。彼女が欲しい。とはいえ、こんな状況で触れていなければならないのはつらかった。水の音が聞こえ、ミス・ボンドがまたびくりと身を震わせた。だが、今度は前ほど激しい動きではなかった。「こんなことをさせられて……

気分が悪いんじゃない、ミスター・グリフィン？」ミス・ボンドが歯を食いしばったまま言った。

「そんなことはない」ドミニクは答えた。「ぼくは毎日こんなことをしている」

ミス・ボンドはほほえみかけたが、やがて激しく顔をゆがめた。ファラーがまた処置を施したようだ。

「こうなったら、わたしたちは結婚するしかないかもしれないわね」ミス・ボンドが、胸にかぶさっているドミニクの腕を見おろした。「これって間違いなく不適切な行為ですもの」

「誤解だったら悪いが、きみが礼儀作法を気にするとは思わなかった」

「たしかに、今は気にしていられないわね」彼女はドミニクの隣の医師を見やった。「信じられない。あなた、何をしているの？　わたしは怪我しているのよ。今度は殺す気？」

「傷口の消毒をしているんだ。このあと、ひと針ふた針は縫わないといかんだろう」ミス・ボンドの苦悶《くもん》の声にも動じる様子はなく、ファラーが答えた。

ドミニクは医師の肩越しに見た。ナイフの傷はだいぶきれいになっている。血はほとんど拭きとられていた。「ふた針だけですか？」

医師が鞄に手を伸ばした。「傷については詳しいのかね、グリフィン？」

「馬の傷なら」

「馬と同じで、針を肌に突き刺して縫い閉じるときはかなり暴れるだろう」

ドミニクには想像がついた。自分が縫合を受けた経験はないが、動物が傷口を縫われる場面に立ち合ったことはある。意識がある場合、怪我より治療のほうが痛いのではないかと思うような反応を示す。

「しっかり押さえておきます」

「じっとしているわ」ミス・ボンドが不機嫌な声で言った。「それに、傷を縫われるのは初めてじゃないの。暴れたりなんかしない」

「ともかく押さえておけ」ファラーはすでに縫合糸と針を手にしていた。ドミニクは彼女を抱きしめるようにして押さえつけていた。互いの顔は数センチしか離れていない。

「先に謝っておくよ」

「キスして」

ドミニクは目をしばたたいた。「それはちょっと——」

「いいから、キスして」ミス・ボンドが体をこわばらせた。「今すぐ！」目で懇願する。「お願い」

ドミニクは顔を近づけ、やさしく唇を合わせた。だが、ミス・ボンドの反応はやさしいどころではなかった。予想だにしなかった激しさで、むさぼるようにドミニクの唇を吸い尽くす。あまりにも荒々しいキスにドミニクはつかのま抵抗を感じたが、次の瞬間には体のなかに熱いものがあふれ、欲望に火がついた。あらがおうと、鎮めようとしたものの、無駄だった。胸を押さえこんでいた手が、いつしか頬を包んでいた。顔を傾けさせて、さらに深く唇を重ねる。すべての痛みが消え、喜びが取って代わるように。親指に湿り気を感じ、はっと体を引いた。顔をのぞきこむと、彼女の目に涙があふれ、頬を伝っていた。

「ジェーン、すまない、そんなつもりじゃ――」

「あなたのせいじゃないの」ミス・ボンドが唇を震わせた。「死ぬほど痛いわ」

彼女の強さと勇気にはいつも驚かされてきたが、こんなもろい部分を目にしたのは初めてだ。唇の震えを見ると、気が動転した。

「ジェーンと呼ばないで」ミス・ボンドが歯を食いしばりながらつけ加えた。「そういう仲じゃないはずよ」

彼女を押さえつけるのに全身の力を振り絞っていなかったら、ドミニクは笑っていただろう。おかしな話だ。キスのあいだは特に力を入れて押さえつけてはいなかったのに。

「これでいいだろう」医師が立ちあがった。

「わたしから離れて」ミス・ボンドの言葉に、ドミニクはやけどをしたかのように後ろに飛びのいた。おかげで、ファラーとぶつかりそうになった。

「鎮痛剤は必要かね？　モルヒネならあるが」

「大丈夫よ」

「そう言うと思ったよ」医師は器具を片づけながら言った。

ドミニクはかぶりを振り、医師に言った。「傷口を縫っているのに、痛み止めもなしというわけにはいかないでしょう」

医師がドミニクを見あげた。老人の目つきには疲れとあきらめが浮かんでいた。

「彼女は男勝りでね。痛み止めはのまない。置いていっても、ごみ箱行きになるだけだ」

「そう、わたしは鎮痛剤はのまないの」ミス・ボンドが言った。「感覚が鈍るから」傷口を見ようと体を起こしかけたが、まだ無理のようだった。顔にはまるで血の気がなく、痛みを隠しきれていない。

ドミニクには傷口が見えた。医師はいい仕事をした。傷口はもはや白い腹部に乱暴に描かれた赤いひと筋の線にしか見えない。ふと、ドミニクはミス・ボンドの裸の腹部を見ていることに気づいた。スカートはたくしあげられ、長い脚もあらわになっている。彼はあわてて目をそらしたが、そらすまでに一瞬の間が——目が釘づけになった時間があった。

ドミニクが横を向いたとたん、扉が開いた。

9

ピアース・マネーペンスは扉の前に立っていた。彼は人生の半分をMの執務室の前で過ごしている。なかの会話を聞きとるには、どの位置に立てばいいかを正確に知っていた。諜報員ではなく事務員とはいえ、バービカンで働いているあいだに多少のことは学んだ。ミス・ボンドの押し殺した悲鳴と悪態が聞こえてきた。気の毒になり、マネーペンスは思わずこぶしを固めた。彼女が苦しんでいると思うと、たまらなかった。

それ以上に見ていてたまらなかったのは、あの浅黒い肌の男がミス・ボンドを抱きかかえていたことだ。グリフィンとかいう男。あの男は、マネーペンスにとってまたとない大切な人を腕に抱いていた。彼女が自分の存在に気づいていなくても、叔父の秘書としか見てくれていなくてもかまわない。だが……。

何かしら勇敢かつ大胆な行動に出たら、ミス・ボンドの見る目も変わるかもしれないと思うときもある。けれども、マネーペンスは勇敢かつ大胆という柄ではなかった。もちろん、彼なりに諜報活動に携わってはいるが、それらは少しも華々しいものではない。暗号文を書き、調べ物をし、ウルフやボンドのような諜報員がイングランド一危険な敵を追うための情報を集める。

仕事は好きだし、バービカンにも愛着を持っている。だが、ここに勤めてから十年というもの——ジェーン・ボンドに恋して十年と言ってもいい——マネーペンスは自分の思いは決して報われないとあきらめかけていた。

そして先ほどミス・ボンドの顔を、グリフィンを見つめる顔つきを見て、ピアース・マネーペンスは自分がやはり、彼女の友人以上になれないのだとはっきり悟った。ため息をついて、Mの執務室の前を離れる。ミス・ボンドにMを捜してくるよう頼まれた。それくらいはできる。続き部屋になっている事務室を周囲も見ずに通り抜けた。どの部屋の机や人の配置も、もう千回は見ている。目隠ししても通り抜けられた。それで、Qにも気づかなかった。

「マネーペンス！」突き飛ばされそうになって、彼女は叫んだ。

「すまない、ミス・クィレン」マネーペンスは謝り、彼女の肘をつかんで支えた。気がつくと、すでに石造りの広い廊下に出ていた。ここで転んだら、かなり痛かったはずだ。

「大丈夫よ」Qはスカートをはたいて、一歩あとずさった。マネーペンスは少し顔を赤らめながら、彼女の肘を放した。これがミス・ボンドの肘だったら、今頃は失神していただろう。

「何か重要な任務のことでも考えていたの？」Qがきいた。「それでわたしが目に入らなかったのかしら？」

「任務？」マネーペンスは目をしばたたいた。「ああ、まあ、そうだね。Mを捜しに行くところだ。ボンドに頼まれたんだよ」

Qが悲しげに首を横に振った。「ボンド？　それでわかったわ」そう言って、歩み去ろうとした。別の日だったら、その意味ありげな発言を軽く受け流し、そのまま彼女を行かせただろう。だが、今日は普段とは違った。マネーペンスは神経がピリピリしていた。そこで振り返り、ふたたびQの腕をつかんだ。長袖のドレスの生地の下で、肘はいささかとがって感じられた。ところが手を肘の上へとすべらせると、心地よい丸みとやわらかさが伝わってきた。

「どういう意味だい、〝それでわかった〟って？」マネーペンスは問いつめた。

「つまり、あなたがぼんやりともの思いにふけっていた理由がわかったということ」Qは眉をひそめ、袖をつかむ手を見おろした。「ジェーンの話になると、いつも夢見るような目つきになるんだもの」

本当に？「そうかい？」マネーペンスは咳払いをした。「なぜだかわからないな。たぶん、きみが勘違いしているんだよ」

Qが片方の眉をつりあげた。小柄な女性で、茶色の巻き毛をし、大きな眼鏡をかけている。マネーペンスは彼女のことを、生真面目そうでなかなかかわいいと思っていた。もちろんジェーン・ボンドを美の基準とした場合、ほかの女性を〝なかなかかわいい〟以上に思うことは難しい。

「あら、わたしがなんの話をしているか、本当にわからないの？」Qが腕を振りほどきながら言った。

「ああ、わからないな」マネーペンスは脇によけ、ほかの事務員を通しながら言った。

「あなたがジェーン・ボンドに死ぬほど恋しているっていうのは、わたしの勘違いってこと？」

「ぼくは……」さっきの事務員に話を聞かれたのではないかとふと不安になり、彼はあたりを見渡した。事務員は振り返りもしなかった。

「聞かれたかもしれないなんて心配する必要はないわ」Qが言った。「誰でも知っていることだもの」

マネーペンスは愕然《がくぜん》とした。「何を知っているって？」

「否定したければ、否定しなさい。でも、あなたがジェーンに恋しているのは誰の目にも明らかよ」

マネーペンスの胸にブスリと刃を突き立ててから、Qはまた歩きはじめた。マネーペンスはしばらくのあいだ呆然《ぼうぜん》と立ち尽くしていたが、やがてわれに返ってQのあとを追い、まわりこんで、正面に立ちはだかった。

「なんのつもり？　頭がどうかしたの？」Qがきいた。

「ああ……いや、違う！　ききたいことがある」

Qはけげんな顔でこちらを見つめている。たしかにぼくは頭がどうかしたのかもしれない、とマネーペンスは思った。「だったら、どうぞきいて」彼女が腰に手をあてた。

「本人も知っているのか？」〝本人〟が誰のことを指しているのかは言うまでもなかった。

Qは長いあいだ彼を見つめていた。「もちろん知っているわ、ミスター・マネーペンス」

今、自分がどんな顔をしているかはわからない。けれども、よほど打ちのめされた顔をしていたのだろう。Qがそっと腕に手を置いてきた。

「ごめんなさい。だけど、みんな知っているのよ」

そう言って、彼女は歩み去った。マネーペンスは脚がふらつくのを感じた。よろよろ歩いたあとで、ようやく倒れこむようにしてソファに座りこんだ。恥ずかしさとばつの悪さで顔から火が出そうだった。

Mの執務室の扉が勢いよく開き、声が轟《とどろ》いた。「いったい何があった？」メルバーン卿が部屋に飛びこんできた。マネーペンスがすぐあとに続く。ジェーンはむきだしの脚を見られないよう、多少なりともスカートを直そうとしたが、マネーペンスは彼女を見なかった。

「説明しなさい」Mの口調は険しかった。「マネーペンスから、大丈夫だとは聞いている。だが本当に大丈夫なら、どうしてファラーがここにいる？　それは誰の血だ？」

マネーペンスの視線がソファをたどった。布についた血を見たのか、顔を蒼白《そうはく》にして目をむいた。

「支えてやって!」ジェーンはグリフィンに向かって叫んだ。

民間人にしては動きがすばやかった。グリフィンはマネーペンスが床に倒れる前に彼を抱きとめ、そっと絨毯《じゅうたん》の上に寝かせた。

「きみ!」叔父は低い声で言った。「ここで何をしている?」

「わたしのせいなの」ジェーンはあわてて言った。グリフィンには腹を立てているが、自分の代わりに責められるのを放ってはおけない。

「そんなことは言われなくてもわかっている」メルバーン卿がジェーンに指を一本突き立てた。叔父がここまで怒ることはめったにない。今は顔が物騒な紫色を帯びている。「それから、わたしはおまえに話しかけているのではない。おまえは話ができる状況にない」

「もう治療の必要がないなら」ファラーが鞄を手にした。「わたしはこれで失礼する」

「先生」ジェーンが制した。

「それと、彼女は充分話ができる」ファラーは扉に向かった。途中、絨毯に横たわっているマネーペンスをまたいでいく。「たいした傷じゃない。数日は休ませろと言いたいところだが、休んではいないだろうな」一緒に退散したそうな表情のグリフィンをちらりと見た。

「なかなか独創的な看護だったな、グリフィン。わたしも初めて見たよ。馬を相手にするときは、ああいうことをしていないと思いたいね」

グリフィンは答えなかったが、ジェーンはほほえんだ。痛みをやわらげる方法としてはたしかに普通ではないかもしれない。けれどもグリフィンとキスをしているあいだは、ほかのことはあまり気にならなかった。縫合の痛みにもなんとか耐えられた。

「あの男はなんの話をしているんだ？」メルバーン卿がきいた。

「なんでもないの」ジェーンは答えた。マネーペンスがうめいて頭をさすった。気の毒に、まだジェーンのほうを見ようとしない。恥ずかしさで顔が真っ赤になっている。

「ほら」叔父はケープを取り、ジェーンにかけた。「こうでもしないと、彼がまた失神する。気つけ薬を探すはめになるからな。マネーペンス、バロンを呼んできてくれ。今夜じゅうに、彼が必要になりそうだ」メルバーン卿は、事務員を助け起こしているグリフィンに向かってうなずいた。「きみも一緒に行きなさい」

「ミスター・グリフィンには、この場にいてもらったほうがいいわ」ジェーンは言った。「今から話すことを、彼はすべて知っているの。追いだしたら、ほかにも何か探りだすかもしれない。こちらとしては知られたくないことまで」

メルバーン卿が姪をにらんだ。「フォンセやメトリゼ団のことも、本来知られてはいけないんだ」話の途中で、マネーペンスがうつむいたまま出口に突進した。気の毒なマネーペンス。

「ほかにも機密事項はあるわ」ジェーンは言った。「これ以上厄介なことになると困るでしょう」

メルバーン卿がちらりとこちらを見た。その目つきに、ジェーンは話すのをやめようかと思った。改めて、叔父を上から下まで眺める。思っていたより年を取り、やつれて見えた。顔にはあきらめと……敗北感といったものが浮かんでいる。だが、ジェーンは姪である前に諜報員だった。すべきことは心得ている。

「フォンセは叔父さまのことを知っているそうよ」

メルバーン卿の顔が一瞬うつろになった。表情を拭きとられてしまったかのように。

「どうしておまえがそれを知っている？」

「ヴァイキングから聞いたの。残念だけど、彼は死んだわ」

叔父は椅子の背にもたれ、手で髪をかきあげた。「そんなことではないかと思っていたんだ。このところ姿を現さないから。息を引きとる前に話ができたのか？」

「ちょっと待ってくれ」グリフィンは割って入った。「人がひとり死んだというのに、その件についてはもう話は終わりなんですか？」

メルバーン卿がグリフィンの目を見つめた。「局員の死をいちいち悼《いた》んでいる暇はない。ヴァイキングも、わたしたちに悲しみに暮れてほしいとは思っていないはずだ。危険は承知のうえだった」

「じゃあ、今夜あなたの姪御さんが死んでいたらどうなんです？　同じように平気でいられるんですか？」

「ミスター・グリフィン」ジェーンは制したが、強い口調ではなかった。一部には答えを知りたい気持ちがあった。メルバーン卿にとって自分はほかの局員とは違う存在なのだろうかと、常に頭のどこかで疑問に思っていたのだ。

「個人的には悲しむだろう。だが、仕事は通常どおりに行う。ヴァイキングのときと同じだ」

「とてもついていけないな」グリフィンが言った。

「今さら、そんなことを言っても遅いわ」ジェーンは言った。

グリフィンがジェーンに目を向けた。彼の危険で謎めいた、なんとも言えず暗いまなざしを見て、ジェーンは息が止まりそうになった。怖いわけではない。それでも、グリフィンのまなざしには彼女を不安にさせる、得体の知れない何かがあった。やはり、この人とは距離を置くべきだった。防御壁を築き、鎧の割れ目をしっかりとふさいでおくべきだった。射手と煮えたぎるタールの大鍋を用意して、守りを固めておけば……。今あるのは干上がった堀と、もろい跳ね橋だけ。危険な敵を前にしているのに、なんとも頼りない防御だ。ましてジェーン自身、どこかで征服されることを望んでいる……。

ジェーンは叔父に向き直った。「さっきも言ったとおり、フォンセは叔父さまのことを知っている。ヴァイキングはそれ以上話ができなかったの。メトリゼ団が叔父さまの住まいを知っているのか、本部の場所を知っているのか、わたしが姪であることも知っているのか、そこまではわからない。でも、今回の狙いは叔父さまよ」

メルバーン卿は何も言わなかった。握ったこぶしを顎にあて、考えこんでいる。無表情な目で沈黙している姿にジェーンは胸騒ぎを覚えたが、何も言わなかった。今度どうすべきか、自分なりの考えはあるものの、意見を求められるまで発言は控えるつもりだった。意見を求められるかどうかもわからないが。

「ロンドンは安全ではない。社交シーズンの途中ではあるが、ロンドンの家は閉めるしかないな」

ジェーンはうなずいた。彼女も同じ結論に達していた。

メルバーン卿が続ける。「ヴァイキングは、フォンセが本部の場所を知っているとは言わなかったんだな。わたしのことを知っているとしか。それなら、わたしはここにいても安全だろう。見つかる恐れはない」

「わたしも残るわ」

「いかん」メルバーン卿はかぶりを振り、グリフィンを見やった。その視線が気に入らず、ジェーンは眉をひそめた。「おまえの身元は知られているかもしれない――」

「バロンやウルフやセイントだって、フォンセに命を狙われたことがあるのよ。それだけで、わたしが叔父さまの姪であることが知られているとはかぎらないわ」

「ボンド、命令をくだすのはわたしだ」メルバーン卿に一喝され、ジェーンは口を閉じた。次に来るのは不本意な話だろうが、バービカンの司令官が誰かはよくわかっている。「おまえは叔母と一緒にロンドンを離れなさい。彼女を守り、フォンセが追ってこないかどうか確かめ、数日間体を休めるんだ」

ジェーンは何も言わなかった。思っていた以上に悪い展開だ。

「フォンセが追っていける場所では意味がない。つまり、やつが想像もつかない場所に身を隠さなくてはならない」メルバーン卿はふたたびグリフィンを見た。「レディ・エッジベリーに手紙を書いておこう。リッチモンドのケンハム・ホールを使わせてもらえないかと」

グリフィンが驚いた顔をした。彼が異を唱える前に、ジェーンは言った。「叔父さま、だめよ！　ミスター・グリフィンやエッジベリー卿夫妻をこれ以上巻きこむわけにはいかないわ」

「婚約が発表されたら、巻きこまないでいるのも難しいだろうな。もっとも、フォンセをとらえるまで発表を控えることはできる」

ジェーンは背中を汗の粒が滴り落ちるのを感じた。抑えようとしても呼吸が速くなる。ただでさえうずいている傷がいっそう痛んだ。どうしてこんなはめに――グリフィンと婚約するはめに陥ってしまったのだろう？　充分な時間があれば、この話を白紙に戻す方法を見つけられるはずだった。結婚の必要はないと叔父を説得するか、レディ・エッジベリーにジェーン・ボンドは息子にふさわしくないと思わせるかして。けれども、グリフィンと一緒の時間を過ごせば過ごすほど、婚約とそれに続く結婚が避けられないものになっていく。

「わたしはロンドンにとどまるべきだと思うわ。叔母さまはひとりでも大丈夫よ」

「おまえは怪我をしている。完全に快復するまではロンドンを離れ、安全な場所に身を隠していてほしい」叔父は有無を言わさぬ目つきでジェーンを見つめた。ジェーンはため息をついた。言われたとおりにするしかなさそうだ。あきらめたわけではないが、とりあえずここは折れて、脱出策を考えたほうがいい。

「ひとつ、大事なことを忘れていませんか、メルバーン卿」グリフィンが静かに言った。

ジェーンはつかのまグリフィンの存在を忘れていたが、突然口を挟んできた彼の言葉に怒りが含まれているのに気づいた。

「なんだね、ミスター・グリフィン」メルバーン卿がきいた。ジェーンは背筋がぞくりとした。その目つきはよく知っている。舞踏会のカード室で何度も見た目つき。叔父は切り札を隠し持っている。

「婚約の話をされましたが、ぼくはまだ、ミス・ボンドに結婚を申しこんでいません」

ジェーンは思わずグリフィンに目を向けたくなった。男性が自分に結婚を申しこむか否かという話をする場面など、一生のうちにそうあることではない。けれども、あえて叔父から目をそらさなかった。秘密を——なんにせよ叔父が今も隠している秘密を明かすとしたら、そのときの表情を見ておきたかったのだ。

「きみがわたしの許可を待っているのなら、もう許可は出ている」

ジェーンはグリフィンの顔色をうかがわずにはいられなかった。彼は叔父の許可を待っているのではない。表情からは何も読みとれなかったが、激怒しているのは間違いなさそうだ。グリフィンはいい諜報員になれるかもしれない。優秀な諜報員のなかにも怒りを隠しきれない者はいる。

「あなたがどんなゲームをしているのか知りませんが、ぼくはチェスの駒ではありません。ミス・ボンドに結婚を申しこむつもりはないし、ケンハム・ホールに彼女やレディ・メルバーンを招くよう口添えする気もありません。これで失礼させていただきます」

「わたしがきみなら、そういう態度は取らないな」メルバーン卿が言った。「わたしの印象からすると、エッジベリー卿はきみの無軌道ぶりにほとほと手を焼いていらっしゃるようだ。実際、わたしがきみに姪との結婚を迫らざるをえないところまで、すでに事態は進んでいる。ここにきて、きみがあくまで拒絶するとなると、決闘で片をつけるしかなくなるのだが」

ジェーンは笑った。「叔父さま、いつからわたしの貞節を気にかけるようになったの？それをいうなら、ちょっとした切り傷のことも？」

メルバーン卿は否定も反論もしなかった。ただ、同じ冷ややかなまなざしでジェーンをひとにらみした。「わたしは本気だ」

「決闘を申しこんでいるわけですか？」グリフィンがきいた。彼の名誉のために言えば、いたって落ち着いた口振りだった。沈黙が続いた。叔父は沈黙を巧みに使う。今、グリフィンはふたりが出会ってからの出来事を逐一思い返し、メルバーン卿がそれを知っているのだろうかといぶかっていることだろう。叔父が姪の貞節を本気で心配していると思えば、ジェーンもグリフィンと同じことをしたはずだ。だが、叔父はこれまで見て見ぬふりを通してきた。それに、今より深い傷を負ったときでもまた現場に送りだした。どうして急に保護者ぶるのかわからない。

この結婚と追放は姪のためというよりも、実は叔父が何かを隠したいがためなのではないかという考えが頭をよぎった。たとえばレディ・エッジベリーとの関係とか。だが、過去の情事をそこまで必死になって隠す必要があるだろうか。姪であり、最高の諜報員であるジェーンが、叔父の信頼を裏切るような真似はしないことくらいわかっているはずだ。だったら、ほかに何かあるのだろうか。ジェーンがこのまま街に残って探りだしたら困るような何かが。

「あなたの姪御さんに対しては、常に礼儀正しく接してきました。今夜、ミス・ボンドとふたりきりでいたのを不適切だとお考えなら、請け合いますが、ひとえに彼女の身を案じてのことです。ご覧のとおり、ミス・ボンドは傷を負っています。そんな状態の女性につけ入るような真似などできるはずがありません」

「それは本当よ」ジェーンはつけ加えた。「わたしを心配して、ついてきてくれただけなの。付き添いは必要ないと断ったんだけど」

グリフィンが顔をしかめる。「おかげで今、こうしてソファに横になっているんじゃないか。ぼくがいなかったら、今も川岸で血だまりのなかに倒れていたかもしれないんだぞ」

ジェーンは反論しようと口を開きかけた。

「スマイス卿夫妻の家にいたとき、ミス・ボンドは傷を負っていたのか？」

ジェーンは口を閉じた。叔父はどうして知っているのだろう？　あの家を訪問することは話していないし、スマイス卿夫妻も報告する理由はない。そこでグリフィンとキスを交わしたかどうかなど、バービカンの任務とは関係がないはずだ。

「なんのお話かわかりません」

とぼけるのが上手ね、とジェーンは思った。民間人にしてはなかなかやる。だが残念ながら、メルバーン卿のほうが一枚上手だ。グリフィンは気づいていないが、すでにふたりの運命は決まった。

「わたしが言っているのは、聞いた話からするとなかなか長くて、きわめて情熱的な口づけのことだよ。スマイス卿の客間の前で、きみが姪と交わした口づけだ」

沈黙がおりた。

ジェーンはグリフィンを見ることができなかった。

「否定するのか?」メルバーン卿が尋ねる。

「いいえ」

「そんなことがあったのだから、わたしにはきみに姪をどうするつもりかと尋ねる権利があるとは思わないか?」

「そうですね」

「それで、どうするつもりなのだ?」メルバーン卿はやおら立ちあがり、両手を机の上に置いた。部下を威嚇するときの姿勢だ。今、この場で使うとは意外だった。

グリフィンは何も言わなかった。沈黙を貫いていることに驚いて、ジェーンは彼を見やった。選択肢を秤《はかり》にかけているような顔をしている。

「あのキスに深い意味はなかったとか、一度だけだったとは言わないでくれ。ほかにも情熱的と言える口づけを交わしたのを、わたしは知っている」

「ブルーね」ジェーンはつぶやいた。

今度ブルーに会ったら、あの完璧な鼻をぺしゃんこにつぶしてやろう。グリフィンがこちらを見ている。今のつぶやきは聞こえなかったかもしれないが、ジェーンの反応から、自分たちの負けを感じとったに違いない。

「しかたないわ」もうどうでもよくなった。何年もひとり身を通そうと頑張ってきたが、いいかげん疲れてしまった。だいいち、グリフィンとの結婚はそれほど悪いことだろうか？すでに秘密は知られているわけだし、彼ともう一度キスをするのもやぶさかではない。一度だけでなくてもいい。姪の名誉を守るためとかいうたわ言ではなく。叔父は何をたくらんでいるのだろう？　今でも信用していいのだろうか？

ジェーンはグリフィンを、そして叔父を見た。内心はわからないが、顔つきからすると脅しは本気らしい。自分なりのやり方で真実を探りだそうと、ジェーンは心に決めた。

「叔父さま、ミスター・グリフィンとふたりだけで少し話がしたいの。いいでしょう？」

メルバーン卿が腕組みした。「婚約するまではだめだ」

「でも、まさにその話をしたいのよ。彼を説得したいの」

「本当に？」叔父の目にちらりと安堵《あんど》がよぎった。「にわかには信じられないが、まあいい。五分やろう。それ以上はだめだ」そう言って部屋を横切り、扉を開けて廊下に出た。

「あれははったりだろう」扉が閉まるなり、グリフィンが言った。「ぼくに決闘を申しこんで、姪の評判を落とそうとするはずがない」

「いいえ、叔父ならやりかねないわ。あなたはわかっていないみたいだけど、ケンハム・ホール行きはわたしたちの婚約をまとめるためではないのよ――それで叔父の問題がひとつは解決するわけ。妻とバービカンをフォンセから守るためなの。メルバーン卿はレディ・メルバーンと組織の安全を確保するためならなんだってするわ」

「きみはどうなんだ？」

「わたしも組織の一員よ」

「姪でもあるわけだろう。それなのに彼は、血まみれでここに横たわっているきみに脅しをかけている」

この人は本気でわたしのために怒ってくれているのだ。「こんなのはただのかすり傷よ」ジェーンは言った。「でも、心配してくれてありがとう」そんなふうに体を気遣われるなんて初めての経験だ。

グリフィンは長いあいだ何も言わなかった。叔父が戻ってくるまで黙りこんでいるのではないかと幾分不安になった頃、ようやく彼が近づいてきた。自信に満ちた足取りではあったが、尊大さは感じられない。誇り高く、慎重で用心深い――そういう人の歩き方だった。グリフィンがジェーンのかたわらに膝をついた。

「きみは叔父上の諜報ゲームの駒でしかないのか」

「駒だろうとなんだろうと、わたしはこのゲームについてよく知っているの」

グリフィンがジェーンの唇に指を一本あてた。突然、室温があがった気がした。「自分には他人のゲームの駒になる以上の価値がないと思っているわけじゃないだろう？　叔父上の愛情に値しないと思っているわけでもないだろう？」

「ええ、でも……」ジェーンは言葉を切った。あとをどう続けていいかわからない。わたしは自分に価値があると思っているのだろうか？　諜報員として価値があるのは自覚している。けれども姪として、ひとりの人間としては？　ジェーンはごくりと唾をのんだ。グリフィンはまだ何も言わない。彼女もなんと言っていいか、わからなかった。

「でも？」グリフィンが促す。「夫に愛される価値だってあるんじゃないのか？　ぼくはきみを愛してはいないが」

「当然そうでしょうね」グリフィンはわたしのことをろくに知らない。愛せるはずがない。頭ではわかっていても、今の彼の言葉はジェーンの心臓近くに突き刺さった。そして、そんな自分の弱さが情けなかった。「結婚を申しこんだからといって、必ずしも夫婦になる必要はないわ。なんとか逃げ道を探すのよ。ここは退却するしかないけど、戦いに負けたわけじゃない。わたしは負けたことがないもの」

「一度も？」

「そうよ」

「この場合、負けるとはどういうことだ？」

あなたと結婚することよ――そう答えようとして、ジェーンは思いとどまった。

グリフィンはかぶりを振った。「ぼくもきみと同じ考えだ」

ジェーンは前かがみになり、痛みに顔をしかめた。「だけど、あなたはたった今、わたしを愛していないと言ったじゃないの」ジェーンは今、グリフィンの黒い瞳を真正面から見つめていた。のみで彫ったような端整な顔立ち。まるで、指でなぞってほしいと誘っているかに思える。

グリフィンが肩をすくめた。「結婚する理由はいろいろある」

「たとえば？　わたしの叔父とあなたのお母さまを喜ばせるためとか？」

「それもある。侯爵もぼくを結婚させたがっている。あの人の機嫌は損ねたくない」

「だからって、言いなりになるの？」

「反抗してなんになる？　きみと結婚しなくても、いずれ別の小娘とは結婚しなければならないんだ」

「小娘？　小娘ですって？」

「いいかい」ジェーンの抗議を無視して、グリフィンは続けた。「きみが払う犠牲の大きさは理解している。女優が産んだ婚外子を押しつけられるんだから」

ジェーンは啞然とした。彼を殴りたいのか、抱きしめたいのかわからなかった。結婚を拒絶しているのは、グリフィンの生まれのせいではない。そう告げたい一方で、平手打ちしてやりたかった。わたしのことを小娘と呼ぶなんて。ロンドンにあまたいる、ありきたりな娘みたいに。

「喧嘩《けんか》になる前に、叔父上を呼んだほうがよさそうだな」

「だめよ――」

グリフィンが立ちあがり、扉に向かった。「メルバーン卿、どうぞお入りください」

扉はすぐに開いた。「結論は？」

「立会人をお願いします、閣下」グリフィンがジェーンのほうを向いた。腕組みして険しい目つきで言う。「ミス・ボンド、ぼくの……」いったん言葉を切って唾をのみ、顔をしかめて続けた。「妻になっていただけますか？」

ジェーンは目をしばたたいた。こんな結婚の申し込みがあるの？　少なくとも、ジェーンが知るなかで最悪だ。自分の出自が問題になっているとグリフィンが本気で思っているのだとしたら、気持ちもわからないではないけれど、それにしたってひどすぎる。彼と結婚させられるならば、これはジェーンにとって、一生に一度きりの結婚の申し込みになるのだ。

「ジェーン」叔父の口調には警告の響きがあった。

彼女はいらだたしげに息を吐いた。「いいわ、イエスよ」そう言って、叔父をにらむ。「婚約に同意しただけよ。結婚するとは言っていないわ」

「婚約すれば、あとは自然な流れだ」

この婚約は違う。「どうかしら」ちらりとグリフィンを見ると、彼はかぶりを振って顔をそむけた。

そのあとはあっというまだった。波乱の一夜のあと、夜明けの薄明かりのなか家路に就いたと思ったら、今はもう馬車のなかで、ドミニクはレディ・メルバーンとその姪の向かいに座っていた。

あれから丸一日しか経っていないが、ミス・ボンド――今ではジェーンと呼ぶ権利があるのだろうが――はめざましい快復を見せた。顔色はまだよくないものの、ゆっくりなら自分の足で歩けるし、弱音を吐かずにリッチモンドまでの馬車旅にも耐えられそうだった。彼女が弱音を吐くところなど想像もできないが。目に火かき棒を突き刺されても、痛いと認めるより反撃するほうを選ぶだろう。

今、ジェーンは前を向いて座り、視線を窓の外へ向けていた。隣では彼女の叔母が本を読んでいる。会話を楽しもうとする者はいないらしい。誰もがこれはかねてから楽しみにしていた旅行だというふりすらしていない。雲間から太陽が顔をのぞかせ、ジェーンの金髪を輝かせた。まるで髪自体が光を発しているかのようだ。しかも明るい陽光のもとでも、ジェーンの肌にはしみひとつ、吹き出物ひとつ見あたらない。顔色は多少青ざめてはいるものの、唇は誘うようなピンク色をしている。無垢《むく》な色だ。甘い色。あの唇が赤く染まるまでキスをしたい誘惑に駆られる。

ドミニクは目を閉じた。この女性といるのは危険だ。自分が定めたルールを忘れそうになる。忘れるわけにはいかないのに。相手が彼女だろうと、誰であろうと。ジェーンがこの結婚に抵抗を示したのは正しかった。ぼくは夫として何もしてやれないだろう。

ところが、婚約を喜んでいないのは当の本人たちだけだ。侯爵と母は知らせを聞いて狂喜した。当分のあいだは秘密にしておくことには同意したものの——メルバーン卿がどういう口実をでっちあげて説得したのかわからないが、侯爵があれほどうれしそうな顔をするのはいつ以来か思いだせないくらいだった。母にいたっては涙ぐんでいた。

婚約を無効にしたいなら、ジェーンは早急になんらかの方法を考えたほうがいいだろう。ドミニクは向かいに座るジェーンを見た。婚約者。ぼくの婚約者。現実とは思えない。これほどの美貌を持つ女性は普通、生まれの卑しい男と結婚しようなどと考えない。夫婦になっても、死ぬまでぼくを軽蔑するだろう。

だが、ジェーン・ボンドは承諾した。やむなくだったが——それもドミニク本人に不満があったからではない。婚外子を夫にはしたくないだろうと責めたときの、ジェーンの愕然とした表情は本物だった。結婚したくない理由は別にあるのだ。大事な事件から——任務から離れなくてはならないこと。結婚によって今の自由が制限されること。もちろんドミニクのほうにも拒否したい理由はある。第一に、結婚に伴う親密な交わりに耐えられない。結婚に向かない男というのが——ひょっとしたら女性も——いるのだ。おぞましい、あまりに衝撃的な秘密や過去がある者。そういう者は妻や子どもを持ってはならない。

けれども、それは婚約した相手——便宜上婚約者としてふるまっているだけにせよ——に話すことではない。そもそも他人に打ち明けられるような秘密ではないのだ。心の暗いひだの奥にしまいこみ、そのまま隠しつづけたい秘密。でもそれは、長い一日の終わりに不気味に頭をもたげ、夜通し彼を眠らせようとしない——気がつくと悲鳴をあげ、全身から汗が噴きだしている。

そんなとき、妻にどう説明したらいい？

ジェーン・ボンドなら悲鳴に怯えることはないだろう。寝返りを打って、また眠りに就くはずだ。認めたくはないが、それは妻として好ましい点だった。どうしても結婚しなくてはならないなら、相手は強い女性がいい。ドミニクという男に、その言動にいちいちひるまない女性が。

もっともそれはまた、好ましくない点でもあった。ジェーン・ボンド。外務省の一組織、バービカンの諜報員——局員と呼ぶらしいが——というのは、女性の職業としてはかなり型破りだ。母は型破りな女性だ。家族にもうひとり、同じような種類の女性はいらない。考えることに疲れ、ドミニクは目を閉じた。記憶が襲いかかってくる。それらを振り払うため、また目を開けた。もう悪夢はたくさんだ。あの晩の出来事は本当に悪い夢ではないのだろうか。婚約者は本当に銃を発砲したのか？　本当にろくに悲鳴もあげずに縫合の激痛に耐え抜いたのだろうか、痛みをやわらげる薬もなしで？

そして医師が傷の縫合をするあいだ、ぼくは本当にジェーンとキスをしていたのか？　どうして求められるがままに唇を合わせていたのだろう？　それをいうなら、これまで彼女にキスをしたときだって理由などなかった。キスをしないでいるほうが難しいくらいなのだから。そしてひとたび唇を合わせたら、止めるのはいっそう難しい。

口づけの衝動を止める唯一の方法は、ジェーンを避けることだ。ところがケンハム・ホールの同じ屋根の下で暮らすとなったら、それも容易ではなくなる。そうなると、ロンドンへ戻るしかない。エッジベリー邸には常に部屋が用意されている。ロンドンに行けば馬の世話はできなくなるが、面倒を見てくれる飼育係はいる。馬たちにとって、必ずしもドミニクは必要ではない。

逆もまた真なりと言えたらいいのだが。ケンハム・ホールを数日離れただけで、すでに神経がピリピリし、いらだっている。視界の端に暗いものが忍び寄ってきて、風が心のひだをはためかせる。一刻も早く風を鎮め、魂の平安を取り戻したい。今までは馬がその助けになってくれた。それなのにドミニクは、唯一の避難場所から引き離されようとしている。奪われたほかのすべてと同様に。

「あれがケンハム・ホールね」レディ・メルバーンが沈黙を破った。馬車は小高い丘の上に差しかかっており、そこから壮大な敷地全体が見渡せた。設計者はパラディオ様式と新古典様式を見事に融合させ、赤煉瓦と白い化粧石材を使った見事な館を造りあげた。遠くにちらりと見える厩舎も同じ赤煉瓦造りだ。ドミニクは窓の外の景色からレディ・メルバーンに視線を移し、彼女が景色ではなく自分を見ていることに気づいて驚いた。「考えごとかしら、ミスター・グリフィン？」

ちらりとジェーンを見ると、彼女も興味深げにこちらを見ていた。ドミニクはレディ・メルバーンに向き直って答えた。「ええ、申し訳ありません。あれがケンハム・ホールですとぼくからご案内すべきでした。言われるまで、すべきことに気づかないのが悪い癖で」

レディ・メルバーンは片方の眉をあげた。「結婚の申し込みも？」

「叔母さま」ジェーンがさえぎった。「あそこに湖が見えるわ。朝はきっととてもきれいよ。明日、朝食をとったあとにでも散歩に出てみない？」

「すてきな思いつきね、ジェーン。でも、明日では早すぎるわ。あなたの体調を考えると、数日は安静にしていないと」

レディ・メルバーンは私道に入るまでその調子でしゃべりつづけた。あたり障りのない話を延々とするのは得意らしい。ドミニクはいつもそうした軽いおしゃべりに苦しむのだが、彼女はいつまでも会話を続けられるようだった。やがて馬車が止まると、従僕が扉を開けた。ドミニクは最初に降り、片方の手でスカートをつまんだ女性たちに手を貸すと、客を出迎えるために集まっていた家政婦や執事に会釈した。妙なことにオールド・コナーまでもが母屋の前に立ち、帽子をもみしだいていた。

ドミニクは何も考えずに移動した。ほかの使用人の前を通り過ぎ、まっすぐオールド・コナーに近づいた。「どうした?」

「ネッサが」オールド・コナーが言った。「疝痛を起こしてます」

「まさか」

ネッサはドミニクのお気に入りの馬だった。体高は約百六十センチ、明るい鹿毛《かげ》に完璧な黒の縞《しま》模様があり、侯爵が所有する馬のなかでもとりわけ優雅で、威厳を感じさせる牝馬だ。馬にも王族があるとしたら、ネッサはまさにその一員だろう。同じように立派な馬を何頭も産んだが、年老いてきているだけに、これまでに疝痛を起こした馬よりも体が弱っているのは間違いなかった。

「行こう」ネッサ以外のことはすべて忘れ、ドミニクは歩きはじめた。

オールド・コナーが小走りにあとを追った。「ですが、お客さまが!」

ドミニクは足をゆるめず、肩越しに振り返って執事に言った。「マイルストン、客人を頼む」そして、厩舎に向かって歩きつづけた。レディ・メルバーンは言葉も出ない様子だったし、ジェーンも当惑顔だったが、今は礼儀やしきたりにかまっている時間はなかった。ネッサを救わなければならない。

だが結局、救うことはできなかった。ドミニクはほかの飼育係とともに徹夜で看病したものの、無駄だった。曙光《しょこう》が差す頃、美しい牝馬は動かなくなった。ドミニクは飼育係を帰した。表向きは休ませるためだったが、実はネッサとふたりきりになりたかったのだ。静かな夜明け、ドミニクは座って彼女の首に手をあて、悲しみに浸った。泣きはしなかった。子どもの頃、泣いてもどうにもならないと身にしみてわかるまで涙を流したからだ。それでもひとり、ネッサの死を悼んだ。それしかできることはなかった。

長い時間そうしていたが、やがて立ちあがり、ネッサに毛布をかけてやった。それから通路に出て、馬房の扉を閉めた。最後の別れだという思いが胸を締めつける。ふと気配を感じて通路の先を見た。思わず目をしばたたく。

「お邪魔かしら？」

ジェーンの声を聞いて、ドミニクはほっとした。睡眠不足で頭が朦朧《もうろう》として、幻を見たのかと思ったのだ。「きみは母屋に戻って、寝ていなくてはだめだ」怪我人だからというだけでなく、朝の散歩に出るにも早すぎる時間だ。疲れた冷たい声しか出なかった。顔も同じようなものだろう。彼女がぎょっとしなかったのが不思議なくらいだ。
だが、これがジェーン・ボンドなのだ。重要な任務に失敗すること以外に恐れるものはほとんどない。

ドミニクの忠告を振り払うように、ジェーンが手を振った。

「眠れないし、新鮮な空気が吸いたいのよ」

何か言うべきなのだろうが、なんと言っていいかドミニクにはわからなかった。疲れすぎていて、人を気遣う余裕もなかった。乾燥と疲労から痛む目を閉じ、髪をかきあげた。髪も乱れてくしゃくしゃだ。顎も剃っておらず、伸びたひげがちくちくした。上着やクラヴァットやベストはとうに脱ぎ捨てており、シャツとズボンしか着ていない。それも襟元はゆるめてあって、とてもレディの前に出られる格好ではなかった。まして相手は手袋にボンネットまで身につけ、さらにパラソルも手にしている。朝の弱い日差しですらその白い肌には脅威となると言わんばかりに。

ドミニクは目を開けた。ジェーンがさらに近づいてきていた。すぐそばまで。香水の香りが嗅げるほど近くに。ドミニクは一歩離れ、近くに置いてあったシャベルをつかんだ。「母屋に戻ったほうがいい。ぼくにはすることがある」それは本当だ。馬に餌をやり、馬房の掃除をし、生まれたばかりの子馬を査定し、手紙を書かなくてはならない。ロンドンで数日過ごしたのだから、仕事は山ほどたまっているはずだ。

ジェーンを追い返し、ドミニクは通路の突きあたりまで歩いて、リリーズ・ターンの馬房を開けた。だいぶ具合はよくなったようだ。そうと知らなければ、つい先日体調を崩したとは思えない。

鼻に手をあてると、リリーズ・ターンは期待をこめててのひらをついた。ドミニクはほほえんだ。「今朝はリンゴはないんだ」

「飼育係はどこ？」

ドミニクははじかれたように振り返った。ひとりの時間をのぞき見られたようで、自分が無防備に感じられた。「もう母屋に戻ったものと思っていた」

ジェーンが眉をあげた。

「わたしを追い払うのは簡単じゃないわよ。馬房を掃除するんじゃなかったの？」

ドミニクは手にしていたシャベルを持ちあげた。「見てのとおりだ」

「そうね」ジェーンが深いスミレ色の瞳でドミニクを見つめた。彼女は何を見ているのだろう。何を見ていると思っているのだろう。「わたしに手伝えることはある？」

ドミニクはかぶりを振った。「何もない。母屋に戻れ」

だが、ジェーンはすでに手袋を脱いでいた。「おかしなことを言わないで。あなた、疲れきった顔をしているわ。しかも、ふたり分の仕事をひとりでする気でしょう。その様子では、一睡もしていないでしょうに」

「ぼくの見てくれが気に障るなら――」

「ひげを剃らず、目の下に隈《くま》を作るよりはるかに乱れた格好の男性だって見たことがあるわ」ジェーンはボンネットも取ると、なかに手袋を入れて腰掛けに置いた。フリル付きの白いパラソルをその横に立てかける。ドレスも白だ。汚れた厩舎で作業するのに理想的な服装とは言えない。足元を見ると――視線を下へずらす途中、腰のふくらみに目を奪われなかったことに内心満足しながら――少なくとも室内履きではなく、散歩用のブーツを履いていた。

「レディがやる作業じゃないんだ」

「紳士が自らする作業でもないんじゃないかしら」ジェーンは切り返した。「でも、あなたはここにいる」

「ぼくは紳士じゃない。それに、毎日この仕事をしている」

「でも、今日のあなたには手伝いが必要よ」ジェーンが振り返った。「もうひとつシャベルはないの？　それとも、もしかしたらわたしは屋根裏の干し草置き場にあがって、干し草を投げて落とさなければならないのかしら？」

リリーズ・ターンが扉近くまで出てきて、ジェーンが振り向くと、彼女に鼻面を押しつけた。ジェーンが笑う。ドミニクは一瞬、嫉妬を感じた。馬に嫉妬したのか、ジェーンに嫉妬したのか、自分でもよくわからない。だが、それについては深く考えないほうがよさそうだ。

「おやつが欲しいの？」

リリーズ・ターンの耳がピンと立った。

「もちろん欲しいわね。今朝は何もないのよ。でも、あとで何か持ってきてあげるわ。約束する」

「馬は厳しい食事制限が必要なんだ」ドミニクは言った。「決まった時間にしか食べない。それも最上級の餌を」

ジェーンが片方の眉をあげた。

「ちょっとしたおやつくらいかまわないでしょう。どうしてだめなの？」

ドミニクはまたシャベルを持ちあげ、仕事にかかった。ジェーンは勘が鋭い。以前はリリーズ・ターンにもリンゴやニンジンを与えていた。だが例の疝痛の発作——彼としてはあれが伝染性の病気とは考えたくなく、一時的な発作であってほしかった——があって以来、間食は禁じていた。

「餌やりなら手伝えるかもしれないわ。あなたのあとについていくから、わたしがそれぞれの馬に正しい配合の飼料を適量与えたかどうか、確かめることもできるでしょう」

「ジェーン、そんな必要はない。母屋に戻るんだ」

彼女は動こうとしなかった。「気づいていないみたいだけど、わたしはまだ、名前で呼んでいいと言った覚えはないわよ」

「ぼくたちは婚約したんだ。署名した契約書には、暗黙の了解としてその旨も含まれているんじゃないのか」

「だったら、あなたのことをドミニクと呼んでもいいの?」

「好きなように呼べばいい。だが、ひとりにしてくれ」知り合いの女性は皆、そして男性のほとんども、今のドミニクの口調には恐れをなして逃げだすだろう。だが、ジェーンはまばたきひとつしなかった。

「あなたが手伝いを必要としているときに? そのつもりはないわ」ジェーンは馬房から出ていった。なかなか戻ってこないので、ドミニクもやむなくあとを追った。「飼料を置いているのはあの部屋？」彼女は通路の突きあたりを示した。飼料を保管してある小さな部屋がある。手前に大小さまざまなバケツが積んであるから、すぐにわかったのだろう。

「そうだ」

「どれくらいの量を与えれば……ええと、あの牝馬はなんていう名前？」

「リリーズ・ターン」

「リリーズ・ターンにどれくらいの量を与えればいいの？」

ドミニクは答えた。言い争うのが面倒になったのと、心をそそるスミレの香りをもう少し嗅いでいたかったからだ。そのうち追い払う方法を考えつくだろう。

ジェーンが飼料部屋に入るのを見届けたドミニクは、また馬房に戻って掃除を続けた。しばらくして、彼女が大きな声できいてきた。「どっちの穀物を使えばいいの？」

ドミニクは眉をひそめた。どの馬も放牧地の草を食《は》み、厩舎では同じ干し草を定められた時間に与えられる。混ぜる穀物も同じだ。馬の年齢や健康状態、授乳中か否かで量は違ってくるが、品質は最上級で、常に決まった業者から仕入れている。

「どれも同じだ」ドミニクは答えた。

沈黙があった。「いいえ、違うわ」

頭のなかが真っ白になり、ドミニクはシャベルを放りだして飼料部屋へ駆けこんだ。

10

シャベルが何かにぶつかる音がした。ジェーンは狭い部屋から外をのぞき、グリフィンが駆けてくるのを見て、あわてて首を引っこめた。腹部の傷に鋭い痛みが走る。急に動いてはいけない状態なのを忘れていた。どうやら、また何か新しい混乱を引き起こしてしまったようだ。わざと起こしているわけではないけれど、子どもの頃からいつもこうだった。叔母からは好奇心が強すぎるせいだと言われている。どうしても普通とは違うものの見方をしてしまうのだ。

叔父は――当然ながら――それこそ諜報員に向いた資質だと言う。けれども今のジェーンは、ただグリフィンの役に立ちたいと思っているだけだった。それなのに、別の何かのことで彼を心配させてしまったらしい。意図してそうしたわけではない以上、単に何かを間違ってしまっただけなのだろうし、何がどう間違っていたのかはグリフィンが説明してくれるはずだった。

ただし――これも当然ながら――ジェーンが間違いを犯すことはほとんどない。つまり、何かがおかしいということだ。

グリフィンの大きな体が小さな部屋に入ってくるのを待ちながら、ジェーンは壁に背中をもたせかけた。グリフィンは馬と干し草、そして革の匂いがする。どれもジェーンが慣れ親しんできた匂いだ。さっき会ったときのグリフィンは疲れ果てていた。しかしジェーンのすぐ近くまでやってきて、釘にかけられたランタンの光で照らされた彼の表情は生気を取り戻していた。ずっとグリフィンのことを信じられないほどハンサムで強い男性だと思っていたけれど、どうやらその印象は正しかったようだ。とりわけ今朝のグリフィンは、剃っていないひげと漆黒の目の下にできた紫色の隈のせいで、いつもの異国風の顔立ちに獰猛《どうもう》な獣の雰囲気が加わっていた。

ジェーンの全身を熱が駆けめぐり、やがて下腹部のあたりに集まって強烈なほてりをもたらした。視線がひとりでに土で汚れた大きくて力強い両手に落ちていく。この浅黒い手が自分の白い肌に重なり、ピンク色の胸の先に触れたらいったいどう見えるのかを、彼女は考えずにいられなかった。

鋭く息を吸いこんだジェーンに、グリフィンが好奇心まじりの視線を向ける。しかし次の瞬間、黒い瞳が真剣さを取り戻した。「何をしていた?」強い調子で尋ねる。

「別に何も」ジェーンはおざなりに答えたものの、きちんと説明しないかぎりグリフィンが納得しないのは明らかだった。「歩いてここまで来て、バケツを用意して、ランタンに火を入れたわ。餌を用意しようと思ったら袋がふたつあったから、どっちを使うかきいたの」

「ほかには何もしていないんだな？」

「ええ」グリフィンがふたつある飼料袋を順番に確かめるのを見ながら、ジェーンは目を細めた。「袋がふたつあってはいけないのね？」頭に浮かんだ疑問をそのまま彼にぶつけてみる。

「ああ」グリフィンの答えは短く、明確だった。

「こっちは何も混じっていないわ」ジェーンはまだ開けたばかりらしく、中身がたくさん残っているほうを指して言った。「もうひとつは何か混ぜてあるわね」

「そして、ぼくはそいつを自分の馬に与えていたわけだ。こんなひどい質の餌を」グリフィンが混ぜ物を使った飼料袋を示した。「最上級の餌を注文して金を払っていながら、知らないうちにこんなものを自分の馬に食べさせて殺していた。こんな……こんな……」言葉を失い、額に血管を浮きださせて黙りこんでしまった。

「業者があなたをだました可能性もあるわね」

グリフィンの鋭い視線がジェーンをとらえた。「だが、きみはそう思っていない」

ジェーンは開封したばかりの新しい袋を指し示した。「こっちは文句なしの品質なのよね」いったん言葉を切って、肩をすくめる。「馬の餌については何も知らないの」ほとんど空になったもう片方の袋に視線を移し、さらに言葉を続けた。「こっちはそれに何か混ぜ物をしてある。つまり、最上級の餌にそれよりも劣る何かをわざわざ混ぜた人がいるということだわ」

「ぼくもそう思う」

「厩舎の経営状況がよくないの?」ジェーンは尋ねてから後悔した。今は任務中ではない。エッジベリー侯爵夫人の息子に侯爵家の財政事情を尋ねるなんて、もってのほかだ。「わたしには関係ないことね。今の質問は取り消すわ」

「厩舎の経営ならよくないどころか、これ以上ないほどうまくいっている」グリフィンが言った。胸を張って答えたところをみると、ひとえに自分の努力の賜物《たまもの》だと言いたいのだろう。でも彼の言うとおりだとしたら、なぜわざわざ低品質の餌を混ぜて馬に与えたりしなければならないのだろう?

「そう」ジェーンは慎重な目つきでグリフィンを見た。これ以上、余計な質問を重ねるべきではない。それでなくても、充分に混乱を引き起こしてきたのだから。

「言ってみてくれ」ジェーンは引きさがり、言い訳をして母屋に戻ろうと決意したが、グリフィンがその間を与えずに彼女の腕をつかんで告げた。最初にグリフィンに母屋へ戻れと言われたときに戻るべきだったのだ。けれどもジェーンはいつも、命令に従うのは苦手だった。

「そろそろ戻らないと。朝食の席にいなかったら、叔母が心配するわ」

「朝食どころか、まだきみの叔母上が目を覚ます時間にもなっていない。何が起きたのかはぼくもだいたいわかっているつもりだ。きみの意見を聞いて、自分の推測が正しいことを確認したい」

当人がすでにわかっているのであれば、ジェーンが悪い知らせを伝えることにはならない。ジェーンはグリフィンに協力することにした。「厩舎で働く誰かが高級なほうの餌を盗んでいるのよ。品質の劣る餌とすり替えて、売りさばいて利益を得ているんだわ」

グリフィンににらみつけられ、ジェーンは一瞬あとずさりそうになった。だが、ジェーン・ボンドはこれしきのことでたじろいだりしない。するとグリフィンがいきなり向きを変え、壁に思いきり両のこぶしを叩きつけた。壁が揺れる。それどころか、厩舎全体が震えた気がした。何頭かの馬たちが不安そうに小さくいななく。グリフィンが怒りに任せてバケツを投げつけるなりなんなり劇的なことをしでかして、さらに馬たちを不安に陥れるに違いない。ジェーンはそう思ったが、予想は見事なまでに裏切られた。彼は暴れる代わりに壁へ叩きつけたこぶしに額をつけ、そのまま動かなくなってしまった。

外に向かって爆発させた怒りなら、どうとでも対処できたはずだ。だが、こんな状態――いったいどう呼べばいいのだろう？　怒りを内に閉じこめようとしているとでもいうのだろうか――の人を目のあたりにしたのは、ジェーンも初めての経験だった。どうすればいいのかわからず、ただその場に立ち尽くす。ようやく顔をあげて彼女を振り返ったグリフィンは、表情には何ひとつ出さずに、瞳だけを激しい怒りと張りつめた感情で燃えあがらせていた。

「必ず犯人を見つけだす」彼はつぶやいた。「見つけだして殺してやる」

グリフィンの敵意のこもった声を耳にして、ジェーンは思わず唾をごくりとのんだ。本当に犯人を殺してしまいかねない調子だ。「それは少しやりすぎかもしれないわ」思いきって声をかけてみる。

「本当にそう思うのか？」

いいえ、思わない。これから先、自分の意見は心にとどめておくわ。余計なことは言わずに心にしまっておく——ジェーンはそう思ったが口には出さず、グリフィンがふたたび口を開くのを待った。

「ネッサが死んだ」

今までジェーンが会ったグリフィンの家族や使用人のなかに、ネッサという名の人はいなかった。「ネッサというのは馬の名前ね？」

「今朝早く、疝痛で死んだ」

それでグリフィンが一睡もしていないことの説明がつく。悪魔と戦って敗れたみたいな顔をしている理由もはっきりした。

「質の悪い餌のせいで疝痛になったのね」

「いきなり餌が変わったせいか、あるいは餌に混ぜられた何かのせいだろう。確証はないが、木の枝を挽《ひ》いたものでも入っていたのかもしれない。最期は痛みでひどく苦しんでいたよ。

馬があんな声を出すのは聞いたことがない。あんな目に遭ういわれはないのに……」グリフィンが飼料袋をじっと見つめた。「人間の欲のせいだ」

「残念だわ」ジェーンはグリフィンに触れたかった。腕を伸ばして手を握り、引き寄せて抱きしめたかった。しかし、そんなことをすればグリフィンは身を振りほどくだろう。彼は自分が望んだとき以外に触れられるのが好きではないはずだ。そういったことがどうしてわかってしまうのかは、ジェーン自身にもうまく説明できない。相手の言葉からでも行為からでもなく、ただ何かを感じとってしまうのだ。だから、密告者が嘘をついたり、話している相手が二重スパイだったり、あるいは待ち伏せられていたりすればそれとわかる。その本能のおかげで、これまで生き延びてこられた。グリフィンはジェーンの命を脅かしているわけではないが、別の意味で脅威だった。命ではなく、心を奪われてしまうかもしれない。死んでしまった馬のために悲しむグリフィンの姿や、馬たちへの愛情を目にして、ジェーンのなかで何かが目覚めていった。暗い雰囲気の謎めいた存在だったグリフィンが、いきなりひとりの生身の男性に変わってしまった。彼のやさしい面をもっと知りたいと思わずにはいられない。これからは敵を警戒するように、グリフィンを警戒しなければならない——近くで目を離さずにおくことで。

今朝、グリフィンを捜しに出たのも、それが理由なのかもしれなかった。単に心の弱さから彼と一緒にいたいと感じたわけではなく、ただ自分を守る本能が働いただけだったのかもしれない。グリフィンがどこで何をしているのかを知っておいたほうがよかったのだ。そうすることで、将来的に彼を避けられるから。

グリフィンが心の内の読めない表情でジェーンを見つめている。表情に秘められているのは軽蔑なのか、それとも好奇心なのか、ジェーンにはわからなかった。

「残念だわ。わたしにできることはある？」

「ない」グリフィンの言葉には反論の余地がなく、話はこれで終わりだという意思がはっきりとこめられていた。ジェーンにとっても引きあげる絶好の機会だ。母屋に戻り、あとはこの先、厩舎に近寄らないようにすればいい。この問題に首を突っこむ必要などないし、そんなことに費やす時間があるならフォンセ打倒の作戦を練るべきだろう。なぜフォンセがロンドンにいるのか、彼が何をたくらんでいるのか、メルバーン卿の命を狙っているのか、バービカンの本拠地を叩くつもりなのか、あるいはもっと壮大な目的があるのか、考えることは山ほどある。

そしてジェーンの本能は、フォンセが何かとてつもない目的のために動いていると告げていた。

ロンドンに戻る策を講じる時間が必要だ。叔父はこの地にジェーンを送りはしたものの、すぐに戻ってはならないとは命じなかった。リッチモンドはロンドンからそう遠くない。少しのあいだ抜けだして、ウルフとセイント夫妻と話し合ってみるのもいいだろう。あるいはブルーの手を借りる方法もある。メルバーン卿はバロンを呼びだしていたから、バロンがジェーンの知らない情報を握っている可能性もあった。

「わたしは戻るわ、ミスター・グリフィン」グリフィンを見ながらジェーンは言った。彼が顔をあげた瞬間、かすかに表情が変化して仮面をはずした姿があらわになった。ジェーンが気づいたときには軽蔑と冷たさが混じったもとの悪魔じみた表情に戻ってしまっていたけれど、たしかに別の何かが見えた気がしてならなかった。

あれは痛みだ。

「わたしは……」頭ではさっきと同じせりふを繰り返そうとしたものの、そのあと口をついて出た言葉は見事にジェーンを裏切っていた。「あなたはわたしのことを何もわかっていないみたいね。わたしはあなたの力になれる。今夜だって手伝えるわよ」彼女の言葉はまるで形あるもののようにふたりのあいだを漂いつづけた。できるものなら腕を伸ばして取り戻したい。いったい何を考えてこんなことを口走ってしまったのだろう？　これ以上、グリフィンと一緒にいたくないのに！　倒さなくてはならない敵がいて、叔父の命が狙われている。それどころか、イングランドそのものの存亡がジェーンの行動にかかっているかもしれないのだ。

そこまで言ったらいささか誇張がすぎる気もするが、いつ現れるともしれない餌泥棒を見張る時間がないのはたしかだった。

「ありがとう。だが、結構だ」グリフィンが言った。

「なんですって？」口を閉じておくべきなのはわかっている。グリフィンは礼儀正しく〝ありがとう〟と礼まで言って断っている。それなら、これを契機にさっさと立ち去るのが正解なのだろう。それなのに、ジェーンは多少の屈辱を感じずにはいられなかった。イングランド一の諜報員が見張りを買ってでているのを断るなんて、いったい何さまのつもり？　彼女には餌泥棒をつかまえる能力さえないと思っているのだろうか？　たとえ眠っていようが、それくらいのことはできるというのに。

「きみの助けはいらない」グリフィンが狭い飼料部屋から出ていってしまい、ジェーンはあとからついていかなければならなくなった。〝追いかける〟という言葉を使う気はない。追いかけるのはあくまでつかまえる対象だけであって、彼はつかまえなければならない敵ではない。

「ミスター・グリフィン」馬房に入る前に、彼女はグリフィンに追いついた。彼はすでに農作業用のフォークを手に干し草を移動させはじめている。「捜査や犯罪者の拘束、張り込み――それがわたしの仕事よ。疑うなら、衣装だんすにしまってある勲章を見せてあげてもいいわ。これまでに何度も功績をあげたことを認められて、国王陛下から授与されたものよ。わたしなら餌泥棒をとらえられる」

グリフィンがフォークを手にしたまま、ジェーンを振り返った。「きみの手を借りるつもりはない」すぐに干し草をすくう作業に戻っていく。

「どうして？」ジェーンは腕組みした。「わたしが女だから？」

「違う」グリフィンは干し草を移しながら答えた。

「それじゃあ、怪我をしているから？　心配は無用よ。これしきの怪我くらいで——」

「違う」彼はさらに干し草をすくった。

「わたしがもっと差し迫った問題を抱えているのを知っているから？　この国にかかわる問題で、下手をすると外国との関係にまで影響しかねないのがわかっているから？」

グリフィンが黒いまつげの奥からしばらくジェーンを見つめたあとで答えた。「違う」

「それなら、いったいどうしてなの？」

彼は大きくため息をつき、干し草の山にフォークを突き刺した。「夜のあいだ、きみと何時間も一緒にいないといけなくなるからだ。何もせずに耐えられる自信がない」

「わたしは誘惑なんかに負けないわ」ジェーンは嘘をついた。現に今も、グリフィンに惹かれている。「張り込みなら数えきれないほどしてきたのよ。それも、たいがいは男性の諜報員と組んでね。そのあいだに、ほんの一瞬たりとも妙な気を起こしたことはないわ」これは本当だ。ただし、今回組むのは諜報員ではない……ドミニク・グリフィンだ。

「ぼくは自分のことを言っているんだ」

「あなたの？　でも……」いきなり喉が渇きはじめ、ジェーンは唇をなめた。紅茶か水か、あるいは強いウイスキーが必要だ。「そうなの」ほかに言葉を思いつけず、それだけ言うのがやっとだった。

「そういうことだ、ミス・ボンド。だからきみがかかわらないでくれたほうが、こっちとしてはありがたい」

「わかったわ、ミスター・グリフィン」今朝は口がどうも勝手に動いてしまうようだ。ジェーンは何が言いたいのか自分でもわからないままに言葉を続けようとしたが、そこへ何人かの男性の声が聞こえてきた。

「飼育係たちだ」グリフィンが言った。「ゆうべは皆遅くまで起きていたから、何時間か眠るよう指示したんだ。オールド・コナーがもう充分だと判断して、叩き起こしたんだろう」

「わたしは戻ったほうがいいわね」ジェーンは言ったものの、その場を動こうとしなかった。まだグリフィンと離れる気になれない。グリフィンが疲れきっていて心配だというのもあるが、それよりも彼と一緒にいるとなぜか気分が高揚してしまうというのが大きかった。胸が高鳴り、血管のなかを熱い血が流れていく。あと少しで暗号が解けるときに覚えるのと同様の感覚で、ジェーンは自らの生を実感していた。そういうことなのだろうか？　グリフィンを暗号と見なして解読したがっている自分がいる？　それとも、ほかの若い女性たちと同じで、彼の陰のある美貌と、謎めいて危険な雰囲気に惹かれているだけ？

「母屋に戻ったほうがいい」名残惜しさのかけらも見せずに、グリフィンが言った。結局のところ、彼女の誘惑する力などその程度なのかもしれない。

「わかったわ。それじゃあ、いい一日を」今度は無理やり脚を動かし、ジェーンは厩舎の出口に向かった。ジェーンが途中ですれ違う飼育係たちにうなずきかけると、彼らはあわてて帽子を取って挨拶した。母屋へ戻る頃までに、彼女は自分の体が痛みを訴えているのに気づかざるをえなかった。縫った傷がずきずきと痛む。まだ急いで歩いてはいけなかったらしい。談話室に入り、しばらくのあいだ椅子の背に体を預けて呼吸を整える。少し歯を食いしばって耐えてさえいれば、痛みはそのうち引いていくはずだ。

「具合が悪いの、ミス・ボンド?」

反射的に振り返ったとたん鋭い痛みが走り、ジェーンは思わず苦悶の表情を浮かべた。

「レディ・エッジベリー」どうにか言葉を絞りだす。「こちらにおいでだとは知りませんでした」ただし、侯爵夫人の着ているものを見るかぎり、ずっとここにいたとも思えない。侯爵夫人は丈夫な作りのドレスに上着という旅装姿だった。屋敷のなかにいたのであれば室内用の帽子をかぶっているはずだが、今は緑のリボンで飾った麦わらのボンネットを頭にのせている。

「あなたやあなたの叔母さまと朝食をご一緒しようと思って、申し訳ないくらい早い時間に御者を叩き起こしたのよ。叔母さまはどこかしら? わたしが呼んでくるわね。あなたは具合が悪そうですもの」

ジェーンは片方の手をあげた。「いいえ、それには及びません。わたしなら大丈夫です。散歩をして息が切れただけですから。わたしはいつも少し……無理をしてしまうんです」

レディ・エッジベリーは疑わしげな表情を浮かべたものの、反論はしなかった。苦しい言い訳であることはジェーン自身も承知していた。ジェーンは若い健康な女性であり、ただの散歩がそれほどの負担になるはずもない。でも侯爵夫人はジェーンについては何も知らないのだから、息子の婚約者が虚弱体質だということで納得させられる気がしたのだ。

侯爵夫人がジェーンのつかまっている椅子を身振りで示す。ジェーンは何も考えずにレディ・エッジベリーにふたりきりで話す機会を与えてしまった自分に、悪態をつきたい心境だった。侯爵夫人はメルバーン卿を脅迫していたのをジェーンに聞かれたとは思っていない。ふたりの会話を聞いてしまったジェーンは、侯爵夫人がこの婚約に果たしている役割を快く思えるはずもなかった。ただし諜報員として並ぶ者のないほど優秀なジェーンとはいえ、社交の手腕も同等というわけにはいかない。うまくかわす手も見つからず、しかたがなしにレディ・エッジベリーの向かいにある椅子に腰をおろした。それでも座ったおかげでわずかに痛みもやわらぎ、ふたたびはっきりとものが考えられそうな気がしてきた。

「まずはお祝いを言うべきね」侯爵夫人が言った。「わたしの長男とあなたの結婚が決まって、言葉にならないほどうれしいわ」

「ありがとうございます」ジェーンは答えた。侯爵夫人の喜びようは本物に見える。笑顔も本心からのものに見えたけれど、彼女が以前は名の知れた女優だったことはジェーンも承知していた。侯爵夫人をひと目見れば、女優として成功した理由はすぐにわかる。レディ・エッジベリーはジェーンとはまったく正反対の意味で魅力的な女性だった。小柄で肌が浅黒く、異国風の外見をしている。豊かで青みがかった黒髪はきれいにまとめられ、細くて長い首の後ろで束ねられていた。肌はあたたかみのあるオリーブ色で、瞳は黒だ。かすかにつりあがっている目は長いまつげのせいでいっそう際立って見えた。ふっくらとしていかにも感情豊かな唇を、笑みを作るのと同じくらい自然に扇情的な様子でとがらせることができるのだろう。

侯爵夫人には四人の子がいる。つまり、レディ・メルバーンと同年代ということだ。ところが、侯爵夫人の顔や首にはしわひとつ見あたらない。体つきはいかにも舞台映えしそうでなまめかしく、腰のあたりは引きしまっている。生真面目そのものといった金色のドレスを着ている今でさえも、女性らしい体の曲線をはっきりと見てとれた。女優が結婚をせずに子をもうけるというのは珍しい話ではなく、グリフィンに父親がいなくてもそれほど不思議ではない。尋常ではないのは、そうした子をもうけた女優が侯爵と結婚したことだった。当時は身分違いの結婚として注目を集めただろうし、グリフィンについて調べたときも母親の結婚に関する資料があった。

「あなたがドミニクにとって完璧な相手なのは、初めて見たときからわかっていたわ」

ジェーンは思わず眉をあげた。「どうしてですか、侯爵夫人？」

「あなたは世間が何を言おうとどうしようと、気にしないからよ」

「それは違います。わたしは叔父や叔母に関する世間の評判をとても気にかけています。あのふたりを傷つけるような言葉や行為を許すつもりはありません」

その言葉にこめた脅しを、しばらく押し黙っていた侯爵夫人が理解したのかどうか、ジェーンには判別できなかった。

「それなのに、六人もの男性からの求婚を断ったの？　皆、それなりにふさわしい相手だったのに」

「わたしにはふさわしい相手だと思えなかったからです」

「あら、あなたの叔父さまや叔母さまはそう考えていたはずよ」侯爵夫人が上質な革の手袋の指を何気なく引っ張った。「だとしたら、ドミニクは今までの求婚者たちと何が違っていたのかしら。どうしてあの子をふさわしいと感じたのか、あなたの意見を聞かせてもらえる？」

この話の流れは気に入らない。ジェーンは、自分がやりこめられたと感じるのは好きではなかった。今は婚約を受け入れているけれど、だからといって愚かな娘を演じなくてはならないわけではない。「お互い正直になりましょう、レディ・エッジベリー」

侯爵夫人が身を乗りだす。「いいわね、正直になりましょう。ただし、わたしの〝正直〟

の定義は、社交界のほとんどの人たちとは違うみたいなの。だから、あなたから話を始めてもらってもいいかしら」

「わたしの叔父と叔母が、わたしとあなたの息子さんとの婚約に積極的なのはご存じのはずですし、わたしも自分なりの理由があって同意しました。その理由には、彼が相手としてふさわしいかどうかは関係ありません。純粋に必要だから同意したまでです」

「子どもでもいるの？」侯爵夫人が尋ねた。

ジェーンは目をしばたたいた。「まさか！」

レディ・エッジベリーが申し訳なさそうに肩をすくめた。

「正直になろうと言ったのはあなたよ」

「そうですね。では、もうひとつ言わせていただくと、わたしはあなたの息子さんの……女性に対する接し方の問題が、あなたが強引に結婚を推し進めようとする態度の背景にあると思っているのですが」

レディ・エッジベリーが椅子の背に身を預けた。

「結婚前の若い女性は普通、そういう問題について話さないわ」

「でも、それであなたを驚かせたとは思いません」

「ええ、驚いてはいないわね。それどころか、だからこそ、わたしはあなたが息子の妻にぴったりだと思ったのよ。あなたはあの子の生い立ちを気にしないし、機嫌が悪くても恐れない。幼い頃にあった出来事に驚くことも、そのせいで結婚を取りやめることもないでしょうね」

それは事実だ。でもグリフィンと接したかぎり、その三つの条件ならばたいていの若い女性が受け入れる気がする。ジェーンが実際に口に出してそう尋ねてみると、レディ・エッジベリーは首を横に振った。

「ただ受け入れられればいいというものではないわ。ドミニクがそうした若い女性で納得するかは疑わしいわね。あの子はひどく誇り高いの。生まれのせいで自分を見くだすような女性との結婚は絶対に承諾しない。どうしてだかわかる？」

「同情されたくないからですね」

「今までもあの子はたくさんの若くて美しい女性たちに同情されてきたし、恩着せがましい態度を取られてきたの。わたしが見るかぎり、息子はわたしがふさわしいと思う女性との結婚はあきらめてしまったみたいね。それどころか、結婚自体をあきらめているふしもあるわ」

「そんな状況なのに、わたしは完璧だとおっしゃるんですか」

「あなたは美しいからよ。しかも、同情もしない。あなたは、ドミニクが手に入れるのをあきらめたすべてを備えているの。これでやっとわたしも、息子の望みがかなうところを見られるわ」侯爵夫人が黒い瞳でジェーンを見据えた。「あなたという相手を得てね」

「それでは、わたしは戦利品のようなものですね」考えただけで、ジェーンはぞっとした。自分は断じて戦利品などではない。国家の敵を倒して戦利品を獲得することはあっても、男の戦利品になるなどごめんだった。

「途方もなく苦しい戦いの末に勝ち取った戦利品よ。あなたがわたしの息子やその女性関係についてどんな話を聞いているのかは知らないわ。でも、そのほとんどが大げさに脚色された話だと断言できる」

これまでグリフィンとかかわってきた印象から、ジェーンは侯爵夫人の意見にすんなり同意するわけにはいかなかった。グリフィンは女性経験をかなり積んでいるように見えるし、女性を歓ばせるすべを心得ているという評判どおりの生き方をしているようにも感じられた。

「わたしたちはまだ正直な話をしているのかしら、ミス・ボンド?」

ジェーンはなんと答えるべきかわからず、言葉に詰まった。侯爵夫人の話の続きが聞きたいのかどうか、自分でもよくわからない。

「ミス・ボンド?」

「ええ……」ジェーンは咳払いをした。「もちろんです」

「息子はつらい子ども時代を過ごしたの。わたしは自分を責めているわ。そばにいてあげなかったから。いかがわしい男の人たちと付き合いもした。わたしが無意識のうちに無視しつづけたせいで、ドミニクは傷ついてしまったのよ。もしあの子がそのときのことをあなたに話す日が来たら、広い心で聞いてあげてほしいわ。一方的に決めつけたりしないで――息子のことも、わたしのことも」

ジェーンはかなり長い時間、身動きひとつできなかった。悪がはびこるこの世の中で、自分だけが無垢な存在だなどと言うつもりはまったくない。バービカンで働く諜報員という立場上、これまでにたくさんの男性たちも見てきた。それでも侯爵夫人が何をしたのか、何が起きるのを許してしまったのかは想像もつかなかった。気づけば、侯爵夫人にはそれとわからない程度にジェーンの体は震えだしていた。そうとは知らない侯爵夫人は、ひとまずこの会話は終わりと決めたようだった。

レディ・エッジベリーが立ちあがり、指の部分を一本ずつ引っ張って手袋をはずしはじめた。「朝食をご一緒していただけるかしら、ミス・ボンド?」

「喜んで」心は風に吹かれる木の葉のように揺れているにもかかわらず、意外に冷静な自分の声に驚きながらジェーンは答えた。「ただ、朝からずいぶん動きまわってしまいましたから、ペチコートを新しいものにして、泥だらけのブーツも替えないと」汚れた自分の格好を身振りで示す。実はそのときまでブーツの汚れなど意識していなかったし、多少の泥くらいはこれまでだって気にしたことがない。でも、ここはいったん退却する必要がある。立ちあがったとたん、刺すような痛みが腹部を貫いた。どうやら怪我のこともすっかり忘れてしまっていたらしい。「失礼します」ジェーンは言い残し、威厳を保って西の翼棟へと続く階段に向かって歩きだした。西の翼棟に、叔母とジェーンにあてがわれた部屋がある。

自分の部屋に戻るまで、ジェーンは顎をあげ、傷が痛むそぶりも見せずに歩きつづけた。信じられないことに、部屋には叔母も使用人たちもいなかった。いれば表情を見られただけで、何か様子がおかしいと悟られていただろう。扉を閉めて鍵をかけ、鏡台の前に置かれた上品な椅子に腰をおろす。鏡に映る自分の顔をちらりと見て、目を閉じた。顔色が初雪のように真っ白になっているうえに、傷もずきずきと痛む。この痛みをやわらげるには、コーヒーや紅茶よりもっと強い飲み物が必要だ。あとでラタフィアくらいは飲めるかもしれないが、そんなものではとてもこの痛みをまぎらせそうにない。やはりファラーに痛み止めの薬をもらわなかったのは失敗だった。

それにしても、なぜレディ・エッジベリーの罠に自ら飛びこむような愚かな真似をしてしまったのだろう？　ドミニク・グリフィンのことを、ジェーンの知るその他大勢の男性に接したときと異なる目で見るつもりはない。どうせたいした違いはないに決まっているからだ。グリフィンの子ども時代など知りたくもなかったし、同情するつもりもなかった。友人として彼をどうにか救えるかもしれないと思ってしまうことも望んでいない。どだいグリフィンを救うなどできるはずもない。それよりもフォンセをとらえ、危機に瀕《ひん》している祖国を救わなければならない。

そもそも、それこそがジェーンが結婚をすべきでない理由だ。忠誠心を永遠に引き裂かれてしまう。もう何年も前に人生で進むべき道を選ぶ機会があり、バービカンを選んだ。それなのに、どうしてグリフィンのもとに走りたくてしかたがないのだろう？　なぜグリフィンとのキスや、むきだしの素肌に彼の手が触れたときの感触を想像せずにはいられないのだろう？　グリフィンのことをもっと知りたい、黒い瞳の奥に隠された秘密を知りたいと、切実に願わずにはいられない。それに、ついグリフィンを捜してしまう理由もわからない。今朝もそうだった。彼の馬好きを知っていて、厩舎にいるはずだと確信したからこそ出ていったのだ。

同時に、なぜグリフィンと会ってはいけないのかという疑問も頭に浮かんできた。わたしはたしかに諜報員だが、ひとりの女性でもある。どれだけ抑えようとしても、欲求を感じてしまうことはあった。バービカンの諜報員としての訓練を受けはじめたときから、自分はいったい何をあきらめてきたのだろう？　ほかの選択肢は果たしてあったのだろうか？　疑問が次々に浮かんだ。両親が亡くなって叔父と叔母のもとに引きとられたとき、運命はすでに決していたとでもいうのだろうか？

考えているうちに、胸に怒りがこみあげてきた――彼女の望みもきかずに進む道を決めてしまった叔父に対する怒りだ。グリフィンのことをほかの男性たちのように頭から締めだせないのも腹立たしい。息子が子どもの頃に起きた出来事を止められなかった、グリフィンの母親に対しても怒りがわいてきた。

改めて鏡を見ると、真っ白だった頬に赤みが差している。ジェーンは大きく息を吸いこんだ。フォンセがロンドンにいる。過去を思って時間を無駄にはできない。この先いいほうと悪いほうのどちらに転ぶにせよ、今はバービカンこそがジェーンの人生そのものだ。どうにかしてロンドンに戻る方法を見つけなければならない。そのとき、叔母の部屋につながる扉を鋭く叩く音がした。ジェーンが振り向くと同時に扉が開き、叔母が姿を現した。姪の全身にすばやく視線を走らせると、叔母は眉をひそめた。「まあ、もう外に出たの?」

「少し散歩に行ってきたの」

「怪我をしているのに、出歩いたりしていいの?」

「平気よ」

「はらわたを抜かれても、八つ裂きにされても、あなたならそう言うでしょうね」

「わたしはレディよ。はらわたを抜かれることも、八つ裂きにされることもないわ」

叔母が憤った目でジェーンをにらんだ。

ジェーンはため息をついた。ときおり叱られるくらいどうということもない。「たしかに少し無理をしたかもしれない。朝食の前にひと息ついて、きれいなブーツに履き替えようと思って戻ったの。それから、レディ・エッジベリーが到着されたわよ」

「まあ、本当に?」レディ・メルバーンがほほえんだ。「よかったわ! 三人で結婚式の計画が立てられるわね」

ジェーンは鋭く息を吸いこんだ。一直線に罠にはまりに行ってしまった。素人みたいな過ちを犯してしまったのだから、罰を受けるのも当然かもしれない。

「それにしても、なぜブーツなんて履くの？」叔母が尋ねた。

予想どおりの展開だ。

「刺繍をするにも結婚式の計画を練るにも、ブーツなんて必要ないわ」周囲を見まわしてから、レディ・メルバーンが言葉を続けた。「メイドはどこへ行ったの？　普通の靴を用意させるわ」紐を引いてベルを鳴らし、叔母は言ったとおりのことをした。叔母のすることに対して、ジェーンは逆らうすべを見いだせなかった。仮病を使ってベッドにもぐりこんでしまえば話は別だけれど、一日じゅう寝ているのと、結婚式で身につけるレースや、当日の朝食にスコーンを出すかクランペット（小麦粉と酵母で作る軽食用のパン）を出すかを決める話し合いを無理強いされるのでは、どちらがより苦痛か判断がつかなかった。

じきにメイドがやってきて、ジェーンの汚れたペチコートを見て悲鳴をあげた。すぐにドレスが何着か引っ張りだされて検分が始まり、ジェーンの髪も簡単にまとめただけの状態から改めてきちんと整えられた。叔母の命令を受けたメイドたちが忙しく飛びまわるなか、ジェーンは目を閉じて、以前ブルーから聞いた忠告を頭のなかで繰り返した――激流に飛びこんでしまったら、流れに身を任せてどこかにたどりつくのをじっと待つのがいちばんいい場合もある。

そのときは三人のナポレオンの諜報員に追われ、セーヌ川の支流にあたる急流の川に面した崖の上に立っていた。川の流れを気にする前に、飛びおりて命があるかどうかわからないという状況だった。きつく巻きあげられた髪にもう一本ピンが追加され、ジェーンは顔をしかめた。今の状態はそのときとよく似ている。ただ、あの川よりもずっと激しい流れに飛びこもうとしているところだけが違っていた。

11

ドミニクはその日、ジェーンと顔を合わせなかった。一日じゅう厩舎にこもって働きつづけ、あるいは働きつづけているふりをして、餌泥棒を特定する手がかりが得られないかと、あらゆる会話に聞き耳を立てた。しかし、飼育係たちが交わすのはもっぱらネッサの死を悼む話ばかりで、仲間や給金に関して不満をもらす者はいない。午後の遅い時間になっても、夜明けの時点と変わらず手がかりのない状態が続いていた。

手紙の束を前にうとうとしているところをオールド・コナーに見つかってしまい、ドミニクはようやく数時間の睡眠を取るために母屋へ戻った。考えれば考えるほど、夜通し厩舎の見張りをするというジェーンの考えが筋の通ったものに思えてくる。ちょうど新しい飼料袋が届いたばかりでもあり、きわめて近いうちに餌泥棒も行動に出るはずだった。寝室に引きとる前に来客に挨拶しようと思い立って客間へ向かうと、扉に差しかかったところで室内から母の声が聞こえてきた。立ちどまってそっと扉を開け、なかの様子をうかがう。室内では三人の女性が膝の上にティーカップをきちんとのせて座っていた。ドミニクの母が、結婚式で使う馬車をシルクのリボンと白い花で飾る話をしているところだ。

「あなたの好きな花は何かしら、ミス・ボンド？　もちろん白い花よ」

「そうですね……」ジェーンが落ち着かない表情で、おそるおそる答えた。同じ立場であれば、ドミニクも似たような反応を示していただろう。「デイジーかしら？」ジェーンの目がドミニクの姿をとらえた。ジェーンほど優秀な諜報員にかかれば、こちらがいくら巧みに身を隠しているつもりでも簡単に見つかってしまう。それくらいは予想しておくべきだった。ジェーンは懇願まじりの視線でドミニクを見つめ、声を出さずに唇だけを動かして告げた。

〝助けて〟

「デイジーはありきたりすぎるわね」ドミニクの母があっさりと息子の婚約者の意見を退けた。「わたしはバラがいいと思うわ。ずっと優雅ですもの」結婚式の打ち合わせなどただの形式にすぎないとばかりに、母は早口でまくし立てた。すべての段取りがすでに決まっているのは明白で、ジェーンもそれに気づいているに違いなかった。もしドミニクが英雄的な男ならば、会話に割って入って婚約者を助けているだろう。それだけの価値がある女性だ。ジェーンのきっちりと結いあげられた髪はまるで金の冠のようだ。高い頰骨やまっすぐな鼻、そしてふっくらとした唇は完璧で、それを損なうほつれ毛は一本たりともない。ドミニクは髪をおろしたジェーンも目にしたことがあった。つい最近、怪我をした彼女が、バービカンの本部で叔父のソファに横たわっていたときだ。わざと髪をおろしたのか、それともいろいろとあったなかで偶然そうなってしまったのかはわからない。しかし、ソファに張られた黒い革と対照的な金色の髪は、まるで輝きを放つシルク糸の束のようだった。髪を結いあげたジェーンを眺めているうちに、あの金色の髪をおろし、白い肩や引きしまった腕にかかるところを見てみたいという衝動がこみあげてきた。

「バラはすてきね」レディ・メルバーンが答えた。「そう思わない、ジェーン？」

ジェーンがまばたきをした。ドミニクと同様、ジェーンもまた彼を見つめていて、ほかのことなど目に入らなかったのだろう。「ええ、そう思うわ」叔母が何について話していたのか、ジェーンはまったくわかっていないに違いない。「申し訳ないけど、少しだけ席をはずさせていただいて――」

「なんですって？　とんでもない！」ドミニクの母にばっさりと切って捨てられ、ジェーンはふたたびとらわれの身となった。彼女の様子をずっと眺めていたドミニクは、思わず笑みをこぼした。「これから従僕たちに何を着せるかも決めなければならないのよ。わたしは金色がいいと思うのだけれど……」

ドミニクは母に感づかれないよう祈りつつ、音をたてずにその場から離れた。拷問にかけられている女性を放置しておいて平気なのだから、やはり英雄にはなれそうもない。だが、ジェーンは優秀な諜報員だ。あの状況から逃げだす方法くらい、自分で見つけられるだろう。

長めの昼寝をしたドミニクは、夕食の準備が整ったのを告げるベルが鳴る頃まではすっかり気分も新たになり、ものが考えられる状態になっていた。食事を抜こうと思えば抜くこともできるが、厩舎に戻るには時間が早すぎた。あまり早く戻っては、厩舎で働く者たちに警戒心を抱かせてしまうかもしれない。皆もドミニクが婚約者や彼女の叔母と夕食をともにすると思っているのだから、そのとおりにしておいたほうがいいはずだった。

女性たちはふたたび客間に集まっていた。ドミニクは母に声をかけ、婚約者にキスをするところを見せようと彼女たちのもとへ向かった。しかし客間の入口に立ったとたん、ジェーンの姿を目にしてそれ以上動けなくなってしまった。ジェーンはまさにドミニクを一刀両断にし、完璧な美しさでもって完全に圧倒した。いわゆる伝統的なイングランド人女性の美しさなどに興味はなかったはずだといくら自分に言い聞かせても、ジェーンを見るたびにすっかり魅了されてしまう。もしかしたら、これまでは勘違いをしていたのかもしれない。無意識のうちに、伝統的なイングランド人女性の美しさにずっと関心を抱きつづけていたのかもしれない。これほど惹かれてしまうのは彼女の瞳のせいだと、ドミニクは思うことにした。ジェーンの目は大きく、嵐の前の海と同じ青色だ。着ているピンク色のドレスは、バービカンの優秀な諜報員よりも社交界にデビューしたての若い娘のほうが似合いそうな代物だったが、色はジェーンの頬の色と見事に調和していた。胸元の開き具合はイヴニングドレスとしては控えめなものの、それでもドミニクの目はシルクの素材を押しあげている胸に釘づけになった。両手でその胸の感触を確かめ、重さと張りを実感したいと思わずにはいられない。

「ミスター・グリフィン」ジェーンの声がして、ドミニクはあわてて視線を彼女の胸から顔に戻した。半分開いた扉から部屋をのぞいているのを見つかった、いたずら小僧みたいな心境だ。

「ミス・ボンド」半ば固まった体をどうにか動かしてふたりのあいだのわずかな距離を縮め、ジェーンの手を取って手袋をはめた甲に口づける。

「今朝よりもずっと元気そうに見えるわ。体を休めることができたのね」

「ああ。きみこそ元気そうだ。怪我の具合は？」

ジェーンがひらひらと手を振った。

「もうなんともないわ。餌泥棒をどうするか決めた？」

ドミニクは眉をひそめた。馬と厩舎の問題はドミニク自身が対処すべきことであって、他人にとやかく言われる筋合いはない。「つかまえるとも」

彼の言葉を聞いたジェーンが眉をあげた。「あなたって本当に口下手なのね」顔を傾けて話を続ける。「それとも、わたしが女だからこみ入った事情は理解できないとでも思っているの？」

ドミニクは肩越しに振り返り、会話を誰にも聞かれていないことを確かめた。皆がふたりと距離を置いているのは、婚約者同士の話の邪魔をしないよう気を遣っているのだろう。今この瞬間は婚約していることが役に立った。

「そうじゃない。きみの能力については、充分承知しているつもりだよ、ミス・ボンド」

「それなら、あなたみたいに頭がよくて自分の馬たちを気にかけている人は、誘惑がどうのという話はいったん脇に置いて、わたしみたいな能力のある者の力を借りるべきだと考えるのが自然じゃないかしら。わたしもできるだけあなたを誘惑しないよう努力するわ。約束する。黒い服を着て、醜く見えるようにひどい髪型にしてくるから」

　何をしようが醜く見えるはずがないことを、ジェーンは理解すべきだ。彼女が単にドミニクをからかっているのか、それとも本当に着るものの色や髪型で彼の欲望を抑えられると考えているのか判断がつかない。ドミニクはしかたがなく黙りこんだ。挨拶をして軽く社交的な言葉を交わそうとしただけなのに、ジェーンと話しているとすべてが議論になってしまう。

「今夜、十二時に厩舎へ行くわね」ジェーンが言った。「それとも十一時のほうがいい？　田舎の時間はロンドンよりもずっと早いんですものね」

「きみと議論はしたくないんだ、ミス・ボンド」

「それなら、しなければいいわ、ミスター・グリフィン」ドミニクが言葉を返す前にジェーンはその場を離れ、叔母のもとへ歩み寄ってラタフィアのグラスを受けとった。

　夕食のあいだじゅう、ドミニクは母とレディ・メルバーンが結婚式の準備について話しつづけるのをただ聞いていた。ジェーンはドミニクの右隣に座り、すでに一度聞いたはずの会話であるにもかかわらず、興味深そうに耳を傾けている。あるいは話を聞いているふりをして、頭のなかでまた彼を悩ませる策でも練っているのかもしれない。厩舎で会うのは気が進まなかった。しかし、ジェーンを思いとどまらせる方法がわからない。彼女は暗闇のなかを出歩くのを恐れないし、起きている使用人の目をごまかして母屋を抜けだすのも朝飯前だろう。ドミニク自身が厩舎に行かなければ、ジェーンがひとりで餌泥棒をとらえる可能性すらあった。かといってドミニクが厩舎に行って母屋へ戻るようジェーンを説得すればまた議論になってしまうし、それを餌泥棒に感づかれて逃げられては元も子もない。今夜のところは、彼女の言うとおりにする以外になさそうだ。

「ドミニク、聞いているの？」母が尋ねた。

ドミニクは、席についている全員の視線がいつのまにか自分に集中していることに気づいた。おそらく、この状態がかなり長く続いていたに違いない。「申し訳ない、少し考えごとをしていました」そう言った直後に、ジェーンに目を向けたのは失敗だった。しかし、彼女を見ずにはいられない。ジェーンの顔に思わせぶりな笑みが浮かぶ。まったく、厄介な女性だ。どうしたら今夜、彼女が厩舎に来るのを阻止できるかとドミニクが考えていたことも、きっと察しているに違いない。不幸なことに、ドミニクの母はふたりが交わした視線の意味を取り違えた。

「なるほどね」母が小声でからかうように言った。「結婚式のあとのことを考えていたんでしょう？　それでは責めるわけにもいかないわね」

レディ・メルバーンが顔を赤らめ、ジェーンが目を伏せた。ドミニクはどうにか冷静さを保って、頬が紅潮するのを防いだ。母がこれほどあけすけでなければどれだけいいかと思われるのは、息子である彼にとって決して珍しいことではない。「実はチャリング卿が、去年生まれた子馬を一頭買いたいと言ってきているんです。その提案について考えていました。条件は申し分ないのですが、彼の厩舎の状況や馬の扱いがどうも気に入らないので」

「馬の話でしょう。人間の子どもを売るわけじゃあるまいし」母が言った。

「でも、そういう心配をするあたりに、ミスター・グリフィンの人柄がよく表れていると思いますわ」レディ・メルバーンが応じた。

「わたしもそう思います」ジェーンが叔母の意見に賛同する。そして、このときのドミニクを見るジェーンの目は、何か彼の欲望をかきたてる暗い影のようなものでかすんでいた。

ドミニクはジェーンがやってきたことにまるで気づかなかった。空になったネッサの馬房に身を潜めて新しい飼料袋を保管してある部屋を見張りつつ、ジェーンが来たらすぐわかるように耳を澄ましていた。時刻は十一時を過ぎた頃で、彼女がじきにやってくるのはわかっていた。目と耳に意識を集中させていたところへ、なんの警告もなくいきなり何者かが肩に触れてきた。

忽然と隣に姿を現したジェーンを見て、ドミニクは危うく悲鳴をあげそうになった。

「いったいどこから来た?」驚きをのみこみ、声を抑えてささやく。

「母屋からに決まっているじゃない」ジェーンが身をかがめながら答えた。黒のドレスに黒の手袋、そして金髪を隠す黒いショールといういでたちだ。「叔母は結婚式の話をもっと続けたがっていたわ——というより、結婚式のあとの話をね」

その手の話をするのに、ジェーンはまるで抵抗を感じていないらしい。むしろ聞いているドミニクのほうが思わず息を詰まらせた。隣に身を落ち着けたジェーンは、警戒をこめた視線で厩舎の内部を見まわした。彼女の話す声は馬やふくろう、そのほかの夜の生き物たちがたてる音にまぎれてしまうほど小さく、聞きとるのもやっとだった。

「結婚式のあとのことを話し合う必要はないとは打ち明けられなかったわ」

「きみはもう無垢ではないということか」

ジェーンが鷹《たか》を思わせる鋭い視線でドミニクの目を見つめ、ゆっくりと首を横に振った。

「わたしたちが本当の意味で結婚を完成させる気がないということよ」

「そうだった」ジェーンを侮辱してしまった。ドミニクにそんなつもりはまるでなかったのだが、儀礼的なお世辞は苦手だし、失言なしにすべての会話を乗りきれるほど話し慣れてもいない。ジェーンがドミニクから目をそらし、ふたたび厩舎に視線を走らせた。

「張り込みにはいい場所ね」しばらく沈黙が続いたあと、彼女が言った。「今夜泥棒が来るとしたら、餌を手に入れるにはわたしたちの前を通っていくしかないわ」

「ここに来る途中で、不審な者を見かけなかったか？」意味のない質問であることはドミニクにもわかっていた。見かけなかったに決まっている。

「見かけなかったわ。特に変わったところはなかったはずよ。でも、わたしはここに住んでいるわけではないから、あなたが歩いてみればわたしが見落とした点に気づくかもしれない」ジェーンがドミニクを見ようともせず、厩舎に注意を向けたまま答えた。いったい何度こうした経験をしてきたのだろう。ドミニクからすれば、ジェーンの動きはいたって自然で、いかにも落ち着いて見える。それに引き換え、ドミニクはジェーンから目を引きはがすことすらできなかった。ジェーンの体から立ちのぼるスミレの香りが絶えず彼の鼻を刺激しつづけ、すぐ隣にいる体のぬくもりも伝わってきた。ふたりは触れ合ってこそいないものの、親しい間柄でしかありえないほどの近い距離でともに身をかがめていた。任務であれなんであれ、ジェーンはこれまで何人の男とこうして隣り合って身をかがめてきたのだろうか？いったいどのくらいのあいだ、付き添いもなしにヨーロッパ大陸に出て自由に行動していたのだろう？もっとも、ドミニクはジェーンのそうした自由をねたんでいるわけではなかった。彼女はまだ若い。恋人くらいいても非難されるいわれはないし、だいいちドミニク自身が純粋無垢からはほど遠い存在だ。

しかし、そうとわかっていても、ほかの男がジェーンの体に触れたかもしれないという疑念は、ドミニクをいらだたせた。形だけ、今だけの話とはいえ、ジェーンは自分のものだ。

「どうかした？」ジェーンがきいた。

「ぼくは何も言っていない」

「動揺しているわ。あなたは動揺するとこぶしを握るからわかるのよ」

「そんなことはない」

ジェーンと目が合ったドミニクは、握るまいと意識する前にこぶしを握りしめていた。彼が陰鬱な視線を送ると、ジェーンは肩をすくめた。

「話なんかしていていいのか？　泥棒に気づかれたら逃げられる」

「気づかれる前に、こっちが気づくから大丈夫よ。虫の声や馬の蹄の音に注意を払っていて。わたしたちより早く泥棒の気配に気づいて、教えてくれるわ」ジェーンは厩舎を見まわすのをやめ、ドミニクを見つめている。ドミニクは彼女が監視に戻ってくれないかと願うばかりだった。「あなたがききたいことはわかっているから、わざわざ口に出さなくていいわ」

ジェーンは彼の心のなかの問いに気づいている。彼女なら当然だ。だが気づかれているからといって、ドミニクが口にしなければならないわけではない。黙っていることもできるし、黙っているべきなのだ。もしドミニクがひとつ質問をすれば、ジェーンもひとつ質問をするだろう。ドミニクとしては、相手の質問に答えたくはなかった。

ドミニクが目をそらすと、ジェーンがつぶやいた。「臆病者」息を吐きだすくらいの小さな声で告げられたその言葉を聞き、ドミニクは即座に反応した。すばやくジェーンのほうを向いて荒々しく体を突くと、彼女がしりもちをついた。

「ぼくは臆病者じゃない」

「それなら、言ってみればいいでしょう」

「答えを聞きたくないだけだ」

「本当に聞きたくないの？」

嘘だ。本当は聞きたくてしかたがなかった。しかし、ドミニクは衝動や欲望に身を任せる男ではない。ジェーンに向かって手を差しだし、ふたたび身をかがめられるように立たせる。彼女が手袋をはめていてくれて助かった。素肌に触れていたら、そのままジェーンを腕のなかに引き寄せてしまいかねない。そうした事態を避けるためにも、ドミニクはひたすら意識をジェーンではなく、厩舎に向けつづけた。ジェーンも押し黙ったままだった。沈黙のなか、時間だけが経過していく。ただし、平穏のうちにというわけではない。彼女の隣にいるドミニクは、まったく気が休まらなかった。昨夜徹夜した疲労はまだ残っているものの、横にジェーンがいては眠ることなどとうていできそうにない。

「本当に尋ねないつもりなのね」一時間ほど過ぎたあと、ジェーンが口を開いた。

「ぼくには関係ない話だ」

「わたしはあなたの婚約者よ。過去の恋人はあなたにも関係があると思うけど」

ドミニクはゆっくりと息を吸いこんだ。今のせりふは恋人の存在を認めたということなのか？　それとも一般的な話として言っただけなのだろうか？　「この話は互いのためにならない」しばらく間を置いたあと、どうにかそれだけ言った。

「そんな人はいなかったと言っても？」ジェーンがドミニクの目を見て、いかにも誠実そうに言った。これが事実でないとしたら、彼女は嘘をつく達人だ――たとえそうであったとしても、驚きはしないが。

「そう言われても信用できない」

「ずいぶんな言いぐさね。わたしのことをそんなにふしだらな女だと思っているの？」

「きみには自由と機会があったと思っているだけだ。そうした選択肢を与えられれば、女性だって男と同様の行動に出る」

「あなたのお母さまみたいに？」ジェーンが言った。

「そうだ」ドミニクは目をそらした。「ぼくは母やきみをどうこう言うつもりはない。ぼくだって天使じゃない」

「それはわたしも同じよ。だけど、わたしは軽蔑に値する罪人でもないわ。たしかに恋人はいたけど、あなたが思っているような関係とは違う。わたしは純潔よ」

その言葉が真実かどうか見きわめようと、ドミニクはジェーンを見つめた。愚かな希望だ。見きわめるなど不可能に決まっている。しかし、彼女の表情はそれまでと違って見えた。普段は常につけている仮面がはずされている。メルバーン卿の部屋で痛みにさいなまれていたときにも、ジェーンは仮面をはずしていた。それを見ていなかったら、この変化には気づきもしなかっただろう。あのときの彼女はとても若く、とても美しく見えた。

ジェーンの瞳は彼女の言葉が真実だと告げている。そして、その瞳には別の何かも宿っていた。ジェーンは自分を求めている。ドミニクは荒い息をついた。女性に欲望を宿した瞳で見つめられたのはこれが初めてではない。だが、ドミニク自身も欲望を感じたのはこの女性が初めてだった――それも単なる肉体的な欲求の発散だけでなく、それ以上のものについて考えさせられたのも初めてだ。

「たしかに……」ジェーンが言った。「キスをした経験はあるわ。それも複数の男性とね。六人くらいかしら」いったん言葉を切り、うつむいてから続けた。「お互いに触れたこともあるけど、ベッドをともにしたことはないわ。純潔は守ってきたの」

「どうしてだ？」ドミニクの声は彼自身の耳にも疲れきって聞こえた。「きみは仕事と結婚しているんじゃないのか？」

「あなたの言いたいことはわかるわ。でも、わたしはたぶんずっと、純潔を守るに値するほかの何かがある……誰かがいると考えていたのかもしれない」ジェーンがふたたび下を向いた。ドミニクは彼女がいつのまにか手袋をはずしているのに気づいた。ジェーンは手にわらを一本握り、細かくちぎった。「それに、もちろん神さまのこともあるし」

「神さま？」ドミニクは眉をひそめた。

ジェーンが彼を見あげる。「だって、姦淫《かんいん》の罪で罰せられるかもしれないでしょう」

ドミニクは無意識のうちに、唇の端をあげて笑っていた。「なるほど、それはたしかに重大な問題だ。もっとも、ぼくにはありえない話に思えるが。もし神が不義密通の罪を犯した者すべてを罰しようとしたら、社交界の大半の人々が有罪で、オービュッソン織りの敷物についた黒い点か何かに姿を変えられてしまう」

「いやだわ、あの点ってそういうものなの？　てっきり暖炉から飛んだ火の粉で焦げた跡だとばかり思っていたわ」ジェーンが笑うのを見て、ドミニクもつられて思わず笑った。笑ったのはいつ以来だろう。ジェーンが満面に笑みを浮かべたまま見あげてくると、ドミニクはもはやその笑みを拒絶できなくなった。前かがみになり、ジェーンの頬を撫でてキスをする。軽い、友人同士がするようなキスだ。キスを返してこなかったところをみると、彼女は驚いたらしい。ほんのつかのまの純粋な行為だった。

そして当然、それだけでは充分ではなかった。

ジェーンにとっても、ドミニクにとってもだ。

ふたりは互いに顔を寄せ、唇を重ねた。ジェーンの唇はドミニクと同じくらい熱くほてり、飢えていた。彼女はまるで磁石みたいだ。意思とは裏腹に引き寄せられてしまう自分を、ドミニクは押しとどめられなかった。逃れたいと思っていたのは本当だ。ただ、今この瞬間はなぜ逃れたいのか、理由がまるでわからなくなっていた。ジェーンの頬を両手で包み、髪に指を走らせてショールを地面に落とす。彼女の髪はやわらかくて触り心地がいい。舌をからめると同時に、ドミニクはなめらかな髪を指で探った。

ジェーンにはたしかにキスの経験がある。疑いなくドミニクよりも豊富な経験を隠そうともせず、恥じらいもためらいもなくキスを返してきた。舌同士を触れさせて積極的にからめ、軽く吸い立てる。ドミニクは金色の髪に触れていた手を握りしめてこぶしを作った。そうしなくては、別の場所に触れたいという衝動を抑えきれなくなりそうだった。ジェーンを馬房の壁に押しつけ、彼女がずるずると体の位置をさげていくのに合わせて身をかがめる。じきにドミニクが地面に両膝をつき、ジェーンの体をそのあいだに置く体勢になった。

ドミニクはいったん顔を離してジェーンを見おろした。うまく息ができない。胸が押しつぶされそうで、しかも心臓が激しく暴れている。なんと美しい女性だろう。自分にはもったいない美しさだ。手を差しだし、顎のあたりにあるドレスの襟に触れてみる。勝手に動く震える指が小さなボタンをはずして襟を開き、鎖骨と胸の上部をあらわにしていくのを、ドミニクは呆然と眺めた。彼の唇は汚れている。このままでは、雪花石膏《アラバスター》みたいなジェーンの美しい肌を損なってしまうだろう。それでもやめることはできなかった。スミレの芳香を嗅ぎながら、ドミニクは身を低くして汚れた唇をあたたかい彼女の素肌に押しつけた。

ジェーンの心臓はドミニクのそれと同様に激しく打っている。彼が胸の上のあたりから口を引き離すと、ジェーンが震える息をついた。ドミニクはどうにか自分を取り戻そうと額をジェーンの胸に押しつけ、彼を求めて高ぶる心臓の音に聞き入った。

ジェーンは自分を求めている。

「あなたが今、わたしをどんなふうにしているか、わかるでしょう?」ジェーンがささやき、彼女の肌に押しつけていたドミニクの耳に低くてなめらかな声が響いた。「ボタンを全部はずしてもっと触れてほしいと言ったら、わたしをふしだらだと思う?」

「思うね」ドミニクは次のボタンに手をかけながら言った。小さくて丸い黒のボタンをはずそうとして、彼の大きな手は何度も失敗を繰り返した。しかも、ボタンはまだたくさんある。このままでは服を脱がせるだけで何日もかかってしまいそうだ。「だが、ぼくも同じようにふしだらだ。だから、誘惑するなときみに忠告した」

「わたしは忠告に従うのが苦手なの」ジェーンが答え、ドミニクの片方の手が胸に触れた瞬間、鋭く息をついた。彼はようやくドレスのボタンをはずし終えようとしていたが、もちろんそのあとにはコルセットが待ち構えていた。やっとの思いでドレスを肩の下へと押しさげ、呼吸に合わせて上下する胸を目のあたりにする。胸の谷間のあたりに、コルセットのサテンの紐でできた小さな結び目があった。結び目をゆるめて紐をほどき、コルセットを下にずらすと、上質な素材のシュミーズがジェーンの体を覆っていた。ドミニクはもっと明かりがある場所にいるところを想像した。月明かりのなかかランプが灯る寝室にいたら、薄いシュミーズの下にあるジェーンの胸の先端が透けて見えるだろうか。今はその光景を頭に描きつつ、布地の上からでもはっきりとがっているのがわかる胸の先を見つめるよりほかなかった。身をかがめて頭の位置を低くし、硬くなった先端をシュミーズごと口に含む。

びくりと反応したジェーンが両手をドミニクの首にまわし、彼を引き寄せて続きを求めた。ドミニクはゆっくりと顔を引いていき、ジェーンの手をつかんで首から離すと、彼女の体の横で押さえつけた。続けて濡れたシュミーズに視線をやると、胸の先の形がさらにはっきりとわかるようになっていた。いっそう硬くなった胸の頂が布地をピンと張らせている。ドミニクは反対の胸に口を持っていき、先端の周囲に舌を走らせて、薄い素材が同じように張るまで丹念に愛撫《あいぶ》した。

「触って」ジェーンが言った。「じかに触れてほしいの」

ドミニクもそうしたかった。溺れる者が浮いている木にしがみつくように、ジェーンの腰をつかんでいた。この両手で彼女を汚すわけにはいかない。彼の両手はとても口にできない行為をしてしまうに違いなかった。すでに唇でジェーンの唇を汚してしまったあとでは、とうてい許されるふるまいではない。

「それなら、わたしに触れさせて」

「だめだ」

しかしジェーンは当然のごとく、ドミニクを無視して行動に移った。彼女がどう動いたのかはよくわからない。しかし、ドミニクはジェーンの上になったと思ったのもつかのま、次の瞬間には仰向けになって彼女の下にいた。一瞬、呼吸が乱れて動揺が表に出てしまったものの、無理やりにどうにか抑えこんだ。このまま続けても大丈夫なはずだ。何より、ドミニク自身がこの状況を楽しみたいと願っていた。ジェーンのドレスは大きくはだけていて、ドミニクは不安定に揺れるシュミーズの胸元から目を離すことができなかった。ジェーンの胸は今にもこぼれ落ちそうになっていて、あと少し彼女が身をかがめれば、ドミニクの口が届くところにある。ドミニクは目を閉じて、首に触れてくるジェーンの両手の感触を味わった。クラヴァットがほどかれ、襟《カラー》も押しのけられてシャツのボタンがはずされていく。ジェーンの唇が肌に触れた瞬間、ドミニクの全身を炎が駆けめぐった。今まで、こんなふうに触れられた経験はない。誰にも許してこなかった行為だ。

「あなたがわたしを欲しがっているのはわかっているわ」ジェーンがドミニクの首にキスをしながら言った。「こうしていると、脈がとても速くなっているのがわかる」彼女がドミニクの顔を見つめる。ドミニクが視線を下に向けると、束縛から解き放たれた胸がそこにあった。確信していたとおり、豊かで完璧な胸だ。歯ぎしりをしながら視線をもとに戻す。「考えずにはいられないの」ジェーンが小声で言った。「わたしはあなたを待っていたんじゃないかって。あなたといると……」ドミニクの激しく脈打つ血管に触れた。「わたしもこんなふうに感じてしまうの。あなたに触れられるところを想像してしまう」彼女が腰に置かれていたドミニクの手を取り、胸に直接触れさせた。手を引っこめるべきなのはわかっている。

ジェーンの白い肌に触れた自分の手はいやに黒く見えた。しかし彼女はあまりにもやわらかく、あまりにもあたたかかった。ドミニクは手を離す代わりに完璧な胸をつかみ、ジェーンが息をのむまで片方の先端を指先でひねりあげていった。身を起こし、もう片方の胸の先端を口に含んで強く吸う。ドミニクはジェーンが背中をそり返らせたところで座る体勢になり、自由になった両手を彼女の背中にまわした。そのまま抱きしめてキスをする。

ジェーンの腰が動いた。ズボン越しに、ドミニクの欲望の証《あかし》が硬く張りつめているのを感じたに違いない。罪を犯すのは簡単だ。誘惑に身を任せて彼女の体を貫き、わがものにしてしまえばいい。

ふたたびふたりの唇が重なったとき、ドミニクの両手はジェーンのすばらしい胸にまだ触れていた。動きつづける彼女の腰を押さえようと手をおろしていったものの、両手は勝手になめらかな腿へと向かっていた。ジェーンが声をあげるなか、手をすべらせ、熱くほてった体の奥へと動かしていく。次に起こる何かを待ち構えるように、彼女の動きが小さくなった。ジェーンに触れてはいけない。すでにやりすぎている。しかし頭ではこれ以上進んではならないと承知しているにもかかわらず、ドミニクの指は勝手に進んでいった。やがて彼女の中心のぬくもりと濡れた感触が伝わってきた。全身を揺さぶる激しい欲望に襲われ、ドミニクは思わずうめき声をあげた。このまま熱くほてったジェーンのなかに身をうずめたかった。彼女のきつい感触を味わい、そして……。

世界がぐるぐるとまわりはじめる。ドミニクが意識をはっきりさせようと頭を勢いよく振ったとたん、いきなり周囲が漆黒の闇に包まれた。**幻覚だ**。ドミニクは自分に言い聞かせた。ここは厩舎のはず。

ドミニクは厩舎が真っ暗ではないのを知っている。だから、これが現実のはずはなかった。幻覚に決まっている。しかしドミニクの耳には自分の呼吸する音がはっきりと聞こえていたし、自分が粗末なベッドの上で身を丸めているのがありありと感じられた。できるかぎり身を丸めて小さくなっていれば、誰にも見つからずにすむかもしれないからだ。部屋のなかは真っ暗だった。ろうそくを消さないでと母に頼みこんだが、母はろうそくは高価で贅沢《ぜいたく》品だからと取り合ってくれなかった。だから、ドミニクは真っ暗な部屋のなかで丸くなっている。そして、部屋のなかにいるのは彼ひとりではなかった。

「ママ?」心の底から部屋にいるのが母でありますようにと念じつつ、ドミニクはきいた。母が劇場から戻ってきたのは、音がしたから知っている。母があの男と話す声も聞こえてきた。部屋にいるのがあの男ではありませんようにと、彼は祈る思いだった。

母の返事はない。ドミニクはさらに身を丸めて小さくなろうと試みた。部屋にいるのは母ではない。母は疲れとワインのせいでぐっすりと眠っている。今までだって目を覚ましたことはなかったし、起きて助けに来てくれたことも一度もない。暗闇のなかで怯えるドミニクを見つけたのは、あの男が初めてではなかった。そして、母はそのことを知らない。酔った勢いに任せて殴りつける乱暴な男たちから自分の身をも守れない母に、息子を助けられるはずがなかった。

ドミニクは息を押し殺して耳をそばだてた。なんの音も聞こえてこない。もしかしたら勘違いをしていただけで、部屋には自分しかいないのかもしれない。動かずにじっとしたまま、息を止めてみる。

そのとき、大きな手がドミニクの肩をつかみ、同時に低い声が聞こえてきた。

「こんばんは、坊や」

12

ドミニクが傷ついた獣のごとき咆哮《ほうこう》をあげ、はじかれたようにジェーンから身を離した。ジェーンは興奮のあまり頭がかすみ、まともに考えられない状態だったために反応が遅れ、呆然とまばたきを繰り返した。心のどこかが、唐突にやめてしまったドミニクに対する抗議の声をあげていた。続きを切望し、彼のすべてを欲しがっている。

いいえ、そんなことは望んでいない。いったい何を考えていたのだろう？　ジェーンは自らに問いかけたが、答えは自分でもすでにわかっていた。何も考えていなかったに決まっている。何分かの快楽と引き換えに、すべてを失うところだった。間違って子どもでも身ごもってしまったら、取り返しがつかないというのに。

でも、セイントは子どもを身ごもっている……。

違う、わたしはセイントではない。ジェーンは警戒心もあらわにドミニクに視線をやった。そのまま何秒かが経過し、ようやく彼が呼吸を乱して青い顔をしているのに気づいた。

「ミスター・グリフィン？」つい先ほどまで彼女にキスをし、親密に触れていた相手に対して、あまりにも他人行儀だ。「ドミニク」ジェーンは膝をついたまま身を起こし、ドミニクのほうに向かった。「具合でも悪いの？」実際、ドミニクはひどいありさまだった。いっさいの感情がうかがえない黒い瞳はまるで死人のようで、ジェーンではなく、彼女の背後の何かを見つめている。ジェーンは肩越しに振り返ってみたが、そこには何もなかった。「ドミニク？」ジェーンが腕を伸ばして彼の手に触れると、氷みたいに冷たくなっていた。乱暴に手を引っこめたドミニクが、彼女を威嚇するようにささやいた。

「触るな。二度とぼくに触るんじゃない」

声はたしかにドミニクのものだ。だけど、言い方がまるで彼らしくない。低い声でつぶやかれた言葉は、獣のうなり声を彷彿《ほうふつ》とさせた。ドミニクの手も攻撃に備える狼《おおかみ》さながらに爪を立てた状態になっている。「わかった、触らないわ。でも、いったいどうしたの？何があったの？」いちおう尋ねてみたものの、ジェーンは答えが返ってこないことを確信していた。前にもこういう状態になった人を見た経験がある。ドミニクは完全に動転していて、たぶん彼女がそばにいることにも気づいていないはずだ。こんな状態になってしまったのには何かきっかけがあったに違いないけれど、ジェーンは自分の行為の何がいけなかったのか、まったく見当がつかなかった。ふたりでキスをして、ドミニクが彼女に触れていた。ただそれだけだ。

「離れろ」ドミニクが警告した。

「わかったわ」

ジェーンは時間をかけて服をもとどおりにし、髪を整えた。そのあいだにドミニクの呼吸はだいぶ落ち着いたが、それでもまだ本来の彼とは少し違っていた。心ここにあらずの状態で、彼女の存在にもまだ気づいていない。何かが恐ろしく間違っているのは明らかで、どうやら母屋に連れ帰ったほうがよさそうだ。この際、餌泥棒のことはひとまず忘れるしかないだろう。そう思った瞬間、ジェーンの耳がかすかな物音をとらえた。内部の者が盗みを働きにやってきたならば、それはそれで好都合だ。力ずくでドミニクを母屋に運ぶのを手伝わせればいい。こちらから姿を見せようかとも考えたものの、結局は馬房にとどまって相手が厩舎に入ってくるのを待つことにした。もし餌泥棒が自分の悪行を誰にも知られたくないと思っているなら、正体が判明するのを恐れてすぐに逃げだそうとするかもしれない。ジェーンが足音に意識を集中させていると、ドミニクが立ちあがろうとした。

ジェーンは首を横に振ってささやいた。「だめよ、動かないで」

ドミニクの耳には彼女の声が届いていないらしい。さらに別の音――何かを引っかくような音――が聞こえてきて、理由もよくわからないままジェーンの心臓が早鐘を打ちだした。何かがおかしい。ドミニクの今の状態はもちろん、近づいてくる足音がただの使用人にしては静かすぎるし、必要以上に人目を忍んでいる様子だ。餌泥棒が餌を盗みに来たにしては慎重すぎる気がした。ドミニクがふたたび立ちあがりかける。ジェーンが手をつかんで制止しようとすると、ドミニクは握られた手をこわばらせ、彼女の体を荒々しく引っ張って馬房の壁に押しつけた。木目の粗い壁の木片が薄いドレスを突き破り、ジェーンの背中に食いこんだ。

「ルールが三つある」ドミニクがこわばった顎を動かして言った。

ジェーンの目には、彼が尋常ならぬ意思の力で何かを抑えこんでいるように映った。いったい何を抑えこんでいるのだろう？　わたしを傷つけたいという衝動？　あるいは、わたしを自分のものにしたいという欲望？

「決してぼくに触れるな。それがひとつ目だ」ドミニクが――ありがたいことに、低いささやき声で――言った。「ぼくはきみに触れられるが、きみはぼくに触れてはならない。もしぼくがきみに触れてほしいと思ったときは、どこをどうすればいいか説明する。ふたつ目に、決してキスをしないこと」

ジェーンはようやくドミニクの言わんとするところを理解しはじめた。ジェーンの声はドミニクの耳に届いておらず、彼は何者かがやってきたことにも気づいていないようだ。

「ドミニク、わたしの話を聞いて。誰かがこっちに近づいてきているのよ」

「最後に……」ジェーンの言葉などなかったかのように、ドミニクが続ける。「絶対にぼくを驚かせるな。驚かせたりしたら、必ず後悔するはめになる」

「ドミニク」ジェーンは繰り返した。

「わかったな？」ドミニクがきいた。

「わかったわ」実のところまったくわかってなどいなかったが、ジェーンはとりあえず返事をした。「あなたこそ、何者かがこちらに向かってきているのをわかっているの？」

ドミニクがまばたきを繰り返し、ジェーンはその隙に彼を突き離した。これで集中して耳を澄ますことができるだけの空間を確保できた。身動きするのをやめてじっとしつつ、可能なかぎり意識を研ぎ澄ませていく……。

ジェーンの体が危険を察知して緊張した。すばやく視線をドミニクに向ける。彼は少し離れたところで身をかがめ、髪をかきあげていた。違う、この危険の予感はドミニクのせいではない。

こちらに向かっていた何者かは、今や厩舎のなかに入ってこようとしている。

ジェーンは馬房の壁に寄りかかり、鼓動を落ち着かせようとした。五感のすべてを働かせなければならない。ドミニクは今はおとなしくしているものの、いつまでその状態が続くかはわからない。ドミニクが侵入者に自分たちの存在を気づかせてしまうよりも先に、こちらから行動を起こして動きを阻むべきだろうか？　それとも彼を信用してこのまま身を潜め、侵入者の正体と狙いを見定める？

厩舎の扉がきしんで音をたてた。何頭かの馬たちがせわしなく蹄を踏み鳴らしはじめ、ジェーンはいっそう音に集中せざるをえなくなった。しかし、蹄の音はドミニクの意識をとらえたらしい。彼は集中力を取り戻した精悍《せいかん》な顔つきで視線をあげた。ありがたいことに、いつものドミニクに戻っている。薄明かりのなか、ジェーンは彼と目を合わせ、立てた指を唇にあてて黙っているよう指示した。ドミニクがうなずいて立ちあがり、ジェーンと並んで陰になっている馬房の壁に体をもたせかけた。ふたりがいるのはいちばん奥の馬房だ。ジェーンの耳は、入口に近い馬房の馬たちが落ち着きを失い、房内を動きまわっている音をとらえていた。

「いったい何者だ?」ドミニクがジェーンの耳元でささやいた。

ドミニクをちらりと見やったジェーンは、彼が侵入者は使用人ではないと思っているのを興味深く感じた。「餌を盗みに来た内輪の者ではないと思っているのね?」

ドミニクがうなずき、小声で答える。「馬たちも知らない男だ」

それだ。ジェーンもまた、馬たちが落ち着きを失っていることに疑念をかきたてられたのだ。相手が何者かはわからない。しかし、彼女は侵入者の正体を突きとめるつもりでいた。片方の手をあげ、ドミニクに動かないよう合図する。信じられないという表情を浮かべた彼を残して、ジェーンは馬房の扉に向かって足を踏みだした。

しかし、数歩も進まないうちに、ドミニクがジェーンの腕をつかんだ。

「ここはぼくの厩舎だ。きみがこの場に残れ」

今は議論をしている場合でも、彼に命令されるいわれはないと指摘している場合でもない。

ドミニクが馬房の扉から外をのぞく。扉はあらかじめ人がひとり通れるくらい開けてあった。ジェーンはこのままドミニクを外に出し、むざむざ殺されるのを放置しておいていいものかどうか考えた。それでは、命を賭して国を守るという誓いを破ることになる。結局のところ、その誓いにはこの国で暮らす無辜《むこ》の民を守ることも含まれているからだ。ジェーンはため息をついてドミニクのあとに続こうとした。彼はすでに馬房の外に出てしまっている。抗議の声が喉元まで出かかった瞬間、銃声が厩舎のなかに轟いた。

ジェーンの本能が腹這いになって伏せるよう告げていた。その一方でこれまで受けてきた訓練の記憶は、侵入者のあとを追えと命じている。そして別の何か――彼女が深く考えたくない何か――がドミニクを助けるよう叫んでいた。ジェーンは身を隠すことなど考えずに、厩舎の中央の通路へと飛びだした。今の銃声は外まで聞こえたはずだ。じきにこの屋敷で働く全員とはいかないまでも、かなりの数の使用人たちでこの場所はあふれ返るだろう。静かな夜の銃声というのは、それほどまでによく響くものだ。

馬房から出たジェーンはふたつのことに気づいた。ドミニクがひざまずいているのがひとつ、それから馬たちが恐怖でわれを忘れているのがもうひとつだ。急いでドミニクのもとに駆け寄ると、彼が厩舎の入口を指さした。「あそこだ！」

ジェーンは逃げていく人影を確認し、あとを追いはじめた。ドミニクが立ちあがって後ろからついてきているが、ジェーンは彼のことが心配で胃のあたりがむかむかした。これだから恋に落ちたりしてはいけないのだ。いつの日か、愛と任務のどちらかを選ばなければならないときが来るかもしれない。そのときに自分がどちらを取るのかは見当もつかなかった。

足をすべらせて止まり、左に方向転換しようとする。そのとたんにドミニクとぶつかって、彼もろとも倒れこんだ。しかし、倒れたおかげでふたりは二発目の銃弾から逃れられた。

「あいつ、銃を二挺《ちょう》も持っていたのね」誰にともなくつぶやいてブーツのなかに手を入れ、忍ばせてあった小さな銃を取りだす。ドミニクは相手を追いつづけているが、ジェーンはその場にとどまって銃を構えた。撃鉄を起こし、狙いを定める――しかし、その先にはドミニクがいた。引き金を引けずにいるうちに、相手との距離が離れすぎてしまった。ジェーンは銃を手に走りだした。急いで距離を詰めてドミニクを追い越し、ふたたび立ちどまって銃を構える。呼吸を止めて腕を固定し、頭に渦巻く雑念を追い払った。これ以上はない正確さで無心の一撃を放つと、反動で体が少しだけ後ろに動いた。

頭を振って意識をはっきりとさせる。侵入者が倒れたのを確認したのち、ジェーンは地面に膝からくずおれた。

ジェーンに追いつくまで、永遠とも思える時間がかかった。ドミニクは倒れているジェーンの体に取りつき、血が出ているかどうか確かめた。「どこをやられた？」手に濡れた感触が伝わってくる。ドミニクが彼女の出血している腹部に置いた手を引っこめると、ふたりの視線が交差した。

「縫った傷口が開いてしまったみたい」ジェーンが荒い息遣いで言った。「まったく、とんでもなく痛いわ！　起きるから手を貸して」

ドミニクはジェーンをしばらく見つめてから言った。「あまり動かないほうがいいんじゃないか？」人が近づいてくる音がする。今すべきことに必要なだけの頭数はすぐに集まってきそうだ。まずは母屋までジェーンを運ばせ、近所の医師を呼びにやらなければならない。しかしジェーンの目を見た瞬間、その考えは消えうせた。彼女はまたむちゃをするつもりだ。

「手を貸すかそこをどくか、どちらかにして」ジェーンがそう言って苦しげな顔で立ちあがろうとしたので、ドミニクは肘をつかんで彼女を支えた。立ったジェーンはすぐにドミニクの手を振り払い、倒れた侵入者に向かって歩きだした。侵入者は草の上に横たわったまま、ぴくりともしない。ジェーンはしばらくのあいだ侵入者をじっと見つめ、それから身をかがめて上着の前身頃を開いた。開いた部分のちょうど真ん中あたり、小さな銃弾が体を貫いたところにしみができている。ドミニクはもっと血まみれの凄惨な傷を予想していたが、ジェーンが使った銃も弾も小さかったせいか、さほどでもなかった。だが銃の大小に関係なく、ジェーンの狙いは正確だった。侵入者はまっすぐ心臓を撃ち抜かれている。おそらく地面に倒れる前に、すでに息絶えていただろう。

「つまり、餌泥棒はこの家の者のしわざではなかったということか」

ジェーンが振り向き、こちらに向かってくる使用人たちに視線をやった。「この男は餌泥棒じゃないわ」彼女がそう言った直後、ふたりは使用人たちに取り囲まれ、衝撃と困惑の渦中にのみこまれた。

それから数時間後の夜明け前になって、ドミニクはようやく寝室に戻ることができた。彼はすべての質問に答え、彼の側から見た一連の経緯を数えきれないほど繰り返し語った。州長官が呼ばれ、医師もやってきた。侵入者はすでに死んでいたので手の施しようもなかったが、医師はジェーンの開いた傷口を改めて縫合した――はずだ。事情聴取を受けるのに忙しく、当人と顔を合わせていないので定かではない。ジェーンは怪我のおかげでほとんど質問されることもなく、叔母によって早々にベッドに寝かされた。しかしドミニクは寝室に向かう途中で考えた。ジェーンがこのままおとなしくベッドにとどまっているとは思えない。あと一時間もすれば、この家は落ち着きを取り戻すだろう。一時間あれば、顔を洗ってひげを剃り、服を着替えることもできる。

そして、事態は予想どおりの展開となった。ジェーンが厩舎にやってきた――おそらくは馬を一頭盗みに来たと思われる――とき、ドミニクはなかで彼女を待ち構えていた。驚いたジェーンが小さく飛びあがったのを目にして、申し訳ない気持ちが胸をよぎる。彼女にしてみればナイフの傷よりも、動きを読まれて誇りを傷つけられたことのほうが衝撃は大きかったはずだ。飛びあがった勢いで傷口に痛みが走ったのか、ジェーンは顔をかすかにゆがめた。

「どこかへお出かけかな、ミス・ボンド？」

「ちょっと散歩にね、ミスター・グリフィン。あんな大変な出来事があったあとですもの、わたしが気晴らしをするのに反対はしないでしょう？」ジェーンは明るい青の細身の乗馬服に身を包み、金髪をきっちりと駝鳥《だちょう》の羽根飾りがついた帽子のなかにおさめている。均整の取れた体つきによく似合う、しゃれた乗馬姿だ。昨夜この女性にキスをし、体に触れたとは、われながらにわかには信じられなかった。どうにも状況が手に負えなくなりつつある。そのせいで、ドミニクが心に決めているルールも言い渡さなければならなかった。もともとレディを相手に想定したものではなく、むろん彼が気にかけはじめているこの女性を意識してその場で思いついたものでもない。一時的な関係を進んで持ちたがる酒場の女性たちに対して求めたルールだ。

これからはジェーンに決して触れるまいと、ドミニクは決意した。何があってもジェーンを守らなければならない。何よりも彼自身から守らなくてはならなかった。

「もちろん反対はしない」ドミニクは言った。「だが、きみがロンドンに戻るのを許すことはできない」

「まさか。ロンドンに戻るつもりなんて――」

ドミニクは片方の眉をつりあげた。

「わかった、正直に言うわ。行かなくてはならないの。緊急事態なのよ」

ドミニクは大きく息をついた。「きみがぼくを信じられないのも当然だ……ゆうべ、あんなふるまいをしたあとではね。だが、約束する。あんなことは二度としない。ここにいれば、きみに危険は及ばない。ぼくに触れようとしないかぎり、きみの身は安全だ」

ジェーンがまばたきを繰り返した。おそらくまったく眠っていないであろうにもかかわらず、青い瞳は奇妙なまでに澄んでいる。「少し歩きましょう、ドミニク。ここでは誰が聞いているかわからないし、あなたに話したいことがあるの」

「きみは怪我をしている」

しかし、ジェーンはすでに扉に向かって歩きだしていた。ドミニクはあとに続き、ふたりは晴れるか雨になるかわからない空の下に出た。いかにも雨を降らせそうな雲が漂う一方、雲の隙間からは太陽の光が差しこんでいる。ドミニクはふたりのあいだにわずかな距離を空けたまま、彼女と並んで歩きつづけた。ジェーンが振り返って厩舎に顔を向け、納得した表情を浮かべて口を開いた。「わたしがここを出るのは、昨日の夜わたしたちのあいだに起こったことのせいじゃないわ」ドミニクをまっすぐ見つめて続ける。「全然いやじゃなかったもの。もちろん、あなたがわたしを脅しつけたことを除いてだけど。それ以外は、思っていたよりもずっとすてきな出来事だった」

「ミス・ボンド――」

「ジェーンよ。わたしはあなたを怖がっているわけじゃないのよ、ドミニク。この先もあなたが何をしようと、わたしは絶対に怖がったりしないって約束するわ。だって、わたし自身のあなたに対する反応だって怖くなかったもの」正直に語るのがつらいかのように、ジェーンが下を向いた。「まあ、正直に言えば、ほんの少しだけ怖かったけど」

「謝罪を受け入れてほしい。あんなふうに脅してすまなかった」

「もっと早く言ってほしかったわ。限度があるなら、知っておきたかった。わたしが戸惑う理由もわかるでしょう？　あなたは相手に対してキスがだめだというルールを作っているくせに、自分ではわたしに一度ならずキスをしたんですもの」

「もう二度としない」

「いいえ、するわ。そして、わたしはあなたのルールに従うつもりはない。あんな一方的なルールでは、わたしはあなたのものにはならないわよ。お互いに守れるルールを作るか、それともまったくのルールなしにするか、どちらかしかないわ」

ジェーンの言い分に、ドミニクは怒りをつのらせた。自分がルールを設けているのには理由がある。いったい彼女に何がわかる？　ぼくに対してしていいことと悪いことを指図するなど、何さまのつもりだ？

「あなたが話したくないのはわかっている。今だって、あの雲みたいに真っ暗な表情をしているんですもの」ジェーンが遠くの空に浮かんだ雲を指さした。「でも、わたしだっていくつものいやな記憶をくぐり抜けてここまで生きてきたわ。その経験から悟ったのは、問題があるときはそれを打ち明ければ解決につながるということよ。心のなかにとどめておいたら問題が大きくなるばかりだし、どんどん孤独になってしまうわ」

ドミニクがジェーンの前にまわりこむと、彼女はあとずさった。恐怖を感じているに違いない。ドミニクがこれほど腹を立てるのはめったにないことだ。

「孤独で結構。ぼくが何に耐えてきたか、きみには想像もできないだろう」

「そうかしら？　わたしだってそれほど無垢じゃないし、上品に育てられたわけでもないのよ。世界中を旅して、あらゆる種類の非道な行いも目にしてきた。あなたの身に起きたことを推測するくらいの想像力はあるつもりよ」

ふたりのあいだの距離は、いつのまにかドミニクが思っていたよりもずっと縮まっていた。ジェーンが腕を伸ばし、ひげを剃ったばかりの彼の頬に触れる。ドミニクは触れられて動転し、あわてて体を引いた。何より驚いたのは、ジェーンが自ら望んで触れてきたことだ。もっとも、ドミニクがどれだけ汚れているかを知っていたら、絶対に触れようとは思わないに決まっている。

それならばなぜ、ジェーンを見たときに彼女が何かを理解していると感じてしまうのだろう？　そして本当にジェーンが理解しているのだとしたら、どうしてこんなに汚れた男のそばにいることに耐えられるのだろうか？

「わたしはここにいるわ」ジェーンが続けた。「あなたが誰かに話したいと思っているならね。たしかに、わたしたちの婚約は本物ではないかもしれない。でも、わたしはあなたの友だちになりたいの」身を乗りだした彼女を見て、ドミニクはまたしても動転した。キスをしようとしているのだ。ドミニクが逃れようとすると、ジェーンがふたたび彼の頰に手で軽く触れた。「そういうキスじゃないわ」彼女はそう言うと、唇をそっとドミニクの頰に触れさせた。今まで、母以外の女性からこんな無垢で純真なキスを受けたことはなかった。どう感じたらいいのかも、さっぱりわからない。もう一度同じキスを受けたいと切望する自分と、この場から逃げだしたいと願う自分に引き裂かれていた。

結局、ドミニクは自分の当初の主張にすがりつくことにした。

「もう一度言うわ。わたしがここを去るのは、あなたのせいじゃないの」

まったく、どこまでも変わった女性だ。「きみはここを去ることはできない。侵入者を撃ち殺したんだぞ。判事だってここに向かっている。きみは尋問を受けなければならない」

「判事が到着するのを待っている余裕はないの。どのみち、銃を撃ったのがわたしだということも信じてもらえないわ。きっとあなたが撃ったと思われる。わたしはあなたをかばっているんだと思われるのがおちよ。侵入者の銃も、向こうが先に撃った証拠があるにもかかわらずね。それに、侵入者がただの泥棒じゃないことも信じてくれないに違いないわ」

ドミニクは首を横に振った。ジェーンの説が正しいとは言いきれない。たしかに彼自身も餌を盗んでいるのは内部の者だと思っていたが、外部の者であっても別におかしくはない。

「侵入者が餌泥棒でなかったのだとしたら、あれはいったい何者なんだ?」

「メトリゼ団の一員よ。名前はテュエール」

ドミニクはジェーンを見つめた。「あの侵入者を知っているのか?」

「あの男とわたしは、昔からの敵同士《かたき》だったの。あの男は暗殺者よ。わたしたちが今生きていられるのは幸運のおかげだわ。とんでもなく腕の立つ男ですもの……いいえ、もう過去形にしないとだめね……だったもの」

「撃ったのを悔やんでいないのか?」ジェーンが罪の意識を感じ、後悔していると思っていたドミニクは、彼女の言葉に驚きを隠せなかった。ジェーンがここを去るのはドミニクを恐れているからだけでなく、人を殺してしまった場所にはいられないと感じているせいだと思っていた。ところが、ジェーンは以前にも人を殺したことがあるようだ。いったいこれまでに何人の人間を殺《あや》めてきたのだろう? 十人? 二十人? あるいは、それ以上か?

ジェーンは、いやな記憶をくぐり抜けて生きていたと言っていた……。

「悔やむですって? それどころか、喜んでいるわ。あの男が生きていたら、今頃わたしたちは大変な危険に直面しているところだったのよ。だから、時間がないと言っているの」

「フォンセはきみがここにいるのを知っている」

ジェーンがうなずく。「確信はないでしょうけどね。だから、見つけ次第わたしを始末するよう命じた暗殺者を送りこんできたのよ。もし疑いなくわたしがここにいると考えていたら、確実に殺せるようにもっとたくさんの手下を送りこんできたはずだわ。ここの人たちを皆殺しにしていたかもしれない。フォンセはそういう男よ」

「だが、侵入者はきみが殺した。そのことをフォンセはまだ知らないはずだ」

「でも、テュエールが戻らなかったらフォンセは怪しむわ。その前にこっちがあの男を見つけないと。あなたはここに残って、お母さまとわたしの叔母を守って。いちばんいいのは、エッジベリー家のほかの領地に移ってもらうことよ」

「冗談じゃない。ぼくはきみと一緒に行くぞ。脅威を取り除くのが母たちを守るもっとも確実な方法だ」

「あなたはここに残るのよ」ジェーンが厩舎に戻りはじめた。明らかにこの会話は終わったと見なしている。しかし、ドミニクはまた別の意見を持っていた。

「ぼくはきみと一緒に行く」

「来たところで、お荷物にしかならないわ。邪魔されるのはごめんよ」

「厳しいな。真に受けていたら傷つくところだ。だが、ぼくはきみを助けられる。危なくなったときには、きみを守るよ」たしかに、昨夜はジェーンを守れなかった。だが、ひとまずそのことは棚にあげてもいいだろう。ドミニクはもしジェーンを暗殺者たちの手から守ることができれば、それが昨日の夜の誤った行動を正すことにもつながると感じていた。

厩舎に着くと、ジェーンが馬房を指した。

「あなたが選ぶ？　それとも、わたしが自分で決めていい？」

ドミニクはジェーンの質問を無視した。「執事と話すのに少し時間がかかる。従僕たちに寝ずの番をさせて、レディたちが出かけるときには必ず護衛をつけるよう手配しよう。それに、きみの叔母上とぼくの母にも何がしかの説明が必要だ」

「説明はあなたに任せるわ」そう言って振り向いたジェーンの手には、銃が握られていた。あろうことか、銃口はまっすぐドミニクに向けられている。「あなたはここに残るのよ。どうしてもいやだというなら、無理にでも残ってもらうわ」


脅迫はジェーンの望むところではない。いつだって自分の言葉には忠実でいるけれども、ドミニクに銃を突きつけている今の状況は脅し以外の何物でもなかった。もちろん引き金を引く意思はなかったし、足だって撃つつもりもない。それでも、どうにかしてドミニクをここに引きとめておかなければならなかった。ロンドンでは命を危険にさらすことになるだろうし、ドミニクを巻きこむのは避けなくてはならない。厩舎で彼を見た瞬間、ジェーンは説得が簡単ではないことを悟った。テュエールの話をすれば理解してくれるだろうと思ったが、どうやらドミニクに見当違いの騎士道精神を抱かせてしまったらしい。今、ジェーンが必要としているのは、白馬に乗った騎士ではない。ドミニクのやさしさのために自分が命を落とすくらいなら、いっそこの場で彼に首を絞められでもしたほうがまだ気が楽だ。

ドミニクが銃を凝視し、それからジェーンの顔に視線を移した。黒い瞳にはなんの感情も浮かんでいない。しかし、怯えていないのだけは明らかだった。「撃ちたければ撃てばいい。どうしてもぼくをここにとどめておきたいというなら撃て。そうでなければ、ぼくはきみについていく」

ジェーンは大声でののしりたかった。ドミニクが簡単に引きさがらないのはわかっている。とびきり腹立たしい思いをさせられる相手だということも。それだけでも、ドミニクを撃つ充分な理由になる気がする。

「きみが引き金を引いても、ぼくはきみを責めたりしない。ゆうべ、あんなことがあった以上、それもしかたがない」

ジェーンはあきれる思いで天を仰いだ。「撃たれてもしかたがないですって？　わたしに夢中でキスをしたから？　わたしに触れて、ほかの男の人が相手では絶対にしたくないことをしたい気分にさせたから？　今までは冒す気にもならなかった危険を冒す気にさせたから？」銃をおろして歩み寄り、ドミニクの固すぎる頭にも理解できるようきっぱりと告げる。「わたしたちは一緒に激しい感情の高ぶりを経験した。それがあなたの過去の記憶を呼び起こすきっかけになってしまったというだけの話よ。似たような例なら前にも見たことがあるわ。あなたが子どもの頃に経験したことのせいでわたしのあなたを欲する気持ちが萎えてしまうなんて、本気で信じているの？」

言いすぎているのはジェーンも承知していた。ドミニクが不信感もあらわに、驚きのこもった視線を向けてくる。彼は過去の出来事が今の自分を決定づけていると本気で考えているのだ。もしジェーンが同じように考えたら、毎朝ベッドから起きだすことすらできない。

いずれドミニクの考えを改めさせなければならないだろう。でも、今はそのときではない。メトリゼ団が政府の転覆を謀ろうとしているのを阻止しなくてはならないのだ。個人的な恋愛感情に浸るのは、この国を救ってからでいい。残念なことにそのときのジェーンは、自分が途方もなく頑固で賢い男性を相手にしているのを忘れていた。話に熱が入って思わず手をおろしたのをいいことに、ドミニクが身をかがめてジェーンの手から銃をひったくった。

「何するのよ！」敵でも友でもないこの男性が呪わしい。ジェーンはドミニクに対して、つい警戒を怠っていた。

「三十分ほど時間をくれ。それだけでいい」ドミニクが言った。

「あなたと議論するつもりはないわ！」

「銃は預かっておく」

ジェーンはぐるりと目をまわすよりほかなかった。「わたしを撃つというの？　どうせロンドンに行けば別の銃があるのよ。あなたが母屋で執事と話しているあいだに、わたしは出発するから」そのあとで、ドミニクがどうしようが関係ない。追いかけてくるというなら、それこそ勝手にすればいい。

「それなら、こうするしかないな」ドミニクが銃をポケットにしまい、腕を伸ばしてきた。ジェーンも今度は心の準備ができていた。相手の脛にかなり強めの蹴りを見舞った。しかしドミニクはジェーンよりも力が強く、思っていた以上にすばやかった。つけ加えるならば、彼は婚約者だ。攻撃を仕掛けてくる敵にいつもするようにナイフで腹をえぐったり、鼻を折ったりといった真似ができるはずもなかった。

「放しなさい。でないと、後悔するわよ」

ドミニクはまるで耳を貸そうとせず、ジェーンを抱きかかえて馬房のひとつに運び入れた。餌を食んでいた茶色の馬がジェーンを見て目をぱちくりさせたものの、また食事に戻っていった。馬房のすぐ外にはロープがひと巻きかけられていて、ドミニクはすぐさま作業に取りかかった。むろんジェーンも簡単に相手の思いどおりになるつもりはなく、身をよじって暴れ、抵抗を試みた。しかし、ドミニクは抵抗する動物の扱いには慣れた様子で、いとも簡単にジェーンの手首を縛りあげ、頭の上に持っていった。腹部の傷口に負担をかけてはいけないと思ったのかロープにいくらかの余裕は持たせたとはいえ、じきに彼女を天井からつりさげて完全に動きを封じるのに成功した。しかし、それも今だけの話だ。ジェーンが罵声を浴びせると、ドミニクはハンカチを出した。猿ぐつわをするつもりだったのだろうが、すぐに思い直したらしく、結局ハンカチをポケットに戻した。それでいい。悲鳴をあげさえすれば、使用人がやってきてロープをほどいてくれる。

「みんなには、絶対に厩舎へ入るなと言っておく」

「覚えていらっしゃい。ただではすまさないから」

「それくらいわかっている」ドミニクが身をかがめ、ジェーンの額にキスをした。ジェーンは頭を振ってドミニクの鼻に頭突きを見舞おうとしたものの、彼がすばやく体を引いたので空振りに終わった。「三十分で戻る」そう言い残し、ドミニクは馬房から去っていった。

「ドミニク!」ジェーンは叫んだ。「ドミニク! 戻ってきなさい!」返事がない。あんな男は拷問にかけるのでも生ぬるいくらいだ。しかし、ドミニクはジェーンを甘く見ていた。彼女はどんな状況に置かれても脱出できる自信があった。ロープの結び目を見つけられさえすれば……頭上に視線を移す。体をつるして腕を上に向けさせている結び目は、手の届かない位置にあった。そうなると、手首を縛っている結び目をどうにかする以外にない。両手首を完全に重ねられている状態ならそれも難しいかもしれない。しかしドミニクはそこまで非情ではなく、わずかに余裕を持たせてあった。手首をいろいろと動かして結び目を探りあて、ロープをほどきにかかる。ナイフに手が届けばなんの問題もないが、それが無理な以上はどうにかしてロープをほどくしかなかった。時間のかかる作業だとしても、縛られたままドミニクをただ待っているよりはるかにましだ。じっと待っていたら、きっと怒りで頭がどうにかなってしまう。何しろドミニクさえいなければ、今頃はもうロンドンに向かって走りはじめていたはずだったのだ。

メトリゼ団を一網打尽にしたら、喜んで婚約を解消してやる。その結果として自分の評判が傷つこうが、まったくかまわない。もし世の中の男が皆ドミニクみたいであるならば、ひとりで生きていくほうがずっとましだ。どのみち結婚などしたくなかったし、子どもを望んでいるわけでもない。

少なくとも、これまではそうだった……でも、身ごもっているセイントを見て、諜報員でも子どもを持てるという可能性を目のあたりにしたとき、ある種の感動を覚えたのも事実だった。今では自分が子どもを持つところを思い浮かべても、以前のような戸惑いはない。むしろかすかな憧れを感じるほどだ。

同じ馬房にいる馬が餌を食べ終え、好奇心のこもった目でジェーンを見た。「おはよう、お馬さん。そこでじっとしているのよ」肩越しに向こうが見通せないほど大きな馬だ。

ジェーンはふたたび結び目をほどきにかかった。全力を尽くしたが、やがて手袋をつけたままでは無理だと気づいた。手袋をはずそうと苦心しているうちに、馬が少しずつ大胆になり、一歩、また一歩と近づいてきた。

「何が欲しいのか知らないけど、わたしはリンゴもニンジンも砂糖も持っていないわよ」

馬があたたかい息をジェーンに吐きかけ、彼女の乗馬服の匂いを嗅ぎ、続いて服に嚙みついて生地を引っ張りはじめた。

「ちょっと、やめなさい！」

頭をもたげた馬がジェーンを見た。彼女が命令を行動で示せずにいると、やがて馬はふたたび乗馬服をくわえはじめた。たかが馬からも逃れられないとは、こんな屈辱があっていいものだろうか。

「それは食べ物じゃないの」ジェーンは身をよじった。「やめなさいったら！　あっちへ行って！」

またしても、馬は好奇心が漂う目でジェーンを見つめた。

「彼女はあなたを怖がってません」

ジェーンが視線をあげると、馬房の入口に白髪の痩せた男性が立っていた。縛られた女性がいるのを目にしても、驚いていない様子だ。男性が帽子を取る――おそらく自分への敬意を示しているのだと、ジェーンは思うことにした。もっとも、縛られたこの状態といい、馬の唾液がたっぷりついた乗馬服といい、自分がその敬意を受けるにふさわしいとも思えない。

「わかっているわ」ジェーンは答えた。「でもご覧のとおり、言って聞かせるくらいしかできない状態なの」

「それもわかってます」男性がリンゴを差しだすと、馬はうれしそうにかじりはじめた。

「オールド・コナーと申します」

「ジェーン・ボンドよ。ロープをほどいてもらえるかしら、ミスター・コナー」

「ほどいてあげたいのはやまやまですが、そんなことをしたらミスター・グリフィンに叱られます。ここにいてリトル・モリーがあなたに近づかないようにしてますから、それで勘弁してください」

リトル・モリー？　ふざけた名前だ。これでリトルなら、ビッグ・モリーがどれだけ大きいのか、ジェーンは想像もできなかった。「わたしを解放しても、絶対にあなたには迷惑をかけないと約束するわ、ミスター・コナー」

「オールド・コナーです。ミスターじゃない」

「わかったわ。でも、馬房でレディが縛られているのを放ってはおけないでしょう？」

「わたしは質問なんかしません、ミス・ボンド。長い付き合いのミスター・グリフィンを信じるだけです。そりゃあ、いつも同じ意見ってわけじゃない。ただミスター・グリフィンは賢い方だし、何をするにせよ、きちんと理由がおありです」

「わたしを縛りつける理由なんてあるわけがないわ。許されないことよ！」

「許されるかどうかなんて、わたしは知りません」オールド・コナーが頭をかいた。帽子を胸に押しつけたままなので、白髪頭がむきだしだ。「わたしはあの方を子どもの頃から知ってます。何ごとも慎重に行動する方です。馬に関しては、わたしがあらゆることを教えました。ミスター・グリフィンは時間をかけて、すべてを吸収したんです。この厩舎を完全に任されたいというご自分の望みもよくわかっていて、エッジベリー卿がその願いを断れないような状況を作りあげていった。ここここの馬たちが繁栄してるのは、ひとえにあの方の力によるものなんです。ただ、わたしはそれでも、馬たちがあの方を必要とする以上に、あの方のほうが馬たちを必要としてるように思えてならないんです」

どうやらドミニクの心の傷について知っているのは、彼女だけではなかったらしい。ジェーンは、ドミニクが自分の過去についてオールド・コナーに話したのか、それとも目の前の男性が彼女と同様に推測しただけなのかといぶかった。オールド・コナーが振り返る。

「お戻りになりましたか。リトル・モリーをお嬢さんから引き離しておきました」

「ありがとう」ドミニクがジェーンの視界に入ってきた。ブーツと上着をそれぞれ乗馬用のものに替えている。

「わたしを解放するために大急ぎで戻ってくれたのね」ジェーンは憎々しげに皮肉を言った。「その格好もとてもよく似合っているわ。さあ、ロープをほどいて」

「ちょっと待ってくれ」ドミニクがジェーンの視界から出ていったかと思いきや、彼がオールド・コナーと話す声が聞こえてきた。まったく、どういう神経をしているのだろう。人を縛りつけたまま呑気に話をしているなんて、無神経にもほどがある。

ようやくドミニクが戻ってきて、ロープをほどきはじめた。頭上にある結び目を見あげていたジェーンが視線をさげると、ドミニクの目がじっと彼女の顔を見つめていた。ふたりの体はぴったりとくっついている。ジェーンは全身がたちまちほてりはじめ、震える息をついた。頭がくらくらするほどの強烈な欲望が体じゅうに広がっていく。このまま壁に押しつけて、唇の感触以外は何も考えられなくなるようなキスをしてほしいと願わずにいられない。

「わたしに触っているわ」誘惑に聞こえないことを願いながらつぶやいた。

「今はそれほど気にならない」

ジェーンを天井に縛りつけていた結び目がほどかれ、腕がだらりと落ちた。ドミニクは手首を縛っている結び目もほどきはじめた。

「ぼくに触れてほしくないということかな?」

ジェーンには、ドミニクが何を言いたいのかがわかっていた。手首のロープをほどくのにそこまで近づく必要はないにもかかわらず、ふたりの体はまだぴったりと寄り添っている。そうだと答えたかったけれども、ジェーンはまともに息ができない状態だった。目をきつく閉じ、欲望を抑えこんで落ち着きを取り戻そうと試みた。

じきに両手が自由になり、ジェーンは目を開けた。あとずさったドミニクの上着をつかんで引き寄せたい衝動をこらえ、振り向かずに馬房をあとにする。欲望のために目的を見失うことがあってはならない。ドミニク・グリフィンに心を乱されてはいけないのだ。ついてきたいなら、そうすればいい。ただし機会を見つけ次第、すぐにまいてみせる。

13

ドミニクが先を急ぐジェーンを本人の意思に反して引きとめたのは、着替えをするためではなかった。彼はエッジベリー卿に手紙を書き、人手を集めてケンハム・ホールに急いで来てほしいと願いでた。母とジェーンの叔母を残して出発するのは気が進まない。しかし、フォンセが襲ってくるのをただ待つよりも、こちらから脅威を排除しに出るほうが筋の通った考えのような気がする。ジェーンは愚か者でも臆病者でもなかった。むしろもう少し臆病であってほしいくらいだ。後先を考えずに彼女が危険に飛びこんでいくのを二度も目のあたりにし、ドミニクはなぜこれまでジェーンが生き延びてこられたのかといぶからずにいられなかった。これでは、結婚式の日まで生きていられるかどうかも怪しいものだ。

ロンドンへ向かう途中、ジェーンの隣で馬を走らせていたドミニクは、そこまで考えて首をひねった。いったいいつから、彼女と結婚するのを当然と考えるようになったのだろう。

ドミニクの母とジェーンの叔父のもくろみはあるだろうが、この結婚は避けられないものではない。ふたりはまだ――少なくとも人目に触れる場所では――軽率な真似はしていないし、婚約ならば破棄できる。ただし、破棄した場合は代償がつきまとう。ドミニク個人としては代償など気にもならないけれども、家族がこうむる不名誉となると話は別だ。それでなくても、一族の名誉に貢献するより、家族に恥をかかせているほうが多いことはわかっている。母や義理の弟たちはそれほど気にはしないだろう。ただし、エッジベリー卿だけはそうもいかないはずだ。侯爵は妻の連れ子の婚外子がきちんと結婚をして、人目につかないところで落ち着くことを望んでいるに違いない。

それに、もしドミニクが婚約を解消すれば、ジェーンの評判に傷がつき、彼自身も世間の好奇の目にさらされる。皆に色眼鏡で見られ、ジェーンは結婚できなくなってしまうだろう。ドミニクは結婚などしたくなかったが、この婚約を受け入れたときにはすでにそうした結末を予期していたのもまた事実だ。相手が誰であろうと、レディの不名誉の原因になるつもりはない。社交界の人々の嘲笑を受けるのがどれだけつらいかは、知りすぎるほどよく知っている。

ジェーンのほうにも婚約を解消しなくてはならない都合があるかもしれないし、ドミニクには彼女が結婚を取りやめることに不安を覚えるとは思えなかった。ただしその一方で、ジェーンが真剣に考えれば、気が進まないことばかりが並ぶ選択肢のなかでは、ドミニクとの結婚が最善の道だと判断する気もした。どうせ誰かと結婚しなくてはならないなら、相手が彼であってもいいはずだ。

〝わたしに触れて、ほかの男の人が相手では絶対にしたくないことをしたい気分にさせたから？　今までは冒す気にもならなかった危険を冒す気にさせたから？〟

ジェーンが自分を欲している。その事実は今もドミニクを驚かせ、混乱させていた。ドミニクの過去にまつわる真実に対して疑問を抱きつつも、ジェーンはなお彼を求めている。ドミニク自身もまたジェーンを求めている。しかし彼女と結ばれるなど、考えることすら許されない。昨夜の出来事を思い起こせばいい。悪夢は眠っているときに見ても、最低の気分にさせられるものだ。ところが、昨日の夜はそれを起きているときに初めて見てしまった。あれを繰り返す危険など、とうてい冒せるはずもない。

もうあの頃に、あの小さな子どもに戻るのは死んでもごめんだ。たとえジェーン・ボンドとベッドをともにできるとしても、妻と子どものいる普通の人生を送れる好機だったとしても、そんな危険を冒したくはない。普通の人生を望むなど、どだい無理な話だ。世の中の男たちが送っているような人生を自分も送れると期待するのが間違っている。それよりも、自らの意思で近づいてくる、しかもドミニクのルールを守ってくれる女たちを相手に欲求を満たすほうがずっといい。自分の体は触らせるが、ドミニクの肉体が絶頂を迎えようとするときであっても、彼が望まないかぎり体には決して触れない女たちだ。

ドミニクが女性に金を渡したことは一度としてない。ロンドンにいると、きちんとした女性が体を売るところまで落ちるのは珍しくなく、彼自身もそうした女性を何人も見てきた。

ただし、女性たちの体は金銭的な取引の対象にするものではない。人間は商品とは違うというのがドミニクの考えだ。

だが妻となったら、その女性をどう扱えばいいのだろうか？　ジェーンと結婚すれば、彼女がいるベッドから離れられなくなるに決まっている。そのときはどうする？　望みとは裏腹に妻を傷つけてしまわないだろうか？　忌まわしい記憶と闘っているあいだに、ジェーンを血みどろの状態にしてしまうかもしれない。自分の身を守るために夫を殺さざるをえない状況に彼女を追いこんでしまう可能性すらある。

周囲が薄暗くなっていくなか、ドミニクは自分をじっと見つめるジェーンの青い瞳の輝きに気づき、胸が締めつけられた。あらゆる危険は承知のうえで、それでもなお、彼はジェーンを欲していた。

ジェーンの提案で、ふたりは暗くなってからロンドンに到着するように時間を調整し、午後は移動を控えて休んだ。ドミニクが思うに、馬に乗っているのがつらいこともあったのだろう。怪我を押して動いているのだから無理もない。しかしジェーンは長い休息を拒絶してふたたび出発し、今ふたりは狙いどおりの時間帯にロンドンへ近づきつつあった。まだ旅行者の往来も充分ある時間だ。農民や郊外から働きに来た人々が街をあとにする一方、昼を郊外で過ごした社交界の人々が戻ってくる。この時間まで待つと言った彼女は正解だった。道を眺めている人々も、これならジェーンに気づきはしないだろう。大都市ロンドンの人の出入りはそれほど激しかった。

ふたりは、バービカンの本部があるピカデリーにまっすぐ向かった。ジェーンが建物のなかに入り、歩きながら帽子と手袋をはずしていく。ドミニクもすぐあとに続いた。途中で行き合った男たちがジェーンに進路を譲る様子を観察していると、男たちの彼女を見る目には欲望でなく尊敬の念がこもっているのがよくわかった。同じ男たちが、好奇心もあらわな視線をドミニクに向けてくる。

彼はジェーンに案内されて廊下を進み、前回と同様に中心部へと入っていった。今回は前と違って人の姿はほとんどなく、女性がひとりいるだけだった。

「バタフライ」一直線にメルバーン卿の執務室を目指していたジェーンが足を止めた。ドミニクは書類でいっぱいの机から立ちあがる女性に目を向けた。ここにいる以上、この女性も諜報員に違いない。しかし彼女は、いかにも高級店が並ぶボンド・ストリートあたりですれ違いそうな普通の女性にしか見えなかった。黒髪につぶらな瞳をした魅力的な女性だ。均整の取れた体の線がよくわかるドレスを着ているものの、上品さは少しも損なわれていない。おそらくジェーンよりもいくつか年上だろうが、充分に若く、陽気な雰囲気を漂わせていた。

「ボンド!」ふたりの女性が抱き合って挨拶を交わす。ドミニクは黒髪の女性が自分をちらちら見ているのに気づいた。

「ミスター・グリフィンよ」ジェーンはドミニクを見もせずに言った。「どうしてもついてくると言って聞かなかったの」彼に向かってぞんざいに手を振る。「レディ・キーティングよ、ミスター・グリフィン」

レディ・キーティングが前に進みでて手袋をはめた手を差しだし、ドミニクはその手を取って軽く礼をした。こうした礼儀はどうも苦手だ。「はじめまして、ミスター・グリフィン。ボンドを無事にわたしたちのもとに送り届けてくれて、感謝するわ」いったん言葉を切り、ふたたびジェーンに近寄った。「でも、いったいなぜ戻ってきたの？」

「フォンセがわたしを殺すために、テュエールを送りこんできたのよ」

「テュエール？」レディ・キーティングが眉をひそめる。

「フォンセ子飼いの暗殺者だ」メルバーン卿の執務室がある方向から部屋に入ってきた男が言った。壁みたいに大きな男だ。彼はドミニクを値踏みするようにじろりと見てから、ジェーンに視線を移した。「ボンド、戻っていいという許可は出ていないはずだぞ」

「あら、あなたはいつからわたしの上司になったの、バロン？」

「きみの叔父上は現場に出ている。戻るまではぼくが責任者だ」バロンがドミニクに歩み寄った。「きみと会うのは初めてだな」

「ドミニク・グリフィンだ」

「なるほど」バロンが鋭い視線を発する緑の瞳をジェーンに戻した。「きみの婚約者か。連れてきてもよかったのか？」

「どうしてもと言って聞かなかったのよ」

「きみは向こうに残るべきだった」

「残っても、皆を危険にさらすだけだ。ここに来たほうがまだ役に立てる」

バロンが反論しようとしたところにレディ・キーティングが割って入った。「たしかにわたしたちも人手が必要だわ。動ける局員は全員、フォンセを捜してロンドンじゅうに散っているのよ。まだ手がかりも何もない状況だけど、あの男がたくらんでいる計画さえわかれば、実行前に阻止できるわ」

「あれは？」ジェーンが机の上にある紙を示した。

「去年、入手した通信文よ。何かしら手がかりがあるんじゃないかと思って……」

「わかったわ」ジェーンがうなずき、通信文を調べに机へと向かった。怪我をしたところをかばっているので、動きがどこかぎこちない。ジェーンを見ていたドミニクは、バロンもまた彼女の様子をうかがっているのに気づいた。

「ボンド、きみを郊外にやったのは怪我の療養のためだ」バロンがジェーンに声をかけ、ドミニクと目を合わせた。「こんな短期間で快復したとも思えないな」

「わたしなら平気よ」

ドミニクは首を横に振った。ここまではるばるやってきて、ジェーンが自分の体調を無視したせいで倒れでもしたら、悔やんでも悔やみきれない。「きみには休息が必要だ。ゆうべも眠っていないし、リッチモンドからずっと馬に乗りっぱなしじゃないか!」

「彼の言うとおりだ」バロンが言った。「きみの上司として——」

「あなたはわたしの上司じゃない」目に穏やかならぬ光を漂わせてジェーンが答えた。

「臨時の上司として、きみに三時間以上の休息を取るよう命じる」

「書類に目を通すくらいできるわ。それなら傷にも響かないし」

しかしバロンが自分の命令に逆らうのを許すつもりがないことは、ドミニクの目にも明らかだ。厚い胸板の前で腕組みし、バロンが断固として告げた。「少なくとも、九時までは休憩室にいろ。食事は誰かに運ばせる。グリフィン、すまないが、きみもここにいてもらわなくてはならない。きみはいろいろと知りすぎているからな。フォンセの手に落ちでもしたら大変だ」

「ぼくはどこに行くつもりもない。ここでミス・ボンドを守る」

天井を見あげてかぶりを振ったジェーンとは裏腹に、バロンが生真面目にうなずいた。

「いいだろう。休憩室の場所はジェーンが知っている」

ジェーンはバロンが引きさがるよう願いつつ、眉間にしわを寄せて長いあいだ彼を見つめた。信じられない男がいたものだ。彼女が自分の限界も知らない浅はかな女だとでも思っているのだろうか。それに、そもそも今の状況は、ジェーンの体調を問題にしているほど余裕があるとも思えなかった。多少傷が痛むからといって、どうということもない。フォンセの脅威から永遠に自由になるためなら、痛みくらい耐えてみせる。

バロンがジェーンの目をまっすぐに見つめ返す。やがて彼女はあきらめ、ため息をついて扉へと向かった。ドミニクがついてこようがくるまいがどうでもいい。そう思いはしたが、それがまったくの嘘であるのは承知していた。本心を言うと、ドミニクにはこの場所から去ってほしかった。どこか遠く離れたところに行ってほしい。そばにいると、常に気になってしかたがないからだ。昨夜のようなことは絶対にすべきではなかった。

祖国が危機に瀕しているというのに、男性との情事に思いを馳《は》せている場合ではない。それなのにジェーンの頭ときたら、重ね合わせた唇や触れてくるドミニクの手や、ぴったりと寄り添った体の感触を勝手に思い返してしまう。ドミニクは力強くてたくましく、体に無駄な肉はいっさいついていない。黒い瞳は欲望に支配されると大きく見開かれ、いっそう色濃くなる。あの瞳で見つめられると、それだけで自分を見失ってしまいそうになる。

ジェーンはドミニクを従えて休憩室がある下階に向かった。この階には厨房や研究室もある。石造りの階段をおりて休憩室の前に立ったところで、Ｑを見かけるといううれしい驚きが待っていた。自身の研究室がこの階にあるＱは、ちょうどその部屋に入ろうとしていたところだった。地味な茶色のドレスに身を包んでその上にエプロンをつけ、巻き毛を頭の後ろで無造作に束ねている。小柄で痩せている彼女は、とがった顎と眼鏡の分厚いレンズの奥からのぞく大きな瞳が印象的な女性だ。古くからの友人に気づいたQは駆け寄ってきて笑みを浮かべたが、ドミニクを見たとたんに笑みを消した。ジェーンはあきれ、思わず天井を仰ぎそうになった。うっとりとしたQの表情が何を意味するのかはわかっている。本人が自覚しているかどうかは別にして、ドミニクを見た女性がほぼ例外なく浮かべる表情だ。

Qはずり落ちそうになった眼鏡を鼻の上に押しあげ、すぐに意識をジェーンに戻した。

「ボンド！　また会えてうれしいわ」

「ミス・クィレン、まだ残っているとは思っていなかった」ジェーンはドミニクを示した。「こちらはミスター・グリフィンよ」

ドミニクが軽く一礼した。「ミス・ボンドの婚約者だ」

ジェーンは危うくドミニクにこぶしを見舞いそうになったが、どうにかこらえた。会う人全員に婚約の話をしてまわる必要があるのだろうか？

「おめでとう！」Qはそう言うと、問いかける目でジェーンを見た。「初耳だわ。マネーペンスは知っているの？」

ジェーンは困惑し、眉間にしわを寄せた。なぜQがマネーペンスのことを気にしなければならないのだろう？「たぶんね。どうして？」

Qがひらひらと手を振った。「別に理由なんてないわ。それより、こっちに来て。あなたにぜひ見せたいものがあるの」研究室に向かって歩きだした彼女は、肩越しに振り向いた。

「あなたも来て、ミスター・グリフィン」

「ミス・クィレンは武器の設計を担当しているの」ジェーンは歩きだす前にドミニクに説明した。

「面白いね」ドミニクがジェーンの耳に口を寄せ、低い声で言った。

一瞬にして欲望がジェーンの全身に広がったものの、すぐに怒りが取って代わった。

「なぜ？　彼女が女性だから？」

「違う」ドミニクがジェーンの髪を耳にかけながら答えた。「武器に設計が必要だなんて考えたこともなかったからだ」彼はまるで自分がジェーンをQの研究室に招待するかのように、手で扉を示した。まったく憎たらしい男性だ。

「武器の設計はずっと昔からある仕事よ。とてもやりがいがあるわ」車輪や歯車やばねといったあらゆる形の部品が散乱している長い机の後ろをせかせかと動きまわりながら、Qが答えた。ジェーンはしばし時間を取ってゆっくりと部屋のなかを見まわした。何も変わっていない。Qの研究室は以前からジェーンの好きな場所だった。ミス・クィレンがバービカンの一員になったときのこともよく覚えている。同じ年齢か、せいぜいひとつかふたつ年上のQとはすぐに打ち解け、ふたりは友人になった。それからジェーンはずいぶんとこの研究室に入り浸り、Qが仕事をしているのを眺めたものだった。

研究室自体はそれほど大きいわけではなく、小さめの客間か居間と同じくらいの広さだ。

ただし、快適さは遠く及ばない。壁や床は石がむきだしになっていて、装飾はいっさい施されていなかった。敷物や絵画などとは無縁の部屋だ。机が壁際にふたつ、部屋の中央に大きなテーブルがひとつ置かれていて、金属片や糸、雑多な道具や暗号にしか思えない文字が書かれたラベルを貼った容器などがあふれ返っていた。

研究室には作りつけの棚があり、本とさらにたくさんの容器が並んでいる。そのなかには粉と爆発物がおさめられた一画もあって、ジェーンは以前から決して触れるなと指示されていた。その一画の向かいのやや離れた位置に炉床《ろしょう》が据えつけられ、今も金属製の珍妙な道具に固定された容器が火にかけられている。容器の中身はぐつぐつと煮えたぎり、蒸気が音をたてていた。

「このなかには何が入っているの？」ジェーンは炉床を示した。

Qが炉床の容器を見やった。「魔女の薬よ。それよりも、見てほしいのはこっちなの」彼女はふたりをせきたてて背後の棚に向かわせ、普段は触るなと言っている危険な一画へといざなった。棚に腕を伸ばし、置かれていた羽根ペンを手に取る。大振りの白鳥の羽根は一見したところなかなかすてきだった。先端についた金属のペン先が、そのペンが値の張るものであることを示している。「これが何かわかる？」Qがきいた。

「ペンだ」ドミニクが答えたが、ジェーンはQの持ち物が見たままであるはずがないと確信していた。

「いい答えね」Qがにんまりした。何かありそうな笑顔だ。「何か書いてもらってもいいかしら?」Qの視線を受けたジェーンは首を横に振った。いくらQが笑っていても、これには絶対に何か裏がある。「ミスター・グリフィン?」

ドミニクが羽根ペンを手にし、Qの差しだした紙とインク壺を受けとった。金属のペン先をインク壺につけてから紙に触れさせる。ジェーンは警戒して身をこわばらせ、少しだけあとずさった。しかし何も起きないまま、彼は自分の名前を書き終えた。

「ペンかインクに何か変わったところはあった?」Qが無邪気な声で尋ね、ジェーンはさらにあとずさった。

「いや、普通のペンやインクと変わらない」

「ありがとう。それじゃあ、見ていて」Qがいくつかの鍵がぶらさがった鉄の輪を取りだした。水平な棚に対して四十五度の角度で置かれている本に近づいていき、ゆっくりと反対側に傾ける。すると向かいの壁の羽目板が音をたてて開き、ジェーンは飛びあがって床に伏せた。ドミニクが好奇心まじりの視線を送ってきたが、ジェーンは時間をかけて慎重に立ちあがった。Qが羽目板に近づいて、鍵のひとつを目立たない位置に隠された鍵穴に差しこむと、羽目板が完全に開いて後ろから扉が現れた。目の高さに大きな穴のある分厚い石の扉だ。

「これは?」ジェーンはきいた。

「わたしの秘密の部屋よ」Qが答えた。「前に見せたことがなかった?」

「初めて見たわ」もっとも、自分が本当に見たいのかどうか、ジェーン自身にもよくわからない。

「どうして秘密の部屋が必要なんだ?」ドミニクが尋ねる。「この建物自体の存在が秘密にされているのに」

Qが、特殊な仕事をする者の普通の人々に対する思いがはっきりと表れた顔つきでドミニクを見た。「決まっているわ。味方の諜報員にも明かせない秘密があるからよ」

彼女は別の鍵を使って扉を開け、なかに足を踏み入れた。壁にいくつかある燭台《しょくだい》の明かりをつけ、ペンを部屋の中央にある小さな木製の机の上に置く。机のほかには何もない部屋だ。石壁の四角い小部屋は、ジェーンに監獄を思い起こさせた。すぐに目につく特徴といえば、壁に普通ではできないような黒いしみがあちこちにある点だった。近づいてじっくりと観察すれば、しみの正体を判別できるかもしれない。けれども、ジェーンはこの部屋のなかに入る気になれなかった。

「よく見ていてね」Qが告げ、机に置いたペンを手にして金属製のペン先を壊した。「一」

「まあ!」ジェーンは思わず大きな声を出した。上等なペンなのに、もったいないとしか言いようがない。

「二、三」Qが扉に手をかけ、しっかりと閉じた。「四、五、六……そこの穴からのぞいて……八」

「十になったら何が起きるの？」ジェーンはきいた。

「すぐわかるわ。十！」

ペン先の壊れた箇所から小さな火花があがった。火花が黒い煙に変わり、ジェーンが眉をひそめたとたん、ペンからすさまじい光が放たれた。思わず両手で目を覆ってしまうほどのまぶしさだ。轟音《ごうおん》とともに壁が揺れ、ジェーンはドミニクに倒れかかった。ドミニクがジェーンをそのまま床に伏せさせ、体全体で覆いかぶさるようにして守ろうとする。ジェーンは震えているにもかかわらず、無意識のうちに笑みを浮かべていた。ずっと任務が最優先の局員たちに囲まれてきたせいで、ドミニクの古風な騎士道精神が新鮮に感じられた。

床の振動がおさまってあたりが静けさを取り戻すと、ドミニクがジェーンの上からどいて彼女を立たせた。Qは満面に笑みを浮かべていたが、ドミニクはさほど感心したふうでもない。「今のはいったい何だ？」

「ペン爆弾よ。すごいでしょう。そう思わない？」

「すごいわ」ジェーンは同意した。

「冗談じゃない。ぼくはほんの少し前にあのペンを使っていたんだぞ。押しつける力を間違えてペン先が壊れていたら、どうなっていたと思うんだ？」ドミニクが扉の穴から室内をのぞきこみ、ジェーンも彼にならった。すさまじい威力だ。ペンだけでなく、机までもが粉々になって散乱し、壁には新しい黒いしみができている。

「そのときは逃げるしかないわね」Qがこともなげに答えた。「そのために、爆発するまでに時間差を持たせたの」

ドミニクがまばたきを繰り返した。「きみは頭がどうかしている」

「わたしに一本ちょうだい」ジェーンは言った。

ドミニクがすばやくジェーンに体を向け、大声を出した。「ふたりともどうかしている！」

「そう言うと思ったわ」Qがドミニクを無視し、棚に向かって歩きだした。

「いつ爆発するかもわからないペンを持ってロンドンをうろつくなんて、許されることじゃない」

ジェーンはドミニクに向かってにっこりした。「気をつけるわ」

「ちゃんと安全策も用意してあるの」Qが割って入り、細長い長方形の木の箱を差しだした。「ペンを保護するための入れ物よ」彼女が箱を開けると、なかには宝石箱にあるようなやわらかいベルベット地が張ってあり、その上に孔雀《くじゃく》の羽根を使ったペンがのっていた。

「完璧ね！」ジェーンは箱を自分のレティキュールにしまった。

「まったくだ」ドミニクがいかにも不満そうに皮肉を言った。「これで何があっても安全だと思えてきたよ」

「さあ」Qが言った。「休憩室へ行って。わたしはまだ仕事が残っているから」彼女はふたりを扉まで送っていったが、ドミニクが外に出るなり、ジェーンの腕を引っ張った。「そうだ、忘れるところだった。あなたの扇の修理も終わっているのよ！」必要以上に大きい声で言う。

「すぐに行くわ」ジェーンはドミニクに告げた。

ドミニクが肩をすくめた。「喜んで外で待っているよ」

ジェーンはドミニクに向かって顔をしかめてみせ、研究室に向き直った。直後にQが、柄の部分に虫眼鏡を取りつけた扇をジェーンの手に押しつけた。「ありがとう」ジェーンは礼を言った。

「次からはもっと慎重に使ってね」

「ええ、今度窓から屋根に飛びおりなければならないはめになったら、そのときは扇の安全を第一に考えるわ」

Qがうなずき、考えこんだ表情を浮かべた。

「あなたは危険な人生を送っているわ、ジェーン」

ジェーンは口を開きかけたが、思い直して押し黙った。Qの言葉にどう反応していいかわからない。彼女の言葉はたしかに事実ではあるものの、あまりにも明白な事実をあえて口にするのもばかばかしい気がした。

「あなたは望んだことはないの？　その……」Qが指をもてあそぶ。「もっと別の人生を」

ジェーンは眉をひそめた。「社交界で人と会ったり、劇場に出かけたりっていうこと？」

Qが笑みを浮かべる。「いいえ、そうじゃないわ。でも、ひょっとしたら婚約したのはあなたにとって正解だったかもしれないわね。バービカン以外の人生だってあるんですもの」

ジェーンは声をあげて笑った。

「毎日、こんな薄暗いところにこもっている女性がよく言うわね」

ジェーンの予想を裏切り、Qは気弱にほほえんだりしなかった。「あなたの言うとおりよ。だから、わたしは変わろうと思っているの。ずっとひとりでいるのはごめんだわ。残りの人生を、抱いてくれる人もいないまま、毎晩冷たいベッドにもぐりこんで送るなんて耐えられない」

あまりにも意外な返答に、ジェーンはぽかんと口を開けてQを見つめた。知り合ってからというもの、Qが異性の話をするところなど目にしたこともない。それが突然、ベッドをともにする相手が欲しいと言いだすなんて。

「そんなに驚かないで」Qが笑った。「わたしだって女よ」ジェーンを指さして続ける。「あなたもね。いつも諜報員であることを優先して、女性であることをあとまわしにしてはいけないわ」そう言い残し、羽根ペンを吹き飛ばした爆弾部屋に戻っていった。むろん、Qがそう呼んだわけではない。けれどもジェーンにしてみると、あの小部屋はそう呼ぶよりほかにいい名が思い浮かばなかった。

ジェーンは身をひるがえして廊下に出ようとしたが、脚が思うように動かなかった。バロンと彼の妻や、ウルフとセイント夫妻の姿を頭に思い浮かべる。諜報員か女性か、果たしてどちらかを選ばなくてはならないものなのだろうか？　ボンドであることと妻であることは両立しない？　十年後か二十年後、それまで生き延びていたら、自分はいったいどんな人生を送っているのだろう？　やはり誰もいない部屋に帰り、誰もいないベッドにもぐりこむ日々を送っているのだろうか？　隣で眠る男性を感じることも、自分の子どもたちが笑う声を聞くこともなく人生を終える可能性は充分にあった。

〝バービカン以外の人生だってあるんですもの〟

でも、今までのジェーンにそんなものはなかった。早いうちから叔父に諜報員としての訓練を施されてきた。バービカンの一員になる以外の道はなく、普通の人生、夫と子どものいる人生を送りたいかと尋ねてくれる人も皆無だった。そうしたことは、はなから選択肢にすらあがっていなかったのだ。諜報員としての自分はたしかに気に入っているけれども、妻や母としての自分だって同じように気に入る可能性はある。

扉を抜けたジェーンは廊下に視線を走らせた。少し離れたところでドミニクが腕組みして目を閉じ、いかにも無防備な様子で壁に寄りかかっている。ジェーンは彼を見ているだけで胸が高鳴り、体の芯がむずむずしてきた。ドミニクを欲しているのは間違いない。それを否定するつもりはないが、今この瞬間まで、婚約というふたりが置かれた状況を受け入れるのにためらいがあったのも事実だ。

ドミニク・グリフィンと結婚する。その取りきめには逆らおうと思えば逆らえるし、抵抗もできる。しかしジェーンの叔父とドミニクの母が、断固として自分たちの意思を押し通そうとするのもまた、火を見るより明らかだ。ドミニクですら、ふたりの結託を前にして抵抗をあきらめているふうに見える。彼と一緒にいればいるほど、ジェーンはなぜ自分がかたくなに結婚を拒絶しようとしているのか、わからなくなっていた。いっそ結婚してしまえばいいのではないだろうか？　そして、黒い瞳のかわいらしい子どもを作ればいい。それとも永遠に孤独なまま、Ｍのために命を危険にさらしつづける？　自分はそれほど愛情と好意を受ける資格のない人間なのだろうか？

もちろん、ドミニクに結婚の意思があるのかという問題は依然として残っている。けれどもジェーンはこれよりもはるかに分が悪い状況に直面したことが今までに何度もあったし、その都度生き延びて前に進んできた。

そのときドミニクが目を開け、ジェーンと視線を合わせた。ジェーンは全身がほてりはじめ、やがて下腹部のあたりに熱が集中してずきずきとうずきだした。そう、たしかにわたしはドミニクを欲している。ルールがあろうとなかろうと、彼を自分のものにしなければならない。

ジェーンは震える息をつき、廊下を歩きはじめた。ドミニクが何も言わずに後ろからついてくる。冷たい廊下を歩いていると、背後にいる彼の存在をありありと意識させられ、体温が伝わってくるのもはっきりと感じられた。休憩室の前に着き、ジェーンは左手にある扉を開けた。廊下にある燭台のろうそくのうち一本を手に取り、休憩室のなかへ入っていく。部屋の内部を見まわすと、簡素なベッドがいくつもの列をなして並んでいた。寝具が整えられているのはそのうちのひとつだけで、残りはベッド枠と網目状に張られたロープがむきだしになっていた。

ジェーンは手にしたろうそくを燭台に置き、使えるただ一台きりのベッドに目を向けた。ベッドには白いシーツと質素な白い毛布が敷かれ、平たい枕が飾り気のない鉄製の枠にもたせかけてある。「どうやら今日は掃除の日みたいね」ドミニクが部屋に足を踏み入れた気配を感じつつ言った。彼の存在を感じているだけで、全身が震えるような感覚にとらわれる。

「メイドが寝具を取り払ってきれいにしているんだわ」

「ぼくはきみと寝るつもりはない」ドミニクが言った。

「それはわたしのせりふよ」ジェーンはそう言って振り返り、体がぶつかりそうになるくらい近い位置にドミニクが立っていることに気づいた。言葉とは裏腹に、彼はジェーンから離れようとはしなかった。ジェーンの胸に、腕を伸ばしてドミニクに触れたいという衝動がこみあげた。頬を撫で、そのまま顎から上質なシャツの開いた襟元へと指を走らせたくてしかたがない。それなのにドミニクに触れることができないなんて、あまりにも不公平で、途方もなく残酷に感じられる。今この瞬間、ジェーンはこれまでに望んだ何よりも――フォンセをとらえることよりも――強く、ドミニクを欲していた。

ドミニクがジェーンの隠そうともしていないむきだしの感情を察し、首を横に振った。

「そんなふうにぼくを見ないでくれ」

「どんなふうに？」

「ぼくをむさぼりたいと思っているふうにだ」

「あなたは魅力的な男性ですもの、ミスター・グリフィン。あなたをむさぼりたいと思ったところで、誰もわたしを責められないわ」

「それをいうなら、きみこそ美しい女性だ、ミス・ボンド――」

ドミニクが眉をひそめて彼女を見た。「本当にそう思っているの？」

ジェーンは目を見開いて尋ねた。「自分でもわかっているはずだ」

「口に出して言われるとうれしいものよ」ジェーンはそう言うと、ドミニクに少しだけ近づいた。「自分が欲しいと望んだ男性が同じ気持ちでいるとわかれば、気分が高ぶるわ」

ドミニクは首を横に振ったが、まだジェーンから離れようとはしなかった。

「それだけは無理だ」

「わたしがあなたのルールを尊重すると言ったら？」ジェーンはドミニクの上着のポケットからクラヴァットの端がたれさがっているのを見つけ、手を伸ばした。「絶対にあなたに触れないと約束したら？」彼女が手にしたクラヴァットを自分の手首にゆるく巻きつけると、ドミニクが胸をふくらませ、ゆっくりと震える息を吐きだした。

「あのルールは……」ドミニクがいったん言葉を切り、唾をのみこんだ。「きみのためのものじゃない。きみは……」曖昧な身振りでジェーンを示す。

「あなたの婚約者でしょう？」ジェーンはドミニクの代わりに言い、さらに近寄った。深く呼吸をすれば、息がかかる距離だ。

「そうだ」

ジェーンはうなずいた。「わたしたちが結婚したら、いずれベッドをともにしなければならなくなるのよ、ドミニク」

「ぼくたちが結婚したら？」

彼女は肩をすくめた。「自分が負けたときは、わたしははっきりとそう認めるわ。ひょっとしたら、今回は負けを望んでいるのかもしれない」つま先立ちになって、唇をドミニクの口に触れさせる。「キスして、ドミニク。あなたのルールをわたしのために自分で破って。もう一度」

14

まったく、なんということだ。ドミニクはジェーンの大きな青い目に見つめられ、なまめかしい体をぴったりと押しつけられていた。魅惑的なスミレの芳香に鼻をくすぐられて、顔を金色の髪やむきだしの肩、豊かな胸にうずめたいと思わずにいられない。こんな状況で拒絶などできるはずがなかった。細い手首に巻かれた自らのクラヴァットを見つめる。きつく縛ったわけではないので、彼女がその気になれば逃れるのは簡単なはずだ。しかし自分で手首を縛ってでも彼に身を差しだすというジェーンの行為そのものに、ひどくそそられた。もちろん、ドミニクは彼女を欲している。今まで出会ったどの女性に対しても、これほど強い欲望を感じたことはない……そのうえ、ジェーンは彼のルールに従うと言ってくれている。

だが、問題はドミニクがジェーンにルールを守らせることができるかどうかだ。彼女は未来の妻であり、行きずりの酒場の女とはわけが違う。どれだけジェーンを求めていようとも、ルールを守らせることができなければ、ふたりの関係がいつまで続くかわからない。

「キスして、ドミニク」ジェーンがつぶやいた。ドミニクは抵抗をあきらめ、唇を彼女の口に軽く触れさせた。もちろん、ふたりともがこんなもので満足できるはずもない。けれども、ここで思いとどまるべきだ。もっと熟考し、この結婚をうまくいかせる方法を練りあげなければならない。

とはいえ頭が時間を望む一方で、体はジェーンを欲していた。両手が勝手に持ちあがっていき、ジェーンの顔を包みこむ。そのまま指を髪に走らせたドミニクは、彼女を自分のものにする本物のキスをしようと、頭をさげていった。口を重ねたとたん、熱くほとばしる情熱で唇と舌がとろけていった。顔を離そうとすると、それまでおとなしく口をむさぼられていたジェーンが彼の舌をとらえてやさしく吸った。ドミニクは強烈な欲望で体が破裂しそうになり、キスを終わらせて体を引き離し、深呼吸をせざるをえなかった。

「ごめんなさい」ジェーンが言った。「いやな思いをさせてしまったかしら?」

「その反対だ」ドミニクはかすれた声で答え、ジェーンを見つめた。視線を顔から下に移していくと、両手が彼女の胸に触れることを求めてうずいた。

「それなのに、やめてしまうのね」

ドミニクはうなずいた。「きみが欲しい。でも、ぼくのやり方でなくてはだめだ」

ジェーンは顔をしかめて去ってしまうに違いない。ドミニクはそう思ったが、彼女はただ眉をあげただけだった。「それなら、好きにして。あなたのやり方でいいわ」近づいていくドミニクに向かって、ジェーンが両手を差しだす。「でも、やさしくしてね。わたしにとっては、初めての経験なの」

「ぼくもだ」ドミニクは両手をジェーンの腰に置き、彼女を引き寄せた。ジェーンのやわらかい体は緊張でこわばっている。

「どういう意味？」

ジェーンが疑いもあらわな顔でドミニクを見返した。

「あなたがたくさんの女性たちと付き合ってきたのは知っているわ。あなたの評判もね」

ドミニクはうなずいた。「評判なんてどうだっていい。ぼくがキスをしたのも、キスを許したのもきみだけだ。きみだけなんだよ、ぼくがこんなふうに……」どう説明したらいいのかわからず、言葉に詰まった。

しかし言葉などなくても、ジェーンは理解していた。「まさか、あなたも純潔なの？」

純潔ではない。これまでしてきたことを考えれば、純潔というのはおこがましい。ただし、今まで女性の体のなかに入り、相手を自分のものにした経験がないのは事実だ。つまり、ジェーンの言っていることもある意味ではあたっている。

「そうだ」

「それなら、一緒にいろいろと考えていけばいいわ」

考える必要などないと告げようかとも思ったが、ドミニクは口をつぐんでいた。自分が何を望んでいるのかはわかっている。これまでに経験がなくてもわかっていた。しかし、ドミニクがふたたびジェーンのほうに腕を伸ばそうとすると、彼女は身をひるがえして背中を向けた。

「ドレスを脱ぐのを手伝って」

ドミニクはあとずさろうとしたが、背後が壁ではどうしようもなかった。「どうしてだ?」なんと間の抜けた問いだろう。どうしてかは考えずともわかる。彼もジェーンにドレスを脱いでほしかったし、目の前で生まれたままの姿になってほしかった。

ジェーンが肩越しに振り返ってドミニクを見た。これ以上ないほど澄んだ青い瞳にまつげがかかっている。「ひどく着心地が悪いの。ピンが食いこんで痛いのよ」

「それはよくない」ドミニクが前を向くよう身振りで示すと、ジェーンは何も言わずに従った。ただし、ドミニクには女性のドレスの仕組みなどまるでわからなかった。ジェーンの背中に腕を伸ばしかけ、たちまちためらって動きを止める。ボタンも結んである紐もない――いったいどうやって脱がせたらいいんだ?

「ピンをはずすのよ」ジェーンが言った。

「わかっている」そう、ピンだ。しかし、そのピンがどこにあるのかがわからない。ドミニクは目を細め、ドレスの生地が合わさっている細い金の線を凝視した。なるほど、この部分は縫い合わせてあるのではなく、ピンで留めてあるようだ。改めて腕を伸ばしていちばん上のピンをはずしたものの、ドレスは頑固に開こうとしなかった。上からひとつずつ順番にピンをはずしていくと、ジェーンの首の下に続く白い素肌が少しずつあらわになっていった。彼女の肌がいかにやわらかいか、唇を押しつけたらどんなふうに震えるか、深く息をしてわきあがる想像を抑えこむ。やはり熟考する時間が必要だ。ものごとがあまりにも早く進みすぎている。たしかにジェーンとひとつになりたいという気持ちは強いが、そうなったときにはいったい何が待ち受けているのだろう？　心にまつわりついて憎しみをかきたてる悪夢を見ることなく、彼女とひとつになれるだろうか？

さらにピンをひとつはずしたドミニクは、自分の手が震えているのに気づいた。ドレスの身頃を合わせるだけでいったいいくつピンを使っているのだろう？　このままでは、ドレスを脱がせるだけで何時間もかかってしまう。もうひとつピンをはずすと、ドレスがようやく左右に開き、肩甲骨のあいだの白い肌がむきだしになった。小さなしみがひとつあるのを発見したとたん、そこに触れてキスをしたい衝動がこみあげた。ドミニクはどうにかそれを抑えこんで、もうひとつのピンに手をかけた。床には彼がはずしたピンが散らばっている。

床に落ちたピンが音をたてたわけではないが、ジェーンが下を向いた。振り返り、ドミニクを見あげて尋ねる。「気分はどう？」

「最高だ。前を向いて」

ジェーンが従順に前を向く。ドミニクはピンを拾うべきかどうか思案し、あとで拾えばいいという結論に達した。今はとにかく、目の前の仕事を片づけるのが先決だ。さらにピンをふたつはずしたところで、なぜこうまでしてすべてのピンをはずしてしまいたいのかという疑問が頭をよぎった。今や、ジェーンの胸を包む下着があらわになっている。背中の明るいピンク色のリボンがどのように彼女の胸のあいだで結ばれているか、ドミニクはありありと想像できた。こうして大きく開いたドレスの背中を見つめていると、ジェーンの背後に立っていてわれを忘れずにすんでいるのが、つくづくありがたく感じられる。あるいは、呪わしく感じるべきなのかもしれないが。丸みを帯びた女性の肩の線がこれほどまでに美しいものだとは、今までまったく気づいていなかったし、細く締まった腰がこれほど魅力的だと感じたこともなかった。最後のピンをはずし終えると、ドレスの背中がようやく完全に開いた。

ジェーンが手首に巻いたクラヴァットをほどき、ドレスの袖から腕を抜いて下に落とした。両腕が自由になっても、彼女はクラヴァットを握ったままドミニクに触れようとはしなかった。彼の前に立つジェーンが身につけているのは、今やスカートと下着だけだ。リネンの下着は白い肌が透けて見えるほど薄く、着ているのが無意味に思えるほどだった。

ジェーンがドミニクに向き直った。ドミニクはあとずさるのも忘れて彼女に見入った。彼の視線は、すぐに完璧な曲線を描く胸の真ん中にある明るいピンクのリボンに引き寄せられた。リボンの上に白い半月のように見える豊かな胸がのぞいている。リボンを引いただけでジェーンの胸があらわになるわけではないのは承知しているにもかかわらず、そうしたいと望まずにいられない。視線をあげると、ジェーンがドミニクを見つめていた。青い瞳に、飢えた暗い炎が燃えさかっている。彼女もまたドミニクと同様、相手を強烈に欲しているのだ。ドミニクは目を閉じた。ここは耐えてどうしても拒絶しなければならないはずだ。しかし……その理由をもはや思いだせなかった。

「手伝ってもらえる？」ジェーンがかすれた声で言った。ドミニクが目を開けると、ジェーンは下を向いてスカートの紐を引っ張っているところだった。「結び目がほどけないの」

「見てみよう」

ドミニクの言葉を無視して――それならなぜ頼んだのか、彼にはさっぱり理解できなかった――ジェーンはスカートと格闘しつづけた。おそらくかえって結び目をきつくしてしまっているに違いない。「もう！　いらいらする」

「手をどけてくれ」ドミニクは確認しようとジェーンの手を押しやり、身をかがめて結び目に顔を寄せた。なんのことはない、結びが二重になっているだけだ。こともなげに紐をほどいて顔をあげると、ジェーンの胸がちょうど目の高さにあった。驚いたドミニクがまばたきを繰り返しているあいだに、ドレスのスカートがジェーンの足元に落ちていき、彼女は下着だけの姿になった。ドミニクはどうにか視線を胸から引き離し、ジェーンの顔に向けた。

「これはぼくを誘惑する作戦なのか？」

「うまくいった？」

ドミニクはすっかり高ぶっていた。視線をジェーンの手に移すと、そこにはまだクラヴァットが握られていた。彼の視線に気づいたジェーンがふたたびクラヴァットを手首に巻きつける。

「これでいい？」

ドミニクはジェーンの顔を見つめ、彼女が自分の美しさに気づいているのかどうかいぶかった。どれほど彼が触れたいと望んでいるか、ジェーンはわかっているのだろうか。彼女の体を両腕で抱きしめ、豊かな髪に触れてやわらかな肌を愛撫したい。こみあげる衝動を抑えるために、ドミニクはこぶしをきつく握りしめなければならなかった。

「もっときつく縛ってもいいのよ」ジェーンが言った。「自由を奪ってかまわないわ」両手をあげて言葉を続ける。「ベッドに縛りつけられれば、わたしはあなたのルールを破れない。あなたに触れられなくなるわ」

ドミニクは目をしばたたいた。「きみを縛るつもりはない」ジェーンにとって、初めての体験なのだ。ベッドに縛りつけて純潔を奪うなど、できるはずもなかった。

「あなたを信じているから平気よ」

その言葉はドミニクを芯から揺さぶった。今まで誰にも言われたことのない言葉だ。それに加えて、ジェーンは今までの誰とも違う見方で、まるで極上の食事を見つめるようにドミニクを見つめている。すべてをゆだねられるまで信頼を寄せられたのも、彼にとって初めての経験だった。

「そんなばかげた真似はできない」そう言いつつも、ドミニクはベッドに縛りつけられたジェーンの姿を想像して息を荒らげずにはいられなかった。両手を頭の上で固定すれば、胸があらわになる。そうなれば胸にも、体じゅうのどこにでもキスを浴びせられるはずだ。

「これをほどいて」ジェーンが背を向け、腰にある別の結び目を示した。ドミニクがほとんど無意識のうちに紐の結び目をほどくと、彼女の腰を覆っていた生地がすべり落ちていった。ジェーンが生地を引っ張ってペチコートを腰の下までおろしていく。ふたたびまっすぐ立ったとき、彼女は寝間着を思わせる薄物一枚きりの姿になっていた。寝間着と違うのは裾が足首の上にある点で、細くて繊細な足首があらわになっている。「これも脱いでほしい？」ジェーンが尋ねた。

もちろんだ。「いいや、きみは……」ドミニクは唾をのみこんだ。「その下にまだ何か着ているのか？」

「いいえ。ドミニク、わたしは男の人の前で一糸まとわぬ姿になったことなんて、今まで一度もないわ。でも、あなたを信じているの」またただ。またしてもジェーンが〝信じている〟という言葉を口にした。彼女は片方の手を自由にすると、その手を胸の上にある白いリボンへと持っていった。ドミニクがそこにあることにすら気づいていなかった小さなリボンだ。

「生まれたままの姿になって無防備な姿をさらすなんて、とても怖い。でも、だからこそ、そうしなければならないの」リボンが引かれると同時にシュミーズが左右に開き、体の上をすべり落ちていった。

ドミニクがジェーンの意図に気づいたときには、すでに手遅れだった。手遅れながらも、彼はジェーンの姿を見まいとし、顔をそむけて服を着てくれと伝えようとした。ごくりと唾をのみこみ、たとえどれだけ魅惑的な考えであったとしても、裸の彼女をベッドに縛りつけたりしないと心に誓おうとする。

しかし、ドミニクの目は脳の命令を聞こうとしなかった。体も目の味方をしているせいで、顔をそむけることもできない。ジェーンの体は白とピンクと金色の色彩を施した磁器のようで、これまでに彼が見てきたどんな生き物よりも美しかった。曲線を帯びたやわらかい体が、女性のあるべき姿をそのまま体現している。ドミニクは以前にも全裸の女性を見たことがあったが、それは絵か彫刻か、あるいは情事の最中にちらりと見る程度だった。こんな状況で女性を見つめた経験はない。欲望と何かはっきりとはわからないものが入りまじった視線で彼を見つめている女性と向きあうのは、まったく初めてだ。そしてこの女性は、過去に何かがあったと推察しているにもかかわらず、ドミニクを求めている。

これまでにどの女性に対しても感じたことがないほど強く、ドミニクはジェーンを欲していた。欲望が体のなかで燃えさかっている。ドミニクもまた、ジェーンと同じく怯えていた。しかしジェーンの言うとおり、この恐怖心は背を向けるよりも、向きあって対峙《たいじ》すべきものなのかもしれない。

ジェーンがベッドまであとずさり、枕を背にして横たわった。手首にゆるく巻いたクラヴァットを頭の上に持っていき、ベッドの鉄製の枠に近づける。「準備はできたわ」

ドミニクは首を横に振った。身も心もジェーンのそばに近づきたいと望んでいるにもかかわらず、願望を抑えこんだ。「きみを縛って力を奪うなど、ぼくにはできない」

「わたしがやめてと頼んだら、やめてくれる?」

「もちろんだ」

「それなら、わたしは無力ではないわ。自分ではできないの。わたしを縛って」

夢遊病者のように、ドミニクはジェーンのもとへ歩み寄った。クラヴァットをベッドの枠に巻きつけて彼女の手首を両方とも縛りつける。ところがドミニクを見あげたジェーンは、かぶりを振った。

「もっときつく」

「きみに怪我をさせたくない」

ジェーンがにっこりした。「わたしはそんなにやわじゃないわ」

ドミニクはジェーンの片方の手首を縛っているクラヴァットに腕を伸ばし、逃れられないと確信できるくらいきつく縛り直した。続けてもう片方の手首も同様にし、後ろにさがって彼女を見つめた。永遠にこうして見つめていられると思えるほど、ジェーンは美しかった。

ドミニクが、裸でベッドに縛られたまま、これ以上ないほどに取り澄ました様子で横たわっているジェーンに見入っていると、彼女が口を開いた。「あなたはわたしに触れられる。でも、わたしはあなたに触れられない。少なくとも手ではね」

前に出たドミニクは、ベッドに膝をついた。手をあげてジェーンの頬に触れ、身をかがめてそっとキスをする。彼女の唇がかすかに動き、口から吐息がもれた。ドミニクは頬に触れていた手を顎から首、肩からなめらかな長い腕へと動かしていった。

キスを続けながら、もう一方の手も同じように動かしていく。「あなたが触れたいのはそこだけ？」ジェーンがきいた。「わたしの腕だけなの？」

「いいや」

「ほかにはどこに触れたいの？　やってみせて」

ジェーンが許したからといって、必ずしもそのとおりにしなければならないわけではない。ここで体を引き、終わりにするという選択肢もある。それなのに、ドミニクの震える手は彼女の胸に向かって動いていった。ドミニクがあと少しというところでためらっていると、ジェーンが期待に息を吸いこんだ。胸の先端は早くもとがっている。

ジェーンがささやいた。「お願い」彼女の願いを拒めずに、ドミニクは豊かな胸の上に手を置いた。すっかりほてって熱くなった張りのある肌が、彼のてのひらを押し返してくる。

ドミニクはふたたび身をかがめてキスをした。同時にジェーンの胸を探り、彼女の口からもれるあえぎ声に聞き入った。舌で片方の胸の先端を愛撫し、続けてもう片方の胸に顔を寄せる。そのまま愛撫を続けていると、ジェーンがこらえきれずに腰を浮かせ、ドミニクの硬い体にぶつけてきた。ドミニクは彼女の腹部の傷に注意しながら、すべての曲線とくぼみを崇《あが》める思いでやわらかな肌を両手でなぞっていった。じきに彼の手は、ジェーンの両脚の付け根近くで止まった。ドミニク自身は女性のもっとも大切な部分に自らを解き放ったことはない。けれども男と女が何をするのか、婚外子が生まれる行為の仕組みについては理解していた。しかし、ジェーンは婚約者だ。ふたりのあいだに子どもができても、婚外子にはならない。

ジェーンの体の中心を愛撫し、潤った秘部に指をあてがう。息をのんで腰をくねらせる彼女のなかに、ドミニクは指をすべりこませた。ドミニクの欲望の証は痛いほど高ぶっていたが、それでも彼の存在すべてが縛った状態のジェーンとひとつになるのを拒んでいた。ただし、結ばれるまで至らなくとも、歓びを与えることはできる。ドミニクが指を動かすと、ジェーンはその動きに合わせて身をよじらせた。彼女が快感を覚えているのはわかっている。こうすれば女性に快感をもたらせることを、ドミニクは知っていた。

「こんなふうだなんて」ジェーンがあえいだ。「知らなかった……思いも寄らなかったわ」

彼女のかすれた声にこもった高ぶりを感じとり、ドミニクの自制心が徐々に薄れていった。膝を使ってジェーンの脚を開かせ、視線を下に移して彼女のピンク色の肌に自身の浅黒い手が触れているのを見つめる。その手でジェーンの大切な部分に愛撫を加えると、彼女が声をあげて身もだえた。ドミニクはその反応に驚嘆し、視線をあげてジェーンの顔を見つめた。

「そうよ、もっと触れて」ジェーンがさらに体を押しつけてくる。

ドミニクが刺激を強めると、彼女がまたしても声をあげて反応した。顔を紅潮させたジェーンは目を閉じ、クラヴァットで縛られた手に力をこめた。ジェーンを縛っていなかったら、果たしてこの反応を引きだすことができただろうか？　この場を支配しているのはドミニクのはずだった。ジェーンは彼に触れることもできない。それでもジェーンは本人が思うよりもずっと強く、この場を支配していた。ドミニクはもはや、自分を抑えることすらままならなかった。さらに愛撫を続けるうちに、ジェーンが唐突に動きを止めて身をこわばらせ、彼の名を呼んだ。

こんなふうに名前を呼ばれたのは初めてだ。ジェーンの声には欲望と歓び、そして……愛がこめられていた。絶頂に達したジェーンを見たドミニクは、彼女をいとおしく思わずにいられなかった。これほど美しい女性がほかにいるだろうか？　快感がきわまって苦しげに身もだえするジェーンの様子は、ドミニクが呼吸を忘れるほど美しかった。その瞬間、頭のなかにあった自らの欲望は消え去り、彼女にさらなる歓びを与えたいという思いでいっぱいになった。身をこわばらせるジェーンを感じ、新たな快感に出会う彼女の表情を見ていたい。

ジェーンが目を開くと、その青い瞳には深い陰が宿っていた。けだるそうな笑みを浮かべて言う。「前にもしたことがあるのね」

「どうかな？　ぼくはきみのことしか覚えていない」

ほほえんだジェーンがドミニクを見た。頬がピンク色に染まり、赤い唇がキスのせいでかすかに腫れている。

「すばらしかったわ。すっかりふしだらな女になった気分よ。あなたはとても魅力的だわ。あなたを見るたびに、あなたに触れられるところを頭に思い描いてしまうの」

面白い発言だ。ドミニクは自分を取り立てて魅力的だと感じたことはない。金髪に白い肌をした弟たちや完璧な美しさの青い目を持つジェーンと比較すると、ドミニクは肌の色が濃く、容貌もロマのようだ。こうしてジェーンの腿に置いた自らの浅黒い手を見ていると、自分が触れることで彼女を汚している気になってしまうほど異質だ。しかし、ジェーンは彼に触れられるのを望んでいる。「どこに触れられているところを思い描くんだ？」

「すべてよ。でも、手だけじゃないの。あなたの口や体のことも、しょっちゅう考えているわ。あなたの体がわたしに押しつけられるのを感じたくて、どうしようもなくなってしまうの」

ジェーンの誘惑は強烈だった。ドミニクを受け入れる準備も完全にできている。今なら、ズボンを脱いでジェーンとひとつになるのは簡単だろう。自分の体を制御して正しく動きさえすれば、彼女にさらなる歓びを与えられるかもしれないという考えが頭に浮かんだ。

ジェーンの体の感触とスミレの芳香に集中しさえすれば、過去の出来事も考えずにすむかもしれない。悪夢に襲われることなく、彼女とひとつになれるかもしれない。ドミニクは大きく息をついた。

「本当にいいのか？　一度してしまったら、なかったことにはできないんだぞ？」

「あなたが欲しいの、ドミニク」ジェーンが言った。縛られた手の代わりに、言葉がドミニクの体を撫でていく。「わたしをあなたのものにして」

ドミニクはズボンに手をかけたところで動きを止めた。ジェーンを縛ったまま、先に進むわけにはいかない。結ばれるなら、彼女の自由な意思のもとで結ばれたい。ジェーンを信頼し、ジェーンがしてくれるのと同じように、ドミニクもすべてを彼女に与えたかった。ドミニクは腕を伸ばし、ジェーンの手首を縛っている結び目をほどいていった。ジェーンが眉をあげてドミニクを見た。

「このままでもいいのよ」

「ぼくがこうしたいんだ」

ジェーンが自由になった両手をおろした。「わたしが触れてもいいの？」

彼女に触れられたい願望と、悪夢が襲いかかってくる恐怖の両方がわきあがるのを感じながら、ドミニクはうなずいた。ジェーンが両腕を首にまわして彼を引き寄せる。ゆっくりとキスをしながら、切迫感もあらわに両手でドミニクの髪を探り、顎を撫でた。こんなふうに触れられたのは、彼にとって初めての経験だった。ジェーンの手から、愛と情熱とやさしさが入りまじった不思議な感触が伝わってくる。ドミニクは心にこみあげるさまざまな感情を抑えこみ、自らを落ち着かせた。考えすぎてはいけない。ジェーンの手だけをただ感じていればいい。

ジェーンの手が服を着たままのドミニクの体をなぞり、高ぶった男の象徴に触れた。しばらくその部分に触れていたジェーンは、やがてドミニクのズボンをゆるめ、あたたかいてのひらで直接包みこんだ。今まで相手にした女性には絶対に許さなかった触れ方だ。しかし、ドミニクはあえて彼女の好きにさせた。ジェーンがキスをし、体を探って彼をいとおしむ。人がこんなふうに触れることができるとは、ドミニクにとってはまさに未知の領域だった。

やがてジェーンが腰を浮かせ、ドミニクは自らの高ぶる男の象徴が彼女の潤った秘部に触れるのを感じた。ひとつになるまであと少しだ。彼は一瞬ためらったあと、意を決してわずかにジェーンのなかに身を沈めた。身をこわばらせたジェーンに向かって言う。「初めてのときは痛むそうだ」経験のない女性とどうやって結ばれたらいいのか、ドミニクは知らなかった。それどころか、女性と本当の意味でひとつになるのがどういうことかも知らなかった。焦って体を引こうとしたドミニクの肩を、ジェーンがしっかりとつかんで引きとめた。

「もう引き返せないわ。やめないで。ゆっくり動いてくれれば、たぶん平気だから」

あらゆる本能がジェーンを強烈に突きあげろと命じている今、ゆっくり動くことができるだろうか？　ドミニクは歯を食いしばり、ふたたびジェーンのなかに身を沈めていった。彼女に強く締めつけられる。こみあげてくる強烈な欲望で、息もうまくできない。

動きを止めてジェーンの体から力が抜けるのを待ち、ふたたび突き進んでついに完全にひとつになった。またしても彼女の体がこわばり、ドミニクは動きを止めた。待つのは苦痛以外の何物でもなかったが、永遠にも思えるときが過ぎたあと、ようやくジェーンがドミニクの耳元でささやいた。「いいわ、大丈夫よ」

もはや焦る必要も、指示を受ける必要もない。ドミニクは本能の赴くままに動いた。ジェーンがもう一度身をこわばらせたときは彼女が落ち着いて吐息をもらすまで待てたものの、次に同じことが起きると、もはや動きを止められなかった。

「もう我慢できない……」ドミニクは顎に力をこめたが、心はもはや完全に体に支配されていた。最後にもう一度ジェーンのなかに深く身を沈め、ついに彼女のなかへ自らを解き放った。絶頂を迎える前に身を離そうと考えていたのに、できなかった。ドミニクは頭をジェーンの肩に預け、彼女の腕に抱かれて荒い息をついた。

ジェーンがやさしくドミニクを抱き、背中を撫でて彼の名を呼んだ。ドミニクはジェーンに、自分はそんなやさしさを受ける資格のない男なのだと告げたかった。しかし、声が震えてしまうのが怖くて口を開くこともできず、激しく鼓動を刻む自分の心臓の音に集中しつづけた。

痛みはジェーンが想像していたほどではなかった。ずっと違和感があったのは事実だ。けれども初めてでなければ、あるいはドミニクを心配しすぎていなければ、歓びに思えるかもしれないという瞬間もたびたびあった。やがて呼吸が落ち着いたドミニクが体を離し、ジェーンと目を合わせた。黒い瞳はいつにも増して色濃くなっているように見える。いつのまにかろうそくの火は消えていて、休憩室はすっかり暗くなっていた。

ジェーンは何か言いたかったが、ドミニクに愛していると告げるのは怖かった。自分でもいつ恋に落ちたのかわからない。もしかするとドミニクの弱さに気づいたときかもしれないし、ファラーに傷を縫ってもらっているあいだにキスをしたときかもしれない。あるいは、ドミニクをひと目見た瞬間から、すでに好きになっていたのかもしれなかった。しかし、いくら望んでも、それを口にするわけにはいかない。だいいち彼女が思いを明かせば、ドミニクはどう反応するだろう？　ベッドから飛びおりて悲鳴をあげながらピカデリーを飛びだし、最初に見つけた馬車に飛び乗ってロンドンから去ってしまう可能性だってある。いずれにしても、ふたりは結婚する。思いを伝える時間はたっぷりあるのだから、焦る必要はどこにもない。

ただし、それもフォンセをとらえるまでドミニクを守りつづけられたらの話だ。そして、ジェーン自身がフォンセの次の犠牲者にならなければの話だった。

「痛い思いをさせたのなら謝る。ぼくは――」

ジェーンはルールを持ちだされる覚悟をしながらドミニクの唇に指をあてたが、彼は何も言わなかった。「わたしはそんなに弱くないわ。それに、痛みはなかった。正直なところ、少し違和感はあるけど、時間をかけて慣れていけばきっと消えるわ」

「ぼくは……不注意なことをしでかしてしまった」

ドミニクが何を言っているのかわからず、ジェーンは眉をひそめた。レディでいるのが難しいと感じるのは、女性にとって厳禁とされる内容を避けて話をしなければならないときだ。

「ぼくたちは結婚しなくてはならない」ドミニクがさらに体を離すと、ジェーンの心にたちまち言いようのない喪失感がこみあげた。しかし、彼はまだ隣にいてジェーンに顔を向けて横たわり、ベッドに肘をついて手の上に頭をのせていた。

「言ったはずよ。わたしはあなたと結婚するつもりだったって。こうなる前からね」ジェーンはベッドを身振りで示し、自分が生まれたままの姿でいることに気づいた。たしかに彼女は行儀作法にうるさいほうではないが、ドミニクの前でこうまで自らをさらけだしていながらも落ち着かない気分にならないというのは、どうにも不思議な気がした。ドミニクがまだ服を着ていて、自分が彼の体をほとんど見たことがないとなればなおさらだ。

ドミニクが目を閉じた。

「きみは結婚など望まないはずだ、ジェーン。もしぼくの過去を知ったら、きみは……」

彼の言葉が途切れたので、ジェーンは言った。「わたしが何を知ったら、結婚を望まなくなるというの？　話して。話してくれれば、わたしも力になれるわ。ふたりであなたの恐怖を終わらせられる」黒い瞳をじっと見つめているあいだ、ドミニクが今にも打ち明けだすのではないかという気がしてならなかった。彼の心の葛藤が、内面の闘いがはっきりと目に表れている。しかし、ドミニクはその目をふたたび閉じた。

「だめだ。レディに話していい内容じゃない」

「誓ってもいいわ」ジェーンは言った。「わたしはレディにふさわしくない話をこれまでにもたくさんしてきたのよ。それに、わたしたちがたった今したことだって、一般的にはレディのするふるまいだとは見なされていないと思うわ。わたしは天使じゃなくて、ただの女よ。わたしに話していけないことなんてないわ」そこまで言った彼女の口から、唐突にあくびが出た。自分でも驚くほどの強烈な疲労がいきなり襲いかかってくる。

ドミニクの手が腹部の傷に触れてきたとき、ジェーンは彼が先ほども傷に気を遣ってくれていたのだと思い至った。そんなやさしさを示してくれる男性に、どうして恋せずにいられるだろう。「疲れているはずだ」ドミニクが上体を起こそうとした。

ジェーンは彼の首に腕をまわし、自分の隣に引き戻した。

「ええ、疲れたわ。ここにいて、わたしの隣で眠って」

ドミニクが不服そうな表情を浮かべたが、ジェーンには彼がふざけているだけだとわかっていた。それならそれでかまわない。眠りに落ちるまで彼が隣にいてくれさえすれば充分だ。

両腕でドミニクの体を抱いて胸に顔を寄せ、心臓の上に頭をのせる。たしかな胸の鼓動を聞き、服と肌にしみついた革の匂いで鼻腔《びこう》を満たした。これでドミニクの香りはわかった。唇の味もわかっている。それなのに、ときとして彼自身がまったくわからなくなってしまう。でも、これからふたりで生涯をかけて相手を知っていけばいいだけの話だ。やがてジェーンは目を開けていられなくなった。ドミニクが彼女に毛布をかけて身を離したのはぼんやりと認識できた。ドミニクはまだ、相手を抱きしめて眠ることができない。そこまでの親密さを彼女に許す心の準備ができていないのだろう。ジェーンは眠りに落ちていった。どれくらいの時間眠っていたのか、ふと何者かの気配を感じて目を覚まし、ナイフに腕を伸ばした。

「これはどういうことだ？」

しまった。今は一糸まとわぬ姿で、しかもナイフがどこにあるかもわからない。しかし、ジェーンはすぐに自分がバービカンの本部にいることを思いだした。ここは安全な場所のはずだ。

それにしても、今の声には聞き覚えがある。よく知っている人物の声だ。前に何度も……。じきに目が暗闇に慣れてきて、ジェーンは叔父が扉のかたわらに立っているのに気づいた。あわてて毛布をつかんで裸の胸を隠す。

顔を真っ赤にしたメルバーン卿が目を見開いている。「ケンハム・ホールに行けと命じたはずだぞ」叔父の視線が部屋の向こう側へと移っていく。ジェーンが視線の先をたどると、こわばった顔をしたドミニクが壁に寄りかかって立っていた。

「ケンハム・ホールには行ったわ」ジェーンは言った。「でも、暗殺者に見つかったの。だから叔父さまに知らせるべきだと思って戻ったのよ」

メルバーン卿が視線をジェーンに戻し、今度は関心を引かれた表情で眉をあげた。服を着ていないジェーンの姿を確認して言った。「なるほど、わかった」

ジェーンはすべて計画どおりとでも言いたげな叔父の目つきが気に入らなかった。

「何がわかったの？」

「グリフィンが弱みにつけこんでおまえの純潔を汚した」

「彼は婚約者よ」

「そのとおりだ」叔父がにやりとする。

怒りがジェーンの全身を駆けめぐった。自分とドミニクとのあいだに起きた出来事を計略だと考えるなど、とうてい許せることではなかった。そんなふうにおとしめられてはたまらない。「わたしたちのことは叔父さまには関係ないわ」

「おめでとうと言うべきだろうな、ミスター・グリフィン」Mが言った。「わたしの願ったとおりになったわけだ」

「おめでとうを言うなら、わたしに言うべきね」ジェーンは体に毛布を巻きつけてベッドから飛びおり、矢面《やおもて》に立とうとした。「わたしが誘惑したの。彼に体を奪ってほしいと頼んだのよ」

「ジェーン」ドミニクが低い声で割って入り、彼女の背後に隠れるのを嫌ったのか、隣に進みでた。「もういい」

「冗談じゃない」ジェーンは首を横に振った。「すべての責任をあなたひとりにかぶせるつもりはないわ」改めて叔父に顔を向けて言葉を続ける。「わたしが自分から服を脱いで、彼に頼んだのよ。お願いだからわたしを――」

「そこまでだ。それ以上言うな！」叔父が叫び、目をきつく閉じてかぶりを振った。「そんな光景は想像したくもない」

「ぼくは彼女と結婚します、閣下。婚約したとき、ぼくたちはどちらも本当に結婚するつもりはなかった。ですが、考え直しました」

「当然、結婚してもらうとも」Mが言った。「今すぐケンハム・ホールに戻って、式の準備をするんだ」

「だめよ」ジェーンは拒否した。「フォンセはわたしたちがあそこにいるのを知っていた。わたしを殺すためにテュエールを送りこんできたのよ。安全な隠れ家なんてないわ。今すぐ行動を起こさなければ。さもないと……」そこまで言って、言葉を切った。なんと言えばいいかわからなかったからだ。その続きは考えることすら恐ろしい。叔母が殺されるかもしれないし、グリフィンの弟たちのひとりが切り刻まれるかもしれない。フォンセはすでに動きだしているのだ。

メルバーン卿はジェーンの言葉を聞き、長いあいだ考えこんでいた。ジェーンは叔父がいったい何を迷っているのかといぶかった。考える必要などないはずだ。それほど彼女にロンドンを離れていてほしいのだろうか？

「いいだろう」叔父がようやく答え、ジェーンを見据えて指さした。「一時間後にわたしの執務室に集合だ」

「わかったわ」ジェーンは考えすぎだと自らに言い聞かせた。叔父が自分を遠ざけようとしているなど、思いすごしに違いない。

叔父が扉に向かって歩きだし、最後にもう一度振り返った。「ロンドンにいる局員全員に集まるよう指示してある。今頃はほとんどが到着しているはずだ。ふしだらに見られない格好にしてから来るんだぞ」

15

　ドミニクは、閉まる扉を見ながらごくりと唾をのみこんだ。喉のつかえが取れず、胸にのしかかる重みも消えないせいで、徐々に呼吸が苦しくなってきた。これでふたりの結婚は確実なものになった。ジェーンに目を向け、視線を彼女の腹部までおろしていく。子どもができたかもしれないと思うと、ドミニクの頭にじわじわと混乱が押し寄せてきた。自分はいったいどんな父親になるのだろう？　そもそも、子どもを持つ資格があるのだろうか？

「ふしだらに見える？」ジェーンがおどけて目をしばたたいてみせた。

　毛布を体に巻きつけた彼女はとびきり愛らしく見える。髪は乱れたままで、赤い唇はかすかに腫れていた。「ふしだらにしか見えないな」

　ジェーンが眉をあげて言う。「そのほうがあなたの好みのような気がするのはなぜかしら？」

「その質問に答える気はない」

　わざとかどうかはわからない。しかしジェーンの体に巻かれた毛布がずれ、片方の胸のふくらみがあらわになった。ドミニクはまたしても唾をのみこんだ。なんてことだ。またしてもジェーンが欲しくなってきた。結ばれるという行為が単に欲望を解き放つだけではないことを、ドミニクはつい先ほどまで知らなかった。それよりもはるかに意味のある行為だ。おかげでこの何年かで初めて、過去を忘れられるかもしれない気分になっている。毛布を一枚巻いたきりの婚約者の愛らしさに意識を集中させれば、人生をやり直せる気がした。

その毛布を取ることに集中すれば……過去の記憶をどこかに押しこめ、いずれは忘却の彼方《かなた》に追いやって人生を取り戻せるかもしれない。

「ふしだらに見えないようにするなら、服を着ないといけないわね」脱いだドレスを見ながらジェーンが言った。「時間がないわ。着るのを手伝ってもらえる?」

ドミニクは首を横に振った。

「ミス・クィレンを呼んでこよう。ぼくには女性のドレスのことはわからない」

「勉強するいい機会になるわよ」

ドレスを着るのに本当に助けが必要なのかどうかもよくわからないまま、ドミニクは扉のほうへと歩きだし、Qの研究室に向かった。

およそ三十分後に姿を現したジェーンはすっきりとした様子で、完璧に無垢に見えた。これならば上階に行っても、ジェーンが下階でドミニクの手でベッドに縛りつけられていたとは誰も思わないはずだ。それに何より、あの姿を彼女の叔父に見られなくて本当によかった。

「あなたは準備できた?」Qを伴って出てきたジェーンがドミニクに言った。

「ぼくは呼ばれていない」

「そんな。あなただってわたしと同じく、最新の情報を知る必要があるわ。Q、あなたも来るの?」

Qがあくびをして答える。「いいえ。わたしはバロンに頼まれていた銃にかかりきりで、ゆうべは寝ていないの。前よりもずっと早く火薬を詰められるように改良したのよ。羽根ペンは持った?」

ジェーンがレティキュールを軽く叩くのを見て、ドミニクはため息をついた。ペン爆弾のことをすっかり忘れていた。まったく、この一件が終わったときに全員が生きていたら、それこそ奇跡というものだろう。

「それなら、わたしにできることはもうないわ。気をつけるのよ、ボンド」

「わたしはいつだって慎重よ」

「フォンセのやつを間違いなく殺してね」

ジェーンがにっこりする。「わかっているでしょう? ちゃんと息の根を止めてやるわ」

ドミニクはあきれてかぶりを振った。これまで耳にした女性同士の会話のなかでもっとも奇妙な会話だ。しかし考えてみればジェーンと出会ってからというもの、奇妙なことばかり起きている。この先も、おそらく普通の人生には戻れないだろう。

彼はジェーンをエスコートして上階へ行き、メルバーン卿の執務室の入口に立った。なかから話し声が聞こえてくる。男性も女性もいるようだ。ドミニクは外で待っていたほうがいい気がしたが、ジェーンが一緒に部屋へ入るよう彼の腕を引っ張った。ふたりが入ったとたん、室内が静まり返った。しかしジェーンは自分たちに集中している視線を無視して、ドミニクをただひとつ空いていた椅子へといざなった。ドミニクをかたわらに立たせたまま、肘掛け椅子に腰をおろす。

「遅れてごめんなさい」ジェーンが言った。

メルバーン卿がうなるような声をあげたのと同時に、彼の机のすぐそばに立っている男が楽しげに眉をあげた。男の瞳は信じられないほど青い。ドミニクは一瞬、義眼ではないかと疑った。

「みんなを紹介したいのはやまやまなんだけど」ジェーンが言った。「わたしたちは諜報員だから、それをすると規則違反になってしまうの」

しかしドミニクもセイントとウルフのスマイス卿夫妻、キーティング卿夫妻のことは知っていた。青い目の男と、陰のなかに立っているそのほかの者たちについては知らなかったが、特に知りたいとも思わなかった。世の中には、知らないほうがいいこともある。

「たった今まで」メルバーン卿が爪をいじっているジェーンをにらみながら言った。「ブルーが最新情報の報告をしていたところだ」

ブルーという名が誰を指すのかは想像にかたくない。異様なまでに青い瞳を持った男だ。

「ブルーは引退したものだとばかり思っていたわ」レディ・スマイスが言った。

ブルーがうなずいて答えた。「ぼくたちは全員、きみの出産がとうに終わってるとばかり思ってたよ。ところが、きみはまだその状態だ」

「お見事《トウシェ》」キーティング卿が口を挟んだ。

「なんにせよ」ブルーが言った。「ぼくは事実、引退した身だ。それなのに、きみたち現役の諜報員でなく、このぼくのところに新たな情報が届くとは。正直、驚いてるよ」

「あなたは情報を引き寄せる磁石みたいな人ですもの」レディ・キーティングが言った。

「情報が傷ついた鳥みたいに腿の上に落ちてくるんでしょう?」

「まあ、そうだ。とにかく、ぼくはある会話を耳にした。詳細はMに報告したからここで繰り返すつもりはないが、その会話によると、フォンセは大規模な要人暗殺をたくらんでいるようだ」

「標的はおそらく皇太子殿下だろう」スマイス卿が言った。

「ぼくもそう思う。だが、やつはここへきて計画の対象範囲を広げたらしい」ブルーが言った。「その計画はすでに動きだしている。具体的な決行の日時は不明だが、ぼくの印象では、ぼくたち……というよりきみたちに残された時間は少ない」

室内がざわめきはじめ、ブルーがレディ・スマイスの隣の椅子に腰をおろした。ドミニクの目にも、レディ・スマイスの腹部は今にも破裂しそうに見える。しばらくしてメルバーン卿が手をあげると、ふたたび室内が静かになった。「意見のある者は？」

「フォンセの計画が曖昧すぎます」ある男が言った。「これではどこから手をつければいいのかもわからない」

「真の標的からわれわれの目をそらすための囮《おとり》かもしれません」別の男が言う。「皇太子殿下の警護体制をゆるめるべきではないと思います」

「とにかく、もっと情報が必要だな」スマイス卿が言った。「われわれから組織的な攻撃を仕掛けるなら、なおさらだ」

「議論だけなら一日じゅうでもできるわ」ジェーンが静かに言った。その場の全員の視線が彼女に集まり、室内がしんと静まり返った。「わたしたちに今必要なのは、行動することよ」

「さすがわたしの見込んだ諜報員ね」レディ・スマイスがつぶやいた。

「もしブルーの情報が正確だとしたら……彼の情報が間違っていたことなんてないけど、フォンセは大勢の要人を一気に殺すつもりよ。重要人物が大勢集まる場所といったらどこかしら？」

「劇場だ」ブルーが言った。

「ヴォクソール・ガーデンズかもしれない」別の男が答える。

「ハイド・パークは？」

「手分けして可能性のある場所をすべて制圧する」

「いい心がけだ、ボンド」メルバーン卿が言った。

「ほかの社交クラブという可能性もあるな」スマイス卿がつけ加えた。

「〈オールマックス〉？」

「社交クラブのひとつかもしれない」

「ミスター・グリフィンとわたしはハイド・パークに行くわ」ジェーンが立ちあがった。

「いいや、おまえたちはここに残ってもらう」叔父がジェーンに命じた。「地下牢《ダンジョン》でメトリゼ団の資料をあたるんだ」

「閣下――」ジェーンが言いかけたが、叔父の険しい表情を見て口を閉じた。ただし、すさまじい剣幕が抗議の意をはっきりと示していた。

身をひるがえしたジェーンが諜報員たちのあとに続く。ドミニクもあとを追おうとすると、メルバーン卿が彼の前に立ちはだかった。

ジェーンが振り返った。「いったい何を――」

メルバーン卿が姪の抗議を無視して扉を閉じ、ドミニクに顔を向けて目を合わせた。

「きみはここに残るわけだが、わたしがきみのジェーンに対する義務を忘れたとは思うな」

「そんなことは思ってもいませんよ」

「逃れようなどと考えただけで、わたしはきみを反逆罪で訴える。きみが死刑になって切り刻まれる様子を、上着が血に染まるほど近くで見届けてやるからな」

ドミニクは、内臓が飛びだした自分の死体の脇に血みどろの顔をしたメルバーン卿が立っている場面を想像し、眉をひそめた。「何を心配なさっているのかはよくわかりました」

「よかろう」

「ぼくは心の底からジェーンを妻に迎えたいと思っています」言ったそばからドミニクは、心臓が胃の下まで落ちこんでいくような感覚にとらわれた。だが、今のところはそれを無視するよりほかない。

「その言葉を忘れないことだ」メルバーン卿が机に向かって歩きだす。ドミニクは自分への用がすんだのを悟ったが、その場にとどまりつづけた。

「ジェーンから、あなたがぼくの母を知っていると聞きました」

メルバーン卿がのぞきこんでいた紙の束から顔をあげた。ため息をついて背後にあったデカンタを手に取り、琥珀《こはく》色の液体をグラスに注ぐ。「諜報員の姪を持つというのは、ときに呪いになるものだよ、グリフィン。ああ、わたしはきみの母親を知っている」ジェーンの叔父がデカンタを掲げたが、ドミニクは首を横に振った。夕食のときのワインより強い酒を飲むことはめったにない。以前に数年間、過去を忘れたくて酒に逃げたときもあったけれど、結局さらに深い悪夢のなかへ引きずりこまれただけだった。

「ぼくはあなたを覚えていません」

メルバーン卿がかぶりを振った。「わたしたちは顔を合わせていない。きみの母親がいろいろと難しい状況に陥ったとき、わたしが力を貸したんだ」

どんな状況に母が巻きこまれたのか、ドミニクは想像する以外になかった。

「母があなたに頼みごとをしたんですね」

「そうだ。どうやってわたしを捜しあてたのかはわからない。しかし、わたしは断れなかった」

「捜査の手を引かせるよう、頼まれたのではありませんか？」

メルバーン卿が目を細めた。「きみはどこまで知っているんだ？」

ドミニクはすべてを知っている。あの夜の出来事は永遠に忘れられないだろう。なぜ母が絞首刑にならなかったのか、ずっと疑問に思っていた。あの男……名前を思い浮かべるだけでドミニクの胸に猛烈な憎悪がこみあげてくる。あの男を殺したのがドミニクの母であることに、疑いの余地などほとんどなかったのに。おそらくメルバーン卿が母を救い、同時にドミニクをも救ったというのが真相だ。「あなたに借りがあることは承知しています」

「そうかな？　何が原因にせよ、きみの母親に自らの行為の責任を取らせなかったのが正しい選択だったのかどうか、わたしは何度も考えてきた。最近もジェーンをきみと結婚させなかったらわたしたちの関係を公にするという脅迫をきみの母親から受けたときに、そのことを考えさせられたよ」

「母がそんな真似をするとは思えません」

メルバーン卿が眉をつりあげた。「もし本気でそう思っているなら、きみは自分の母親について何もわかっていない。彼女は目的のためならなんでもする。たとえ人殺しでも」

「あなたは間違っている」ドミニクは言った。「母についても、そしてぼくについてもです。ぼくはジェーンを幸せにするよう、全力を尽くします」

「きみはジェーンを幸せにするとも」メルバーン卿が椅子に腰をおろし、ドミニクの目を見据えた。「ほかに道はない」


ようやくMの執務室の扉が開き、ジェーンはドミニクに駆け寄った。「何があったの？」

「きみの将来の幸せについて合意に達した」

まったく、なんて謎めいた答えなの。いったいどういう意味だろう？　ドミニクが喜んでいるのか失望しているのかもよくわからない。ジェーンは彼の表情から何も読みとれなかった。

「叔父があなたに結婚を強要したのなら、許せないわ」

「ぼくが自ら同意すれば、強要にはならない」

ジェーンは喉が詰まったように息苦しくなり、ゆっくりと肺に空気を取りこんだ。しかし、ドミニクの同意を贈り物だと考えてもいいのだろうか。それとも彼は理不尽な同意をさせられて結婚したことで、いずれわたしに腹を立てるようになるのだろうか。

それにフォンセが自由の身にあってイングランドを脅かしている以上、ジェーンにはささやかな個人的事情をいちいち気にかけている余裕はなかった。周囲に視線を走らせると、同僚の局員たちが何人かで集まって静かに話し合ったり、書類に目を通したりしていた。「わたしたちも仕事にかかりましょう。メトリゼ団に関する資料を見に行くわよ」

「ダンジョンにあるって？」

ジェーンはうなずいた。「名前ほどひどいところじゃないわよ」

バービカンに所属するほかの多くの諜報員たちと異なり、ジェーンはダンジョンを嫌ってはいない。ダンジョンの正式な名前は資料室《レコーズ・ルーム》だ。そこでびっしりと並んだ無数のファイルに囲まれるのは楽しかった。貴重な情報を得たことが何度もあったし、資料整理を担当する局員はバービカンのなかでもっとも重要な人員だとさえ感じている。

ほかの諜報員たちは現場から引き離されて面倒な書類仕事を命じられるのを恐れていて、なかにはレコーズ・ルームに送られるのを懲罰だと受けとめる者もいる。資料整理の担当を命じられた何人かの局員がそのまま姿を消してしまったという噂もまことしやかにささやかれていて、ダンジョンという名の由来となっていた。

ジェーンはドミニクを伴ってダンジョンに到着した。扉の外に置いてあるランプのひとつを選んで火を灯し、高く掲げたまま重い石の扉を押し開ける。押し開けようとしたといったほうが正しいだろうか。結局はドミニクがジェーンをさえぎって、扉を開ける役割を引き受けてくれた。

ダンジョンの内部は漆黒の闇に包まれていた。無人のときは火気厳禁だ。石造りの部屋は無限に思えるほど広大で、なかに誰かがいても気づかない可能性もあった。しかし、今は先客がいるとは思えない。皆がフォンセを捜しているか、あるいはそのための準備をしているからだ。ジェーンが室内に足を踏み入れると、石の床に足音が響き渡った。

「どういう場所なんだ？」ドミニクが尋ねる。

「あらゆる記録を保管するための部屋」ジェーンは扉を閉じて答えた。「昔はたぶん地下聖堂だったんじゃないかしら。わたしがここに来るようになったときは、もう今の用途で使われていたわ」

「ぼくが見なければならない資料は？」

この場にはふたりだけしかいないという思いが強まってくるなか、ジェーンはドミニクを見つめた。男性とふたりきりになったことなら何度もあるが、ここまで強く意識したのは今回が初めてだ。部屋の温度がぐんぐん上昇しているかのように感じられる。ドミニクの黒い瞳は普通の人とは違う輝きを放っていた。彼に見つめられると、ジェーンは考えることも息をすることも……すべてを忘れて見つめ返すしかなくなってしまう。

ドミニクが眉をあげ、ジェーンは自分が返事をしていないのに気づいた。

「メトリゼ団の資料よ。見ても腰を抜かさないでね」

ドミニクがかすかにほほえんで身をかがめ、ジェーンに顔を寄せて耳元でささやく。

「簡単に怖がったりしないのはきみだけじゃない」

あたたかい息が肌にかかり、ジェーンは身を震わせた。体じゅうがほてりだし、両脚が異様に重く感じられる。「こっちよ」手を振ってついてくるよう指示し、ドミニクを連れて、何本もある通路のうちの〈K〉と書かれた通路を歩きはじめた。通路の両側には高い棚がそびえている。書類がぎっしり詰まった箱をおさめてあるせいで、棚板はたわんでいた。すべての棚には番号が振られていて、自分が探している棚に行きつくためには、鍵となる資料について問い合わせ、番号を教えてもらわなくてはならない。何気なくひとつの棚に視線をやると、〈K7865398〉という番号が書かれていた。記憶がたしかならば、この通路には毒薬と、ロシアの王室に関する情報がおさめられているはずだ。

もっとわかりやすい保管方法に改めるべきだと誰もが思っているものの、古い記録を管理する担当者に面と向かってそう主張する勇気のある者はひとりとしていなかった。いらぬ口出しをして資料整理の仕事にまわされでもしたら、それこそひどい目に遭うのがわかっているからだ。

何分かが過ぎ、ドミニクが咳払いをした。「いったいどこに向かっているんだ？　アメリカ大陸でも目指している気分になってきたよ」

ジェーンは肩越しに振り返った。「広いでしょう?」

「とんでもなく広いな。道に迷いそうだ。ひょっとして、もう迷っているのか?」

「わたしは迷ったりしないわ」ジェーンは迷っていないよう願いつつ、ランプを高く掲げた。

大丈夫だ。すぐそこでKの通路が終わっているのが見えた。「フォンセの資料は何度も見せてもらったから、場所は覚えているの。目指しているのはTの通路よ」

「T? なんの頭文字だ?」

ジェーンは首を横に振り、ドミニクを連れて高くそびえる棚のあいだを歩きつづけた。

「きかないで。資料整理の仕事を命じられるのがいやで、みんなここの仕組みについては口をつぐんでいるの」

「なるほど」

ようやく通路が交差する地点までたどりつき、ジェーンはさらにドミニクを目指す通路まで案内していった。ランプを彼に預け、棚に立てかけてある小さなはしごを動かしてのぼっていく。Qが直してくれた扇を使い、柄の部分にある虫眼鏡で小さな数字を追っていった。

彼女の腕ほどの厚みがある目当ての資料を見つけて棚から引き抜き、下にいるドミニクに手渡してから、スカートを踏みつけないよう注意深くはしごをおりていった。

「これで全部なのか?」ドミニクが拍子抜けした顔で資料を眺めた。

「そんなに多くないでしょう?」ジェーンは答え、頭を傾けてここまで歩いてきた通路のさらに奥を示した。「本来ならもっと情報があってもいいはずなのよ。でも、フォンセを調査しに行った諜報員はみんな殺されてしまったの」

「そいつは勇気づけられる話だ」

ジェーンはにんまりした。「でしょう？」ふたりで通路の行きどまりまでたどりつくと、彼女は石をくりぬいて造った部屋を手で示した。部屋というよりもくぼみと言ったほうがいいほどの狭い空間だ。けれども、とりあえず石の机と椅子をひとつずつ置ける程度の広さはある。なかに入って机の上にランプを置き、椅子に座って資料を開く。ジェーンにとって、資料の内容はもはやおなじみだった。子どもの頃に何度も読み返して記憶に焼きつけられた本と同じだ。見落としがないのを確認するため、丹念に虫眼鏡で最初の数ページをたどっていく。しかし、未知の記述はひとつとしてなかった。新しい発見は何もない。フォンセが攻撃を仕掛けるであろう場所の手がかりなど皆無だった。それだけではなく、最新の書類もなくなっている。くまなく捜しても見つからず、改めて捜しているうちに、ジェーンは自分が家で読むために持ち帰ったことを思いだした。まだ家にあるに違いない。この資料と同じく、役に立たないとは思うが、いずれにしても改めて確認する必要があった。

とはいえ、メルバーン卿が外出を許可するはずもない。結局のところ、ジェーンはとらわれた囚人以外の何者でもなかった。ドミニクも同様だ。ジェーンがちらりと盗み見ると、彼は壁に寄りかかり、腕組みして立っていた。その姿勢に、ジェーンが知りたいと思うドミニクのすべてが表れていた。ドミニクはジェーンに対して、それどころか世界に対して心を閉ざしている。黒い瞳の奥にあるドミニクの考えはジェーンにはわからなかった。もしかすると、永遠にわからないかもしれない。

でも、やるだけはやってみなくては。

「無理に結婚してもらおうなんて、わたしはこれっぽっちも思っていないのよ」ジェーンはようやく口を開いた。「あなたを罠にかけるなんてまっぴらだわ」

「ぼくは罠にかかったなんて思っていない」ドミニクが答えた。ジェーンは彼が続きを言うのを待ったがそれきり黙っているので、次に何を言うべきか頭を悩ませた。

「わたしが言いたいのは、あなたの結婚しようとしている理由が大事だということよ。もしわたしたちが……つまりあなたが……わたしの……」いったいどう言えば本心が伝わるのだろう。

「きみを汚したから？」

「わたしの純潔を奪ったから、と言うつもりだったのよ。とにかくそれだけが理由なら、無理して結婚する必要はないわ」

「なるほど、きみのほうが言葉の選び方が上手だ」またしてもドミニクは黙りこんだ。

ジェーンの正面に立った彼の黒い瞳からは何も伝わってこない。やがて、ジェーンはいても立ってもいられなくなった。しかつめらしい表情の下に隠されたドミニクの真の姿を、一度はたしかに目にした。それなら、もう一度探しあてることだってできるはずだ。立ちあがってドミニクに近づき、触れそうになるくらい身を寄せていく。彼はジェーンの行動を面白がっているようにも見えた。黒い瞳がかすかに輝きを増している。ジェーンの願いはドミニクに喜んでもらうことだけだった。こうまで近づくと頭がくらくらする。寒い石造りの空間で、彼の体温がはっきりと感じられた。このままぬくもりに身を任せられたら、どれほどいいだろう。

「あなたに対しては率直にものが言いづらいわ」ジェーンは言った。

「そうだな。きみは恥ずかしがり屋で控えめな女性だ。さぞつらいだろう」

ジェーンは指でドミニクをつついた。ドミニクがその指をつかんで自分の口に持っていき、唇を走らせる。ジェーンはゆっくりと息を吸いこみ、暴れまわる心臓をどうにか落ち着かせようとした。ドミニクに誘われているのか、まだ彼に触れてはいけないのか、何ひとつわからない。「もしあなたがわたしのもとから去りたいと思っているなら、それでもかまわない。そう言いたいだけよ。あなたと叔父が何を話したのか、知っているふりをするつもりはないわ。ただ、何を約束したにせよ、それに縛られる必要はないのよ」

「きみはぼくと結婚したくないのか？」ドミニクは冷徹な表情を保ったまま、声だけに怒りをにじませて言った。

「いいえ、そうじゃないわ。わたしは……」言ってしまったほうがいい。ドミニクが笑いたければ笑えばいい。臆病者になるよりはましだった。臆病者は大嫌いだ。「あなたと結婚したいと思っているわ。だって……」ジェーンはうつむいた。どうしてこんなに難しいのだろう？　敵を銃で撃ったり、指先だけで屋根からぶらさがったりするほうがまだ楽な気がする。ジェーンの指はまだドミニクの唇にあてられたままだったが、その状態でなかったらこぶしを握りしめていただろう。そうする代わりに、背筋を伸ばしてまっすぐにドミニクを見つめる。「あなたを愛しているの」

ドミニクの瞳がきらりと光った。しかしジェーンがその意味を考えるよりも先に、ドミニクは握っていた彼女の手を放した。「それは違う。きみはぼくを愛していると思っているだけだ。なぜなら……」彼は言葉を切り、意味もなく手を振りまわした。けれども、ジェーンにはその意味がよくわかっていた。

「わたしたちが結ばれたから？　わたしはそんなにうぶじゃないわ。たしかにあんなことをしたのは初めてだったけど、ほかのことならそれなりに経験はあるのよ。それに、男の人に対してこんな気持ちになったのも初めてなの。あなたを愛しているわ」

「いや、愛してなどいない」

こんなことまで議論をしなければならないのだろうか？「いいえ、愛している」ジェーンがいらだちのあまり手を振ると、ドミニクは彼女の手首をつかんだ。そのままジェーンの体をまわして、壁に背中を押しつける。ジェーンは反撃しようと思えばできたものの、それよりも彼がこのあとどうするのかを知りたかった。ドミニクが両手をジェーンの頭の両脇につけ、あと少しで唇が触れ合うほど顔を寄せてきた。何を話していたかさえ頭のなかから消えていき、ジェーンはただドミニクにキスがしたいとしか考えられなくなった。

「きみにはぼくを愛することはできない」

「なぜ？」ジェーンがつぶやくと金髪が額からはらりと落ち、ひげがうっすらと伸びたドミニクの顎を撫でた。このひげが素肌に触れた感触がよみがえる。ざらざらとして、同時にとても官能的な感触だった。

「ぼくはきみの愛情に値しない男だからだ」

ジェーンはまばたきを繰り返し、かぶりを振った。「わたしの……なんですって？」

ドミニクがジェーンから身を離した。

「本当のぼくを知ったら、きみは絶対にぼくを愛したりしない」

「本当のあなたなら知っているわ。ナイフで刺されたわたしを運んでくれたのはあなたよ。傷を縫い合わせているあいだ、身じろぎもしないでそばにいてくれたのもあなたよ。自分の歓びよりもわたしの歓びを優先してくれたのもあなただわ。馬が死んだらひたすら嘆いて、わたしがいくら守ってもらう必要はないって言ってもわたしを守ると言って聞かない。それが本当のあなたでなかったら、いったい誰だというの？」

ドミニクが驚いた表情を浮かべ、じっとジェーンを見つめた。

「あなたが誰なのか教えて。何があったのか話してちょうだい。わたしの気持ちが変わるかどうか確かめてみましょう」

ドミニクが頭を振ってあとずさろうとする。ジェーンはドミニクをこのまま去らせるつもりはなかった。引きとめようとつかんだ彼の腕がこわばる。ドミニクが腕を振りほどいてルールを思いださせようとするより先に、ジェーンは彼の手を握って指をからめた。

「わたしにあなたを愛させて、ドミニク。あなたの過去なんて関係ないと証明する機会を与えて」

「それは関係ない。ぼくが自分の過去を忘れられるとでも思うのか?」

「思わないわ。でも、わたしにあなたを幸せにする機会を与えてくれさえしたら、痛みと幸せを入れ替えられるはずよ。今朝わたしたちがしたことを思いだしても、痛みは感じないでしょう?」

しばらくのあいだ、ドミニクが彼女を見つめた。ジェーンはドミニクの手を引いてふたりの距離を縮め、つま先立って唇をかすかに触れさせた。

「キスして。そしてわたしに触れてちょうだい。過去の出来事なんて、今あなたが……わたしたちが共有しているものに比べたらなんでもない。そう思えるまでわたしにあなたを愛させて」

ドミニクが口の位置をさげ、ジェーンにキスをした。ジェーンはめまいがして、肌が焼けるようにほてりだした。激しく打つ心臓の音が耳のなかで響き渡って、何も考えられなくなる。キスへの渇望で頭がいっぱいになり、せっぱつまった欲望がこみあげて体が今にも震えだしそうだ。軽いキスで得た強烈な歓びに、口から吐息がこぼれた。さらなる渇望が押し寄せてきたが、ドミニクに無理強いしてはいけないことは承知している。ジェーンは慎重にキスを深めていく彼を受け入れた。あたたかい舌が口のなかに入ってきたときには、とうとうこらえきれずに声をあげた。それをきっかけに、ドミニクの態度が変わった。うなり声をあげてジェーンの両手を持ちあげ、体ごと彼女を壁に押しつけて激しく口をむさぼる。あまりに激しいキスに、ジェーンは息ができなかった。ドミニクの舌が彼女の舌にからみつき、彼に何ができるのか、どれほど大きな歓びを与えられるのかをはっきりと示す。ジェーンの胸に切望がこみあげてきて体が震えだし、肌も火がついたように熱くなった。

でも、まだ充分ではなかった。これで満たされてしまうわけにはいかない。「もしわたしが欲しいなら」ジェーンは距離を置いて言った。ドミニクと離れるのは心が痛む。「あなたもわたしに何かを与えてくれないとだめよ。義務感で結婚するなんて許さない」

ドミニクが体を押しつけてくる。彼の高ぶりがはっきりと感じられた。

「これが義務感からだと思うのか？」

「いいえ、欲望だと思うわ。わたしもあなたが欲しいの。欲しくてたまらないわ、ドミニク。ひどく熱いの。今触れられたら、爆発してしまいそうよ」

ジェーンの耳にドミニクがもらす長い吐息が聞こえてきた。「ぼくを殺すつもりかい？」

「いいの。わたしをあなたのものにしてほしい。壁に押しつけたままでも、机の上でもかまわないから好きにして。その代わり、あなたもわたしに何かをくれないとだめ」

それからしばらくのあいだドミニクは、荒い呼吸に胸を上下させながら、切迫した表情でジェーンを見つめていた。やがてドミニクが手を離してあとずさると、ぬくもりを失ったジェーンに冷たさが襲いかかってきた。彼は立ち去ろうとしている。ジェーンはドミニクを引きとめたかったが、かといって愛のない結婚をするのはごめんだった。彼の一部だけを愛して生きていくなどできない。犠牲を承知でドミニクにすべてを捧《ささ》げるつもりなのだから。けれども果たしてそれが本当に犠牲なのかどうか、判断がつかない。そもそも今の人生は自ら選んだものではなく、やっと自分が望むものを選ぶ機会が訪れただけの話なのかもしれなかった。ドミニクはあらゆる犠牲に値する男性だ。もしドミニクが愛してくれるなら、全身全霊をかけてジェーンを信じてくれるなら、彼女は喜んであらゆる犠牲を払う覚悟だった。

ジェーンは壁に頭をもたせかけて目を閉じ、こみあげてくる涙をこらえた。

「くそっ！」

ジェーンが目を開けたのと、ドミニクがこぶしを壁に打ちつけたのは、ほぼ同時だった。石の壁で、こぶしが傷ついたに違いない。彼女は思わず顔をしかめた。ドミニクが勢いよくジェーンに向き直る。壁に背を預けていなかったら、あとずさっているところだ。

ドミニクが黒い瞳を光らせて前に進みでた。「ぼくの身に何があったのかを知りたいのか？ 何をしてきたか、汚らわしい行為をすべて知りたいというんだな？ ぼくが何を許してきたのかも？」

ジェーンは恐怖を覚え、息をのんだ。本当に知りたいのかどうか、自信が持てなくなってくる。もしかしたら、ドミニクは彼女の想像を超える痛みを抱えているのかもしれない。けれども、その痛みが今のドミニクを形作ったのも事実だ。痛みが彼女の愛する男性を作ったのだ。ジェーンは大きく息をついた。「話して。すべてを聞かせてちょうだい」

16

「ぼくは婚外子として生まれた。父親の顔も知らない」

「それは知っている。気の毒に思うわ」ジェーンが小さく言った。

ドミニクは彼女のほうを向いた。「きみは自分の父親を知っているのか?」

「覚えているわ。父と母はわたしが六つのときに亡くなったの。馬車のなかで眠りかけたとき、父がおやすみのキスをしてくれた記憶もあるのよ。でも、本当の意味で父を知っているかというと、知らないと思う」

「ぼくは父の墓の場所なら知っている。何も知らないより、少しはましだと思うことにしているよ。父がいったいどこの誰だったのか、母は知っていたのだから上出来だ」

「それであの夜、墓地にいたのね?」

そんな偶然の出会いがあったことなどすっかり忘れていた。ドミニクはうなずいた。「父の墓に行っていた。父は肺病で死んだんだ。母が言うには、病気がひどくなるまではいい役者だったらしい」

「わたしは……いいえ、わたしがどう思うかは関係ないわね。お父さまのお墓にはよく行くの？」

認めれば、ジェーンが目を潤ませてため息をつくのはわかっている。ドミニクは同情されたくなかった。同情されたら、とても最後まで話ができない。「父を称《たた》えるために行くわけじゃない。ぼくがあそこに行くのは、父が母に何も残さずに去ったからだ。結局、母が金を持っていたとしても、不安のない生活を送っていたとしても、ぼくの人生はたいして変わらなかったのではないかとも思う。だが、当時は状況が状況だった。母は少ない収入を増やさなければならないと考えた。母を賞賛する男たちは、見返りさえ得られれば喜んで母を助けたよ」

「あなたを育てるために必死だったのね」

ドミニクは首を横に振った。「当初はそうだったかもしれない。だが、そのうちに母は、宝石や上等なドレスを求めるようになった。そうした欲求を満たすには、体を売るしか方法がなかったんだ」

「お母さまに腹を立てているのね」ジェーンが進みでて、ドミニクの腕に触れる。しかし、ドミニクは腕を引いた。彼女に触れられたいとは思わない。特に今は触れられたくなかった。

「母は男を次々と家に引き入れた。やさしい男もいれば、乱暴な男もいた。男たちはたいてい酔っていて、母もよく一緒に酔っ払っていた。真夜中の口論は珍しくなかったし、男と女が荒々しく交わる声もしょっちゅう聞こえてきた。ぼくは毎晩、悲鳴で目が覚めるのではないか、朝になって母がいないか酔っているんじゃないかと怯えながら乳母に寝かされたものだ。そして、ある晩……」

ドミニクは話を続けるのに、こぶしを握らなければならなかった。生々しい記憶を頭から追いだし、これが自分の身に起きた話ではなく、恐怖で喉が焼けそうに感じられるのも気のせいだと自らに言い聞かせた。

「ある晩、母が酔って寝入っているあいだに、ぼくの寝室の扉が開いた。乳母かと思ったが、入ってきたのは母の恋人だった。ぼくはその男を知っていた。男はぼくが眠っているベッドまでやってきた。男が何を望んでいるのか、ぼくには見当もつかなかった。だが、それはすぐに明らかになったよ。やつはぼくに……触ってきたんだ」めまいがして胃が暴れだし、額に汗が浮かんだ。

「ドミニク、そんな」

ドミニクはジェーンに目を据えた。「そうだ」押し寄せてくる記憶と闘い、感情を抑えた声で言葉を続ける。「男はぼくの顔をシーツに押しつけて服を脱がせ、望みをかなえた。あのときの痛みと恐怖は言葉にできない。ぼくは自分が死ぬものだとばかり思っていたよ。当時、ぼくはまだ四歳だった」

彼は目に涙を浮かべたジェーンの表情を想像して顔をあげた。ところがジェーンはすっくと立ったまま、うなずいて続きを促しただけだった。ここでジェーンが泣いていたら、ドミニクの心は壊れていただろう。

「ぼくは誰にも言わなかった。話したら母を殺すと男に脅されたんだ。当然、一度きりではすまなかった。母が新しい男に乗り換えたとき、ぼくは安心したよ。母も何かおかしいとは感じていたらしいが、突きつめて考えようとはしなかった。それから一年近くが過ぎて、別の恋人がまたぼくに欲望の矛先を向けてきたんだ。その男は手込めにするのではなく、違うやり方を強要した」

ドミニクがふたたびジェーンと目を合わせると、驚いたことに彼女は衝撃を受けたふうでも嫌悪感を覚えたふうでもなく、ただ彼の話に耳を傾けていた。ジェーンは女優としても優秀だ。

「ある夜、母はぼくの寝室にやってきて、ぼくがその男の前でひざまずいているのを見つけたんだ。部屋から出されたぼくの耳に、すさまじい口論の声が響いた。近所の誰かが見まわりの者を呼んで、彼がボウ・ストリートの捕り手に通報した。母がその男を殺してしまったんだ。母は正当防衛だと主張したが、傷の状態からしてとてもその主張が通るはずはなかった。きみの叔父上が介入して救いだしてくれなかったら、母は絞首刑になっていたかもしれない」

「叔父が？」

「ぼくの母が過去のことできみの叔父上を脅していたのを聞いたんだろう？　母はぼくのために人を殺したんだ」

「でも、叔父の話では……」ジェーンが首を横に振った。「嘘だったのね」ドミニクを見て言った。「叔父はあなたを守るために嘘をついたんだわ……もう何年も経っているのに」スミレの芳香が届く距離まで、ジェーンがドミニクに近づいた。「あなたは何も悪くない。あなたは子どもだったのよ」

ドミニクはかぶりを振った。

「何か……何かできたはずだ。叫ぶか、相談するかしていればよかった」

「いいえ、ドミニク、あなたは間違ったことなんて何ひとつしていない。悪いのはあなたを利用した男たちよ」

まぶたの裏に何かがこみあげてくる。ドミニクはじきにそれが涙だと気づいた。しかし、泣きはしない。涙なら子どもの頃にいやというほど流したし、泣いても何も変わらないと思い知っただけだった。もちろん、今の状況が涙で変わるはずもない。彼は目をきつく閉じ、涙を抑えこんだ。「これでぼくが触れるときみを汚すことになる理由がわかっただろう。ぼくは自然の摂理に反した異常者なんだ」

「ドミニク、あなたは何も間違っていないし、わたしの気持ちだって変わらない。わたしはまだあなたを愛しているのよ。いいえ、話を聞く前よりも強く愛しているわ。あなたをより深く知ることができたんですもの」

ドミニクは閉じていた目を開け、今ジェーンが本当にそう言ったのか、あるいは自分の想像の産物なのかといぶかった。

「あなたが厩舎でどうしてああいう反応をしたのかもよくわかったわ。でも、わたしは絶対にあなたを傷つけたりしない。それにあなたにもわたしに触れてほしいの。あなたに触れられるのが大好きだし、あなたがわたしに触れてほしいと望んでいるときは、わたしも同じようにしてほしいと望んでいるのよ」

ドミニクはジェーンを見つめた。なぜ彼女が嫌悪感を覚えないのか理由がわからない。ドミニク自身でさえ、母が見た光景のせいで、自分が母にさせたことのせいで、母と目を合わせられないときがあるというのに。

しかし、何かが変わった。ドミニクのなかで、何かが解放されていた。痛みはまだ残っているものの、重く孤独な部分が軽くなっている。今までよりもずっと気分が楽になっていた。朝起きたときに忌まわしい記憶を忘れていることがごくまれにあるが、そのときと同じ気分だ。もしかすると、時間さえ経てば心は癒やされるのかもしれない。

「ぼくに触れてくれ」拒絶の色が浮かばないかどうか確かめるため、ドミニクはジェーンの表情を凝視しながら言った。彼女が腕を伸ばしてドミニクの手を握った。ジェーンの手は完璧ではないが、やわらかかった。手袋をはずした彼女の手にあったいくつもの傷を、ドミニクは見たことがある。だが、ジェーンの傷は外側のものだ。ドミニク自身の傷はもっと深く、隠された場所にある。ジェーンがドミニクの手を口に持っていき、てのひらにキスをした。ドミニクはてのひらを彼女の顎から頬へとすべらせていった。薄暗い部屋のなかだと、浅黒い彼の手はジェーンの白い肌に対してまるで影のように見える。ドミニクがジェーンの頬に指を走らせると、彼女は目を閉じ、ドミニクに触れられるのを渇望しているように頬を押しつけてきた。そしてドミニクに身を寄せ、両腕を彼の首にまわした。ドミニクはキスされるのを予想したが、ジェーンは彼の体をきつく抱きしめただけだった。どうすればいいのか、何を期待されているのかわからずに身をこわばらせて立ち尽くす。しかし、そのまま時が経つうちに、ジェーンの望みがただドミニクを抱きしめることだけなのだとわかってきた。ドミニクは頭を彼女の肩にのせ、全身の力を抜いた。

ジェーンは彼よりも背が低く、体も女性らしい丸みを帯びているものの、筋肉質で弾力のある体つきをしていた。少々の圧力でつぶれてしまうようなやわな肉体ではない。ドミニクが完璧でないからといって、大声で責めたりもしない。彼女は――頑固で向こう見ずで、しかも命令に従わないという面はあるにせよ――完璧だった。

そして、彼を愛してくれている。

そう考えただけで、ドミニクは笑みをこぼした。最上級のダイヤモンドにも等しく、国のために働く諜報員であり、彼の知るかぎりもっとも勇敢な女性でもあるジェーン・ボンドが、自分を愛してくれている。ドミニクのことをだ。ジェーンが体を引いた。

「何を笑っているの?」

「理由はないんだ」

ジェーンはドミニクの頭がどうかしてしまったと思っている。彼女の顔を見れば明らかだ。

「きみがぼくを愛しているからだよ」ドミニクは説明したが、ジェーンの表情は変わらない。

「いつかあなたがわたしを愛していると言ったときは、わたしも笑ってあげる」

「そんなに自信があるのか? ぼくがきみを愛するようになると確信しているのかい?」

ジェーンが眉をあげた。「わたしを愛しているんじゃないの?」

彼女の自信をドミニクはうらやましく感じた。もしかしたら、ぼくはジェーンを愛しているのかもしれない。だが愛や過去、そして将来について考える気にはなれない。それよりも現在――ジェーンの体の感触や花の香りがする髪、そして自らの軽くなった心――について考えたい。ジェーンはぼくを愛しているのだから。

ドミニクは頭をさげていき、ジェーンの唇に軽くからかうようなキスをした。彼女の背中に置いた両手に力をこめ、呼吸が伝わってくるまで引き寄せる。ジェーンの体はぬくもりに満ちていて、呼吸をするたびに胸が上下するのが感じられた。ドミニクはキスを意識していたわけではなく、ただ彼女を味わい、試し、からかうために唇を重ねた。ジェーンがいらだちの混じったあえぎ声をもらした。ドミニクが舌を出して下唇に走らせると、彼女は身をこわばらせて息を止めた。白い手が彼の頭に触れ、髪にからみつく。

一瞬、ドミニクはジェーンの両手を払いのけたい衝動に駆られた。昔から感じつづけてきたおなじみの混乱がこみあげてくる。混乱にとらわれるのも、支配されるのもごめんだ。ドミニクは衝動を抑えこんだ。相手はジェーンだ。そして、彼女はぼくを愛している。

「もっと」ジェーンがささやいた。喜んで従いたくなる命令だ。ドミニクは唇を彼女の口から顎へと移していき、さらに耳まで走らせた。彼が耳のすぐ下にキスをすると、ジェーンが身を震わせるのが感じられた。恐怖ではなく、切望で震えている。ジェーンはそれほどまでにドミニクを欲していたし、ドミニクもまたジェーンを欲していた。この欲望には卑しさも、醜悪さも、暴力的なところもない。彼はただ、ジェーンに歓びを与えることを欲していた。

ジェーンの胸に手をやり、たしかな重みを確かめた。胸の先端が硬くとがってドレスの薄い布地を押しあげている。さらに張りつめて彼女の息が荒くなるまで胸の先端を手で愛撫しつづけ、それから身をかがめてドレスの上から口を押しつけた。ジェーンが両手で彼の髪をつかみ、あえぎ声をもらす。前回の彼女は一糸まとわぬ姿で、このうえなく官能的だった。しかしドレスを着たままの彼女もまた、同じくらい官能的に見えた。

ドミニクはいったん顔をあげてジェーンの目を見つめ、両手で愛撫を続けた。ジェーンの瞳は信じられないほど青く澄んでいる。以前はなぜ青い瞳が好きではなかったのか、ドミニクは理由を思いだせなかった。とても美しく、圧倒される瞳だ。夜が訪れる直前の空の色を思わせる瞳は色濃く、愛らしい。今、その目には欲望がはっきりと表れていた。ジェーンの頬はピンク色に染まり、繊細な唇は赤く濡れている。ドミニクの髪を探る両手が、ふたりの距離を詰めるよう訴えていた。ドミニクが顔を寄せて唇を重ねると、ジェーンがすぐに反応し、口を開いてピンク色の舌で彼の唇をなぞりはじめた。

彼女はドミニクの忍耐を試している。ドミニクは両手をジェーンの腰までさげ、強く引き寄せた。ジェーンのために口を開いて舌をからめていく。口の動きと合わせて、体全体で彼女を愛撫し、探り、じらした。こみあげる渇望は痛いほどに強烈だ。だがジェーンはつい数時間前まで純潔だった身で、ふたたび彼を受け入れる準備はまだできていない。それくらいはドミニクも承知していたし、何より避けたいのは彼女を傷つけることだった。

ジェーンは顔を紅潮させてドミニクにすがりついている。ドミニクが手を離したらその場に倒れこんでしまうのではないかと思えるほど、ジェーンは彼に身を預けていた。ドミニクが軽々とジェーンの体を持ちあげて石の机に座らせると、彼女はキスをやめて顔を離し、机の上に視線をやった。腕を伸ばして広がっていた資料をまとめ、扇と一緒に机の端に寄せる。

ドミニクは小さく笑った。「きみはいつだって諜報員だな」

ジェーンがドミニクと目を合わせた。「そういうのは嫌い?」

「その逆だ。生真面目で厳格な諜報員がわれを忘れる姿を見るのは悪くない」

「あなたを最初に目にしたときから、わたしはわれを忘れているわ」ジェーンがドミニクの頭を引き寄せ、耳元でささやいた。そのあいだにも、彼の胸に置いた両手を腰へとさげていく。またしてもドミニクはジェーンの手を払いのけたい衝動に襲われた。本能がジェーンに抱かれるのを拒絶し、触れられるのを拒むよう訴えている。しかしドミニクは、彼女に求められる存在であることを気に入りはじめていた。

ジェーンが唇でドミニクの耳をたどる。

「あなたを美しいと思ったとき、これは大変なことになると感じたの」

ドミニクは首を横に振った。「男というのは美しくはない」

「あなたは美しいわ」ジェーンが両手でドミニクの高ぶりに触れ、彼は息を吸いこんだ。

「あなたが欲しいの、ドミニク」彼女がささやく。「いくら求めても足りないくらいだわ」

「試してみよう」ドミニクはほほえんで告げ、ジェーンを石の机に横たえた。

ジェーンはドミニクを見つめた。まぶたは重く、呼吸は乱れている。彼のみなぎる欲望をもう一度目にしたくてたまらない。ドミニクがあとずさってドレスの裾をまくりあげ、むきだしになった足首にキスをする。そんな場所にキスを受けたのは初めてだ。歓びがほてりとなって脚を伝い、やがて付け根に達した。足首をつかんだドミニクは彼女の顔が見えるよう膝を曲げさせ、ふくらはぎから膝へと唇を走らせた。

膝の裏の敏感な肌を舌で愛撫され、ジェーンは跳ね起きた。「何をしているの?」

「いつも分析せずにはいられないんだな」

「好奇心が旺盛なのよ」

「ぼくもだ」ドミニクがさらにスカートをまくりあげ、ジェーンの体をあらわにした。ダンジョンの冷たい空気がもっとも大切な部分に触れるのを感じながら、ジェーンは彼が視線をわずかにさげて目を細める様子を見つめつづけた。もはや息さえできない。ドミニクはルーベンスやマッフェイ（いずれもバロック期の芸術家）の描く堕天使そのもので、激しい情熱と大胆さをあらわにしており、まさに官能の化身だった。

ドミニクの口が動いて膝の上までやってくると、彼に押さえつけられているジェーンの脚が震えはじめた。

「ぼくもだ」ドミニクが繰り返した。「きみの過去の恋人の話など聞きたくない。だから、こんなことを尋ねたら後悔するかもしれない」

「恋人はあなただけよ」ジェーンは言った。「あなたも知っているでしょう？」

「厳密に言えばそうだ。同じ厳密さで言えば、ぼくの恋人もきみだけということになる」過去をさまよいだしたのか、一瞬ドミニクの目が曇った。ジェーンの胸に、ふたたび自分を見つめてほしいという思いがこみあげた。

「わかっているわ」今を取り戻したドミニクの目がふたたびジェーンをとらえたとき、彼女は言った。「わたしたちはこれから、やり直すのよ。快感以外のことは全部忘れるの。きれいさっぱりね」

ドミニクが息をついてうなずき、ふたたびジェーンの脚に顔を寄せた。彼の唇が腿に触れ、上に向かってくる。ジェーンは体が激しく震えはじめ、両脚の付け根に宿った切望が熱く、せっぱつまったものになっていった。

「ぼくは女性のこの部分にキスをしたことがない」ドミニクが言った。「脚のあいだに口を這わせて舌で絶頂に導いた経験は、今までに一度もない」

胸に強烈な欲望が突きあげ、ジェーンはきつく目を閉じた。なんとか自分を取り戻そうと、机にあてた両手に力をこめる。ドミニクは言葉だけで自分を絶頂に導けるのではないかと考えずにいられなかった。

「だが、こういうやり方もあると本で読んだ」

「いけない本ね」ジェーンはあまりにもかすれた自分の声に驚きながら言った。「そんないかがわしい本なんて、わたしは読んだこともないわ」

「ぼくより前にここにキスをした男はいるのか？」

「いないわ」ジェーンはきっぱりと答えた。やさしくしてくれる男性なら過去にもいた。しかし、そんな場所にキスをした男性はいない。たぶん誰がしようとしても許さなかっただろう。それほど親密なキスだ。自分がひどく弱くなった気分にさせられる。けれども、ドミニクが相手ならば正しいことである気もした。彼の望みならなんでも受け入れられる。

「では、これもぼくたちふたりにとって初めての経験ということだ」ドミニクが両手を彼女の腿に置き、指でスカートを押さえながらゆっくりと押しあげた。スカートを腰の位置までまくりあげると、ジェーンの脚のあいだに立って見おろした。「きみは美しい。ピンク色で完璧だ」両手を脚の付け根に向かってすべらせ、片方の手で彼女の秘部を覆う。「とても熱くて……」ジェーンと目を合わせた。「濡れている」

ドミニクが手に軽く力をこめただけで、ジェーンはこらえきれずに息をのんだ。全身の切望がその一点に集中していく。気づけば無意識のうちに腰を浮かせ、彼の手に体を押しつけていた。もっと強く触れてほしい。指で愛撫して、それから情熱とともに突きあげてほしいと願わずにいられない。しかしドミニクは手に力をこめるどころか手を離し、代わりに腿の内側に顔を寄せていった。

「ああ！」ジェーンの指がつかむ場所を求めて机をかいた。一日分のひげが伸びたドミニクのざらつく頰が敏感な肌に触れ、歓びのあまりジェーンの視界がぐらぐらと揺れはじめた。ふくれあがった欲望で体が重くなり、そのまま落下していくかのような感覚にとらわれる。それでも彼女は、自分が落ちないようにドミニクがつかまえていてくれると確信していた。ただし、もちろん恋に落ちるのだけは止められない。

体の中心をドミニクの唇が軽くなぞった瞬間、ジェーンの体は跳ねあがった。ドミニクの唇が反対の腿へと移っていき、ジェーンの口からいらだちまじりの吐息がこぼれる。今や両脚は大きく開かれていて、その中心は興奮と渇望ですっかり熱くなっていた。

「わたしのなかに入ってきて」自分でもあまりに息苦しそうな声と不埒《ふらち》な言葉に、またしても驚きが走った。すべてはドミニクのせいだ。彼とこうしていると、ダンジョンもメトリゼ団も、重要な任務のことさえも忘れてしまう。ドミニクといるときの彼女はボンドではなく、ただのジェーンだった――けれども、それも真実からはほど遠い。ふたりで一緒にいるとき、彼女はジェーン以上の存在になれる。ふたりとも、揃ってまったく新しい人間になってしまう。

ジェーンが身をよじってもがいていると、ドミニクがようやく顔をあげて彼女の目を見つめた。こんなふうに両脚のあいだからのぞく彼の顔を見ているだけで、絶頂に達してしまいそうだ。こんなにも簡単に達しそうになるなんて、思いも寄らないことだった。ドミニクが両手を彼女の両脚の付け根に近づける。「いいかい?」

たったひと言で、ドミニクはジェーンを切り伏せた。簡単なひとつの問いかけに、彼女がドミニクを愛する理由が全部詰まっている。まぶたの裏にこみあげる涙を必死でこらえながら、ジェーンは答えた。「いいわ」

ドミニクが頭の位置をさげて唇をジェーンの繊細な肌に触れさせると、彼女は爪で石の机をかき、わずかに腰を浮かせた。そしてついにもっとも敏感な箇所に舌で触れられたときは、叫び声をあげ、全身を欲望でぶるぶると震わせた。ドミニクが舌先で愛撫を続けていく。こんなにもすばらしいことがこの世にあるなんて、ジェーンはとても信じられなかった。痛みにも似た強烈な快感に全身がこわばり、体がひとりでに身もだえする。さらに愛撫が続き、ジェーンの耳に誰かの絶頂に達した悲鳴が聞こえてきた。むろん悲鳴をあげているのはジェーン自身だが、彼女はもはやその場にはいなかった。快感が炸裂《さくれつ》して全身を満たし、それが何度も繰り返し押し寄せてくる官能の渦のなかにいた。

すさまじい快感が何度も訪れる。こんな強烈な歓びを自分が経験するなんて信じがたい。快感の波が引いていったとき、ジェーンはまだ自分が悲鳴をあげつづけており、ドミニクの前で両脚を大きく開いているのに気づいた。すると、今度はドミニクの指がなかに入ってきた。新たな興奮がふたたび押し寄せてくる。これ以上はありえないと思っていたところに、さらにすさまじい快感が襲いかかってきた。ドミニクが指を前後に動かしながら、ふたたび口を秘部に寄せてきた。ジェーンの体はとても敏感になっていて、ドミニクの舌の感触も痛く感じるほどだった。ただし痛みといっても、めくるめく快感と等しい痛みだ。彼の指と熱い舌の動きによってもたらされる快感に引きずられて、ジェーンはふたたび頂点にのぼりつめた。

今度の絶頂は叫ぶことすらできなかった。ジェーンはドミニクが与えてくれる歓びをすべて受け入れ、すすり泣きながら背中を弓なりにそらした。じきに全身の力が抜けていき、机の上にぐったりと横たわった。

何年間にも思える時間が過ぎていき、ジェーンはようやく目を開けた。ドミニクが唇の端をあげてほほえみ、彼女のスカートをおろして体を隠した。「なかなか興味深い反応だ」
うまく話せるかどうかもよくわからなかったが、ジェーンはどうにか口を動かした。

「わたしならそうは言わないわ」

「きみならどう言うんだ？」

「褒めてほしい？」

「いや、きみの反応に勝るすばらしい賞賛などありえないよ」

ジェーンは両手で目を覆った。「思った以上に敏感に反応してしまったみたい」

ドミニクがジェーンの手を取ってキスをし、そのまま引っ張って座らせた。「いつも正直に反応してほしい。この結婚を成功させるには、ぼくたちはつらいことも含めて互いに正直にならなければ」

彼が結婚を現実のものとして話していることに痛いほど心を揺さぶられながらも、ジェーンはその言葉が真実を衝《つ》いていると承知していた。今までのふたりは正直ではなかった。ドミニクは過去を恥じていたし、ジェーンにしても隠さなければならない現在の任務があった。ふたりはこの先、心の闇やもろい部分をさらけだす方法を見つけていかなければならない。果たしてうまくやっていけるだろうか？

ドミニクがジェーンの手を引いて机からおろした。「さあ、資料を読まないと」

「でも……」ジェーンは困惑して訴えた。「わたしはあなたに何もお返しをしていないわ。わたしにも――」

彼はジェーンの唇に指をあてた。

「きみはぼくに愛をくれた。それも、ぼくにふさわしい以上の愛情を」

「ドミニク」ジェーンは首を横に振った。ドミニクは愛を受けとるのに充分ふさわしい男性だし、むしろそれ以上だ。「残念ながら、ここの資料は前に見たものばかりだわ。でも、わたしの家にもメトリゼ団の資料があるの」

「取りに行くべきかな?」

ジェーンはまた首を横に振った。「フォンセの手下が見張っているに違いないわ。テュエールが戻らなかった以上、その可能性はさらに増していると思う。わたしを殺すのに失敗したことは間違いなく気づいているでしょうね。だからわたしの代わりに、ほかの局員に行ってもらわないと」

「ぼくが行こう」

「危険すぎるわ。あなたは訓練も受けていないのよ」

「それが最善の方法だ。どのみち、ぼくはロンドンのエッジベリー邸に行くつもりだからね」

またしても、ジェーンは首を横に振った。「だめよ、メルバーン卿も許さないわ」

「ジェーン」ドミニクがジェーンの手を握る。ふたりの手は氷のように冷たくなっていた。彼は持っていた上着をジェーンの肩にかけた。「ぼくの弟たちと義理の父がいるんだ。彼らに警告しないと。きみならわかるだろう？」

ジェーンはため息をついた。「もちろんわかるわ。でも、Mはあなたを行かせないわよ」

ドミニクが眉をあげた。

「きみが秘密の通路のひとつも知らないって話を信じろというのか？」

ジェーンは彼をじっと見つめてから言った。「ついてきて」ダンジョンのもっとも暗い場所へとドミニクを案内する。そこはAの通路にあり、ジェーンも資料を探したことはない。しかし以前に一度、この区画にある外へと通じる扉を叔父に教えてもらったことがあり、そのとき叔父には、誰にもこの扉の存在を教えないと約束した。叔父は万が一バービカンが攻撃を受けてジェーンが脱出する事態になったときのことを考え、秘密の扉がある位置を教えてくれたのだ。「この扉は、ピカデリーからそう離れていない路地に続いているわ。そこからエッジベリー邸に戻れるはずよ。時間はどのくらいかかりそう？　あなたが戻る頃に、この扉を開けて待っているから」

「二時間もあればいいだろう」ドミニクが言った。「ただし弟たちがもし家にいなければ、ぼくは〈ホワイツ〉まで行かなければならない。その場合は三時間というところだな」

「いいわ。ここで待ってる」

ドミニクがうなずき、ジェーンの顔を両手でそっと包んでキスをした。彼女は上着を脱いでドミニクに着せかけ、ボタンを留めてしわを伸ばした。

「気をつけて」

ドミニクが扉を開け、ダンジョンをあとにした。一瞬ジェーンの頭に、ついていこうかという考えがよぎった。彼を守りたい衝動がこみあげてくる。しかし、頭を振ってその考えを追い払った。フォンセはドミニクのことを知らないのだから、一緒に行動しないほうが彼にとって安全に決まっている。

それに、まったく無防備な状態でドミニクを送りだしたわけでもない。

ジェーンはダンジョンの迷路のような通路を抜け、上階に戻った。ほかの諜報員たちの姿は見えず、建物全体が奇妙に静まり返っている。この場所がこんな状況になることはめったにない。危険の度合いがもっとも高まったナポレオンとの戦争のあいだに、数回あったくらいだ。たしかに今も、そのときに匹敵するくらい危険な状況だ。フォンセの計画の全容はわからないが、絶対に阻止しなければならないのは間違いない。わが国の安全がかかっている。恐怖に怯えることなくハイド・パークでの幸せな散歩や、舞踏会での夜通しのダンス、日々の生活を続けるためにも、皆の安全を守らなくてはならない。

疲れきっていたジェーンは、一時間ばかり休憩室で仮眠を取ろうと思い立った。休憩室のある通路に入る角を曲がったとたん、マネーペンスが正面からぶつかってきた。

「ミス・ボンド！」マネーペンスが必要もないのに腕を取ってジェーンを支えようとし、すぐに手を離した。「すまない」彼の視線がジェーンの背後に移る。ドミニクが現れて叱責されるとでも思ったのだろう。

「ミスター・グリフィンなら今はいないわよ」

「今は、か」マネーペンスがうれしがるというより、むしろ悲しそうにつぶやいた。

「どうかしたの？」ジェーンは尋ねた。

「きみはあの男を愛している」マネーペンスが言った。質問口調ではなかったけれど、本当は問いかけたかったのだろうとジェーンは思った。

今はもっと大事な用件を話し合わなければならないときだ。ジェーンはマネーペンスにそう告げようと口を開きかけたものの、思い直した。彼女に対する長年の思いから解放してあげるいい機会だと思ったからだ。本当ならもっと早くそうすべきだった。

「ええ、愛しているわ。だから、結婚するの」

「なるほど。ぼくにはもう、どうすることもできないんだね？」

〝絶対に〟という言葉を突きつけるほど、ジェーンは冷酷になれなかった。しかし、それに代わる名案があった。「ミスター・マネーペンス、ミス・クィレンはまだいるかしら？」

「いると思うよ。今は局員が全員出払っているから、誰のために何をしているのかは知らないが」

「少し手を借りたいの。ミス・クィレンのところに案内してもらえる？」

「もちろんだ」マネーペンスが腕を差しだしたので、ジェーンはその腕を取ってゆっくりと歩きはじめ、研究室に着くまでのあいだQのいいところをたっぷりと話して聞かせた。信条としてこれまで男女の仲を取り持ったことはないが、どうやら人は自分が恋に落ちると、他人にも同じ気分を味わってもらいたくなるらしい。

マネーペンスがQの研究室の扉をノックした。扉を開けたQはいかにもいらだった表情を浮かべていたものの、マネーペンスの顔を見るなり表情を一変させた。頬がたちまち赤く染まる。ジェーンは自分がQの気持ちを正しく理解していたことにひそかな満足感を覚えた。

「ミスター・マネーペンス」Qがジェーンをちらりと見て、即座に彼に視線を戻した。

「ミス・クィレン」マネーペンスが頭をさげて挨拶する。案内が終わった以上、彼はすぐにでも立ち去ってしまうかもしれない。ジェーンは急いで次の手を考えた。「会えてうれしいよ」マネーペンスが言った。

「本当に？　いやだ、違うわね。ありがとう」Qが言葉を返した。

「ミス・ボンドから話があるそうだ」マネーペンスがジェーンに顔を向けたのを見て、Qもジェーンに視線を向けた。ジェーンはきれいなドレスがあったら貸してほしいと頼むつもりだったが、Qの格好を見たとたんに思い直した。Qのドレスには何やら緑色の物質が点々と散っていて、モスリンのスカートには火花が原因と思われるいくつもの穴が開き、ペチコートがのぞいている。

「実はあなたたちふたりに用があるのよ」ひらめきに任せてジェーンは言った。ジェーン・ボンドは必要なときにいつだって天啓を受けるのだ。「任務を頼みたいの」

Qが眉をひそめ、マネーペンスが首を横に振った。

「任務を与える権限を持っているのはメルバーン卿だけだ」

「そうよ。でも、わたしは外出を禁じられているし、どうしても必要な資料が家にあるのを思いだしてしまったの」

マネーペンスがため息をつく。

「ミスター・グリフィンが外出したのはそのためじゃないのかい？」

ジェーンの視界の端で、Qが天井を見あげた。マネーペンスは明らかにまだジェーンをあきらめていない。彼の意識を違う方向に向けなくては。「いいえ、彼は諜報員としての訓練を受けていないもの」ふたりを身振りで示す。「あなたたちと違ってね」

「メルバーン卿の屋敷から資料を持ってくればいいの？」Qがきいた。

「そうよ」

「ミス・クィレンがひとりで行ったほうがいいと思うな」マネーペンスが言った。

ジェーンは首を横に振った。「メトリゼ団が暗躍している危険な状況だし、わたしの家は見張られているはずよ。Qを守るために、あなたも一緒に行くべきだと思うわ」

Qが口を開きかける。おそらく護衛などいらないと言いたいのだろう。ジェーンもその点については同感だった。何しろQは、ルクセンブルクの軍隊よりもたくさんの武器を持っている。しかしジェーンは意味ありげな視線を送り、Qを黙らせた。愚か者ではないQは従った。

「なるほど」マネーペンスがまばたきを繰り返した。「そうだな、ミス・クィレン、ぜひ一緒に行かせてくれ」

「ありがとう」Qが得心顔でジェーンを見た。「手紙を書いてくれれば、あなたの家の執事に見せて、屋敷のなかに入れてもらえるわ」

ジェーンは首を横に振った。

「家を見張られている以上、その手は使えないわ。なんとか忍びこまないと」

マネーペンスが目を見開く。「不法侵入しなければならないのか？」

「わたしがこうしてお願いしているんだから、不法侵入にはあたらないわ」ジェーンはQに目を向けた。「資料はわたしの寝室にあるの。鍵をかけて机の引き出しに入れてあるから」鍵の隠し場所をふたりに教える。「それと、わたしのドレスと下着も持ってきてもらえるかしら？」

マネーペンスが咳払いをした。彼の前で下着の話をしてはいけないと忠告しているつもりなのだろう。ジェーンはため息をつくのをこらえた。男性というのはいつもこうだ。

「もちろんよ」

「家の裏手に大きな木があって、枝が寝室の窓の近くまで伸びているから、そこから入れるわ」ジェーンは言った。「わたしも使ったことがあるの。案外簡単にのぼれるわよ」いったん言葉を切り、マネーペンスに視線を移して続ける。「もちろん、どんな方法で入るかはあなたたちに任せるけど」

「きみを失望させはしないよ」マネーペンスが言った。

「二時間もあればいいかしら？」

「全力を尽くすわ」Qが言った。「道具を用意するわね。必要なものを選ばないと」

ジェーンはあとずさりながら言った。「じゃあ、あとは任せたわ」にっこりして研究室をあとにする。新しい恋の始まりに手を貸しただけでなく、これで二時間ばかり休憩もできる。誰にも悟られることなく自分の屋敷へ行き、ふたたび戻ってくるくらい自分でも簡単にできるし、Qもそれは充分承知しているはずだ。けれどもQは、マネーペンスとの距離を縮める機会をずっと待っていた。そして人は機会がめぐってきたとき、それをしっかりとつかんで放さないようにしなくてはならない。

17

ドミニクはエッジベリー邸の門のところにいる従僕を見て安堵した。侯爵が安全のためだと言って従僕を必要以上に多く雇い入れるのを見ていつも不思議に思っていたが、こうなってみるとそれがありがたく感じられる。立っていた従僕がドミニクを知らなかったために引きとめられたものの、名前を告げて素性を説明すると相手も引きさがった。従僕はドミニクをすぐに通さなかったことを何度も謝り、最近雇われたばかりなのだと説明を繰り返した。ドミニクは手を振って従僕を持ち場に戻らせ、侯爵と弟たちを捜して家のなかへ入っていった。

半ば予想していたとおり邸内は静かで、玄関から近い扉をいくつか開けてみても部屋には誰もいなかった。今年はこれまでのところ、天候のすぐれない夏が続いている。冷たい空気と灰色の曇り空が続けば、誰だって居心地のいいベッドにもぐりこみたくなるものだ。

「ダンベリー！」ドミニクは居間と食堂に誰もいないのを確かめてから、執事の名前を呼んだ。ダンベリーが使用人部屋のひとつから姿を現す。

「おかえりなさいませ。お呼びでしょうか」ダンベリーはドミニクの乱れた服と無精ひげを見て目を丸くした。「トルー卿の従者を部屋にやりましょうか？」

「いい。それよりもエッジベリー卿に話があるんだ。侯爵はどこにいる？」

「社交クラブに行かれました。トルー卿もご一緒です」

予想どおりとはいえ、ドミニクはわずかにいらだちを感じざるをえなかった。ひとつ遠まわりしなければならない。家族が危険な状態にある時間が一時間ほど延びたということだ。

「フィニアス卿とカーライル卿もお出かけになりました」

「皆、〈ホワイツ〉にいるんだな？」ドミニクが扉に向かって歩きだすと、ダンベリーがあわてて駆けだして扉を開けた。「今から行ってくる」

「わかりました。ですが、ひとつ提案してもよろしいでしょうか？」開いた扉から冷たい空気が流れこんできて、ドミニクの体を冷やした。季節にそぐわない寒さのせいだけでなく、落ち着かない気分がこみあげてくる。「なんだ？」

「もし〈ホワイツ〉に行かれるのでしたら、風呂と着替えだけはすませてからのほうがいいと思いますが」

癪に障る話だが、ダンベリーの言うことは正しい。こんな身なりで最上級の社交クラブに顔を出すわけにはいかない。

「それと、お母上からお話があると思います」

ドミニクははじかれたように顔をあげた。

「母上から？　母上はケンハム・ホールにいるはずだぞ」

「つい先ほど、お戻りになったのです、ミスター・グリフィン」

「向こうにいてもらわなくては困るのに」ドミニクは言った。風呂と着替えをすませたら説得しなければならない。「わかった、従者をぼくの部屋に呼んでくれ。誰の従者でもいい。急いでいるんだ」

「かしこまりました」

家族に危険を告げるのに身なりを気にしなくてはいけないとは。ドミニクは悪態をつきながら、一段飛ばしで階段を駆けのぼった。

「寒くないかい、ミス・クィレン？」武器の設計担当者と一緒にMの屋敷に向かう途中、ピアース・マネーペンスは尋ねた。Qは上着を細い体に巻きつけるようにして、前身頃を両手でしっかりと重ね合わせている。冷たい風が彼女の足首を撫でていき、寒さのせいで頬が愛らしいピンク色に染まっていた。

今ならQの頬の色に見とれてもかまわないはずだと、マネーペンスは自らに言い聞かせた。屋敷に着いたら、任務に集中すればいい。これは彼にとって、初めての現場での任務になる。そう思うと、興奮で胸が躍った。気持ちが高ぶっているせいか、たいして寒さも感じない。Mの屋敷にあるボンドの寝室から機密資料を持ちだすのだと考えただけで、めまいを起こしそうだった。ボンドの寝室――つまり彼女が眠り、朝食をとり、着替えをする部屋だ！

「平気よ」Qが答え、マネーペンスの思考をさまたげた。「わたしはヨークの北部の出身なの。寒さには慣れているわ」

そう言われてみると、たしかに風と寒さに強そうに見える。非常に望ましい性質だ。マネーペンスが常々憧れているのは頑健な肉体で、自分もそうであったらいいのにと思っていた。

「あそこよ」Qが白い石灰岩造りの屋敷を指さした。想像していたよりも地味な造りだが、それが狙いなのだろうとマネーペンスは思い直した。バービカンの司令官ともなれば、派手で目立つ家に住みたがらないのは当然だ。

「ミス・ボンドは部屋に入るのに好都合な木があると言っていた。その木がある裏手から入ろう」

Qがマネーペンスを見た。「あなたは木のぼりが得意なの、ミスター・マネーペンス？」

マネーペンスは考えた。木なら子どもの頃に何度かのぼったことがある。自分よりも体の大きな子どもたちに殴られないよう、逃げるためだった。「経験ならあるよ」

「よかった」ふたりは屋敷の裏にまわりこみ、馬屋が連なる路地にある門から庭に入った。屋敷が見張られているかもしれないというわりには簡単に入りこめた。しかし簡単に入れたからといって、ふたりは驚きも油断もしなかった。庭の警備が薄くても、屋敷全体が無防備だとはかぎらない。

身をかがめて垣根の陰に隠れ、マネーペンスとQは屋敷にもっとも近い木に近づいた。木に取りついてしばらく幹の後ろで息を潜め、屋敷と周囲の状況をうかがう。

「誰にも見られていないと思うわ」Qが言った。

「なんの動きもないな」マネーペンスは同意した。心臓が激しく打ち、血液が血管のなかを駆けめぐっている。現場担当の諜報員たちが外に出たがる気持ちがよくわかった。こうした活動はたしかに興奮するものだ。

「わたしが先に行きましょうか?」Qがきいた。

「ぼくが……」マネーペンスは反論しようとしたが、Qは早くもいちばん低い枝の上にのぼろうとしていた。

「下から押してもらえる?」

「もちろん」マネーペンスはてのひらを上にして両手を組み、腰を落とした。Qがマネーペンスの手に足をかけて伸びあがると、彼女の腿が肩に触れた。ぬくもりが伝わってくるとともに、煙と火薬の臭いが鼻腔を刺激する。意外にもそれは不快ではなく、むしろ心が休まる感じがした。Qが枝をつかみ、両脚を幹に巻きつけて体を引きあげようとする。マネーペンスは偶然にもQの白いふくらはぎを目にしてしまい、かすかに息をのんだ。細身にもかかわらず、Qの脚にはしっかりと筋肉がついているように見える。

マネーペンスはうつむき、視線を無理やり下に向けた。彼は礼節と道徳を重んじる男だ。女性のスカートのなかをのぞいたりしない。そう心に誓って木をのぼりはじめ、屋敷の窓のひとつに向かって伸びている枝でQと並ぶまで、自分の手と木の幹だけに意識を集中させた。

「あれがボンドの部屋よ」Qがささやく。「前に入ったことがあるの。位置は覚えているわ」

「ぼくが先に行こう。罠が仕掛けてあるかもしれない」

「仕掛けてあるとしたら、わたしが作った罠よ」Qが誇らしげな口調で言った。論理的に考えれば、彼女を先に行かせるべきだろう。しかしマネーペンスはふたりがいる場所の高さのせいで、軽いめまいに襲われていた。この枝ならふたり分の体重くらいは問題なく支えてくれるはずだ。折れる心配はない。しかし、いったいなんだってこんなに強く風が吹いているんだろう？　こんなに揺れるなんて、まるで船に乗っているも同然じゃないか。

「何に注意したらいいかな？」マネーペンスは身を乗りだした。

「警報を鳴らさないように気をつけて」

「わかった」警報なら怖くはない。警報が鳴ったところで命を取られることも、怪我をすることもないからだ。マネーペンスは窓に腕を伸ばして窓枠を持ちあげようとしたが、鍵がかかっていた。体の均衡を保つために片方の手で幹を押さえ、もう片方の手にハンカチを巻きつけて分厚い窓ガラスを叩き割った。手を切りはしなかったものの、ガラスに叩きつけたこぶしがずきずきと痛んだ。マネーペンスはガラスにできた穴に手を入れて内側から鍵を開け、窓を押しあげた。すばやく室内に入り、Qを振り返って得意げな笑みを浮かべる。同時にQが悲鳴をあげながらマネーペンスに飛びかかり、床に引き倒した。その直後、たった今まで彼がいた場所を、鋭い刃が空気を切り裂いて通過していった。

ドミニクはエッジベリー侯爵夫人の部屋の扉をノックし、室内に入る許可がおりるのを待った。声がかかって部屋のなかに足を踏み入れると、侯爵夫人が暖炉の前の黄色と青のチンツ張りの椅子に座っていた。母はドミニクに向かって手を差しだした。「無事だったのね、ドミニク」泣きながら息子を抱きしめる。ドミニクは母の芝居がかった言動には慣れていたが、今日はいつにも増して大げさな気がした。

「母上」ドミニクは気遣いながらそっと抱擁から逃れ、向かいの椅子に腰かけた。暖炉の炎のぬくもりが心地よい。「ぼくがロンドンに戻ることは伝えたはずです。エッジベリー卿にもケンハム・ホールに向かうよう手紙を書きました。ロンドンは危険です。郊外にいたほうがずっと安全ですよ」

侯爵夫人がその話はうんざりだと言いたげにため息をついた。「ええ、わたしも侯爵に、今回の件とケンハム・ホールで死んだ男のことを話したわ。でも今夜は議会で大切な投票があるから、それがすむまではロンドンを離れるわけにはいかないと言われたの」

「なぜここに帰ってきたんです？」

母が怯えた表情を浮かべた。「わたしは孤独だったのよ。レディ・メルバーンはいい方だけれど、夫に会いたかったの。それに……」ドミニクを責めるように指さしてから、あとを続ける。「だいたい、寝室のすぐそばで人が殺されたのよ。そんなところでは眠れないわ」

「では、その男を送りこんだ張本人がいるロンドンでならよく眠れるんですか？　もっとひどいことが起きるかもしれないのに」

侯爵夫人は首を横に振り、身を乗りだした。暖炉の火に照らされた母の顔は、いつもより年老いて見える。ドミニクが気づかなかったしわが増え、髪も生え際にほんの少し白いものが交じっていた。

「わたしを傷つけようとする人なんていないわ。何もしていないんですもの。侯爵だってそうよ」

「やつらが狙っているのは母上ではありません。メルバーン卿とジェーンです」

「ミス・ボンドですって？」母が驚き、身を起こした。「いったい誰がなんのために、あんなすてきなお嬢さんを傷つけようなんて思うの？」

「ジェーンが彼女の叔父と同じ道を歩んでいるからですよ」

ドミニクは母の演技力に脱帽する思いだった。母はまばたきひとつせずに言った。

「同じ道ってどういう意味？」

「母上、いいかげんにしてもらえませんか。メルバーン卿が何をしているか、知らないふりをするのはやめてください」

「外務省の仕事でしょう？　事務か何かをしているはずよ。外務省は女性も雇うことにしたの？」

まったく、すばらしい女優だ。しかしドミニクは、母の演技にだまされるには母を知りすぎていた。母の態度はいささか度がすぎている。「ジェーンは諜報員ですよ、母上。彼女の叔父と同じです。今は……いいえ、やめましょう。知りすぎないほうがいい。ですが、ぼくはこれからダンベリーに従僕を増やして屋敷を守るよう伝え、クラブに行ってエッジベリー卿に会ってきます。ことが一段落するまではロンドンを離れているよう説得するつもりです」

「あなたもわたしたちと一緒に来るんでしょう？」

「いいえ」ドミニクは立ちあがり、まだ乾いていない髪をかきあげた。「一緒には行けません」

「彼女を愛しているのね」

ドミニクは答えなかった。ジェーンを愛しているのだろうか？　それ以前に、自分には愛する資格があるのだろうか？　「わかりません。だいいち、ジェーンと結婚するのに愛情は必要ありません。ぼくが結婚することが母上の望みではなかったんですか？」

「わたしは、あなたに誰かと恋に落ちてほしいと願っただけよ」侯爵夫人が答えた。「結婚がそのきっかけになると思ったの」

「そのわりには、ぼくとジェーンに選択の余地を与えてくれませんでしたね」

母がじっと爪を見つめた。「なんのことかしら？」

「結婚がうまくいかなかったら情事を暴露するとメルバーン卿を脅したそうですね。ジェーンに聞きました」

「メルバーン卿とわたしが情事を持ったというの？　なんの話だかさっぱりわからないわ！」

「やっとひとつ本当のことを話してくれましたね。母上、教えてください。どうしてメルバーン卿は自分の姪に嘘をつかなければならなかったんですか？　母上がメルバーン卿との秘密の関係をぶちまけると脅迫したと、彼がジェーンに信じこませたがったのはなぜです？母上もぼくもすでに真実を知っているというのに」

侯爵夫人が眉間にしわを作った。「真実？」

「メルバーン卿と母上のあいだに情事などなかった。でも、ふたりは秘密を共有している。母上が男を殺し、メルバーン卿が証拠を隠滅したという秘密です」

母が立ちあがった。「なんの話だかわからないわ」身をひるがえしてドミニクに背を向ける。「あのお嬢さんがあなたにでたらめを吹きこんでいるのね。侯爵と話すならもう行ったほうがいいわ。じきに国会議事堂に入ってしまうはずよ」

「議会が始まるまで、まだ何時間もありますよ。いったい何を恐れているんです、母上?」ドミニクは母に自分のほうを向かせた。「ぼくが覚えていないと思っているんですか?」

母の目が潤んで光っている。ドミニクは涙がこぼれ落ちていないのをありがたいと思わずにはいられなかった。これで話を続けられる。「わたしは……」母が唾をのんで続ける。「あなたが忘れていてくれたらいいと思っていたわ。何もかも全部」

「忘れたことなどありません。この先も忘れないでしょう」

「ああ、ドミニク」母が彼の腕のなかに飛びこんできた。ドミニクはしばらくそのまま母を泣かせてやり、それからそっと身を離した。「ごめんなさい。本当に申し訳ないと思っているわ。すべてわたしのせいよ。だけど、信じて。わたしはあの男があなたに……あなたに何をしているか知らなかったの。あの男はまた戻ってきてあなたに同じことをすると言ってわたしを脅したのよ。殺すつもりはなかった。ただ、怒りで自分を見失ってしまったの」

「酔っていたんでしょう?」ドミニクが言うと、侯爵夫人はびくりとして身をこわばらせた。

「ええ、酔っていたわ。わたしはひどい母親よ。もし真実が明らかになったら、わたしは間違いなく監獄に入れられていた。メルバーン卿がわたしを、わたしたちを救ってくれたの」

「そのメルバーン卿を脅迫しては、恩を仇《あだ》で返すことになりませんか?」

母が軽蔑するように手をひらひらと振った。「いずれあの人だって姪を結婚させなくてはならなかったのよ。わたしはその手助けをしただけだわ。メルバーン卿がなぜミス・ボンドに嘘をついたのか、わたしにはわからない。あの人にはあの人なりの理由があるんだと思うわ。わたしはあなたにとって最善の道を選んだだけよ。ずっとあなたの幸せだけを考えて生きてきた。エッジベリーと結婚したのも、ミス・ボンドと結婚させようと思ったのも、全部あなたのためなのよ。ずっと昔にわたしが与えられなかったものを手にしてほしかった」

「母上」ドミニクは母に近寄った。「ぼくが望んでいたのは母上だけでした」

侯爵夫人の目から涙がこぼれ、頬を伝った。「ごめんなさい」母はその場に膝をつき、ドミニクの手を握って顔をうずめた。「あなたがわたしを許せる日が来るのかしら？」

ドミニクは身をかがめ、母の髪に口づけた。「来ますとも。ぼくは母上を許します」そう言い残し、母に背を向けて部屋を出た。母には涙を流し、過去を嘆く時間が必要だ。しかしドミニクにとってこの問題は、すでに決着がついたも同然だった。頭と心に刻まれた記憶の爪跡が消えるまでには、まだ何年もかかるかもしれない。けれども、もはや過去や仮定の話にとらわれるつもりはなかった。この先には新しい人生が待っていて、今夜その第一歩を踏みだすのだ。

母との会話で、興味深い疑問がいくつか浮上した。なぜメルバーン卿は自分の姪に嘘をついたのだろう？　どうして真実を話さなかった？　不義密通となれば殺人の隠蔽と同じくらい大きな罪だから、ごまかしにはならない。そもそもバービカンの司令官として、メルバーン卿が多くの殺人を隠してきたであろうことは疑いようもない。それなら、なぜこの件だけをひた隠しにしようとする？　メルバーン卿は姪に対する信頼を失ったのだろうか？　ドミニクから見ると、メルバーン卿は組織がもっとも必要としているときにジェーンを郊外に送り、今も本部に閉じこめて動きを封じている。たしかにジェーンは怪我をしているが、その怪我が彼女の動きを大きく制限していないのは、ドミニクでさえも認めざるをえない。ジェーンが主張するようなかすり傷ではないにせよ、縫ったのがふた針だけとなれば、重傷というほどではない。

そこで当然浮かんでくるのは、メルバーン卿がほかにどんな嘘をついているのかという疑問だ。

ダンベリーが上着を手に、ドミニクを玄関で待ち受けていた。ドミニクは上着に袖を通した。「ぼくは〈ホワイツ〉に行く。エッジベリー卿や弟たちと入れ違いになってしまったら、今夜はここにとどまるよう伝えてくれ。それから、集められるだけの者を集めるんだ。交替で警護にあたらせろ。今夜ひと晩、この屋敷の警備を万全にしてほしい」

ダンベリーの顔は蒼白だった。「備えが必要な理由があるのですか？」

「ある。何ごとも起きないことを期待しているが、とにかく打てる手はすべて打っておきたい」

「かしこまりました。全力を尽くします」

屋敷をあとにしたドミニクは、少しばかり安心した。とりあえず、母の身は安全だ。じきに弟たちと侯爵も厳重に警戒態勢が敷かれた屋敷に戻ってくる。安心が油断を生んだのか、ドミニクは近づいてくる男に気づかなかった。異変を察知した瞬間、頭から袋のようなものをかぶせられ、硬いもので頭を殴られた。そして、世界が真っ暗になった。

ピアース・マネーペンスはおそるおそる頭をあげた。Qが体あたりしてきたとき、床に頭を打ちつけたせいで、まだ耳鳴りがする。「今のはいったい――」

「罠よ」Qがやはり頭をあげながら言った。彼女の顔は驚くほど近くにあった。Qはまだ彼の上にのった状態で、ふたりの体はぴったりと密着している。彼女の視線を追ったマネーペンスは、窓の横で刃が不気味に光っているのを見てはっと息をのんだ。刃には糸が結びつけられていて、彼が窓をくぐったときに、ギロチンと同じ要領で下に落ちてきたのだ。「窓をくぐったときに作動させてしまったのね」

「そのようだな」マネーペンスはQと目を合わせ、そのまま長いあいだ見つめ合った。ミス・クィレンはあたたかく、やわらかな体をしている。自分の胸に押しつけられている彼女の胸の感触が心地よかった。視線をおろしていってQの唇に据えると、このままキスをしたらいったいどんな感じがするのかと考えずにいられなくなった。

Qが突然あわてて立ちあがった。「ぶつかったりしてごめんなさい」しかつめらしく謝罪する。「ボンドが罠のことを伝え忘れたのね」彼女はマネーペンスと目を合わさず、スカートを手で払ってきれいに整えた。「気をつけないと」

「そうだね」マネーペンスはふたたび任務に取りかかった。なぜここにいるのかを忘れるわけにはいかない。キスのことを考えるためではないのだ。とはいえ、Qのピンク色をした愛らしい唇は、彼の脳裏に居座りつづけた。

ボンドから聞いたとおりの場所で鍵を見つけ、ふたりは机の引き出しを開けた。ここにも罠が仕掛けてあったが、インクが飛びだしてきたくらいのもので、マネーペンスの顔と胸を黒く汚しただけですんだ。Qが差しだしたハンカチを借りてできるだけ丁寧に拭きとったものの、彼の顔を見るたびにQが笑いをこらえようと唇を震わせているところをみると、きれいに落とせたわけではなさそうだった。

引き出しのなかに役立つものが入っていれば、インクのことなど気にならなかっただろう。しかし引き出しにはたしかにメトリゼ団に関する書類が入っていたものの、残念ながらウルフとセイントが去年、フォンセに対して取った行動の要約が記されていただけだった。マネーペンスはすばやく書類を一読し、全身をこわばらせてその場に立ち尽くした。Qが彼の肩越しに書類をのぞきこんでいる。彼女の髪がいつのまにかほつれ、マネーペンスの上着の袖にかかっていた。Qの髪に触れたいという衝動が押し寄せてくる。この髪に指を走らせたら、いったいどんな感触がするのだろう？

ゆっくりと首をまわし、マネーペンスはQと目を合わせた。「ごめんなさい！」彼女が謝り、すぐさまあとずさった。Qの頬が赤く染まったように見えるのは、気のせいだろうか？

「もう少し捜してみたほうがいいと思うかい？」マネーペンスは尋ねた。

「ここのほかにボンドが書類を隠しそうな場所なんて、思いあたらないわ」Qが言った。

「もしかして、彼女の下着をあさる口実なの？」

今度はマネーペンスが頬を赤らめる番だった。「そんなことは考えてもいないよ。メルバーン卿の書斎を調べたほうがいいかと思っただけだ」

Qが目を伏せた。「そう」

「ぼくだって、いつもジェーン・ボンドのことばかり考えているわけじゃない」マネーペンスはそっけなく言った。

「嘘だわ」Qが顔をあげ、琥珀《こはく》色の瞳を輝かせた。「だまされないわよ。わたしと知り合ったときから、あなたはずっとのぼせあがった顔でジェーンを見ていたわ」

「今は見ていない」

腕組みしたQがさらに言った。「本当に？　彼女をじっと見ていて、ドミニク・グリフィンに殴られるのが怖いんでしょう？」

「ぼくはグリフィンを恐れてはいない。だいいち、彼は関係ない」

「それじゃあ、どうしてジェーンを穴が空くほど見つめるのをやめたの？」

困った女性だ。わからないのだろうか？「きみにキスすることを考えているからだよ！」

いったい何が自分の身に起きたのか、マネーペンス自身にもわからなかった。しかし、彼は迷わなかった。腕を伸ばしてQの腕をつかみ、強く引き寄せる。平手打ちを食らう前にすばやく唇にキスをし、すぐに腕を放した。「わかったかい？」

Qが目をみはり、口をぽかんと開けた。「わたし……わたしは……」

マネーペンスはキスひとつでQを狼狽させられたことに奇妙な満足感を覚えた。

「一日こうしているわけにはいかない。書斎に行ってみよう」

恐ろしく幸運なのか、それとも周囲の評価よりも諜報員としての資質があるのか、とにかくふたりは使用人に見つからずに書斎までたどりついた。実のところマネーペンスは、メルバーン卿が使用人全員に休暇を与えたのではないかといぶかっていた。それほど屋敷のなかは不気味に静まり返っている。書斎に入ったマネーペンスとQは机を調べにかかった。特にQは精力的に動いている。マネーペンスの考えでは、机や本棚を見ていれば彼を見ずにすむというのがその理由だった。

あのキスがそれほどいやだったのだろうか？　平手打ちされなかったのは、前進した証だとは思う。しかし、マネーペンスはそれまで女性にキスをした経験がなかった。ひょっとすると、やり方が間違っていたのかもしれない。もう一度挑戦させてほしいと頼んでみるべきか？　マネーペンスがメルバーン卿の革張りの椅子を挟んで反対側にいるQに目を向けると、彼女もこちらを見ていた。Qは怖い顔をして彼をにらみつけ、作業に戻った。つまり、今はキスを提案するのにふさわしい状況ではないということだ。

メルバーン卿の机の引き出しはすべて鍵がかかっていた。だがマネーペンスはバービカン本部にあるメルバーン卿の机の鍵を持っており、その鍵がこの屋敷の机にも使えるのを知っていた。以前、Mが鍵をなくしたとき、見つかるまでマネーペンスが合鍵を貸していたことがあったからだ。しかし、ほかはすべて開けられたにもかかわらず、鍵が合わない引き出しがひとつだけあった。すべての鍵を二回ずつ試したところで、Qが近寄ってきた。

「わたしがやってみてもいい?」

「引き出しを開けるくらい、ぼくだってできる」マネーペンスは後ろにさがった。「ただ、鍵が合わないいんだ」

「なるほどね」Qが頭を傾けて引き出しを調べる。彼女の顔にはマネーペンスもよく知っている表情が浮かんでいた。

「きみのその表情は好きじゃないな」マネーペンスは言った。

「どの表情?」Qは机から顔をあげずに答えた。

「爆発物を使おうとしているときの表情だよ」

Qがマネーペンスに向かってにっこりした。彼女がこれほど美しくなかったら、この笑顔には狂気がもっとあからさまに表れているはずだ。マネーペンスは、またしてもQにキスをしたい衝動に駆られた。「さがって」Qはそう言うと、レティキュールからペーパーナイフを取りだした。

マネーペンスは彼女に二度言われるまでもなくその場を離れ、部屋の反対側から言った。

「引き出しをこじ開けるのか？」

「まあ、そうとも言えるわね」Ｑがペーパーナイフの端を引き出しと机の枠の隙間にこじ入れた。続けて身をかがめた彼女を見て、マネーペンスはペーパーナイフが欠けでもしたのかといぶかった。たしかなことはわからない。次の瞬間、Ｑがマネーペンスのほうへと駆けだしたからだ。「伏せて！」彼女が叫んだ直後、部屋は大きな揺れに見舞われた。

ドミニクは目を開け、すぐにふたたび閉じようとした。ここは明るすぎる。目を細め、腕をあげて目にかざそうとしたものの、どうしても腕が動かせなかった。斧《おの》が食いこんでいるのではないかと思うほど頭が痛くなかったら、不思議に思っていただろう。

「ミスター・グリフィン」男の声が言った。声は光とは違う方向から聞こえてくる。ドミニクは声がしたほうに顔を向けた。「ありがとう、トルバート。気付け薬をしまって、外に出ていてくれ」

トルバートと呼ばれた男が獣じみたうめき声をあげ、去っていった。一歩進むごとに床が揺れていることからして、相当な大男に違いない。ようやく目が慣れてきたドミニクは、自分が客間とおぼしき部屋にいるのに気づいた。まぶしいのは窓際に座っているせいだ。特に晴れ渡った空でもなく、目を開けていられないのはどうやら頭痛が原因らしかった。

「気分はどうだ、ミスター・グリフィン？」

さっきと同じ声がする。今度はドミニクも声の主を見定めようと意識を集中させた。男は数メートル離れた椅子に座り、脚を優雅に組んでいる。豊かな黒髪を肩まで伸ばした男だ。背が高くて肩幅は広く、瞳を光らせてけだるい雰囲気をまとっていた。

「おまえは何者だ？」ドミニクはかすれた声できいた。改めて腕を動かせないのに気づいて視線をおろすと、両手が椅子に縛りつけられていた。よく見れば、両足も同じように縛られている。「いったい何が起きているんだ？」胸に怒りがわきあがったが、同時に違う感情もこみあげてきた。

恐怖だ。

「何を今さら。ミスター・グリフィン、わたしに自己紹介が必要か？　きみはわたしについて充分に知っているはずだ。きみの婚約者がしつこく嗅ぎまわっている男だよ」

「フォンセか」

男がパチパチと手を叩いた。「正解だ。ようやく会えてうれしいよ。きみのミス・ボンドとは最近、かかわることが多かったからな」

フォンセがジェーンの名を口にするのを聞き、ドミニクは血が凍る思いだった。親しげで愛嬌《あいきよう》のある男だが、目に何か異様なものが感じられる。「ぼくは諜報員じゃない」ドミニクは言った。「彼らについては何も知らない」

フォンセが物憂げに手を振った。「違う、違う。きみから情報を得ようなどとは思っていない。情報源なら自前で持っている」身振りでドミニクを示し、彼がここにいるのがその証であることを思い知らせた。

「何が望みだ？」ドミニクはきいた。「ぼくはジェーンやバービカンを裏切ったりしない」

「きみが知っている程度のことならわたしもすべて知っている。裏切る必要もない」

安堵を覚えるより、むしろ失望させられる言葉だ。ドミニクは手を動かしてみたが、ロープの結び目はびくともしなかった。どうにか脱出して、ジェーンとメルバーン卿に警告しなければならない。

ジェーン。もし彼女の身に何かあったら、もしこの男が彼女に手を出したら……ドミニクは歯を食いしばった。

「きみに頼みたい用事がある。なに、些細《ささい》なことだ」

「些細だろうとなんだろうと、おまえの頼みを聞くつもりはない」

「もちろん、きみには断る自由がある。ただし、わたしは説得がうまいんだ」フォンセが足元に置かれた黒い革の鞄に手を伸ばした。ドミニクは鞄がそこにあることにも気づいていなかったが、フォンセが長く鋭い刃物を抜きだしたおかげで、いやがおうでも意識せざるをえなくなった。「これが見えるかね、ミスター・グリフィン？」

ドミニクはごくりと唾をのみこんだ。「ああ」

「医者が使う解剖用のメスだ。首から腹まで一気に切り裂ける。やってみせてほしいかな？」

「想像はつく。遠慮しておくよ」

フォンセがにやりとした。

「わかってもらえると思ったよ。そこで頼みがあるんだが……」

18

ジェーンは、誰もいないバービカン本部の部屋を歩いていた。Mの執務室から拝借して机の上に置いた時計に視線をやる。ドミニクが戻っていなければならない時間はとうに過ぎていた。ダンジョンにも三回足を運んだが、いずれも空振りで、秘密の通路の入口には誰もいなかった。ドミニクの身に何かあったのだろうか？　自ら彼を捜しに出るか、それともこのまま本部で待つか、ジェーンは葛藤した。出るにしても、どこから捜索を始めればいいのだろう？　彼女が出たあと、ドミニクが戻ってきたら？　それに、ほかの人たちはどこに行ってしまったのだろう？　本部にいる局員はジェーンだけだ。彼女以外の全員が事態の解決に役立つことをしているのだろうか？　ジェーンはそこまで考えて、Qとマネーペンスも戻っていないことに思い至った。

ただ待っているしかできないなんて、頭がどうにかなりそうだ。改めて時計に視線をやり、最後にもう一度だけダンジョンに行ってみようと決意した。ドミニクが秘密の入口にいなかったら、その足で本部をあとにして彼を捜しに行く。本部の中心部から出て石造りの廊下を歩きだしたところで、人の話し声が聞こえてきた。

「待ちくたびれたわよ」誰が来たのかもわからないまま、ジェーンはつぶやいた。誰でも関係ないというのが正直な気持ちだ。少し経ってマネーペンスとQが姿を現し、ジェーンは立ちどまった。マネーペンスの顔と胸には黒いインクの跡がはっきりと残っている。「戻ったのね」ふたりと合流したところで声をかけた。「マネーペンス、いったい何があったの？」

「きみが仕掛けた罠だよ」マネーペンスがジェーンを指さした。「警告くらいしてくれればよかったのに」

ジェーンは目をしばたたいた。「ああ、そうだったわ。すっかり忘れていた」手を振って話題を変える。「頼んだ資料は持ってきてくれた？」

「ええ」Qが前に進みでて、資料をジェーンに手渡した。

ジェーンはすばやく資料に目を通し、読み終えたところで首を横に振った。「役に立つ情報はないわね。せっかく行ってもらったのに、どうやら無駄足だったみたい。でも……」

ジェーンは頭を傾け、Qの顔をじっと見つめた。唇についているのはインクだろうか？

「少なくとも退屈はしなかったようね」

Qが気もそぞろに自分の唇に触れた。マネーペンスが上着のなかに手を入れて別の書類を取りだした。「それどころか、なかなか忙しかったんだ。実は、Mの書斎を捜索した」

ジェーンは眉をひそめた。「なんですって？　そんなことをしたら牢に入れられるかもしれないわよ。わかっているの？」にんまりしてふたりに視線を送る。「感心したわ。それで、何を見つけたの？」

「わたしたちのお友だち、フォンセに関する古い資料よ」Qが答えた。「あいつも昔、暗号名を名乗っていたみたいね」

「本当に？」ジェーンは資料を受けとり、壁に据えつけてある燭台に近づいた。「フランスの機関かしら。旧体制《アンシャン・レジーム》のために働いていたの？」

「いや、もっとイングランドに近いところだ」マネーペンスが言った。「暗号名はカメレオンだった」

ジェーンは眉間を指でもんだ。どこかで耳にしたことがある。「聞いたことがあるわ。まさかあの男がイングランド王のために働いていたとでも言いたいの？」

「わたしたちが言いたいのは……」Qが明かりのなかに入ってきた。「フォンセがかつて、バービカンの一員だったということよ」

ドミニクの腕のロープがほどかれた。これは前進と考えていいだろう。しかし、同時に拳銃の銃口がまっすぐ彼の頭に向けられた。こちらはどう考えても後退だ。拳銃を持っているのは熊みたいな大男で、フォンセは机の向こうでいかにも狡猾《こうかつ》そうな笑みを浮かべている。フォンセが上質な羊皮紙とインク壺、そして羽根ペンをドミニクに向かって押しやった。

「書くんだ」

「恋文なら自分で書くべきだと思うけれどね」ドミニクは言った。とにかく時間を稼がなくては。こんなとき、ジェーンならどうするだろう？　もし彼女がこの状況に陥ったら、どうやって脱出する？

「冗談のつもりか？」フォンセが言った。「だが、ある意味、きみの言うことは正しい。きみにはわたしからバービカンへ送る恋文を書いてもらう」

「悪い知らせを伝えなければならないのは残念だが、バービカンはおまえの思いには応えてくれないだろう」ドミニクはすまなそうに肩をすくめてみせた。フォンセが鷹を思わせる鋭い目でドミニクを見据えている。ドミニクはどうにかして両手をおろし、足を縛っているロープをほどかなければならなかった。ずっと足でロープに力を加えつづけていたので、少しだけ余裕が生まれている。だが逃れるには、結び目を切らなくてはならない。フォンセの鞄にある刃物の一本でも手にできれば……。

「書け。書かないなら、あとではなく今すぐ死んでもらう」

死ぬ準備などできていない。最後にジェーンに会って抱きしめるまで、死ぬわけにはいかなかった。「どうせ殺されるなら、今もあとも同じじゃないか？」

フォンセが身を乗りだした。「あとでなら、トルバートが銃できみを撃ち殺す。今なら、わたしがきみを肉屋の肉のように切り刻む」

ドミニクは羽根ペンを手にした。「書くよ」

フォンセがうなずく。「書きだしは〝親愛なるメルバーン卿へ〟だ」ドミニクが言われたとおりの言葉を羊皮紙に記してから、インク壺にペン先をつけるのを待って、フォンセは続けた。「〝きみの友人、ミスター・グリフィンの遺体をお返ししよう。この手紙は彼が死ぬ前に書いてもらったものだ。わたしに会いたいかね？　会いたければ、ウエストミンスター宮殿に来るといい。そこできみを待っている〟」

フォンセの言葉を聞いたドミニクはびくりとして身をこわばらせ、羽根ペンを床に取り落とした。今日はエッジベリー侯爵と弟のアーサーもウエストミンスターにある国会議事堂で開催されている議会に出席している。

「驚いたかね？」フォンセが尋ねた。

「ああ」てのひらが汗びっしょりになっている。ドミニクは汗を拭こうと上着に手をこすりつけたが、ポケットのなかに細長くて四角い物体が入っているのに気づいて動きを止めた。いったい何が入っているんだ？

「両手をおれから見える位置に置け」トルバートがぼそりと言った。

ドミニクは言われたとおり、両手を机の上に置いた。「なぜメルバーン卿をウエストミンスターに呼びだす？」それにしても、ポケットの物体はいったいなんなのだろう？　形からして箱らしいが、誰がなんのためにポケットに箱を入れた？

「花火見物にはもってこいの場所だからだ」

「今夜、花火の予定はないはずだ」

「わたしが考えたとおりにことが運べば、盛大な花火があがる」

この上着に触れた人は誰がいる？　ジェーンくらいのものだ。ジェーンがこの箱を……Qの羽根ペンが入った箱だ！

「自分を何さまだと思っている？　ガイ・フォークス（一六〇五年、英国国会議事堂に爆薬が仕掛けられた事件の実行責任者。直前に発覚し処刑された）にでもなったつもりか？」

「あんな小物と同じ扱いをされるとは心外だな、ミスター・グリフィン。そんなものではない。バービカンのきみの友人たちがわたしを見つける頃には、もう手遅れだ。彼らもほかの者たちとともに派手に吹き飛ぶはめになるだろう」フォンセは手下に目を向けた。「どうするかはわかっているな？」

「はい」

フォンセが扉に向かって歩きだす。「さらばだ、ミスター・グリフィン。次は地獄で会おう」そう言い残し、部屋をあとにした。

「さっさと続きを書け」トルバートが命じる。この男は、書き終えるなりドミニクを撃ち殺すつもりなのだ。

「ペンを落としてしまった」ドミニクは顎で床を示した。

「拾え」

ドミニクは両足に視線をやった。「縛られていて動けない」

トルバートがドミニクの椅子の脇に落ちている羽根ペンを見た。トルバートは明らかに自分で拾うつもりがなさそうだ。「どうせ逃げられやしないだろうからな」トルバートはフォンセが机の上に残していった刃物を手に取り、ドミニクの足を縛っているロープを切った。

「礼を言うよ」

「いいから拾え」

ドミニクは身をかがめ、上体で両手が見えないようにしながら箱をポケットから取りだした。箱を開け、すばやくQのペンを手に取って落ちているペンとすり替える。羽根が小刻みに震え、彼は落とさないようにペンを握り直した。心臓が激しく打ち、胸が痛いほどだ。

「書くんだ」

慎重に金属製のペン先をインク壺につけ、羊皮紙の上にのせる。鵞鳥《がちょう》の羽根のペンが孔雀《くじゃく》の羽根のペンにすり替えられたのにトルバートが気づかないよう願いつつ、ドミニクは慎重に手紙の続きを記していった。

「早くしろ！」

驚いて飛びあがったドミニクは、ペン先を強く押しつけすぎないよう、自分を抑えた。

「急いでいるのか？」何気ないふうを装って尋ね、続きを書きはじめる。

「おまえを殺して、死体を運ばなくてはならない」

「あまり早すぎても、ムッシュ・フォンセはお気に召さないんじゃないか？」

「たしかにな。六時半までにおまえを運べばいい。だが、人を殺すのは楽な仕事じゃないんだ。それに、さっさとおまえを片づけて夕食をすませたい」

「なるほど」ドミニクは最後の文字を書き終えた。いよいよ勝負のときだ。ひょっとしたら、トルバートもろとも自分も死ぬことになるかもしれない。だが、そうなったら誰がジェーンに警告する？　誰がフォンセから彼女を守るというんだ？　もっとも、ジェーンを助けるためだけにこうするのだと言えば嘘になる。彼自身も助かりたかった。なぜなら、ドミニク自身が気に入るか気に入らないかは関係なく、彼はジェーンを愛しているからだ。そんなにも早く死んでしまっては、その愛を彼女に示すこともできない。すばやく室内を見まわして脱出路を探す。ジェーンならばどうやってこの窮地を脱する？　今行動に移すか、すべてが終わってしまうかのどちらかだ。震える手で羽根ペンを羊皮紙に押しつけ、ペン先を壊す。一……。

ドミニクは立ちあがった。二……。

「座れ」三……。

「殺されるなら、立っているほうがいい」四……。ドミニクはあとずさって机から離れた。

「この壁際がいいな」五……。

「動くな」トルバートが机の正面に移動した。六……。

拳銃の火薬を確かめるトルバートを見ながら、ドミニクはさらにあとずさった。七……。

トルバートが銃の撃鉄を起こす。八……。

ドミニクは自分が窓のそばにいるのはわかっていた。あと数歩というところだ。九……。

花瓶をつかみ、トルバートに投げつけて走りだす。ドミニクは自分が正しい速さで時間を計っていたことを祈った。銃声が室内に鳴り響く。弾がどこへ飛んだのかもわからないまま振り返ると、トルバートが向かってくるところだった。ドミニクは悪態をつかずにはいられなかった。

爆発はまだなのか？　Qへの恨みが胸にこみあげた。

その瞬間、世界が炎に包まれた。


手にした資料を見つめていたジェーンは、叔父の執務室の扉が開く音で顔をあげた。Qとマネーペンスとジェーンがいるのに気づき、Mが腰に両手をあてた。

「どういうことだ？　わたしの部屋に入る許可を与えた覚えはないぞ」

叔父の抗議を無視し、ジェーンは資料を掲げた。「これはなんなの、叔父さま」

メルバーン卿がため息をつく。「今度はいったいなんだ？」ジェーンに近づいて資料をひったくるようにして奪い、ひと目見てすべてを理解した。「バービカンの諜報員の暗号名を記した書類だ。わたしの資料から盗みだしたのか？」メルバーン卿に責めるようににらみつけられても、マネーペンスはひるまなかった。インクで汚れた顔に険しい表情を浮かべ、その場にじっと立っている。

「そうよ」ジェーンは言った。「Qとマネーペンスにわたしたちの家へ行って、わたしの資料を持ってきてくれるよう頼んだの」

ふたりを順番に見たメルバーン卿が言った。「頼まれた以上のものを見つけたというわけか。Q、口についているのはインクか？」

Qが顔を赤らめ、咳払いをした。

「ジェーンの部屋で何も見つけられなかったので、あなたの書斎を捜してみたんです」

「なんだと？」メルバーン卿がこぶしを机に叩きつけた。ただし、怒りのなかにかすかな不安が混じっているのをジェーンは見てとった。

「書斎でその書類を見つけたそうよ」彼女はメルバーン卿が手にしている資料を顎で示し、彼にふたたびそれを見る隙を与えずに続けた。「フォンセがバービカンのために働いていたことをなぜ話してくれなかったの？　どうしてあの男がわたしたちの一員だったことを隠すの？」

これですべての説明がつく。フォンセがバービカンの諜報員を片っ端からとらえて殺すことができたのも当然だ。かつてバービカンで訓練を受けたフォンセは、こちらのやり方を熟知しているのだから。

ジェーンの見ている前で、メルバーン卿の表情が崩れた。彼は両手で顔を覆い、ふたたび顔を見せたとき、表情は老人のそれに変わっていた。「そうだ、フォンセはかつてわれわれの組織にいた。もっとも優秀で、同時にもっともたちの悪い諜報員だったよ」

「何があったの？　なぜフォンセは裏切ったの？」

叔父が机の背後にある胡桃《くるみ》材のサイドテーブルに並ぶ、ガラスのデカンタのほうに手を伸ばした。しかし彼はデカンタを無視してその下の引き出しからボトルを取りだし、小さなグラスになかの液体を注いだ。「ウイスキーが欲しい者は？　アイルランド産だ」

「いらないわ」ジェーンが答え、マネーペンスも首を横に振った。

「いただきます」Qがそう言ったので、ジェーンは唖然として彼女を見た。Qが肩をすくめ、メルバーン卿から小さなグラスを受けとる。「今日はなんだか奇妙な日だから、これくらいはね」マネーペンスに視線を移し、またしても顔を赤らめた。

Mは腰をおろすと、机に肘をついて手に頭をのせた。くぐもってはいるものの、聞きとれる声で話しはじめる。「マルセル・フォンセは優秀な諜報員だった。わたしが今の地位に就いて最初に訓練したのがあの男だ。その能力には目をみはるものがあった。わたしにとっては息子みたいな存在だったよ」彼は顔をあげ、後悔している表情でジェーンを見た。

「フォンセの心の闇には気づかなかったの？」ジェーンはきいた。

「気づいたとも」Mが答えた。「だが、わたしはやつの行動を正当化するほうを選んでしまった。じきにあの男の異常さが明らかになった。フォンセは精神的に……不安定だったんだ。わたしはあの男をバービカンから追放せざるをえなくなった」

「そのことを、フォンセは許していないんですね」マネーペンスが言った。

「許していないだけじゃないわ」ジェーンはつけ加えた。「復讐《ふくしゅう》しようとしているのよ。叔父さまとバービカンを破滅させる気なのね」

「そうだ。あの男はわたしを憎んでいる。わたしを傷つけておとしめ、わたしが大切にしている人々を皆殺しにせんとたくらんでいるのだ。だからわたしは、おまえをこの件から遠ざけようとしたのだよ」

「それは違うわ」

メルバーン卿が眉間にしわを寄せた。

「叔父さまがわたしを遠ざけたのは、真実を知られたくなかったからよ。フォンセの件で犯した失敗を隠したかったんだわ。わたしたち全員……イングランド全体が現在直面している危機の責任が自分にあるということもね」

「ちょっと待て。いいかげんにしないか」Mが立ちあがった。

ジェーンは叔父の抗議を無視し、彼と正面から向きあった。「フォンセは息子みたいな存在だったと言ったわね。それなら、わたしだって叔父さまの娘みたいなものよ。だからフォンセがどう感じたか、わたしにはよく理解できる。叔父さまだって、わたしが求めていたのは愛情だけだと知っていたでしょう？　愛され、受け入れられたかっただけなのよ。でも叔父さまはその代わりに、わたしを諜報員に仕立てあげた。わたしはひたすら任務に邁進《まいしん》した――それが叔父さまの最大の関心事であり、ふたりをつなぐ唯一のものだったから。叔父さまはわたしが生きようが死のうが気にしない。任務を果たす前に死にでもしないかぎりね」

「それは違う、ボンド。どうしてわたしがおまえの結婚を望んでいると思うんだ？　今以上のものを与えてやりたいからだ」

「そうかしら？　わたしを追いだすのに格好の口実だからじゃないの？　叔父さまがレディ・エッジベリーと親密な関係になかったことは知っているわ。叔父さまはあの人が犯した殺人の罪を隠蔽した。わたしをケンハム・ホールに追いやるために、あえてレディ・エッジベリーの脅迫にも目をつぶっていたのよ」

「わたしはおまえの身の安全を考えただけだ」

「わたしに何も知らないままでいてほしかったんでしょう？」

今や叔父の顔は怒りで紫色になっていた。「わたしに何をしてほしいんだ、ボンド？　辞任すればいいのか？　失敗を認めてほしいのか？」Mが怒鳴った。

「ちゃんと名前で呼んでほしいだけよ。ジェーンという名前でね」ふたりはそのまましばらくにらみ合っていた。部屋にいる全員が息を詰めていた。やがて、誰かが咳払いをした。

「ジェーン？」

彼女が振り返ると、ブルーが部屋の入口に立っていた。その後ろから、何人かの局員たちが興味深そうにこちらをのぞきこんでいる。

「ブルー、今は取り込み中だ」Mが動揺の隠せない声音で告げた。

「実は、あなたに用があるわけじゃないんです」ブルーが青い瞳でジェーンを見つめたまま言った。彼女の背筋に恐怖が走った。「ほかの局員たちはあなたに報告するために待機してますが、ぼくはジェーンに知らせることがある」

「どうかしたの？」

ブルーは口にするのをためらっている様子だ。ジェーンは彼の目に同情めいたものが宿っていることに気づいた。いやな予感がする。同情などまっぴらだ。憐《あわ》れみなど欲しくもない。

「言って、ブルー。話してちょうだい」

「グリフィンが死んだ」

19

ジェーンは息が継げなかった。膝がガクガクと震える。きっと気絶する前兆なのだろう。椅子の背をつかみ、バービカンの同僚たちの前で倒れこむという屈辱をどうにか回避した。ブルーが駆け寄って肘を支えたが、ジェーンはその手を振り払った。

「大丈夫よ」彼女は鋭く言った。こちらに向けられたブルーの瞳には同情が浮かんでいる。同情などされたくはない。

「どうしてそんなことに？」Mが言った。「ここにいるよう指示したはずだぞ」

叔父の言葉を聞き、ジェーンは目を閉じた。すべては彼女の責任だ。ドミニクを行かせるべきではなかった。安全な本部にとどまるよう説得すべきだったのだ。ドミニクは訓練を受けた諜報員ではない。何かあったとき、生き延びられる可能性は万にひとつもなかった。

「ぼくの情報源が二時間ほど前に知らせてきました。われわれが監視していた屋敷のひとつにグリフィンが運びこまれたと」

〝監視していた屋敷〟ブルーの言葉が頭のなかでこだまする。バービカンがその屋敷を監視していたのは、フォンセがいる可能性があったからにほかならない。ジェーンはゆっくりと椅子に腰をおろした。フォンセがドミニクに何をしたのか想像するのは、耐えられなかった。彼女の愛しいドミニクに。

「フォンセは一時間前にその屋敷を出ました」

「あとを追ったんだろうな？」部屋に入ってきたバロンが尋ねた。

「もちろん追ったさ。だが、見失ってしまった。まかれたと気づいて戻ったら、屋敷が爆発したんだ」

「爆発？」Qが言った。

「かなりの爆発だ」ブルーが答える。「屋敷は燃えて全壊した……跡形もなくね。脱出した者はいなかった」視線をジェーンに向けた。「残念だ」

ジェーンはQを見ていた。「あなたのペンだわ。ドミニクの上着に入れておいたのよ。あのペンにそこまでの威力はある？」

Qが首を横に振った。「そこまでの大爆発を起こすとは考えられないわ」

さらに局員たちが入ってきて、室内が騒然とした。ジェーンはスマイス卿の姿を見つけたが、今夜はセイントと一緒ではないようだった。

「それなら、どう説明する？」Mがきいた。

「屋敷のなかに、ほかにも爆発物が保管してあったとしか考えられません」Qが答え、目を大きく見開いた。「まさかフォンセはその爆発物を王室の誰かに対して使うつもりだったのかしら？」

「もちろんそのつもりだったはずだ」ブルーが言う。「爆発物があの屋敷にあったものだけとは思えない。ほかにもどこかに隠してあるはずだ」

「それを使う前にフォンセを止めなければならない」Mが机をまわりこんだ。「報告をあげてくれ！　きみたちが見たこと、聞いたこと、すべてを知りたい」

ジェーンはほかの諜報員たちの報告に耳を傾けようとした。重要な情報があるかもしれないし、今や以前にも増してフォンセを殺してやりたいと思っている。しかし、どうしても集中できなかった。ドミニクのことを考えずにいられない。ジェーンの手を取って自分の肘に置く姿や、食器というより武器のようにフォークを持つしぐさ、彼女を見るといっそう色濃くなる黒い瞳――そうした些細なことが次から次へと頭をよぎった。息が詰まりかけたところで、誰かのあたたかい手が肩に触れるのを感じた。ジェーンが視線をあげると、バタフライ――エリナ・キーティングがじっとジェーンを見つめていた。「こらえるのよ、ボンド。今、この瞬間のことを考えなさい。悲しむのはあとでもできるわ」

ジェーンはうなずいた。バタフライの言うとおりだ。くずおれて泣き叫び、胸を叩いて悪態をつくのはあとでもできる。今は果たすべき任務に集中しなくては。

大きく息を吸いこみ、ウルフの報告に耳を傾ける。やがて全員の報告が終わると、Mが深くため息をついた。「実質的な進展はないな。だが、このまま何もせずに手をこまねいて、フォンセが何かを吹き飛ばすのを待ってもいられない。われわれは——」

「お邪魔して申し訳ありません」

Mを含めた全員が扉に顔を向けた。「ミスター・フェリックス」Mがいらだちもあらわに言った。「どうしても待てない用事なのだろうな」

「そうです、閣下。急ぎの知らせがあるという男が来ているのですが、合言葉が古いものなのでなかに入れられません。ご指示をいただきたいと思いまして」

Mが眉をひそめた。「フォンセの手下か?」

「違うと思います」フェリックスが答えた。「前にミス・ボンドと一緒に来たのを見ました」

ジェーンは立ちあがり、大きな声を出した。「ドミニク?」

フェリックスが首を横に振った。「グリフィンと名乗っていますが……」

ジェーンはフェリックスの腕をつかんだ。「わたしを連れていって。彼は今、どこにいるの?」それだけ言って、フェリックスの答えも待たずにピカデリーに面した入口に向かって駆けだした。後ろからほかの局員たちがついてくるのが、石造りの廊下に響き渡る足音でわかる。ジェーンは扉に取りつき、大きく開いた。

ドミニク・グリフィンが建物のなかに足を踏み入れた。すすにまみれて真っ黒で、額が切れて血を流している。上着はずたずたに切り裂かれているが、それでもドミニクは生きていた。ジェーンは彼の胸に飛びこみ、すすで黒くなった唇にキスをした。煙と焦げた木の臭いも気にならない。ドミニクが生きて彼女の体に腕をまわし、きつく抱きしめてくれていることがすべてだった。

「泣く必要はない」ドミニクがわずかに身を離してささやき、ジェーンは自分が泣いていることに初めて気づいた。「ぼくはここにいる」

「でも、ブルーが……」泣きじゃくっているので声にならない。ほかの諜報員たちがドミニクを取り囲んでさらに引き入れ、扉を閉めて厳重に鍵をかけた。そのあいだ、ジェーンは彼のそばを片時も離れなかった。もう二度とドミニクと離れたくない。

「きみはやられたとばかり思っていたよ」バロンが言った。

「まったくだ。もっとも、今のきみは二度ばかり死んだようにも見えるけどね」ブルーもドミニクに声をかけた。

「ぼくは生きている」ドミニクが答え、ジェーンの腰にまわした両腕に力をこめた。「だが、時間を無駄にしている余裕はない。フォンセの行き先がわかったんだ。やつの計画も」

フォンセの名前を出したのに続けて、ドミニクはいかに自分が脱出したのかを説明した。細かい点は彼自身にもわからない。何しろ逃げていたと思ったら、次の瞬間には砕けたガラスとともに宙を舞っていた。地面に叩きつけられ、目を開けてからしばらく考えてやっと、窓の近くにいたために爆風でガラスもろとも外へはじき飛ばされたのだという結論を導きだした。トルバートも同様に窓から飛ばされた可能性があった。だからこそ急いで屋敷を離れたのだが、結果的にはそれが正解だった。それから間を置かず、二度目の爆発が地面を揺らしたからだ。

全身がひどく痛むうえ、舌が腫れあがってすすの味がしたものの、ドミニクは不快感をこらえてピカデリーに向かって歩きだした。途中ですれ違った何人かの通行人が、好奇の目を向けてきた。時間は三時半というところだ。ドミニクとしては体格的に多少の無理があるにせよ、煙突の掃除夫か何かだと思ってくれるのを祈るばかりだった。結局、誰かに呼びとめられることもなくメルバーン卿の執務室にたどりつき、こうしてウイスキーを手に座っている。時計に視線をやると、針は四時を指していた。残された時間はそれほどない。

「きみが知っていることはそれですべてか？」メルバーン卿がきいた。「フォンセが国会議事堂を吹き飛ばすと言っていたんだな？」

「そうです。やつにあなた宛の手紙を書かされました。爆発の時間にあなたをおびき寄せる内容です。今動けば、まだあの男を阻止できるかもしれない」

「作戦を立てる必要があるな」ウルフが言った。「フォンセが狙っているのは貴族院と庶民院のどちらだ？　まさかウエストミンスターを丸ごと吹き飛ばすほどの爆弾を持っているとは思えない」

「フォンセは以前、皇太子殿下を狙ったことがある。貴族院の議場が標的だろう」ブルーが言った。

「わたしもそう思う」メルバーン卿が告げた。「だが、念のためにグループに分かれて行動しよう。すべての出入口を封鎖して、あらゆる可能性に備えるぞ」そのあともメルバーン卿の指示が続いたが、ドミニクはもはや聞いていなかった。ドミニクがジェーンを見ると、彼女もドミニクを見つめていた。彼がすすで汚れた手で触れたために、ジェーンの頬も汚れていた。彼女の美しさをこんなふうに損ねてしまった自らを恥じるべきだ。しかし、その汚れをつけたのが自分であることに、ドミニクは奇妙な喜びも感じていた。ジェーンは彼のものだ。フォンセがドミニクを殺そうとしていると知ったとき――そしてほとんどそれに成功しかけたとき――頭にあったのはジェーンのことだけだった。もっとジェーンと一緒にときを重ねたい。それが唯一の望みだ。

「あなたが死んでしまったと思ったのよ」ジェーンがささやいた。

「ぼくももうおしまいだと思ったよ」ドミニクはささやき返した。ふたりは身を寄せ合って座っていた。三人掛けの椅子に四人で座っているのだから無理もない。「だが、ぼくは生きている。きみに借りができた」

「借りができたというなら、Qにだと思うわよ」

「たしかに彼女にも礼を言わなければならないな。でも、もしきみのもとに戻りたいという強い思いがなかったら、ペンを使う気にならなかったかもしれない。ぼくはずっと問いつづけていたんだ。きみならどうするだろうとね」

ジェーンが声をあげて笑い、近くにいた局員たちが顔をしかめて彼女を見た。「それで、どんな答えが出たの？」ジェーンは声を落として尋ねた。

「きみなら考えつくかぎりでもっとも過激な手段を取る。自分ごと部屋を吹き飛ばすとかね」

「たしかにそのとおりね。でも、わたしはこれでもれっきとした諜報員よ」

「わかっている」ドミニクは身をかがめてジェーンにキスをした。キスというものが自分とは無関係に思えていたときもあった。他人に気安く触れるのに嫌悪感を覚えていたときもある。それが今や、いくらキスをしても、どれだけ触れても足りないように思えた。

「ここにいれば安全よ」ジェーンが言った。

「いいや」ドミニクは首を横に振った。「今夜、エッジベリー卿とトルー卿がウエストミンスターにいるんだ。ぼくだけ安全なところに隠れているわけにはいかない」

それぞれの任務を告げられた諜報員たちが次々と立ちあがり、ドミニクも椅子から立ちあがった。彼がともに行動することに反対する者はいない。おしゃべりの時間は終わった。文句を言うのはジェーンくらいのものだろうと思っていたが、意外にも彼女はうなずいただけだった。「わたしから離れないで」

ドミニクはほかの諜報員たちに続き、彼が今まで存在にすら気づいていなかった中庭に出た。何頭もの馬たちが鞍《くら》をつけ、乗り手を待っている。ジェーンがドミニクの手助けを断ってひらりと馬の一頭にまたがり、彼も生気に満ちていかにも俊敏そうに見える馬を選んでまたがった。彼らは一団となり、中庭の門をくぐってロンドンの市中へと飛びだしていった。

太陽がすっかり傾き、地平線を不気味に照らしている。いやな空模様だ。ジェーンは迷信深いたちではなかったものの、燃えるような赤い空を見ていると不吉なものを感じずにいられなかった。戦略が必要であることは理解できる。だが、話し合いですでに多くの時間を無駄にしてしまっている恐れもあった。ジェーンは不安でしかたがなかった。もはや手遅れなのではないだろうか？　あるいは、全員でフォンセの罠に一直線に飛びこもうとしているだけなのでは？

たぶん全員が同じふうに考えているにもかかわらず、それを口にする者は誰ひとりいなかった。フォンセがバービカンの到着を待ち構え、爆弾に点火して一網打尽にしようとしている可能性はあった。ホワイトホールへ近づくにつれ、身を切るような冷たい風が髪に吹きつけた。ジェーンは死を恐れているわけではない。けれども、なんとしても生き延びたいと切実に願っていた。今までも死を恐れたことはないが、同時に生きつづける理由がなかったのも事実だ。しかし今は、ドミニクと歩む人生がどんなものになるかを見きわめるためにも、どうにかしてフォンセを阻止しなければならない。

ジェーンがウエストミンスター宮殿を目にしたとき、周囲にはすでに夜のとばりが降りはじめていた。建物は古い部分と新しい部分が混在している。もともとの中世から残った建造物に、建築家のジェームズ・ワイアットが増築を施した。ジェーンは建物のなかに入った経験は数回しかなく、そもそも女性が議事堂に入るのは禁じられていたので、ひとつひとつの部屋の内部に足を踏み入れたことはない。けれども内部にたくさんの階段が迷路のごとく張りめぐらされていることも、古い部屋と新しい部屋、廊下が複雑に入り組んでいることもわかっていた。

ドミニクがジェーンの目の前にやってきた。メルバーン卿と何人かの諜報員が宮殿の衛兵に状況を説明するあいだ、ジェーンはウルフとバロン、ブルーとバタフライのあとに続いて宮殿のなかに入っていった。ドミニクもすぐ後ろからついてきたが、ジェーンは今、彼のことばかりを案じているわけにはいかなかった。頭にあるのはフォンセを始末することだけだ。

それでも、ジェーンはドミニクを手に負えない事態に巻きこみたくはなかった。入口で立ちどまり、振り返って目を合わせる。

「本当に一緒に来るつもりなの？　外で待っていてもかまわないのよ」

「きみと一緒に行く」ドミニクが顎に力をこめた。「危険は承知のうえだ」

「邪魔はしないでね」ジェーンは言ってから、自分の物言いが高慢に聞こえたかもしれないと気づいた。だが、今は少々きつい言い方をしてしまったことを気に病んでいる場合ではない。

ドミニクがにやりとする。「きみこそぼくの邪魔をしている」彼は前方を指さした。すでにほかの諜報員たちが古い石の階段を駆けおり、建物の内部に向かっている。かつて王室の人々が住んでいた建物だ。ヘンリー八世がここで暮らしていたが、ジェーンには国王がこのじめじめした区画に足を踏み入れたことがあるとは思えなかった。国王とアン・ブーリンはここよりも上階や中庭で逢《あ》い引きを楽しんでいたに違いない。宮殿のこの区画に入ったのはよほど不運か、あるいは嫌われ者だった廷臣くらいだろう。

六人は音をたてずに動いた。宮殿にはいくつもの出入口があり、フォンセがそのうちのどれを使っていてもおかしくはなかった。バービカン本部でダンジョンの責任者であるコンスタンティンと相談した結果、宮殿の古い絵図面を手渡された。絵図面はそれほど詳細ではなかったものの、貴族院の議場の真下につながる階段の存在は記されていた。庶民院の議場の地下に同じような階段があり、そちらにもほかの諜報員たちが向かっている。メルバーン卿とマネーペンス、そしてQの三人は議員たちに警告をして避難させ、建物を無人にする役割を担っていた。それでも、ジェーンは体の震えを抑えられなかった。フォンセが今動けば議会だけではなく、バービカンの組織も丸ごと壊滅させられる。

階段のいちばん下まで到達し、先頭を走っていたウルフが立ちどまった。「通路が分かれている」彼は小声で言った。「バロン、バタフライと一緒にあっちの廊下に向かってくれ。ブルーとぼくはこっちを進む。ボンド、きみとグリフィンはそっちだ」

ジェーンはうなずき、ブーツのなかに隠しておいた銃を引き抜いた。「撃つときは殺すとよ」同じく武器を手にしたほかの諜報員たちに告げる。「捕虜は取らないわ」

「同感だ」バロンが言った。「神の加護があらんことを」

ジェーンはドミニクについてくるよう身振りで示し、暗く狭い通路を進みはじめた。ほかの諜報員たちの足音が遠ざかっていき、鼠《ねずみ》やほかの小動物の足音が聞こえるほど周囲が静かになった。ろうそく一本でいいから明かりが欲しかったが、フォンセに自分たちの存在を悟らせるような真似ができるはずもない。

「この通路はわずかにくだっているみたいだ」ドミニクがジェーンの背後でささやいた。体温が伝わってくるくらい、彼女に接近して歩きつづけている。

段差に差しかかってつま先が宙に浮いたのを感じ、ジェーンは足をいったん戻して背中を壁に押しつけた。不測の事態が起きないよう歩みをゆるめていたのは正解だった。「階段よ。ドミニク、まだそこにいる?」彼女の半分も怯えていれば、ドミニクは今頃心臓が口から飛びだしそうな思いをしているはずだ。ジェーンはもうずいぶん昔に恐怖を受け入れ、飼い慣らすすべを学んでいた。それでも真っ暗な階段をおりていくのは恐ろしく、鼓動が速まっていた。

「ぼくはここだ」ドミニクが落ち着きを保った口調で言った。「きみについていくなんて、ぼくは頭がどうかしていたのかな」

「進んでこんなところに来るわたしもどうかしているわね」ジェーンは答え、ドミニクの手を握った。彼の手は冷たく、乾いている。「心の準備はいい？」

「ひとつ答えてくれ。ぼくたちは生き残れるだろうか？」

「わからないわ」

「それなら、言っておきたいことがある」ドミニクがジェーンを引き寄せ、きつく抱きしめた。彼の体はあたたかくてたくましい。ドミニクは彼女の耳に唇を寄せてささやいた。「きみを愛している」

ジェーンの心臓は先ほどまでとは違う意味で、早鐘を打ちはじめた。

「そうでしょうね。こんな地獄の底までわたしについてくるくらいですもの」

「ジェーン……」

ジェーンはにっこりした。「わたしがあなたを愛しているのは知っているでしょう？」つま先立って、ドミニクにそっとキスをする。「生き残ったらどれだけあなたを愛しているか、見せてあげる」

「生き抜く励みになるな」ドミニクが重ねた唇でつぶやき、そっとジェーンの体を放した。

ジェーンは真っ暗な階段をおりていくのがさっきまでよりも難しく感じられたが、体を動かしつづけた。銃を握りしめ、暗闇に向かって足を踏みだしていく。

階段は狭くて急だった。今にも転がり落ちるかもしれないという恐怖に、心臓が激しく打つ。永遠に続くかに思えた階段がようやく終わり、壁の感触を頼りにさらに先へと進んだ。ドミニクがすぐ後ろにいるのを感じながら、古い石造りの壁に沿って歩いていく。ふたりはひとつになり、音もなく進んだ。ジェーンは深く息をし、胸に渦巻く混乱を抑えこんだ。このまま古い宮殿の迷路で迷ってしまうのではないかという不安を覚えはじめたとき、何かが石をかく音が聞こえてきた。足を止めて後ろに手を伸ばし、問いかける意味をこめてドミニクの手を握る。

「ぼくじゃない」ドミニクが聞こえるか聞こえないかという小さな声で言った。ジェーンの胸は恐怖で締めつけられ、足が砲弾のように重くなった。それでも、自らを鼓舞して歩きつづけた。壁が曲線を描いているところを進んでいくと、曲がりきったところでようやくひと筋の光が見えた。廊下の突きあたりにある扉から明かりがもれている。細い光の線がすべてをはっきりと照らしだした。ジェーンは振り返り、見たくてしかたがなかったドミニクの顔を見た。静かで決意に満ちた彼の表情を目にしたとたん、心にえも言われぬ安らぎが広がった。いよいよだとわざわざ告げる必要はない。扉の向こうにフォンセがいるのは、ドミニクにもわかっているはずだ。ジェーンは扉を見つめて一歩踏みだした。扉はわずかに開いているだけだ。開いている隙間に意識を集中させ、なかで動きがないか探ってみる。

ジェーンは廊下の壁がわずかにくぼんでいるのを見逃していた。男が身を縮めてやっと入れるかどうかという小さな壁のくぼみ《アルコーヴ》だ。ジェーンが気づいたときにはすでに遅く、そこに身を隠していたフォンセが彼女をとらえ、ナイフを首筋に押しあてた。

20

Qは庶民院の議員たちを議場から連れだすマネーペンスを見ていた。頭がどうかした人物が建物を吹き飛ばすと警告されれば、彼女なら大あわてで逃げると思うのだが、議員たちはまるで急ぐ様子がない。けれども貴族院の議員たちを連れだしているメルバーン卿に比べれば、マネーペンスと自分はまだ楽なほうだという気がする。Qが最後の議員の後ろからついていくと、やがてマネーペンスが隣に並んだ。ふたりの距離の近さに背中がぞくぞくする。今の状況を考えると、こんな感情は不適切としか言いようがない。それでも彼が近くにいると、そんな状況も忘れてしまう。結局のところ、もう何年ものあいだ、マネーペンスに恋をしてきたのだ。

そして今――まさに今日――マネーペンスもようやく彼女の存在に気づいた。それどころか、キスまで交わしたのだ！　背中がぞくぞくするのも当然だろう。さらに、マネーペンスがキスをした動機が気になってしかたがないのも当然の話だった。ボンドの婚約に動揺してやけを起こしてしまっただけなのだろうか？　自分がほかの人の身代わりにすぎないとしたら、耐えられない。もっとも、わたしを本命の恋人だと思ってくれる人がいるわけではないが、それは今重要な問題ではない。

とにかく今重要なのは、フォンセという頭がどうかした男がウエストミンスター宮殿を破壊しようともくろんでいることで、その問題にQも集中すべきだった。ところが議員たちの歩みがあまりにも遅いせいで、ついには立ちどまらざるをえなくなった。隣のマネーペンスも足を止める。Qは横目で彼を見つめた。マネーペンスはバービカンで働くほかの局員たちに比べると背も高くないし、たくましくもない。しかし、Qはバロンやウルフのような男性たちのことが怖かった。それにマネーペンスはブルーのようなハンサムではないとはいえ、Qとて絶世の美女というわけでもない。マネーペンスは親しみやすい外見と、堂々とした態度を備えている。いつも背筋が伸びていて、自信に満ちあふれているように見えた。茶色の瞳は美しく、歯並びもきれいで、神経だって細やかだ。それに言うまでもなく、Qと同じで、向こう見ずに危険に飛びこんでいくような真似はしないだけの知性も兼ね備えている。Qの個人的な意見では、そうした真似をする諜報員は勇敢なのではなく、むしろ愚かだ。バービカンは、マネーペンスやQの持つ才能を別のところで発揮させればいい。

マネーペンスが頭のいい男性なのは明らかで、だからこそ――何もすることがなくただぼんやりと立っているこの瞬間に――Qは知る必要があった。「どうしてキスをしたの？」彼女は唐突に尋ねた。

マネーペンスが目をしばたたく。動揺したときにいつも見せる、かわいらしい表情だ。

「なんだって?」

Qは、かたつむりみたいにのんびりと動いている議員たちを見つめていたが、マネーペンスに一歩近づいた。

「どうしてキスをしたのかってきいたのよ。ボンドの屋敷でなぜわたしにキスをしたの?」

「ぼくは……その……いやな思いをさせてしまったかな?」

「いいえ」

「よかった。でも……それなら……今、話さなくてもいいんじゃないかな?」

「今だとどうしていけないの?」

マネーペンスがあわてた様子で手を振った。「いけないなんてとんでもない。ぼくはただ、キスをしたかったんだと思う。もうずいぶん長いあいだ、きみにキスをしたかったんだ、ミス・クィレン。それに気づいていなかっただけだよ」

男性のこういう感情に対して、どう反応すればいいのだろう? Qは舞いあがる性格ではなかったし、マネーペンスが鈍感だからといって平手打ちするのも、この場合の正しい反応とは思えなかった。「またキスをするつもりはある?」

「するかもしれない」警戒もあらわにマネーペンスが言った。

「わかったわ」Qが告げるとマネーペンスはうなずいて腕を伸ばし、宮殿の出口を指さして先に行くよう促した。Qは促されたとおりにし、最後尾の議員たちのあとについて道に出た。そこでは衛兵たちが通りすがりの馬車を止め、議員たちを安全な距離を隔てたオールド・パレス・ヤードに案内していた。メルバーン卿やほかの貴族たちの姿は見えない。しかし議場が違う建物にあるのだから、彼らが別の出入口から出た可能性もある。Qがウエストミンスターから離れたい一心で衛兵のひとりに近づいていくと、背後から誰かに腕をつかまれた。振り返ると、マネーペンスが彼女を見つめている。彼の身長はQよりも少し高いだけで、体格もそれほど大きくない。でも、このときばかりはマネーペンスが大きく見え、Qの心に守られているという安心感が広がった。

「ミス・クィレン、きみにもう一度キスをする前に、質問があるんだ。きみのファーストネームはなんだい？　ぼくはピアースだ」

Qもそれは知っていた。眠る前に何度〝ピアース・マネーペンス〟という名をささやいたか、思いだせないくらいだ。

「エリザよ。エリザ・クィレン」

「エリザ」

マネーペンスの口から発せられた自分の名が、Qの耳に心地よく響いた。

「ぼくと付き合ってくれるかい、エリザ？」

なんて愚かな問いかけだろう！　もうキスまで交わしたのだ。そんなことはきかなくてもわかっているだろうに。「ええ、ピアース」Qは答えた。「喜んで」

「キスをしてもいいかな、ミス・クィレン？　いや、エリザ？」

「ええ、ピアース」Qはほほえんだ。「お願い」

マネーペンスが身をかがめ、あたたかい唇をそっとQの唇に重ねた。全身をぬくもりに包まれた彼女が目を閉じてマネーペンスに身をゆだねたとき、周囲に爆発音が轟いた。


ナイフの冷たい鋼の感触が繊細な喉をなぞっていく。ジェーンは息をのむことさえもこらえ、じっとしていた。背後にフォンセがいる。彼は思っていたよりも背が高く、体つきも筋肉質でがっしりしていた。これは軟弱な男の肉体ではない。それどころか、間違いなく屈強な男だ。たった今、風呂からあがったばかりのような清潔な香りがする。敵の体から恐怖の匂いがまったく漂ってこないことに、ジェーンはうろたえた。反対に、フォンセが彼女の恐怖を嗅ぎとっているのは確実だ。しかし、ジェーンが怯えているのは、自分のことを思ってではない。ドミニクのことを考えているせいだ。大丈夫だと伝えようと、ドミニクに視線をやる。もちろん大丈夫というのは嘘で、彼女は死んだも同然だった。

ドミニクはジェーンと視線を合わせたが、一歩たりとも引きさがろうとはしなかった。殺意という以外に言いようのない感情を顔に浮かべている。いい兆候ではない。これでは彼が殺されてしまう。

いわね」

「ボンド」フォンセが気取った口調で言った。彼の吐く息がジェーンの耳にかかる。「やっとお目にかかれたな」

「フォンセ」ジェーンはできるかぎり口を動かさずに言った。「会えてうれしいとは言えないわね」

「そいつは残念だ。きみの番犬におとなしくしているよう伝えてくれないか。ミスター・グリフィンとはすでに一度会っているからな。もう少し時間があれば、どうやって助かったのかも聞きたいところだが、残念ながらそうも言っていられない」

「ぼくは悪運が強いんだ」ドミニクがぼそりと言った。

ジェーンはドミニクをにらんだ。その悪運の強さとやらを発揮して安全なところに逃げるべきなのだ。何かいい手はないものか。作戦を考えなくてはならないときに、誰かの身の安全を心配する余裕はなかった。フォンセを阻止するためには、わが身を捧げざるをえないかもしれない。もちろん犠牲になる覚悟はできているが、ドミニクの命も一緒に犠牲にできるとはとうてい思えない。だからこそ、今までひとりで動いてきた。

だからこそ、ずっと誰も愛さないようにしてきたのだ。

ジェーンはドミニクを見つめ、いかなる形であれ、彼が傷つくなど許せないと強く思った。それ以上に、ジェーン自身がまだ死にたくないと痛感していた。ドミニクはわたしを愛している。だからこそ、まだ生き延びなければならない。

「わたしの悪運の強さも見てみたいかね？」フォンセが尋ねた。

ジェーンは息をついてから答えた。「ええ、見てみたいわ。でも、その前に彼を行かせて」

「わたしにはどうでもいいことだ」フォンセが言った。「どのみち、この男にはきみは救えない」ジェーンの体にまわした腕に力をこめ、扉に向かってあとずさりはじめた。

「行くのよ、ドミニク」ジェーンは声に感情をこめず、できるだけ冷徹に言い放った。「逃げなさい」

「きみを置き去りにするつもりはない」ドミニクが言った。本当に腹立たしい男性だ。

「感動的だな」フォンセがあざわらった。「わたしが彼を殺して、苦悩の種をなくしてやってもいいんだが？」

「ドミニク、お願いだから行って」ジェーンは言った。「ここにいてほしくないの」

ドミニクは彼女の言葉が嘘だと見抜いている。だが、ジェーンは彼を立ち去らせるためならなんでも言うつもりだった。ドミニクにジェーンを救うことはできない。フォンセはすでにナイフをジェーンの肌に食いこませている。押しつけられたナイフの先端から血が流れて首を伝っていくのを感じた。この男は人を切り刻むのが好きでたまらないのだ。それこそが本来の目的であり、殺すこと自体は二の次に違いない。

フォンセがジェーンを引きずっていくあいだ、ドミニクはじっとその場にとどまっていた。部屋に引きずりこまれたジェーンはあまりのまぶしさにまばたきを繰り返し、フォンセが扉を蹴って閉じる前にドミニクの顔を凝視した。フォンセが乱暴に彼女の体を振りまわす。ジェーンは、部屋の中央の奇怪な光景に驚き、改めてまばたきを繰り返した。部屋自体は長方形の簡素な造りで、出入口はひとつきりだ。地下なので窓は当然なく、床にはかつて置かれていたものの跡がうっすらと残っていた。服の保管庫だろうか？　いいや、それにしては湿気がありすぎる。もしかすると、皿などの食器が置かれていた部屋だったのかもしれない。

しかし、今はまるで違うものが置かれている。〝爆発物〟と書かれたラベルを貼った無数の木箱が部屋の中央に積みあげられていた。それこそ天井に達するほどの高さだ。箱の山からあらゆる方向に長い導火線が伸びていた。火花ひとつでそのうちのどれかに火がつけば、すべてが跡形もなく吹き飛んでしまうのは確実だった。

「どうかね、お嬢さん？」フォンセが尋ねた。「気に入ってもらえたかな、わたしの作品を？」

ジェーンは言葉を失った。答えるのが状況をよくすることにつながるのかどうかもわからない。議員たちは全員、建物から脱出できたのだろうか？　これほど大量の爆薬だ。建物から出たとしても、それだけで本当に助かるものなのか？　ドミニクは彼女を置き去りにするつもりはないと言った。そのドミニクが直接対決すらせず、むざむざフォンセに殺されるなど、そんなことがあっていいものだろうか？

「こんなことをする必要があるの？」言葉をひとつ発するたびにナイフが首に食いこむのを

感じながら、ジェーンは言った。「あなたが復讐しようとしているのは知っているわ。でも、メルバーン卿を殺したいなら、なぜ直接狙わないの？　今頃叔父はこの建物から離れた場所にいるわ。こんなことをしても復讐は果たせないわよ」

「果たせるとも。簡単に死ぬよりもずっとつらい目に遭わせられる。きみもわかっているはずだ。失敗して恥辱にまみれるのは、あの男にとって死ぬよりもつらいことだとな」

そのとおりだ。認めたくはないが、フォンセの言葉はすべて真実だった。このたくらみが成功すれば、長く輝かしいメルバーン卿の経歴は無に帰する。築きあげてきた評判は地に落ち、永遠に取り戻せないだろう。

「なぜそれほどメルバーン卿を憎んでいるの？」

フォンセがくっくっと笑った。ジェーンは耳でというより、体で彼の笑いを感じとった。この男がこれほど近くにいて体に腕をまわされている状態は、苦痛以外の何物でもない。肘を脇腹に食いこませるか、脛を蹴りあげるか、あるいは後頭部で鼻をつぶしてやるか、どうにかして抵抗したかった。でも、そんなことをすれば、喉を切られて血だまりのなかで横たわることになるのは目に見えている。そのあとフォンセはマッチをすって、導火線に点火するだろう。「お嬢さん、わたしがあの男を憎む理由は、ほかの誰よりもきみがいちばんよく理解しているはずだ。わたしはきみとまったく同じ理由であの男を憎んでいる」

「わたしは叔父を憎んでいるわけじゃないわ」

ふたたびフォンセが笑った。今度はジェーンも不快な笑い声をはっきりと聞きとることができた。「憎んでいるとも。憎悪しているだろう。認めるんだ。そうすればあと何分かは長生きできるかもしれないぞ」

フォンセに話を合わせることはできる。あと数分あれば、ジェーンもフォンセを阻止する方法を思いつけるかもしれない。「ええ、わたしもメルバーンを憎んでいるわ」彼女は自分の声があまりにとげとげしく、フォンセをだますための言葉に自らの本心がこめられていることに驚いた。

「そうだろうとも。あの男はきみを利用している。わたしを利用したようにな」

ジェーンは首を横に振った。今や喉にあてられたナイフの刃は、体温と血で生あたたかくなっている。「わたしたちは同じじゃない」

「そこがきみの間違っている点だ」フォンセが部屋の中央に近づき、ジェーンを突き飛ばした。突然解放されたことに驚き、彼女はよろめきながら箱のひとつにぶつかった。火薬の刺激臭が喉と鼻を焼く。「われわれはきょうだいみたいなものだ」愛する女性の手を取ろうとする緊張しきった求婚者さながらに、フォンセがジェーンの前でひざまずいた。「あの男は、道を見失って怯えているきみにつけこんだ。きみは両親を亡くして行き場を失っていた。きみの世界が混乱と恐怖の場へと変わったところで、あの男は恩着せがましく保護を与えた」

ジェーンはフォンセを見つめた。この整った顔立ちの男はジェーンの思考も感情も知り尽くしている。フォンセの言葉は真実だった。六歳で両親を亡くしたとき、人生はまるで違うものになり果ててしまった。そんなときにメルバーン卿夫妻が受け入れてくれたのだ。ふたりは無条件で彼女に家を与えてくれた。

ずっとジェーンはそう思ってきた。

「きみは感謝した」フォンセが言った。「あの男のために命を捧げてもいい、人殺しさえいとわないと思うほど感謝したはずだ」

「違う」ジェーンは首を横に振った。それがバービカンの一員になった理由ではない。

「そうだとも《ウィ》」フォンセがうなずく。「きみは家族がもたらしてくれる愛情と安心感を求めただけだ。あの男はきみのその純粋な欲求を利用し、自分の好きなように操った」

ジェーンは自分の顔が真っ赤にほてっているのをありありと感じた。フォンセに心の奥底までのぞかれ、そこに記された文字を声に出して読まれた気分だ。ただし、彼女はうぶな子どもではない。敵の狙いはわかっている。フォンセは相手を慰めるために話しているのではない。こうしてジェーンを異教の生贄《いけにえ》のように祭壇に座らせ、防御をすべて打ち崩してから殺すつもりだ。

「たいした調査力ね、ムッシュ・フォンセ。でも、わたしの物語はあなたのとは違うわ」

「そうかな？　わたしは孤児だった。フランスで起きた革命の暴力沙汰から逃げだしてロンドンにやってきたわたしは、家も金もなく、友人のひとりもいなかった。そこへきみの叔父が……当時のやつは爵位もまだなかったが、近づいてきてわたしを引きとり、愛情と天職を与えた。そうしてわたしはきみが愛するバービカンの一員になったわけだ。今のバービカンを作りあげたのはわたしだと言ってもいい。バービカンの名声は、わたしが殺した裏切り者たちの血の上に築かれているんだ」

フォンセを憎み、彼の言葉を聞き流せるよう懸命に願いながら、ジェーンは敵を見つめた。けれども、フォンセを否定できなかった。瞳に狂気を浮かべながらも、その言葉にはあまりにも多くの真実が含まれていた。

「きみはわたしを冷徹な殺人鬼だと思っている」フォンセが言った。「それは正しい。わたしは殺人を、人を切り刻むことを好む」口から唾を飛ばしながら続けた。「だが、そのわたしに殺し方を教えたのは誰だ？　ナイフで効率的に人をめった切りにする技術を叩きこんだのは誰なんだ？　喉にかけた手をわずかにひねるだけで、相手は痛みも感じずにあっさり死ぬ。わが国のためにする殺人なら、それは罪には問われない」

ジェーンは目を閉じた。叔父の教え方と言葉は知っている。彼女もまた、同じ方法を教わり、同じく正当化された使い古された言葉を教えこまれてきた。

「しかし、わたしはしだいに自分や自分のしていることに疑問を持ちはじめ、やがてあの男を憎むようになった。きみにも理解できるだろう、ボンド？」

「ええ」ジェーンは目を閉じたままうつむいた。なぜフォンセはひと思いに導火線に火をつけて、皆を殺してしまわないのだろう？　死んでしまいたいという思いがジェーンの胸にこみあげた。フォンセの疑問はよく理解できた。ジェーン自身が同じ疑問を抱いているからだ。人の命を奪っては神に許しを乞うことを繰り返してきた。ジェーンはフォンセと違って暗殺者ではない。けれども、国王の名のもとにたくさんの人々を死に追いやってきたのは事実だ。どれだけ理由があったとしても、正当化が許されるのだとしても、命を奪うたびに強烈な自己嫌悪を感じてきた。自分がした行為のために、自分自身とバービカンを憎んできたのだった。「あなたの怒りは理解できるわ」ジェーンは目を開け、フォンセを見た。今や彼に対する見方はがらりと変わっていた。フォンセもまたジェーンたちの一員、バービカンの一部だった。多くの意味できょうだいと言っていい。「叔父はわたしに選ばせてくれなかった。普通の人生を送る機会をことごとく取りあげて、代わりに……」フォンセがウエストミンスター宮殿の地下に造りあげた狂気の祭壇を手で示す。「この状況にわたしを追いこんだわ。だから、わたしは叔父を憎んでいる」

ジェーンはゆっくりと立ちあがった。

「でも、わたしは子どもじゃないわ。大人になってからずいぶん経っている。自分の選んだすべてを叔父のせいにはできない。わたしが自らの意思で選んだ選択肢もあったのよ。あなただって同じだわ。あなたは裏切り者になって、無辜の民を殺す道を自分で選んだ。Mが無理強いしたわけじゃない」

「まだわかっていないようだな」フォンセが首を横に振った。「いつになったら理解するんだ？」

「あなたはどうなの？」そう言うなり、ジェーンはフォンセの顎の下めがけて蹴りを繰りだした。頭がはじかれたように持ちあがり、フォンセは体のバランスを崩した。ナイフが音をたてて床に落ち、ジェーンは彼に飛びかかった。

迷ってしまった。ドミニクは道に迷っていた。ジェーンがフォンセと一緒に扉の向こうへと姿を消したときは、死ぬほどつらかった。しかし、それしか道はなかったのも事実だ。ひとりでは彼女を救えない。馬についての知識なら自信のあるドミニクも、戦いについては素人同然だ。しかし、誰がジェーンを救えるかなら知っている。だから大声で叫びながら駆けてきた道を戻り、ウルフとブルーがいるほうへ向かい、ふたりを見つけた。彼らはこみあげる怒りと心配で、鋭い視線を発している。

そして今、ドミニクはふたりの諜報員を引き連れ、自分が道を覚えているよう願いながらジェーンのもとに戻ろうとしていた。もし曲がる角を間違えれば……正しい道を覚えていなければ、彼女を失ってしまう。ようやく愛するまでに至った唯一の女性を手放すことになるのだ。今、ジェーンを失うわけにはいかない。

突然、足元の床が消えた。ブルーがドミニクの腕をつかみ、闇のなかに落ちていく危機から救った。「ここは覚えている」ドミニクはどうにか呼吸を落ち着けた。「この階段はフォンセがジェーンを拉致《らち》した部屋に通じている」

「たしかなのか？」ウルフがきいた。

ドミニクはふたりの諜報員を見た。ドミニクが間違っている可能性があるとわかっていても、彼らはついてくるだろう。似たような階段は無数にあるわけだし、間違ったからといって責めたりもしないはずだ。そしてドミニクが正しく、危険が待ち構えているとわかっていても、その先に死が待ち受けているとしてもついてくるに違いなかった。

「たしかだ」ドミニクは答え、階段をおりはじめた。

ジェーンはフォンセに飛びかかり、反撃される前に殴りつけた。だがフォンセもまた訓練を受けた――彼女と同じ師から訓練を受けた――諜報員だった。一瞬で体勢を立て直し、反撃に転じる。フォンセの蹴りが腹に食いこみ、倒れたジェーンは背中で床をすべった。フォンセは彼女を追うよりも、まず手放した武器を取り戻しに向かった。やはりフォンセは愚かではない。ジェーンも叫びながら立ちあがり、ナイフに突進した。落ちたナイフを拾おうと、腕を伸ばしたフォンセを蹴りつける。

指が冷たい金属のナイフに触れた瞬間、今度はジェーンがフォンセの蹴りを浴びた。結局ナイフを手にできなかった彼女はフォンセに肘打ちを食らわせ、ふたりは揃って床に倒れこんだ。ジェーンがナイフに向かって這っていくフォンセの脚にしがみつくと、彼はそのまま彼女を引きずって進みはじめた。

遅まきながら、ジェーンはフォンセの狙いがナイフでないことに気づいた。彼は火が灯されたランプが置かれたテーブルに向かっている。

「だめ！」ジェーンはフォンセの脚を放した。とっさに転がってナイフをつかみ、彼の行く手に立ちはだかる。フォンセが静かにランプをテーブルに戻し、頭を傾けた。ジェーンはすっかり呼吸を乱していたものの、どうにか口を開いた。「これで……終わりよ」

「わたしが火をつけるまで終わりはしないさ、お嬢さん」

ジェーンは息を整えながら言った。「そうはいかないわ」

次の瞬間、扉が勢いよく開いた。

ウルフの肩越しに、ドミニクはジェーンの姿を見た。彼女はフォンセの手からナイフを取りあげるのに成功したらしく、反対にそのナイフを握って彼と対峙していた。しかし、ドミニクたちの登場がジェーンを驚かせてしまい、その一瞬の隙をついてフォンセが動いた。恐ろしいほどのすばやい動きだ。フォンセはあっというまにジェーンのウエストに腕をまわし、ナイフを持った手をつかんで彼女の喉に持っていった。ジェーンは濃い青のドレスを着ていて、丸い襟は白いレースで縁取られている。その上品な白いレースに赤いしみがついているのを見て、ドミニクは恐怖を覚えた。あの男はすでにジェーンを傷つけ、今まさにもっと深い傷を与えようとしている。

「ウルフにブルーじゃないか」必死で呼吸を整えようとしているジェーンとは対照的に、フォンセが落ち着き払った声で言った。「きみたちまでパーティに来てくれるとはな。ちょうど今から盛大な花火を打ちあげるところだ」

「ボンドを放せ」ウルフが銃を構え、フォンセに狙いを定めた。ブルーも銃の撃鉄を起こして狙いをつけている。ドミニクはジェーンと目を合わせた。彼女の瞳に恐怖は浮かんでいない。しかし、代わりにあきらめと後悔が強くにじんでいる。ドミニクは首を横に振った。まだ終わってはいない。ジェーンを失ってなるものか。

フォンセがジェーンの体をすぐ近くのテーブルに向けた。

「ミス・ボンド、申し訳ないが、ランプを取ってもらえるかな？」

「お断りよ」ジェーンが拒否すると、フォンセはナイフでジェーンの喉をわずかに切り、強引に上を向かせた。

「言うとおりにしろ」

ジェーンがウルフを見る。「撃って。それしか道はないわ」

「黙ってランプを取れ」

ジェーンは敵を無視し、身じろぎもせずウルフに視線を送りつづけた。

「この男とわたしを殺して。どうせわたしは死んだも同然よ」

「撃て」ブルーが言った。

「だめだ！」ドミニクの耳に自らの叫び声が響いた。自分が声を発したことさえ、気づいていなかった。

「きみが取らないなら、自分で取るまでだ」ジェーンの体を盾にしながら、フォンセがランプに腕を伸ばした。ジェーンが体をひねって射線上から体をずらした瞬間、室内に銃声が轟いた。


ジェーンは重い死体を押しのけ、よろめきながら前に進みでた。誰に抱きとめられたのかわからなかったが、香りと体の感触ですぐにドミニクだと悟った。言葉にできないほどの疲れを感じながら、彼の胸に顔をうずめる。

ようやく終わった。ジェーンは生き延びたものの、この勝利に喜びを感じることはできなかった。感じるのは虚無感だけだ。成功の喜びが血管のなかを駆けめぐるのを覚えながら任務を終えられなかったのは、これが初めてだった。今回の成功に関しては、誇りも栄光もどこにもない。

「やつは死んだ」ブルーが言った。「見事だったな、ウルフ」

両目を開けたジェーンは首をまわし、ブルーがフォンセの死体の脇に膝をついているのを見た。彼は目が痛くなるほど白いハンカチを悪趣味な暗褐色の上着から出して指についた血をぬぐい、そのままフォンセの顔にかぶせた。ウルフは顔をそむけている。ジェーンと同じく、うつろな目をしていた。

「終わったな」ウルフが誰にともなく、しかし全員に向かって言った。「やっと終わった」

四人は新鮮な空気と明かりを求め、激しい雨のあとのミミズのようにのろのろと地表に向かった。途中、バロンとバタフライが駆け寄ってきたが、何が起きたのかは説明する必要がなかった。六人は揃って宮殿を出て、オールド・パレス・ヤードの喧噪とまばゆい明かりに目をしばたたいた。

最初に彼らを出迎えたのはQとマネーペンスだった。マネーペンスがジェーンのドレスについた血を目にし、動揺してあとずさる。「わたしなら大丈夫よ」ジェーンは言った。

Mが人ごみを肘でかき分けて姿を現した。「フォンセは？」

「死にました」ウルフが答えた。「すべて解決です」

ジェーンは叔父の表情に安堵が広がっていくのを見てとった。ほかの感情も浮かんでいる――後悔だ。メルバーン卿にとって、フォンセの件は永遠に終わらない問題なのだろう。そして、それは彼女にとっても同様だった。

「閣下、スマイス卿！」バービカンの一団の外からウルフの名を呼ぶ声がした。ジェーンの隣にいるウルフが顔をあげた。

「ウォレス？」ウルフが戸惑った声をあげた。ジェーンもわけがわからなかった。スマイス子爵の執事がいったいこんなところで何をしているのだろう？

「閣下、レディ・スマイスがお呼びです」

「なぜウルフがここにいるのがわかったんだ？」バロンがきいた。

執事は自分の雇い主の居場所を捜しだせないはずがないと言いたげに、辛辣《しんらつ》な表情をバロンに向けた。「わたしなりのやり方というものがございます、キーティング卿」

「ソフィア」ウルフが話を妻に戻そうとした。「彼女に何があった？」顔色が真っ青になっている。

「奥さまが産気づきました、閣下」

ウルフの膝が震えはじめる。ブルーが脇で支えていなかったら、その場にくずおれているところだ。

「ぜひ閣下に立ち会ってほしいと仰せです」主人が今にも倒れそうだというのに、ウォレスは淡々と告げた。

「もちろんだ」ウルフ——バービカンの名高き諜報員から、急速にただのエイドリアン・ギャロウェイに戻りつつある——は答え、自力で立とうと試みた。

「きっとすべてうまくいくわ、スマイス卿」バタフライが前に進みでた。「わたしも夫と一緒に行きましょう。ウォレス、馬車は用意してきたんでしょうね？」

「はい、奥さま」

「それでは急ぎましょう、スマイス卿。じきに父親ね」

バロンがふらついているウルフの隣に立ち、バタフライが反対側から彼を支えた。三人がマーガレット・ストリートに止まっている馬車に向かって歩きだす。

バタフライが振り向いた。「あなたたちは来ないの？」

「いや……」ブルーがしどろもどろになって答えた。「ぼくはその、先約があるんだ」

「臆病者」バロンが肩越しに振り返って言った。

「暗殺者が現れたら、ぼくに任せてくれ」ブルーが答えた。「赤ん坊はきみたちに任せる」

「ぼくたちは馬に乗ってついていけばいいのかな？」ドミニクがきいた。ジェーンはその言葉に驚いて振り向いた。「もちろん、きみが平気だったらの話だが」彼はジェーンの首にそっと触れた。

「これのこと？　こんなのは――」

「かすり傷だろう？　わかっている」

灰色の空の下、ジェーンはドミニクをじっと観察した。ブルーと違い、ドミニクの表情に動揺は見られない。「本当に行きたいの？」

ドミニクが肩をすくめる。「家庭を持つというのがどんなものか、見ておいたほうがいいかと思ってね。もちろん、きみにまだ結婚する気があるならだけど」

「もちろんあるわよ。当然でしょう」

ふたりは手に手を取って、馬に向かって歩きだした。チャールズ・ストリートのスマイス邸に到着したとき、初めてジェーンは叔父が一緒に来ていないことに気づいた。それどころか、フォンセの件で質問を発したあとは声すら聞いていない。以前は彼女の人生において中心の位置を占めていた叔父が、背景のひとつにかすんでいく。ジェーンが隣で馬を操るドミニクに視線をやると、ドミニクもジェーンを見つめていた。

ようやく、すべてがおさまるべきところにおさまったのだ。

21

ふたりはケンハム・ホールの厩舎で干し草の上に横たわり、眠りに就いている馬たちがたてる音を聞いていた。ジェーンがドミニクの胸に頭をのせると、彼はむきだしの彼女の肩をぼんやりと撫でた。ジェーンはシュミーズをつけていたが、ほかはほとんど何も身にまとっていない。一方、ドミニクはズボンをはいていた。数カ月前に飼育係のひとりに裸の尻を見られてしまい、同じことがもう一度起きたらと考えただけでも落ち着かない気分になってしまうからだ。

この美しい女性がじきに自分の妻になる。ドミニクはその事実に今も驚嘆していた。そして、それよりもドミニクを驚かせていたのは、ジェーンが彼を愛しているということだった。彼女は本当にドミニクを愛している。ジェーンはこの数週間、ドミニクが最後のルールを取りさげるのを忍耐強く待った。今では彼も、ジェーンに触れられてもせいぜい少しばかり緊張するくらいのものだ。今もまさにその状態で、彼女はドミニクの胸に頭をのせ、その横に手を置いている。ジェーンの手の感触はつらい過去を思いだす引き金から、官能的な歓びをもたらすものに変わっていた。

まだ悪夢は訪れる。過去を忘れたわけでもない。ただしドミニクは子どもの頃に自分が受けた虐待と、今ジェーンと共有しているものを別物だと考えられるようになっていた。

ジェーンが身を震わせた。ドミニクは彼女を引き寄せ、自分の体温であたためようと試みた。季節は夏でも、今年の夏は記憶にあるかぎりでもっとも寒い。

「家のなかに移ろうか?」

「ええ」ジェーンが答えたが、動こうとはしなかった。「もう少ししたらね。明日の夜はあなたの部屋に行くわ。いやとは言わせないわよ」

「誰かに見つかったら?」

ジェーンは鼻で笑った。「わたしは誰にも見つからないわ。それに、餌泥棒はつかまえたんだから、厩舎で逢い引きする必要はないでしょう」

ドミニクはほほえんだ。

「きみはこの厩舎が好きなんだろう? ここなら使用人に話を聞かれる心配もない」

ジェーンが肘をついて横を向くと、シュミーズが落ちて豊かな胸がのぞいた。

「失礼ね。わたしは完璧なレディなのよ」

「そのとおりだ。干し草の上で横たわっていても、ぼくを投げ飛ばして仰向けに転がしてもね」ドミニクがにやりとすると、ジェーンも笑みを返した。ジェーンのドミニクに対する怒りは長続きしない。こうして、ふたりともすっかり満足しきっているときは特にそうだ。もっとも、ジェーンの満足感は彼と比べるとずっと小さなものかもしれない。ロンドンを引き払ってケンハム・ホールに着いた翌日、ドミニクは餌泥棒をとらえた。犯人は昨年解雇した飼育係だった。彼は厩舎に入りこみ、最上級の餌を盗みだしては売りさばいていたのだ。今は地元の牢に入れられて、起訴されるのを待っている。

ジェーンもようやく気を休められるようになった。フォンセがこの世を去り、英国の安全も確保された。とはいえ、彼女の心がときにバービカンへと戻っていくのにドミニクは気づいていた。ふたりはバービカンを大混乱させたまま、ロンドンを出発した。ドミニクとしては問題が片づくまで残ってもよかったのだが、ジェーンはロンドンを離れたがった。せっかくロンドンを離れるなら、郊外にある婚約者の家で過ごすのが最適だ。

「今日、手紙が届いたわ」ジェーンが穏やかに言った。彼女の声音を聞き、ドミニクは会話の内容が真剣なものに変わったことを悟って警戒した。上体を起こして座り直し、ジェーンの手を引いて隣に座らせる。すぐそばに置かれたランプの揺れ動く炎に照らしだされ、彼女の金髪は金そのものに見えた。顔も天使のように光り輝いている。

「誰からの手紙だい？」

「バロン……キーティング卿よ」

「なんて書いてあったんだ？」

「結論から言うと、彼がバービカンの司令官になったみたいね」

ドミニクはまばたきを繰り返した。

「ウルフがなると思っていた？」彼の驚きに気づいたジェーンが尋ねた。

「ぼくはメルバーン卿が留任するものとばかり思っていたよ」

ジェーンが髪をかきあげた。「そうなったら、バービカン自体が消滅してしまうわ。国王陛下はメルバーン卿を追いだしたりはしないでしょうけど、局員が叔父についていかないもの。フォンセは叔父の腹心で、叔父自らが指導していたのよ。司令官としてはやはり失格だわ」

「バロンがそう言ったのか？」

「叔父が自分でそう言ったのよ。ほら」ジェーンが膝立ちになり、放りだしてあったドレスに腕を伸ばした。ドレスをあさり、しわになった封筒を取りだす。ドミニクはランプの薄明かりを頼りに手紙を読もうとしたものの、光が足りないせいで文字が読みとれなかった。

「いいのよ、わたしが覚えているから。〝以上の理由によって、わたしは引退を決意した。自分が犯した過ちの責任はすべてわたしが取る。バロンへのわたしの支持と信頼は揺るぎないものであり、皆にも同様の支持と信頼を期待する〟ですって。その調子で延々と演説が続いて、そのあとわたしへの謝罪が出てくるの」

「謝罪とはメルバーン卿らしくないな」

ジェーンが肩をすくめた。「〃わたしはずっとおまえを愛してきた。だが今になって考えると、愛情が足りなかったようにも思う〃と書いてあったわ」最後の部分でジェーンの声が震えた。ドミニクは彼女を膝にのせて抱きしめた。

「かわいそうに」子どもをあやすように、ドミニクはきつく抱いたジェーンの体をやさしく揺すった。「ぼくはきみを愛している。きみにふさわしい愛情にはとても及ばないが――」

「わたしにはもったいないくらいの愛情よ」ジェーンがさえぎった。「あなたはわたしのすべてだもの」ドミニクは、胸に顔をうずめてくるジェーンを抱きしめ、その感触をじっくりと味わった。これこそが彼の人生に欠けていたものだった。この親近感と一体感だ。

「きみは以前、ぼくが愛していると言ったら笑うと言っていたな」ドミニクは指摘した。

「今のわたしはそれほど陽気な心境じゃないのよ。お祝いすべきことはあるんだけど」

「なんだい?」

「レディ・キーティングがバロンの手紙にメモを入れてくれたの。バロンの手紙のほうはどうせ命令が書いてあって腹立たしいだろうと思って、そっちを先に読んだわ」

ドミニクはほほえんだ。「なんと書かれていたんだい?」

「スマイス卿夫妻の坊やは元気らしいわ。食欲もあって、よく泣くんですって。スマイス卿夫妻にとって、これまでになく難しい任務なんだそうよ。キーティング卿はウォレスがくたびれきっているのをいいことに、彼を引き抜こうとしているんですって。少なくとも、自分のところの使用人を教育してほしいと思っているみたいね」

「バロンはただでさえ弱っている人をさらに蹴飛ばす性格だということか」

ジェーンがくすくす笑った。「ウォレスみたいな優秀な執事を雇う機会ですもの。わたしだってウルフを蹴飛ばすわ。もっとも、赤ちゃんひとりのせいでウルフがいつまでもまいっているとも思えないけど」

「ぼくも彼は逆境に強い男だと思うな」

「それだけじゃないわ」

ドミニクはジェーンの髪を撫でた。「ほかに何があるんだい？」

「それがね」

ジェーンが声をあげて笑った。声に喜びがあふれている。

「レディ・キーティングは、スマイス卿夫妻とじきに喜びを分かち合うことになると書いていたわ。信じられる？」

そう言われても、事情がよくわからない。「彼女も子どもを産むという意味かい？」

「あなたに遠まわしな言い方が通用しないのを忘れていたわ。ええ、レディ・キーティングも子どもを産むのよ。今度は跡継ぎの男の子かもしれない。バロンは無骨者だから、手紙には何も書いていなかったわ。これで事情がのみこめた？」ジェーンがドミニクを指でつつく。

「ぼくを鈍感だと思っているんだな。違うかい？」ドミニクはジェーンを干し草の上におろし、覆いかぶさった。「ぼくだって捨てたもんじゃないんだぞ」彼女の耳たぶにキスをし、そのまま唇をやわらかな首に沿って這わせていく。じきにジェーンが身をよじりはじめ、彼と溶け合ってひとつになろうと体を寄せてきた。「認めるんだ、ジェーン」ドミニクはあたたかな胸を愛撫するために手で肩をなぞりながらささやいた。「きみだって遠まわしは好きじゃない」

「認めるわ。遠まわしなんてまっぴらよ。だから早くわたしを奪って」ジェーンがドミニクの髪に指を走らせ、両脚を彼の腰に巻きつけた。「あなたを感じたいの」

ドミニクは身をかがめてジェーンの胸の先端を口に含んだが、そこで動きを止めて身を起こした。

ジェーンが眉をあげる。「これがあなたの言う遠まわし？」

「違う。結婚式まであと二週間だというのに、きみに正式に求婚していないことに気づいてしまった」

ジェーンが肘をついて上体を起こした。シュミーズが肩から落ち、片方の胸がランプの光に照らされている。ドミニクがシュミーズを少し引っ張るだけで両方の胸をじかに愛撫でき、両腕で一糸まとわぬ姿の彼女を抱きしめられるようになるだろう。

「バービカンの本部にある叔父の部屋で求婚してくれたわ」

「あれは史上最低か、よく言ってもそれに近いものだ」

「なるほどね」ジェーンがドミニクのベルトに手をかけて自分のほうに引き寄せた。「でも、わたしはもう気にしていないわ。こっちへ来て」

ドミニクは立ちあがった。「きちんとした求婚をしないかぎりは無理だ」

「いいのよ」ジェーンが首を横に振る。「どのみち、あなたは普通の紳士とは違うもの。どうせなら、思いきり非常識な求婚をしてほしいわ」

「それがきみの望みなのか？」

「そうよ」ジェーンがドミニクを抱き寄せようとしたが、ドミニクは彼女の望みを無視し、代わりに片方の膝をついた。ジェーンがいぶかしげに眉をあげる。

「ぼくたちは厩舎にいて、しかも半分裸でこれから愛し合おうとしている。これ以上に非常識なことはないと思うけれどね。孫には絶対に話せない」

「ちゃんと脚色すれば話せるわよ」

「いいかい、始まりはこうだ。ミス・ボンド、初めて出会ったとき、きみはぼくの心を盗んだ。ぼくはきみに心を捧げたわけではなかった」

「それは正確ね」

ドミニクはジェーンを無視した。「きみはぼくの心を求めたわけじゃない。盗んだんだ。それからぼくは盗まれた心を取り返そうとしたけれど、もはや自分の心を必要としていないことに気づいた。代わりに望んだのは、きみの心だ」

ジェーンの瞳は涙で濡れている。

「ずっと前からせりふを考えていたんでしょう、違う?」

「完璧にしたかっただけだよ」

「ああ、ドミニク、あなた自身が完璧なのよ」ジェーンが彼に向かって腕を伸ばした。

「……まだ終わっていないんだが」

大胆にも、ジェーンが怒った表情を浮かべた。

「そして、きみがぼくに心を捧げてくれたとき、ぼくは自分がすべきことはたったひとつしかないと悟った。ミス・ボンド、きみはぼくに、きみを妻とする栄誉を授けてくれるだろうか?」

正直なところ、ドミニクは大いに緊張しながら求婚の言葉を口にしていた。声が震えていたことにジェーンが気づかなかったのを祈るばかりだ。彼女はすでに求婚を受け入れている。当然、返事はイエスのはずだ。三回行う教会での結婚予告も、二回は無事に終わっているのだから。

「ドミニク……いいえ、ミスター・グリフィン、もちろんイエスよ。こんなすばらしいことってあるかしら?」ジェーンがドミニクを引き寄せた。「あなたに抱かれる以外で」

ドミニクは、未来の花嫁にそれ以上催促の言葉を言わせなかった。

訳者あとがき

アメリカ人のヒストリカル・ロマンス作家、シャーナ・ガレンの新作をお届けいたします。今回の作品はリージェンシー時代のイングランドを舞台にしたスパイ小説仕立てのロマンスで、主人公の名はジェーン・ボンド――。どこかで聞いたことはありませんか？ そう、〝ボンド、ジェームズ・ボンド〟の自己紹介でおなじみ、英国の諜報機関のスパイ、007ことジェームズ・ボンドを彷彿とさせる名前ですね。このように本作のあちこちに、世界中で愛されているイアン・フレミングの007シリーズへのオマージュが散りばめられています。しかし単なるオマージュにとどまらず、情熱的なヒストリカル・ロマンスとして、この本でしか味わえない唯一無比の世界を描ききっており、その想像力の豊かさが作者のたしかな実力のほどをうかがわせます。

本作のヒロイン、ジェーン・ボンドはイングランドの社交界でもその美貌で知られています。しかし彼女には英国の諜報機関であるバービカンが擁するもっとも優秀な課報員という、もうひとつの裏の顔がありました。国を守るために活躍を続けていたジェーンですが、ひとつの出会いがすべてを大きく狂わせます。ロマのような外見のドミニク・グリフィンが現れてジェーンに求婚したとき、彼女は国を守ることよりも大切なものを発見しかけている自分に気づき、激しく心を揺さぶられるのでした。ところがその一方で、犯罪組織メトリゼ団も暗躍を続け、英国に重大な危機が迫ります。敵の狙いは？　バービカンはメトリゼ団の思惑を打ち破ることができるのか？　ジェーンとドミニクの関係はどうなってしまうのか？　ロマンスとスパイアクションが交差するスリリングな物語が展開していきます。

リージェンシー時代のイングランドでジェーンのような女性がスパイとして活躍する物語を描いたことについて、本作の出版に際してのインタビューで〝ヒストリカル作家として、どの程度まで史実に忠実であるべきだと思うか〟といういささか意地の悪い質問がありました。これについて著者は〝服や乗り物が当時のままであることは絶対に必要です。でも、女性を海賊や諜報員として活躍させてはいけないかといえば、それは違うと思います〟と答えています。可能なかぎり史実に忠実であろうとしつつ、現代の読者に受け入れられる作品を目指すというスタンスのようです。

たしかに、本作では主人公のふたりはそれぞれ葛藤を抱えつつ（特に著者がもっとも造形に苦心したというドミニクのキャラクターの心の闇は深刻です）、ユーモアを忘れていない部分もあって会話は軽妙です。そうした部分や脇役のQ（バービカンの一員で、やはり女性の武器開発担当者）やマネーペンス（バービカンの一員）の存在など、物語の根底に流れるどこか現代に通じる明るい部分が本作の最大の魅力になっています。

著者は元英語教師で、二〇〇五年にシェイン・ボルクス名義でコンテンポラリー小説の『片思いの終わらせ方』（マグノリアロマンス）でデビューし、その後、二〇〇九年にシャーナ・ガレン名義の『すり替えられた花嫁』（マグノリアロマンス）でヒストリカル小説に進出、現在までに出版された作品は二十作を超えています。アクションとアドベンチャーの分野で高い評価を受けており、二〇一四年にアメリカのロマンス専門誌『ロマンティック・タイムズ』のRTレビュワーズ・チョイス・アワードで本作が最優秀ヒストリカル作品の候補に選ばれるなど、今後の活躍が期待される作家のひとりです。

最後に本作の邦訳出版にあたって尽力していただいた出版社をはじめとする関係各位、並びに本作をお手に取っていただいた読者の方々に深く御礼申しあげます。皆さまに楽しんでいただければ、訳者としてこれ以上の喜びはありません。

二〇一五年八月

ザ・ミステリ・コレクション

月夜《つきよ》にささやきを

著者　シャーナ・ガレン

訳者　水川《みずかわ》 玲《れい》

発行所　株式会社 二見書房
東京都千代田区三崎町2-18-11
電話　03(3515)2311［営業］
03(3515)2313［編集］
振替　00170-4-2639

印刷　株式会社 堀内印刷所
製本　株式会社 関川製本所

ISBN978-4-576-15141-0
http://www.futami.co.jp/